한국문학에 나타난 외국의 의미

지은이 존 프랭클(John M. Frankl)은 UC Berkeley 동양언어학과를 졸업하고, 연세대학교 국어국문학과에서 석사학위를 받았다. Harvard University 동양언어와 문명학과에서 박사학위를 취득한 후, UC Berkeley Center for Korean Studies에서 박사후 과정을 마쳤다. 현재 연세대학교 Underwood International College 조교수로 재직중이다. 한국문학에 나타난 혼종성(hybridity)의 문제, 일상생활, 문학번역 등을 중심으로 연구를 하고 있다. 저서로 『City and Text in Colonial Korea』(공저, Harvard University Press)가 출간될 예정이다.

한국문학에 나타난 외국의 의미

2008년 2월 25일 1판 1쇄 인쇄
2008년 2월 28일 1판 1쇄 발행

지은이 _ 존 프랭클 John M. Frankl
펴낸이 _ 박성모
펴낸곳 _ 소명출판
등록 _ 제13-522호
주소 _ 137-878 서울시 서초구 서초동 1621-18 (란빌딩 1층)
대표전화 _ (02) 585-7840
팩시밀리 _ (02) 585-7848

somyong@korea.com | www.somyong.co.kr
ⓒ 2008, John M. Frankl
값 18,000원
ISBN 978-89-5626-297-0 93810

한국문학에 나타난 외국의 의미

Images of "The Foreign" in Korean Literature and Culture

존 프랭클

소명출판

● **책머리에** ●

　처음 이 연구를 시작했을 때의 막막함으로 인해 저자는 끝에서부터 되짚어가는 방식으로 감사의 마음을 표현하려고 한다. 데이빗 맥캔(David R. McCann) 교수님과 카터 에커트(Carter J. Eckert) 교수님의 지도와 보살핌이 없었다면 문학과 역사 간의 균형점을 찾고자 시도했던 본 연구를 결코 완성할 수 없었을 것이다. 한국문학이 정규 과정에 포함되어 있지 않던 시절 에커트 교수님은 저자가 본 프로젝트를 시작할 수 있도록 확신을 심어주셨고 그 후로도 지속적인 영감의 원천으로서 항상 자리를 지켜 주셨다. 이후 맥캔 교수님을 만나게 되었고 교수님은 저자의 연구에 문학적 요소를 보충해 주셨다. 맥캔 교수님의 문학적 접근방식과 교수법을 이해하기란 결코 녹록치 않았고, 따라서 박사 과정을 밟으며 나름대로의 자만에 차 있던 본 저자에게 별다른 영향을 미치지 못할 때가 부지기수였다. 상황이 이러한데도 인내로 가르침을 마다하지 않으신 맥캔 교수님께 감사의 마음을 전하고자 한다.

　한국에서도 수많은 고마운 분들로부터 아낌없는 도움을 받았다. 연세대학교의 신동욱 교수님은 저자의 최초의 학자적 시도라 할 수 있는 석사논문을 지도해 주셨다. 신 교수님이 일본에 객원교수로 가셨을 때는 설성경 교수님이 저자를 '입양'해 주셨다. 박사논문을 준비하는 과정에서 여러 차례 연세대학교를 다녀왔고 그때마다 설교수님은 날카로운 통찰력을 바탕으로 저자의 틀에 박힌 사고를 환기시켜 주셨고 더불어 저자가 연구와 집필을 할 수 있는 물리적 공간까지도 제공해주셨다. 본 연세근대한국학총서의 책임자이기도 하신 김영민 교수님 또한 이 연구가 완성되기까지 대부분의 과정을 같이 했던 분으로 언급하지 않고 넘어갈 수 없다. 십여 년 전 한국에서 석사논문을 쓸 때 저자의 논문을 읽어주시는 수고로움을 마다하지 않으셨고 하버드에서 박사논문을 쓸 때도 저자는 교수님의 귀중한 고견을 들을 수 있었다. 당시 교수님과의 토론을 통해 얻은 귀중한 깨달음이 이 책에 분명하게 드러나 있다. 교수님께서는 또한 저자가 박사 논문을 보완·번역해서 소명출판에서 출판하기까지 아낌없는 지원을 해주셨다. 연세대학교 국어국문학과의 김철 교수님, 신형기 교수님, 이경훈 교수님께서도 많은 도움과 격려를 주셨다.

영어로 작성한 연구를 한국어 번역 작업을 도와준 고혜정 님, 박현주 님, 김다정 님, 책이 출판되기까지 예측할 수 없는 어려움과 행정적인 문제를 해결해 준 신느티 조교님과 소명출판 관계자 분께도 감사드린다.

한국학을 연구하는 저자에게 금전 문제는 항상 마음 한 구석을 차지하고 있던 실질적 문제였다. 저자가 한국과 미국을 오가며 연구를 수행하고 이 책을 집필함에 있어 그 상당 부분이 한국국제교류재단의 관대한 지원을 받아 이루어진 것이라는 사실을 명확히 밝히고 넘어가지 않을 수 없다. 본 저서가 동 재단의 지원이 일구어낸 유형의 결과물인 만큼 향후 이 분야를 연구하게 될 소수의 용기 있는 학자를 계속 지원하게 되는 계기로 작용하기를 기대해 본다.

그리고 마지막으로 저자의 아내 성임과 딸 애나의 희생에 대해 감사의 말을 전하고자 한다. 저자의 선택이기는 하였으나 글을 쓴다는 것은 참으로 고독한 여정이었고 아내와 딸은 그런 저자를 잘 이해해 주었다.

2008년 2월
존 프랭클

제1장
고대 한국에서의 '외국' 개념

　여느 나라의 경우처럼 한국을 논할 때도 한국 하면 떠오르게 마련인, 그러나 실제로는 그에 대한 연구가 전무하다시피한 전형적 이미지를 중심으로 논의가 이루어지는 경우가 대부분이다. 그중에서도 가장 빈번하게 접하게 되는 것이 바로 '은둔의 나라(hermit kingdom)'라는 이미지다. 이는 한국이 그 역사 대부분의 시기 동안 외부 세계에 대한 문호 개방을 완강히 거부했다는 통념에서 비롯된 것이다. 그러나 상황이 항상 그런 것만은 아니었음을 보여주는 역사 및 문학상의 기록들이 존재한다. 오히려 그 반대로, 한국이 고립 정책을 폈던 시기는 단기간에 불과했으며 그리 흔한 경우도 아니었음을 증명하고 있다. 분명한 근거도 없이 한국을 은둔의 나라로 규정하게 된 동기가 무엇이었는지 이제 살펴보게 되겠지만 이는 사실의 엄청난 왜곡이자, 별다른 생각 없이 한국 역사를 저평가해버린 경솔한 행위였다고 할 수 있다.

　한국이 오랜 세월 외부 세계와 의미있는 교류 관계를 유지해 왔으며 그 기원도 이미 20세기 이전부터였음을 수많은 역사 및 문학 자료가 증명하고 있다. 이런 사실을 놓고 볼 때, 한국의 국경 너머에 존재하는 사람과 장소의 이미지가 고대 문헌에서는 어떻게 나타나고 있는지를 학문적 견지에서 집중적으로 조명해 본 이가 거의 없다는 사실은 놀랍기까지 하다. 더욱이 초기 문헌에 나타나고 있는 외국과 후대 문헌에 나타나는 서구 이미지 간의 관련성을 파악하려는 시도 또한 전무했었다는 사실은 이번 연구에서 더욱 중요한 의미를 지닌다. 따라서 이 장에서는 그동안 거의 고찰이 이루어지지 않았던 이러한 역사적 측면을 집중 조명해 보고자 한다.

'외국(the foreign)'의 정의

본론으로 들어가기 전에 먼저 이 장의 제목에 쓰인 용어를 규정하고 넘어갈 필요가 있다. 우선 이 책에서는 한국인의 아(我 : selves)와 비아(非我 : others) 개념이 단일하지 않다고 주장한다. 그러나 이러한 다양성은 19세기 말 이래 추진된 동질화 과정 속에서 그 경계가 모호해졌고 이에 따라 20세기 이전 한국 국경 밖에 존재했던 사람과 장소를 가리키던 이 개념들을 하나로 완벽하게 아우를 수 있는 단일 용어는 현재 존재하지 않는다. 따라서 여러 후보 용어를 놓고 하나씩 제거하는 과정을 거듭한 끝에 '외국(the foreign)'이란 용어가 이 개념을 나타내기에 가장 적절하다는 결론을 내리게 됐다. 어원학적으로 '문 밖에서 온(from beyond the doors)'이란 뜻의 라틴어 '포라누스(foranus)'에서 유래한 '외국'이라는 단어는 심리적 거리라기보다는 공간적 거리의 의미를 내포한다.

이 용어가 모호한 부분이 있다는 점은 인정한다. 또한 집필 초기 이 글을 읽었던 여러 독자와 저자가 의견을 구했던 조언자들이 '외국'이란 용어를 대체할 다른 건설적 대안도 다수 제시했었다. 그중에서도 '이국성(the exotic)'과 '타자성(the Other)'은 특히 고려할 만한 가치가 있는 대안이었다. 그러나 전자의 경우, 이 책이 한국의 물리적 경계 밖에 존재하는 사람과 장소에 대한 한국 고유의 시각과 경험을 전적으로 다루고 있다는 점을 고려하여 배제하기로 했다. 이 물리적 경계라고 하는 구분자체도 다소 애매하고 유동적이어서 논쟁의 여지가 없지 않다. 더욱이현대적 맥락에서 '이국적(exotic)'이라는 용어는 외설스러움과 기묘함을동시에 내포하는 개념으로 사용되기 때문에 이 책에는 더더욱 적절치않다. '이국성'에 비해 보다 현대적인 용어라 할 수 있는 '타자(他者)성'의 경우 더 깊이 고려해볼 만한 가치는 있었으나 이 역시 적합하지 않은 것으로 판단되었다. 그 이유는 첫째로, 세계를 '한국(자신)'과 '외국(타자)'으로 극명하게 구분하는 이분법적 접근 방식이 19세기 말이 되어서야 나타났고 그마저도 완벽한 성공을 거두었다고는 보기 어렵기 때문이다.[1] 둘째, 이는 에드워드 사이드(Edward Said)가 자신의 저서 『오리엔탈리즘(Orientalism)』[2]에서 그려냈던 이미지를 연상케 할 가능성이 많기 때문이다. 다시 말해, 불평등한 관계와 지배, 그리고 전혀 다른 두 가지 세계질서에 속한 민족 또는 국가 간에 행해지는 착취의 이미지를 떠올리게

---

[1] 신채호를 비롯한 한국 작가들이 한국과 외부 세계의 관계를 규정하기 위해 '자아(ego / self)'와 '비자아(non-ego / self)' 같은 용어를 사용하기 시작한 것은 19세기 말 무렵부터였다. 이들 개념은 기존 한국 사회에 자체적으로 존재하던 토착 개념이 아니라 외부로부터의 새로운 위협과 압력에 대응해 의식적으로 형성된 것이었다. 최영호(Yŏngho Ch'oe) 외, 피터 리(Peter H. Lee)·테오도르 드 베리(Theodore de Bary) 편역, 『한국전통의 근원 II—16세기에서 20세기까지 Sources of Korean Tradition Volume Two—From the Sixteenth to the Twentieth Centuries』(New York : Columbia University Press, 2000), 317~319면에 인용된 신채호의 「역사란 무엇인가? 우리는 역사에서 무엇을 배워야 하는가?(What is History? What Shall We Study in History?)」 참조.

[2] 에드워드 사이드(Edward Said), 『오리엔탈리즘 Orientalism』, New York : Vintage Books, 1979. 사이드는 서설에서 동양(Orient)을 일러 "(유럽)문화의 호적수였고 또 (유럽인의) 마음 속 가장 깊은 곳으로부터 반복되어 나타난 타인의 이미지(cultural contestant, and one of its deepest and most recurring images of the Other)"라고 적고 있다.

한다.[3] 그러나 앞으로 이 장에서 논의하면서 입증되겠지만 한국 역사 초기에 한국인이 해외에서 경험한 '외국'의 상당 부분은 참여하는 관찰자로서의 경험이었고, 그 대부분이 그들이 탐험하는 지역의 토착민과의 동등한 관계 속에서 이루어졌다. 한반도 내부에서의 '비한국인(non-Koreans)'과의 교류, 즉 교역이나 대외 관계 또한 대체로 동등한 관계 속에서 상호 이익을 추구하며 이루어졌다. 물론 예외도 있었다. 여러 민족과 국가에 의한 한반도 북방 지역의 침입과 다양한 명분과 규모로 한반도를 침입했던 일본의 예가 우선적으로 떠오른다. 이들 사건 대부분이 확실히 비극적이었던 것은 틀림없다. 그러나 한국 역사의 특정 시기만을 예로 들어 한국이 오랜 세월 외부 세계와 상호 호혜적 바탕에서 이루었던 유의미한 교린 관계를 타의적 강압의 역사로 몰고 가려 하는 것은 한국을 은둔의 나라라 칭하는 것과 마찬가지 논리이다. 실제 한국 역사에서 타의에 의한 강압의 시기를 찾아보기는 매우 힘들다. 예외적으로 외부와의 충돌이 발생했던 그 짧은 시기에조차도, 그러한 충돌은 이미 정립되어 상당한 안정 상태에 있던 '동아시아 세계 질서'[4] 속에서 서로의 존재를 익히 알고 있던 실체 간에 발생한 것이었다.

---

3) '타자성(the Other)'이라는 용어 및 이 용어가 나타내는 개념은 이 책의 첫 두 장에는 적합하지 않으나 19세기 말부터의 한국과 서방 및 일본 간의 관계를 고찰하고 있는 마지막 두 장에는 적용 가능하다.

4) 김기혁(Key-Hiuk Kim), 『동아시아 세계질서의 최종 국면 *The last Phase of the East Asian World Order — Korea, Japan, and the Chinese Empire, 1860~1882*』(Berkeley and Los Angeles : University of California Press, 1980), 1~38면 참조.

　　다른 한국학 학자들 역시 이와 동일한 현상 및 세계질서를 인식하였다. 존 페어뱅크(John Fairbank)를 인용하며 도이힐러(M. Deuchler) 교수는 이를 '중화권(Sinic Zone)'이라 칭했다. 마르티나 도이힐러(Martina Deuchler), 『유교 신사와 야만 사절 *Confucian Gentlemen and Barbarian Envoys — The Opening of Korea, 1875~1885*』(Seattle : University of Washington Press, 1977), 2면 참조. 도이힐러는 또한 "한국인들에게 정치적 실체로서의 중국과, 중국 문화의 기원으로서의 중국은 서로 다른 개념이었다"라고 신중하게 지적하고 있다. 달리 말해, 만주족이 중국 정권을 장악해 궁극적 문화변용에 이르기까지의 정치 변동기 및 격변기에 조차도 한국은 '중국 문화의 근원으로서의 중국'을 자신들의 확고한 지침으로 삼았다는 것이다.

대격변기에조차도 이러한 동아시아의 세계 질서는 지속되었다. 예를 들어, 중국 명 왕조를 전복시킨 만주족은 중국을 비롯한 동북아에 새로운 질서를 도입하는 대신, 그 통치 과정에서 상당히 '중국화(Sinicized)'되어 가는 양상을 보였다. 즉, 기존의 질서를 급격히 재편한 것이 아니라 오히려 기존 질서에 편입되었다고 할 수 있다. 그리고 일본의 경우도, 물론 역사적으로 볼 때 여러 시기에 걸쳐 아시아 대륙에 대한 나름대로의 구상을 갖고 있었던 것이 분명하지만, 기존 질서와의 단절을 신봉하게 된 것은 19세기 후반에 이르러서였고, 이렇게 단절을 추진하게 된 배경도 자생적이라기보다는 서구의 강압에 따른 개방이라는 외부적 요인에 의한 것이었다. 일본이 대륙과의 단절을 시도한 것이 1868년 메이지유신과 그에 따른 서구 열강의 제국주의적 행태를 모방하기 시작한 것에서 비롯되었든, 아니면 1885년 3월 후쿠자와 유키치가 기고문을 통해 아시아와의 단절을 주장한 탈아론(脫亞論)에서 비롯되었든 간에 일본 역시 19세기 중반까지는 동아시아 세계 질서를 확고히 준수하며 그 속에서 안주했었다는 사실만은 확실하다. 후쿠자와조차도 자신의 서한에서 이 사실을 언급하고 있다.

> 이번 달 초 조선인 수 명이 우리의 상황을 관찰하기 위해 일본에 들어왔고 그중 두 명이 우리 학교에 등록했다. …… 20년 전 내 자신의 모습을 생각컨대 이들의 심정을 십분 이해하며 동정을 느끼지 않을 수 없다. …… 이들의 얘기를 들으니 30년 전 일본의 모습과 같았다.[5]

그러나 한국이 일본의 경우였디라면 수용(受容)하는 데 훨씬 더 오래 세월이 걸렸을, 자신들의 패배와 서방 세계의 우수성을 일본은 전격적이고

---

5) 피터 두스(Peter Duus), 『주판과 칼—일본의 조선 침투 *The Abacus and the Sword—The Japanese Penetration of Korea, 1895~1910*』(Berkeley : University of California Press, 1995), 53면에 인용된 가미가이토 겐이치(上垣外憲一)의 「일본유학 혁명운동 7(日本留學革命運動 7)」(Tokyo : 東京大學出版會, 1982) 참조.

도 신속하게 받아들였다. 따라서 한국을 '개방'하고 '문명화'하려는 일본의 초기 시도는 무위로 돌아갈 수밖에 없었다. 일본이 문명과 개화라 자랑스럽게 옹호하던 것들이 한국인의 눈에는 아이러니하게도 시대를 역행하는 엄청난 일로 보였기 때문이다. 기괴한 관습이나 생활방식은 차치하더라도, 한국인이 보기에 일본은 결코 아시아의 테두리를 벗어나지 못했다. 따라서 한국이 진정한 타자로서의 외국을 경험하게 된 것은 서구와의 직접적인 접촉을 시작하게 되면서부터라고 볼 수 있다.6)

'외국'이란 용어는 그 광범위한 의미범주로 인해 이 책과 잘 맞아떨어진다. 그 어떤 요소도 '외국'이란 용어를 특정 범주에 한정하지 않으며, 따라서 한국이라는 절대적인 지리적 경계를 벗어나는 수많은 공간과 국가 및 사람을 여기에 모두 포함시킬 수 있다. 뿐만 아니라 '외국'은 현실과 가상으로 존재하는 모든 것을 아우르는 용어이기도 하다. 여기서 따옴표는 이 용어가 말 그대로 한국의 지리적 경계를 벗어나는 것을 의미하는 경우가 대부분이라는 점을 나타내기 위해 한정적 의미로 붙인 것이지, 외국이라는 장소에 내재하는 기괴함이나 이국적 느낌을 암시하고자 함이 아니다. 왜냐하면 이들 '외국' 국가와 민족 대부분이 공통된 문화 및 종교 유산을 공유했기 때문이다. 그리고 특히, 이후 한국이 경험

---

6) 동아시아 세계 질서 속에서 한국은 중국에 대해서는 사대주의 정책을 펼쳤던 반면 일본과는 교린(交隣) 관계를 유지했다. 그러나 교린 관계에 있어서도 수직서열이 존재했고 한국인들은 분명 자신들이 일본보다 상위에 위치한다고 생각했다. 1868년 메이지유신(明治維新)과 함께 일본은 이러한 관계가 급격히 변화했다고 생각했지만 한국은 세계 질서의 재편은 물론, 일본 명치정부를 중국 황실과 동격으로 인정하지도 않았다. 따라서 8년 후인 1876년 일본과 강제로 강화도조약을 체결하면서도 한국은 이를 제국주의 세력과의 불평등 조약이 아닌, 기존 질서 및 그 안에 포함된 조선의 우월한 지위를 다시 한 번 재확인하는 과정으로 인식했다(이는 한국이 강화도조약의 형식과 의도를 제대로 이해하지 못했음을 분명히 보여주는 한편, 한국이 동아시아 세계 질서를 신봉했으며 그 질서에 따라 대응해 나갔다는 사실을 극명하게 보여준다). 마르티나 도이힐러, 앞의 책, 45~50면, 제임스 팔레(James B. Palais), 『전통한국의 정치와 정책 *Politics and Policy in Traditional Korea*』(Cambridge, MA and London : Harvard University Press, 1975), 252~271면 및 김기혁, 앞의 책, 4~25면 참조.

하게 되는 서구와의 조우와 비교해볼 때 이들 '외국' 민족과 장소는 그리 이질적인 것이 아닌 경우가 대부분이다. 실제로 외국에 진출한 한국인들은 공공 및 종교 분야에서 최상위 권력계층에 포함되어 있는, 아니 통합되어 있는 자신들의 모습을 종종 발견하고는 했다. 이런 경향은 한국인이 자신의 나라를 방문한 외국인을 대할 때도 동일하게 나타났다.

뿐만 아니라 한반도에 거주하고 있는 한민족 자체도 단일 민족으로만 구성되어 있는 것은 아니다. 역사상 때로 '비(非)한국인'이 개인 또는 단체로 한반도에 유입되기도 했으며 그중 대다수가 귀화한 사실이 있다. 또한, 때로는 한반도 본토 주민이 지리적 경계를 넘어 북으로는 만주7)까지, 남으로는 제주도8)까지 진출하며 영토를 확장했고 강제적인 동화 과정을 거쳐 새로운 '한국인'을 탄생시키기도 했다. 따라서 '한국인'을 구성하는 요소가 정확히 무엇인가에 대해서도 논란의 여지가 있

---

7) 서구와의 조우는 또한 만주에 대한 상충된 견해를 낳기도 했다. 사회진화론(Social Darwinism)에 따르면 모든 국가는 정치적 국가는 확장하면서도 그 민족적 순수성은 유지하여야 한다. 현대 한국의 역사학계 또한 이런 모순에서 여전히 벗어나지 못하고 있다. 동일한 한 편의 글 속에서 상호 상반된 시각으로 과거사를 칭찬하는 모습을 흔히 찾아볼 수 있다. 외세의 끊임없는 침입에도 불구하고 한민족은 단 한 차례도 이웃 국가를 침입한 적이 없는 평화로운 민족이라는 '사실'을 자주 강조한다. 그러나 또 한편으로는 고구려의 호기로운 용맹성을 논하며 매우 흡족해 하는 모습 또한 보인다. 이런 고구려의 용맹성이 대표적으로 체현된 왕이 바로 광개토대왕(廣開土大王, 391~413)으로 그 이름마저도 '영토를 넓게 확장한다'는 뜻이다. 그 옛날 한국의 영토가 만주에까지 이르렀다고 하며 오늘날 한국인 중에는 이 옛 '한국'의 영토를 회복하기를 바라는 이들도 있다. 외세에 의한 침입이든 한민족에 의한 드넓은 영토 확장이든 간에 이민족과의 상당한 결합이 일어났기 마련인데 두 가지 입장 모두 민족적 순수성을 지켰다는 점에 대해서는 전혀 문제 삼고 있지 않다.

8) 제주도는 한반도 남단에 위치한 섬으로, 현재는 경제 사정상 하와이까지 가지 못하는 신혼부부들이 신혼 여행지로 주로 선호하는 곳이 되었지만 '한국' 역시의 상당 시기 동안 제주도는 탐라국이라는 독립된 섬나라로 존재했었다. 이곳의 건국 신화 또한 한반도 본토와는 상당한 차이를 보이며(제임스 그레이슨(James Grayson), 「건국 신화, 신성한 장소와 제사─제주도 삼성혈(三姓穴) 신화(Foundation Myths, Sacred Sites and Ritual─The Case of the Myth of the Three Clan Ancestors of Chejudo Island)」, 『코리아 저널 Korea Journal』, Vol.38, No.4, 1998, 300~330면), 오늘날도 본토인들은 제주도 말을 잘 이해하지 못한다. 한반도 본토에 존재했던 다양한 왕조와 정권은 제주도를 강제로 동화시키려는 시도를 반복했고 그 최근의 예가 바로 1948년의 제주도 4·3사건이다.

으므로 이와 맞물려 있는 '외국'이 의미하는 바가 무엇인지 그 정의 또한 상당히 모호해질 수밖에 없다.

상기 언급한 각 요소 모두 신중히 고려해볼 가치가 있었고 이에 따라 지금까지 그 각각의 요소를 주의 깊게 살펴보았다. 이 책을 읽어가면서 이들 요소를 끝까지 모두 상기할 필요가 있다. 그러나 그중에서도 가장 중요한 것은 당시에 공통의 세계 질서와 문명이 존재했었고 이에 따라 지리적으로 멀리 떨어진 장소나 이민족이 완전히 외국의 것이 아닌 단순히 '문 밖에 있는' 장소 혹은 민족으로 인식되었다는 점이다.

'고대(premodern)'의 정의

이 책은 '고대(premodern)' 그리고 이후 등장하는 '근대(early-modern)'라는 용어를 단순히 연대적 관점에서 사용하고 있다. '고대'는 기본적으로 20세기 이전의 시기를 의미하며 '근대'는 1919년 3·1운동 이전 시기의 한국사 및 한국문학을 언급하며 사용하게 될 것이다. 이들 용어를 적절히 사용하기가 매우 힘든 것이 사실이기는 하지만, 하기에 따라서는 상당히 유용하게 사용될 수도 있다. 또한 이들 용어가 한국 역사나 한국문학의 발전 및 전개 방향을 확연히 바꿀 만큼 엄청난 목적론적 영향을 미친 절대적 분기점이나 중대 사건을 암시해야 할 필요는 없다.9) 왜냐하면

---

9) 이는 이 책에 쓰인 '근대' 및 '고대'라는 용어가 특정 시기의 문학 전반을 대상으로 하여 무엇을 의미한다거나 의미하지 않는다는 식으로 적용되지 않는다는 의미이지, 역사상 특정 사건을 기점으로 그 이후의 문학을 별도로 규정하게 되는 일이 없다고 주장하는 것은 아니다. 오히려 이 책의 상당 부분은 그러한 분수령적 현상을 고찰하고 있다. 뿐만 아니라 이 책의 범위를 1919년 3월 1일까지로 한정한 것도 3·1운동이 한국 소설사의 특정 장에 깊은 인상을 남기고 있기 때문이다.

한국 역사 및 문학은 오히려 상당한 정도의 중첩성 및 혼성 양상을 보이기 때문이다. 한반도 본토인과 마찬가지로 한국 역사의 정의 및 문학 형태 역시 내적 기질이 외부 기질과 혼합되며 끊임없는 변화 양상을 보인다. 그리고 마지막으로 특히 허구적 산문과 관련하여 어떤 작품을 '근대'로 분류할 경우, 이를 해당 작품이 외래의 어떤 절대적 기준을 고수하고 있다거나 결여되어 있다는 뜻으로 해석해서는 안 된다.10)

---

10) 설성경은 현재 국문학계에 널리 만연해 있는 이러한 접근 방식을 일러 '결여의 비평(缺如의 批評)'이라 부른다. 이 접근 방식은 정확히 어떤 요소로 '현대' 문학이 구성되어 있느냐와 관련하여 특정 문화에서 발생한 임의적 기준, 즉 서구의 기준이 보편적이라 주장한다. 그 결과 소위 보편적이라 알려진 이 기준을 한국문학에 무차별적으로 적용하는 것이 상례가 되었고 그 기준을 충족하지 못할 경우 그러한 결여를 비판하는 일이 흔히 이루어졌다.

한국적 특성을 옹호하는 세력과 서구의 다양성 및 다문화성을 옹호하는 세력 모두 상당히 한정적이며 보편적이지 않은 전통에서 기인한 문학 및 문명 비평론을 일괄 적용할 것을 적극 주장하는 현상은 아이러니가 아닐 수 없다. 단순히 이런 접근 방식을 피하고자 한다면 이는 지극히 간단한 일이나 그 대체 방안을 강구하고자 한다면 상당한 창의력과 지적 노력이 필요해진다. 지금껏, 그리고 상대적으로 최근에 들어 포스트모더니즘과 포스트콜로니얼리즘이 인기를 얻으며 적지 않은 학자들이 일종의 '후발개발자의 이점(late developer's advantage)'을 취하려 하고 있다. 즉 가만히 앉아 누군가 설득력 있는 이론을 제시하기를 기다렸다가는 이를 도용해 국문학에 적용하는 것이다. 국내외 한국문학 연구자들은 이제 역사적 배경과 문화 환경, 그리고 문학적 전통이 상당히 다르다는 점을 고려해 한국만의 고유한 비평 전통을 수립해야 한다. 이는 단일 이론을 일괄 적용하던 혹은 서구에서 유입되어 한국 상황과 잘 맞지도 않을 뿐더러 상당한 격차가 있기까지 한 일련의 선결 조건을 막무가내로 한국에 '꿰맞추던' 기존의 관례에 의도적으로 반기를 드는 것을 의미한다. 그러나 이러한 일괄적 접근은 특정 작품을 '현대물'로 분류할 수 있느냐 하는 진정성 논쟁에서 아직까지도 종종 발생하고 있는 현상이다. 그런 점에서 이 책은 한국문학 및 역사를 기존과는 다른 관점에서 고찰해볼 수 있는 대안적 시각을 제시할 것이다.

'한국인(Korean)'의 정의

앞서 잠시 언급했던 바와 같이 '외국'에 대한 이분법적 정의를 문제 삼을 경우 '한국' 및 '한국인'을 구성하는 요소가 정확히 무엇인가를 비평적 관점에서 재평가 및 고찰해볼 필요가 생긴다. 이 책에서 '한국'이라 함은 현재 한반도라 알려진 지역에 지난 이천 년 동안 존재했던 왕국과 그 국민, 특히 백제(B.C. 18~660), 고구려(B.C. 37~668), 신라(B.C. 57~668), 통일신라(668~935), 고려(918~1392), 조선(1392~1910)을 일컫는다.[11] 이 외의 다른 왕국, 즉 가야(42~532)[12]나 발해(698~926)의 경우는 그 기원이 보다 '외국'적이며 다민족적인 구성을 보인다는 점에서 순수한 '한국'으로 구분할 수 있느냐 하는 논란이 종종 발생하고는 한다. 그러나 이 논란 역시 '한국'을 구성하는 요소인 고대 '한국'의 대외 관계가 유동적이고 이질적이었다는 저자의 주장을 뒷받침할 뿐이다.

마지막으로 앞서 간단히 언급한 바와 같이 현재는 한반도 영토에 속해 있지 않은 지역도 고찰해볼 가치가 있다. 일부 만주 지역의 경우는 한 때 '한국인'의 지배하에 있었을 수도 있으나 중국 영토가 된 지 이미

---

11) 이보다 훨씬 이전 시기까지 거슬러 올라갈 경우 이 책의 논의 범위를 벗어날 위험이 있다. 그러나 설명상 필요하다고 간주될 때는 위만조선(衛滿朝鮮) 등 훨씬 이전 시기에 한반도에 존재했던 국가의 외국적 기원에 대해서도 언급하게 될 것이다. 비록 이 책에서 다루고 있지는 않으나 고대 한반도에 존재했던 부여(夫餘)나 한사군 같은 국가 또한 이 책의 주장을 뒷받침해준다. 한사군이 한반도에서의 초기 국가 형성에 어떤 영향을 미쳤는지에 대해 배형일은 설득력 있는 필치로 잘 설명하고 있다. 배형일, 『한국 기원의 구축─한국 국가 형성 이론에 있어서의 고고학적, 사료적, 민족적 신화에 대한 비평적 검토 Constructing "Korean" Origins ─A Critical Review of Archaeology, Historiography, and Racial Myth in Korean State─Formation Theories』(Cambridge : Harvard University Press, 2000) 참조.

12) 『삼국유사』 등의 고문헌에 가야에 대한 기록이 실려 있다는 사실은 가야를 한국에 포함시켜야 하는 중요한 이유가 되며 이는 또다시 한국을 획일적으로 정의할 수 없음을 보여준다. 가야는 본가야(本加耶, 42~532)와 대가야(大加耶, 약 42~562), 두 국가로 존재했었다.

천 년도 넘었다. 제주도는 만주와 거의 정반대의 상황을 보인다. 현재 최소한 행정적으로는, 그리고 한국인의 마음속에서는 제주도가 한국의 일부로 확고하게 자리하고 있으나 제주도는 그 역사 대부분을 탐라국이라는 독립된 섬 국가로 존재하였다.13) 수 세기 동안의 연이은 강제 통치와 식민지화, 동화 과정이 제주도를 유사 '한국'으로 만들어 놓은 것이다. 그러나 제주도가 본토와는 다른 정체성 및 정서를 지니고 있다는 사실은 본토인들 또한 항상 잘 인지하고 있는 바이다.14) 수십 년 동

---

13) 이 사실은 1145년 김부식(金富軾, 1075~1151)이 저술한 『삼국사기(三國史記)』를 포함해 다양한 한국 사료에 언급되어 있다. 신라 문무왕(文武王, 661~681) 재위 2년 기록을 보면 탐라가 원래는 백제에 예속되어 있었으나 백제가 멸망하면서 신라 통치 하에 들어오게 되었다고 적고 있다. 그러나 문무왕 5년에 신라・백제・탐라 그리고 당시 왜(倭)라 불리던 일본의 사절단이 함께 당나라로 공무 여행을 떠난 기록이 보인다. 이를 통해 우리는 탐라가 비록 신라에 신하의 예를 갖추었을지는 모르나 대외 관계에 있어서만큼은 특정 형태의 주권을 유지했음을 확인할 수 있다. 아이러니하게도 탐라에 대한 언급 중 마지막 두 번째(백제 문주왕(文周王, 475~477) 2년) 기록을 보면 탐라 초기의 모습을 엿볼 수 있다. 이 기록에 따르면 탐라국(耽羅國)이 문주왕에게 방물(方物)을 바쳤고 이에 크게 기뻐한 문주왕이 사신에게 높은 관직과 직위를 하사하였다고 한다. 여기에서도 우리는 다시 어떤 긴장감을 엿볼 수 있다. 즉, 국(國)이라는 문자가 별개의 국가임을 암시하는 반면 조공이 의미하는바 또한 명백하다. 한반도 본토에 존재했던 수많은 왕국이 국내의 권위는 그대로 유지하면서도 중국에 공물을 바쳤던 것과 마찬가지로 한반도 본토의 일부 국가와 탐라국 간에도 이와 유사한 관계가 성립되었던 것으로 보인다. 탐라의 의지에 반하는 이런 관계를 유지케 했던 힘이 무엇인지 또한 동 문헌에 잘 나타나 있다. 동성왕(東城王, 479~501) 재위 20년의 기록에 따르면 탐라가 공물과 세금을 바치지 않자 백제가 토벌군을 파견하기로 하고 이를 전해들은 탐라는 사신을 보내 보상의 의지를 밝혀 이에 따라 공격 명령이 취소되었다고 한다.
　　독립 국가로서의 탐라국의 존재는 외국 문헌을 통해서도 잘 입증되고 있다. 일본 승려 엔닌(圓仁)은 자신의 저서 『입당구법순례행기(入唐求法巡禮行記)』에서 중국에서 일본으로 돌아오는 귀국길에 탐라를 지났다고 적고 있다. 엔닌(Ennin), 에드윈 라이샤워(Edwin O. Reischauer) 역, 『입당구법순례행기 *Ennin's Diary—A Record of a Pilgrimage to China in Search of the Law*』(New York : The Ronald Press Company, 1955), 401면 참조.
14) 1900년 제주도에서 봉기가 일어났다. 처음에는 반기독교 운동이라는 소문이 퍼졌고 이에 프랑스는 당시로서는 너무나도 당연하게 포함 두 척을 급파한다. 그러나 기독교인의 죽음은 '반란 와중에 우연히 발생한 사고'였던 것으로 후에 밝혀졌다. 봉기는 '한국으로부터의 독립을 갈구하던 오랜 지역 정서'와 서울에서 내려온 관료가 책정한 부당 과세가 복합적 원인으로 작용하여 발생한 것이었다. 윌리엄 프랭클린 샌즈(William Franklin Sands), 『조선비망록 *Undiplomatic Memories*』(New York : Whittlesey House, 1930),

안의 표준화된 교육 과정 및 중앙 매체의 영향에도 불구하고 제주도가 오늘날까지도 본토인들에게는 거의 외국 것이나 다름없는 불가해한 토착 언어와 문화 전통을 그대로 고수하고 있다는 사실은 제주도가 여전히 본토에 통합되지 않은 채로 남아 있으며, 또한 그렇게 되지 않기 위해 제주도가 여전히 끊임없이 저항하고 있음을 극명하게 보여주는 지표라 할 수 있다.[15]

이상에서 언급한 사례들을 본격적으로 다루는 것이 이 책의 범위를 벗어나기는 하지만 이는 '한국'과 '외국'을 단순히 이분법적으로 이해하려 하는 것이 얼마나 많은 문제를 야기하는지를 잘 보여준다. 따라서 '고대'와 '근대'의 경우와 마찬가지로 이 책에서는 편의상 '한국'과 '외국'이라는 용어를 채택하기로 한다. 또 적절하다고 판단되는 경우에는 특정 국가나 왕국의 이름(예 : 조선)을 사용하기로 한다. 그러나 특정 국가의 존립 시기보다 더 오래 지속되거나 그 영향력을 넘는 일반적 경향 및 전통에 대해서는 '한국'이라는 용어를 사용하기로 한다.

'은자의 나라' 한국

역사 및 문학 기록에 나타난 '외국'과 관련한 상기와 같은 전통적 인

163~180면 참조. 제11장 「여인의 나라 제주도(The Amazons)」는 모계 사회 특성을 비롯해 본토와 현저한 차이를 보이는 제주도의 여러 특성을 연대순으로 기술해 놓고 있다.
15) 만주의 경우와 마찬가지로 제주도에 대해서도 서로 대립적인 정서가 충돌하며 상반된 개념이 나타난다. 표면적으로 보기에 제주도는 순수 한국을 구성하는 일부처럼 보인다. 그러나 내면을 자세히 들여다보면 한반도 본토 그 어느 곳에서도 찾아볼 수 없는 언어와 관습, 신앙의 풍부한 원천으로서 제주도는 언어학자와 인류학자의 연구 대상이 되고 있다.

식 및 관점을 고려해볼 때 한국을 은자로 바라보는 기존 관념에 당혹스럽지 않을 수 없다. 한국을 '은자의 나라'로 부르게 된 기원과 이 용어가 내포하고 있는 사상은 실로 매혹적이기까지 하나 이 용어 자체는 극히 부적절하기만 하다. 한국이 이런 별칭을 갖게 된 것은 1882년 윌리엄 엘리엇 그리피스(William Elliot Griffis)가 자신의 저서에 『은자의 나라 한국(Corea-The Hermit Nation)』16)이라는 제목을 붙이면서부터다. 그런데 아이러니하게도 같은 해, 한국은 미국과 조미수호통상조약(朝美修好通商條約)을 체결한다. 이 조약은 한국이 서구와 체결한 최초의 조약인 동시에 새로운 국제 질서를 공식적으로 인정하는 최초의 사건이었다.17) 저자 그리피스가 한 번도 한국에 와본 적이 없다는 사실 또한 아이러니가 아닐 수 없다. 그리피스는 일본에 체류하면서 자신의 생각을 정리하고 이를 바탕으로 한국에 대한 의견을 형성했다. 그는 서구화된 신일본에 매혹당했고 한국에 대해서도 유사한 견해를 지녔던 듯하다. 그의 저서 『은자의 나라 한국』 도입부에 있는 헌사(獻辭)를 통해 그리피스는 다음과 같이 적고 있다.

> 과학과 진리와 순수 종교를 통해 자신과 동족을 개명시키고, 그들의 나라로부터 미신과 완고(頑固)와 전제와 토착적・이질적 교권(敎權)을 몰아내고, ……위해 애쓰는 한국의 모든 애국자들에게 ……18)

---

16) 윌리엄 엘리엇 그리피스(William Elliot Griffis), 『은자의 나라 한국 *Corea－The Hermit Nation*』, New York : Charles Scribner's Sons, 1882. 이후 이 책의 인용 부분은 집문당에서 출간한 동 책의 역서에서 발췌하였음. W. E. 그리피스, 신복룡 역, 『은자의 나라 한국』, 집문당, 1999.

17) 한국이 1876년 일본과 강화도조약(江華島條約)을 체결했음을 앞서 언급한 바 있다. 동 조약이 소위 '개항'의 신호탄이기는 했으나 서구적 의미에서 말하는 국제 관계의 시작을 의미하는 것은 아니었다. 오히려 한국은 한일 간에 동아시아의 전통적 국제 관계를 재수립하는 수단으로 동 조약을 잘못 이해했다.
    이에 대한 논의는 김기혁, 앞의 책, 253, 256, 258면 및 송병기, 「쇄국기의 대미인식」, 『한국인의 대미인식』(유영익 외, 민음사, 1994), 11면 참조.

18) 저자 강조.

'과학과 진리와 순수 종교'를 함께 언급하며 특정 이미지를 창조하고자 했던 그리피스의 이와 같은 경솔한 시도는 이후 미 선교사나 강점기 시절의 일본, 그리고 한국 개화파들이 사용했던 과장된 수사법을 그대로 반영하고 있다.19) 그리피스는 한국을 은자의 나라라고 칭함으로써 단순히 한국과 일본이 다르다는 점을 말하고자 했던 듯하다. 당시 한국은 동아시아 세계 질서를 보존하는 데 몰두하고 있었고20) 그리피스는 '진리, 과학, 그리고 순수한 종교'의 맹목적 숭배자들이 동아시아 세계 질서에 대해 군사적·인식적 공격을 가하는 와중에 한국을 접하게 된 것이다. 따라서 이러한 역사적 맥락을 알지 못하는 전통 경시적 성향을 지닌 저자의 눈에 한국이 은둔의 나라처럼 비쳤을 것은 어찌 보면 당연한 일이다.

실제로 그리피스가 자료를 조사하고 글을 저술했던 1870년대 조선은 확실히 국제 관계의 저점 혹은 그 근처에 머물러 있었고 그만큼 외국인 혐오 또한 거의 정점에 달해 있었다. 하지만 이는 단지 서양의 시각에 따른 정의일 뿐이었다. 논리와 시각을 달리 하면 얘기는 달라진다. 조선은 화이사상(華夷思想)이 지배하는 세계 질서 속에서 거의 500년을 존속했고 때로 번영을 구가하기도 했다. 그 속에서 조선은 자국의 이미지를 쇄신하고 서구에 이익을 주어야 할 어떤 필요성이나 가치도 찾지 못했다.21) 이후 장에서 상세히 논의하겠지만 대부분의 한국인이 서구에 대

---

19) 서재필·윤치호 등 개화파 인물 대다수가 일본의 보호와 후견 아래 개화 운동을 펼치기 시작했으나 후대로 가면서는 미국 및 기독교에서 정치 및 정신적 지침을 구하고자 했다.

20) 김기혁은 한국이 "조국을 보호하고 동아시아 문명을 구하는" 데 총력을 기울였다라고 서구에 대한 한국의 대응을 간략하면서도 정확하게 표현하고 있다. 김기혁, 앞의 책, 38면 참조.

21) 제3장에서는 한국의 서구 및 서구화 과정에 대한 반대가 상당 부분 타당한 이유에 기반을 둔 것이었으며 맹렬한 강도로 진행되었다는 점에 대해 논할 것이다. 서구화 과정 대부분이 강압과 기만으로 얼룩졌고 그 결과 서구화에 대한 반대의 목소리는 점점 잦아들고 말았다.

한 개방의 이점과 필요를 마침내 확신하게 된 계기는 '진리와 순수한 종교'가 아닌, 보다 강력한 화력을 자랑하는 '과학'과 의학, 그리고 교육의 전략적 사용 및 보루였다는 점을 여기서 먼저 언급하고 넘어갈 필요가 있다.

어찌됐든 그리피스 이후에도 은자의 나라라는 호칭은 여전히 사용된다. 청일전쟁(1894~1895)을 다룬 『동양의 전쟁(The War in the East)』에서 한국은 다시 한 번 '은자의 나라'라 불린다(청일전쟁이 한국민의 봉기에 의해 촉발된 면이 있고 전투도 한반도에서 치러졌으며 그 목적 또한 한반도에 대한 지배권을 획득하고자 하는 것이었다는 점에서 청일전쟁이란 명칭 자체도 적절하지 못한 면이 있다).22) 23) 잘못 붙여진 것임에도 불구하고 은자의 나라 이미지는 오늘

---

22) 중국과 일본은 청일전쟁이 있기 훨씬 전부터 한반도에 대한 패권을 두고 상호 투쟁 관계에 있었다. 그러다 1894년 여러 가지 복잡한 이유로 인해 한국에서 반란이 발생한다(당시, 그리고 현재도 혹자는 그저 편리하게 동학교도에게서 그 원인을 찾으려 한다). 이에 당황한 한국 정부는 반란을 진압하기 위해 중국에 도움을 청한다. 일본은 한국 정부로부터 어떠한 요청도 받지 않았으나 자체적으로 군대를 파견한다. 반란은 진압되었으나 바로 청일전쟁이 발발했고 많은 한국인이 이 전쟁의 피해자가 되었다.
   청일전쟁은 한국소설에도 영향을 미쳤다. 전쟁 발발 11년 후 발간된 한국 최초의 신소설 『혈의 누(血의漏)』는 청일전쟁의 어지러운 포화와 학살을 배경으로 이야기를 시작한다.
   청일전쟁에 대해 포괄적으로 다루고 있는 저서로는 유영익, 『동학농민봉기와 갑오개혁―청일전쟁기(1894~1895) 조선인 지도자의 사상과 운동』(일조각, 1998)과 김기혁 외, 『청일전쟁의 재조명』(춘천 : 한림대학교 아시아문화연구소, 1996)이 있다. 이보다 간략하기는 하나 영문 저서로는 수잔 신(Susan S. Shin), 「동학농민운동 ― 계몽에서 개혁까지(The Tonghak Movement―From Enlightenment to Revolution)」, 『한국학 포럼 5 Korean Studies Forum 5』(1978 겨울~1979 봄), 1~79면; 조재곤(Cho Jae-gon), 「청일전쟁과 동학농민운동의 관계(The Connection of the Sino-Japanese War and the Peasant War of 1894)」, 『코리아 저널 Korea Journal』(Vol.34, No.4, 1994 겨울), 45~58면; 신용하(Shin Yong-ha), 「동학의 성립과 최제우(Establishment of Tonghak and Ch'oe Che-u)」, 『한국학 서울저널 Seoul Journal of Korean Studies』(Vol.3, 1990), 83~102면을 참조할 것. 그리고 특히 청일전쟁이 한국 국내 정치에 미친 영향을 분석한 글로는 유영익(Young Ick Lew), 「갑오개혁의 개혁문서 분석(An Analysis of the Reform Documents of the Kabo Reform Movement, 1894)」, 『사회과학인문학저널 Journal of Social Sciences and Humanities』(No.40, 1970.12), 29~85면을 참조할 것.
23) 트럼벌 화이트(Trumbull White), 『한중일 동양의 전쟁 The War in the East. Japan, China, and Corea』, Philadelphia and Chicago : Imperial Publishing Company, 1895. 『고베 헤럴드 Kobe Herald』지의 기자였던 화이트는 그리피스의 논의를 이어가고 있는 것처럼 보인다(그리

날까지도 그 영향을 미치고 있다.

이렇듯 매우 주관적인 19세기 말 한국에 대한 시각을, 지난 세기 많
은 학자와 작가가 (한국 학자와 작가를 포함해) 과거 역사와 미래에 투
영시켰다. 이것이 잘못된 정보에서 비롯된 것인지 혹은 다른 이들을 미
혹시키기 위한 것이었는지 동기적 측면에서 중요성을 지닌다. 그러나
그 영향을 놓고 볼 때 무지와 몽매는 별반 다를 바가 없다. 분명한 사실
은 이들이 오랜 세월 다른 국가와 교린 관계를 맺어온 한 국가(영토와 민
족 모두)를 '은자의 나라'라 잘못 불렀다는 사실이다. 역사 기록에서 여
행기에 이르는 다양한 문헌이 그러한 교린 관계를 증명해 주고 있지만
지금까지 학문적 관점에서 이들을 다룬 연구는 거의 전무한 상태이다.

역사적 사례

한국이 '외국'과의 교류를 시작한 시점이 언제인가로 논의를 되돌릴
수 있는 몇 가지 효과적인 방법이 있다. 역사라기보다는 신화에 더 가
까울 수 있겠으나 한국이 최근까지도 중국 은나라의 현자(賢者) 기자와
그가 한반도에 건립한 기자조선(箕子朝鮮)에 대해 자부심을 느꼈었다는
사실은 한국이 자신의 기원과 관련해 어떤 관점을 지니고 있는지를 잘
보여준다.[24] 후대 기록에 비해 정확성이나 양적인 면에서 떨어지기는

___

피스가 글을 마감한 곳에서 화이트의 글이 시작되고 있다). 글 도입부에서 화이트는
중국을 "줏대가 없는(invertebrate)"이라고 묘사한 반면 일본에 대해서는 "활기 있고, 흡
입력이 뛰어나며, 서구의 정신을 지닌(sprightly, absorbent, western-spirited) ……"이라 기
술하고 있다.
24) 후대로 가면서 민족주의가 세를 얻으며 보다 토착적인 기원을 담고 있는 단군신화
가 한국의 기원으로서 지배적 위치를 차지하게 되나 한 때는 기자도 한국의 기원으로

하나 그나마 남아 있는 한반도 고대 국가에 대한 기록을 보면 한결같이 통치자 중 일부가 외국 출신이었다고 적고 있다. 일례로 위만조선(衛滿朝鮮)을 건국한 위만은 중국 연나라의 전쟁과 혼란을 피해 자신의 무리 천여 명을 이끌고 한반도로 건너온 망명자였다. 당시 고조선의 왕은 위만에게 서북 변방을 방어할 책임을 맡긴다.[25] 이후 위만이 고조선 왕을 배반한 사실은 이 책에서는 중요치 않으며, 그보다는 '외국인'인 그가 귀화한 후 고위 관료로서 막중한 책임을 부여받았다는 사실이 중요하다.[26] 더욱이 20세기 이전에 기록 및 재 작성된 역사 문헌은 이런 상황을 비정상적이라거나 바람직하지 못한 것으로 규정하고 있지 않다. 오히려 한국과 중국의 여러 왕국 간에 혈연 및 문화적 연대를 공고히 하였다는 사실에 일종의 자부심마저 배어 있다.

서 단군신화와 동등한 위치를 점한 적이 있었다. 1905년 을사조약 이후 실린 한 신문 사설을 보자.

"오호, 애통하도다. 우리 2천만 남의 노예가 된 동포여. 살았느냐, 죽었느냐. 檀箕 이래 4천년, 국민정신이 하룻밤 사이에 졸연히 멸망하고 말았는가. 애통하도다, 동포여."(장지연, 「是日也放聲大哭(오늘 목 놓아 크게 곡하노라)」, 『황성신문』 1101호, 1905.11.20)

이기백, 에드워드 와그너(Edward W. Wagner) · 에드워드 슐츠(Edward J. Shultz) 역, 『한국사신론 New History of Korea』, 일조각, 1984, 329~330면.

이 시기가 역사상 상대적으로 최근의 일이며 국가 위기에 봉착해 가능한 모든 수단을 총동원해 민족주의를 강화하던 시기였음을 고려해 보면 그 중요성은 더욱 커진다. 중국 이민자였던 기자가 한국 독립의 집결점 역할을 하고 있는 것이다.

25) 이기백, 앞의 책, 16~17면.

26) 위만의 배신(쿠데타)이나 신생 국가의 건립 모두 '비한국적'인 것으로 규정할 수는 없다. 오히려 이는 신라와 중국 당나라에 의한 한반도 최초의 통일, 조선왕조의 수립, 그리고 보다 최근의 일로 박정희 정권과 전두환 정권의 수립으로 이어지는 오랜 전통의 일부로 볼 수 있다.

신채호와 최남선을 필두로 한 20세기 초 민족주의 학자들은 고대 한국의 일부 지도자가 외국 출신이라는 사실의 중요성을 평가 절하하였다. 시대별로 기자, 위만, 그리고 단군에 대해 어떠한 수용 태도 및 분석 양상을 보였으며 또 어떻게 변화해 왔는지를 상세히 기술한 책이 있다(배형일, 앞의 책 참조). 이 책이 '외국(the foreign)'이란 용어에 기호를 사용하고 있는 것과 흡사하게 배형일의 글 역시 '한국인(Korean)'이란 용어에 기호를 붙이고 있음을 눈여겨 볼 필요가 있다. 서로 관점이 다르기는 하나 저자와 배형일 모두 '은자의 나라 한국'이라는 개념에 문제를 제기하고 있는 것이다.

중국이 아시아 국가 간 문명 통합의 유일한 근원은 아니었다. 1세기
경 한반도에 존재했던 왕국들은 인도와 불교에서 그 모범을 찾고자 했
다. 늦어도 삼국시대(B.C. 18~668) 초부터는 중국을 넘어 멀게는 중동지역
까지도 문물교류가 활발히 이루어졌음을 증명하는 일화와 문헌, 고고학
자료가 존재한다.27) 13세기 말 고려 승려 일연(1206~1289)이 집필한 『삼
국유사』의 「가락국기」편은 가야 왕국의 건국 신화와 역사를 적고 있는
데 외국과의 상호 교류를 보여주는 주목할 만한 대목들이 나온다. 가야
의 왕 수로(首露)는 왕비를 맞이하고자 했다. 그러나 자신이 하늘의 후손
이었던 관계로 백성을 신부로 맞이할 수는 없었다. 따라서 왕은 격에
맞는 신부를 찾고자 신하를 바다로 보내게 된다. 얼마 지나지 않아 아
름다운 공주가 타고 있는 배 한 척을 발견한다. 곧 수로왕을 알현하게
된 공주는 아래와 같이 아뢴다.

> "나는 본래 아유타국(阿踰陁國)의 공주인데 성은 허(許)씨요 이름은 黃玉(황
> 옥)이나 나이는 二八(이팔)이라 今年五月(금년 5월)에 本國(본국)에 있을 때 父
> 王(부왕)이 皇后(황후)로 더불어 나에게 말씀하기를 어젯밤 꿈에 함께 上帝(상
> 제)를 뵈오니 上帝(상제)의 말씀이 駕洛國王(가락국왕) 首露(수로)는 하늘이 내
> 려 보내어 登極(등극)케 하였으니 이 사람이야말로 神聖(신성)스러운 이다. 또
> 새로 나라를 다스리나 아직 配匹(배필)을 定(정)치 못하였으니 그대들은 公主
> (공주)를 내보내어 짝을 삼게 하라."
>
> (…중략…)
>
> 八月一日(8월 1일)에 本宮(본궁)으로 還駕(환가)할 때 后(후)로 더불어 輦(연)
> 을 타고 臣夫妻(신부처)도 다 수레를 타고 漢肆雜物(한사잡물)을 모두 실어 徐

---

27) 권영필, 『실크로드 미술―중앙아시아에서 한국까지』(열화당, 1997) 및 이희수(Lee
Hee-Soo), 「이슬람 출처에 기반한 한―아랍의 초기 해상 관계(Early Korea-Arabic Maritime
Relations Based on Muslim Sources)」, 『코리아 저널 *Korea Journal*』(Vol.31, No.2, 1991 여름),
21~32면 참조.
최근 삼국시대 말을 배경으로 한 TV 미니시리즈 '왕건'은 극에 사실성을 부여하기
위해 한반도를 왕래하던 아랍 상인을 다수 극에 등장시켰다.

徐(서서)히 대궐로 들어오니 때는 午正(오정)이 되려 하였다.

(…중략…)

더구나 왕이 왕후와 함께 사는 것은 마치 하늘에게 땅이 있고, 해에게 달이 있고, 양(陽)에게 음(陰)이 있는 것과 같았으며 그 공은 도산(塗山)이 하(夏)를 돕고, 당원(唐媛)이 교씨(嬌氏)를 일으킨 것과 같았다. 그 해에 왕후는 곰을 얻는 꿈을 꾸고 태자 거등공(居登公)을 낳았다.[28]

『삼국유사』 상당 부분이 대개는 사실로 받아들여지지 않는 데 비해 「가락국기」편은 매우 상세한 정보를 담고 있어 사실일 가능성이 매우 농후하다. 가야국은 오늘날의 김해(金海)에 위치해 있었으며 현재 김해 김씨와 김해 허씨는 동성동본(同姓同本) 결혼 금지법으로 인해 결혼이 불가능하다. 따라서 상기 인용된 글에서 기술하고 있는 사건 전부를 단순한 전설로 치부하기에는 무리가 있다.

『삼국유사』 「가락국기」편은 또 다른 '외국' 사례를 담고 있다. 먼저, 왕위 찬탈을 목적으로 한반도에 쳐들어온 '외국' 왕자 탈해(脫解)를 수로왕이 물리치는 장면이 나온다. 동 기록은 탈해를 완하국(玩夏國) 출신으로 기술하고 있으나 정확히 그 위치가 어디인지는 기록되어 있지 않다. 그러나 전투에 패한 탈해가 "중국에서 들어온 배를 타고 떠났다"라는 대목이 보이며 가야를 떠난 이 배는 본국으로 돌아가지 않고 신라로 향했다고 한다. 이 기록을 『삼국유사』 및 『삼국사기』의 다른 기록들과 비교해 보면 외국 땅에서 태어난 이 탈해라는 인물이 신라에 잔류하기로 했으며 후에 신라 제4대 왕으로 등극했음이 분명해진다.[29] 보다 적절한

---

28) 일연, 하태홍(Tae-Hung Ha)·그래프톤 민츠(Grafton K. Mintz) 역, 『삼국유사 Memorabilia of the Three Kingdoms』, 연세대 출판부, 1972, 162~164면. 이 책 162면에서 역자는 공주의 고향인 아유타와 관련해 "흥미롭게도 아유타라는 도시는 한 때 태국 왕국의 수도였다"라고 적고 있다.

그러나 허황옥을 다시 인도 출신, 보다 구체적으로는 아요디아라는 도시 출신이라고 주장한 최근의 연구가 있다. 일기 형식으로 글이 전개되기는 하나 이 책은 허씨 일가가 인도에서 중국 남부를 거쳐 마침내 한국으로 오게 된 경위를 꽤 상세하게 기술하고 있다. 김병모, 『김수로 왕비 허황옥-쌍어의 비밀』, 조선일보사, 1994.

용어가 없는 관계로 신분 상승이라고밖에 표현할 수 없는 이러한 대우는 순수 외국 혈통이라 간주되던 이들에게는 거의 허용되지 않던 것이었다.

마지막으로, 외부 세계와의 초기 관계를 보여주는 또 다른 중요 단서를 이 「가락국기」편에서 다시 찾아볼 수 있다.

> 어느 날 왕이 신하들에게 말했다. '구간(九干)들은 여러 관리의 어른인데 그 지위와 명칭이 모두 소인(小人)이나 농부들의 칭호이니 이것은 벼슬 높은 사람의 명칭이 못 된다. 만일 외국사람들이 듣는다면 반드시 웃음거리가 될 것이다.' 이리하여 왕은 그 칭호를 변경하였다. ……30)

이는 자국 국경 밖의 민족을 의식하고 그와 관련한 우려를 표현한 또 다른 중요 사례라 할 수 있다. 또한 이는 은자의 나라가 방어적 관점에서 외국의 침략이나 적대감을 우려한 것이 아니라, 공동 문명에 속한 내부인으로서 자국의 지위를 걱정한 것이라는 점을 주지할 필요가 있다. 『삼국유사』는 몽고의 침입에 대항해 고려가 민족의식 및 연대감을 고취할 목적으로 편찬한 것이라는 점이 흔히 강조된다.31) 그러나 『삼국

---

29) 『삼국유사』 「제2 기이(紀異) 上」 및 『삼국사기』 「권 제1 – 신라본기 제1」 참조. 그러나 『삼국유사』 「가락국기」편을 보면 신라 왕족 탈해를 묘사하며 다음과 같은 주해로 장을 마감하고 있다. "그런데 이 記事(기사)에 실린 것이 新羅(신라)의 것과는 많이 다르다."

30) 일연, 하태홍·그래프톤 민츠 역, 앞의 책, 163면. 이 번역은 다소 문제가 있다. 왜냐하면 본문에서 '外'라는 문자를 사용하고 있으나 어떤 민족인지 그 언급이 없기 때문이다. "만일 우리 나라 밖에서 듣는다면 ……"으로 번역하는 것이 더 적절할 듯하다.

31) 예를 들어 이기백의 『한국사신론』 167면을 보자. "이에 대해서 충렬왕(1274~1308) 때에 일연(1206~1289)이 지은 『삼국유사』와 이승휴(1224~1300)가 지은 『제왕운기(帝王韻記)』는 그 성격을 달리하고 있다. 이 둘은 우리나라의 역사를 단군으로부터 시작하고 있는 것이 특색이다. 원(元)과의 관계에서 일어나는 민족적 고민이 단일 민족으로서의 자각과 민족의 시조에 대한 관념을 강하게 만든 것으로 생각된다." 『삼국유사』는 단군(檀君)을 고조선의 건국 시조로 기록하고는 있으나 한국의 아담과 같은 존재로 단정하고 있지는 않다. 즉, 어떤 식으로든 단군이 한반도에 거주한 모든 개개인의 조상이라고는 주장하고 있지 않다는 말이다. 그 반대로 당시까지 한반도에 존립했던 모

유사』가 한국적인 것을 규정하면서 단일 혈통이라는 협의의 기준을 적용하고 있지 않다는 사실 또한 주목하여야 한다. 그 근거 자료의 부족에도 불구하고 오늘날 너무도 당연시되고 있는 단일민족설을 『삼국유사』를 비롯, 이 장에서 언급하고 있는 그 어떤 문헌에서도 찾아볼 수 없다. 오히려 한반도에서 일어난 역사적 사건들을 단일 기록으로 정립하고자 했던 『삼국유사』는 앞서 본 바와 같이 한국으로 귀화한 외국인의 사례와 함께 외국으로 길을 떠나 한국으로 다시는 돌아오지 않은 한국인의 사례 또한 담고 있다.

『삼국유사』는 외국과의 교류가 단방향으로만 일어난 것이 아님도 시사하고 있다. 한국인 또한 외국으로의 모험을 감행했던 것이다. 인도에서 발생한 불교는 중국을 통해 한국으로 전파되었으나 그렇다고 해서 한국인이 이 종교의 발생지를 찾아 순례를 떠나는 일이 없었던 것도 아니다. 일례로 신라 승려 혜초(704~787)는 12세의 어린 나이로 중국으로 구법의 길을 떠난 후 결코 돌아오지 않는다. 중국 남부를 시작으로 인도네시아를 거쳐 인도, 그리고 중앙아시아 대부분을 여행하며 혜초는 자신의 여행 기록을 담은 『왕오천축국전(往五天竺國傳)』[32]을 저술한다. 이 순례 여행을 전후로 혜초는 중국에 머물며 탄트라 불교의 대승 바즈라보디(Vajrabodhi, 671~741)와 아모가바즈라(Amoghavajra, 705~774) 밑에서 수학한다.[33] 혜초의 여행기는 1908년 프랑스 탐험가 폴 펠리오(Paul Pelliot)

든 국가와 왕국이 공통의 기원과 조상을 가졌다는 개념 자체를 송두리째 흔들어 버릴 수 있는 모든 방법을 동원하고 있다. 물론 당시 이런 개념이 존재했다면 말이다.
　　이 시기에 대한 보다 자세한 내용은 에드워드 슐츠(Edward J. Shultz), 『무신과 문신 — 중세 한국의 무신정권 Generals and Scholars — Military Rule in Medieval Korea』(Honolulu : University of Hawaii Press, 2000) 및 윌리엄 헨쏜(William E. Henthorn), 『몽고의 한국 침입 Korea — The Mongol Invasions』(Leiden : E.J. Brill, 1963)을 참조
32) 원 필사본과 조판본 및 주해본, 그리고 영문 번역본을 한 권에 포함하고 있는 책으로 혜초, 양한승(Han-Sung Yang)·윈화 잰(Yün-Hua Jan)·샤타로 이이다(Shotaro Iida)·로렌스 프레스톤(Laurence W. Preston) 외편역, 『혜초의 인도 지역 순례기 The Hye Ch'o Diary — Memoir of a Pilgrimage to the Five Regions of India』(Berkeley : Asian Humanities Press, 1984)가 있다.

가 중국 서부 돈황의 한 동굴에서 그 필사본을 발견하기까지 세상에 알려지지 않았다. 『왕오천축국전』은 단순한 성지 순례 기록 이상으로 당시 각 지역의 법과 관습, 경제에 대한 구체적 정보를 담고 있어 더욱 흥미를 자아낸다. 더욱이 주요 장의 끝부분에는 혜초 자신의 시가 실려 있다.[34] 인도 남부를 여행할 때는 자세한 기록을 남기는 데 상당한 공을 들인 듯하다.

> 왕은 코끼리 팔백 마리를 소유하고 있다. …… 그곳 산물로는 무명, 천, 코끼리, 물소, 황소가 있다. …… 낙타나 노새, 당나귀 따위는 없다. 논은 있으나 기장이나 조 등은 없다.

그러나 이런 산문체 문장 뒤에 혜초는 다시 다음과 같은 시를 적어 놓았다.

> 달 밝은 밤에 고향길을 바라보니
> 뜬구름은 너울너울 돌아가네.
> (…중략…)
> 내 나라는 하늘가 북쪽에 있고
> 남의 나라는 땅끝 서쪽에 있네.
> (…중략…)

---

33) 이들 두 승려는 당시 당나라에 머물고는 있었으나 본시 인도인으로 그들의 한국 이름은 각기 금강지(金剛智)와 불공삼장(不空三藏)이다. 혜초는 십대 때부터 중국에 살며 공부를 하였으나 그가 8년(719~727)에 걸친 성지 순례를 시작하도록 영감을 불어넣은 것은 바로 이들 두 스승이었다. 불교를 통한 한국·인도·중국 3국 간의 이러한 실질적 결합은 이후 김만중의 소설 『구운몽』에서 그 허구적 등가를 찾아볼 수 있다.

34) 비록 이 책이 허구적 산문에 주안점을 두고 있기는 하나 고대 및 근대 한국문학에서 기행문학과 시는 흔히 이들 허구적 산문의 전제 사항을 강조 및 지지하는 역할을 한다. 더욱이 이들 세 문학 장르는 현재 우리가 생각하는 것만큼 항상 그렇게 상호 독립적이지만은 않았다. 기행문인 『왕오천축국전』에 시가 담겨 있듯, 1780년 박지원(朴趾遠, 1737~1805)이 저술한 『열하일기(熱河日記)』 역시 여행기이지만 허구적 산문인 「허생전(許生傳)」을 싣고 있다.

누가 소식 전하러 계림(鷄林)으로 날아가리.35)

혜초는 자기 자신에 대해 다양한 개념을 갖고 있었던 것으로 보인다. 이 시를 비롯한 여러 작품에서 혜초는 '고향길'에 대한 생각으로 괴로워하고 있다. 신라 태생인 그는 현재 고향에서 멀리 떨어져 있다. 그러나 그와 동시에 혜초는 또한 순례 중인 불교 승려의 전형적 은유라 할 수 있는 '뜬 구름'이기도 하다.36) 따라서 이 불교의 세계가 조선이 속했던 유교 질서의 초기 권화(權化)라는 관점에서 보면 혜초는 외국에 있는 동시에 한편으로는 고국에 있는 것이나 마찬가지다. 그리고는 다시 고향, 즉 한국인으로서의 자신에 대한 생각으로 되돌아온다. 그러나 곧바로 혜초는 이러한 자신을 또 다른 자신, 즉 육신의 고향을 떠나 여전히 자신의 정신적 고향을 찾아 서쪽으로 향하고 있는 자기 자신의 모습과 대비시킨다. 마지막 연에서는 마치 예언이라도 하듯 다시 고향을 향하고 있다. 그의 선견지명이 인상적이다. 혜초의 말은 결코 그의 고향까지는 전해지지 않는다. 혜초는 중국에 남기로 결정하며, 이로써 그는 출생한 곳이 자신의 고향이기는 하나 집은 자신이 선택하기 나름임을 보여준다. 한국은 국경을 초월한 전세계적 종교인 불교에서 핵심 부분을 차지했으며, 이 불교라는 세계 속에서 한국인은 혈연 또는 영토라는 협의의 개념에 의한 구속에서 벗어나 자유로이 이동할 수 있었다.

혜초라는 한 인물에 특정된 이 기록이 천 년 이상 세상에 알려지지 않기는 했으나, 그와 같은 이가 혜초 한 사람만은 아니었음을 주지해야 한다. 일본 승려 엔닌(圓仁, 793~864)의 일기는 많은 한국 승려와 국민이 중국에 거주하며 학문을 닦고 일하며 활발한 공동체를 형성하고 있는

---

35) 혜초, 양한승·원화 잰·샤타로 이이다·로렌스 프레스톤 번역·글·편집, 앞의 책, 43면; 정수일 역주, 『혜초의 왕오천축국전』(학고재, 2004), 198면 인용.

36) 이 '구름'은 후에 언급하게 될 김만중의 작품 『구운몽』에 나오는 구름과 동일한 것이다. 리처드 럿(Richard Rutt)의 번역서 서문 참조(김만중, 리처드 럿 역, *A Nine Cloud Dream*, Hong Kong : Heinemann Asia, 1980).

모습을 그리고 있다.[37] 라이샤워(Edwin O. Reischauer)의 번역을 보면 "실제로 엔닌의 일기는 일본인의 중국 여행기였지만 그 전체 내용에 등장하는 인물의 수에서 중국인에 필적하는 것은 신라인이고 일본인의 그림자는 지극히 미약하다"[38]라고 되어 있다. 엔닌의 기록은 우리가 다른 문헌을 통해 중국 내 한국 승려에 대해 이미 알고 있던 기존 사실들을 확인해줄 뿐만 아니라 그 외의 다른 정보 또한 제공한다. 예를 들어, 동아시아 해상 상권 대부분을 한국이 지배하였음을 보여주고 있다. '신라인'이 중국 동부, 한국, 일본 간에 이루어지는 국제 교역의 대부분을 장악하고 있었다.[39] 그러나 이를 단순히 한국인이 해상 지역으로 좌천되어 있던 것으로 해석해서는 안 된다. 당나라 수도였던 장안에도 한국인이 다수 체류하고 있었음을 볼 수 있으며 이와 관련하여 라이샤워는 다음과 같이 적고 있다.

중국의 수도 거리를 왕래하는 외국인들 중에 많은 신라인들이 섞여 있었던 것은 결코 놀라운 일이 아니다. 실제로 엔닌의 일기와 다른 많은 역사적인 자료는 신라인들이 거기에 머무는 외국사람들 중에서 가장 많았고 다른 외국인들보다도 철저하게 중국인들의 생활에 들어가 그들 자신의 활동을 하였다는 인상을 준다. 정복된 백제와 고구려의 황족과 궁정인들 중 상당수가 중국으로 연행되어왔다. 당나라의 후원으로 신라가 반도의 통일을 달성하게 되자 신라에서 장안으로 가는 조공사절단의 지속적인 파견이 이루어졌다.[40]

---

37) 원제는 『입당구법순례행기(入唐求法巡禮行記)』로 에드윈 라이샤워(Edwin O. Reischauer)가 『The Record of a Pilgrimage to T'ang in Search of the Law』라는 제목으로 번역 · 출간했다. 일본 승려 엔닌은 10년(838~847) 동안 중국에 체류하며 이 책을 저술했다.

38) 이 논평은 당나라에서의 엔닌의 삶과 당에 거주하던 한국인에 대한 이야기를 주된 내용으로 하고 있는 별개의 권에 실려 있다. 에드윈 라이샤워(Edwin O. Reischauer), 『엔닌의 당나라 여행 Ennin's Travels in T'ang China)』(New York : The Ronald Press Company, 1955), 272면 참조. 번역은 라이샤워, 조성을 역, 『중국 중세사회로의 여행─라이샤워가 풀어쓴 엔닌의 일기』(한울, 1991), 268면을 그대로 인용한 것임.

39) 위의 책, 276면.

40) 위의 책, 277면. 번역은 라이샤워, 조성을 역, 앞의 책, 273면.

한국 상인과 승려 모두 중국 사회에 너무나도 동화가 잘된 나머지 때로는 중국인으로 오인받기도 했다. 엔닌의 '10월 19일'자 기록을 보면 다음과 같은 대목이 나온다.

태정관의 통첩이 다자이후[大宰府]에 왔다. '엔닌 등 5명을 신속히 입경시키고 당나라 사람 김진 등 44명에게는 다자이후에 일러 충분한 보수를 지급하게 하라.'

이에 대한 각주 부분을 보면 다음과 같이 되어 있다.

일본에 막 도착한 재중 한국인을 이처럼 중국인과 동일시하고 있다는 사실은 일본 문헌에 나타나는 중국 상인과 선원 중 대다수가 실제로는 한국인이었을 수 있음을 암시한다.[41]

한국 승려와 관련하여 이와 같은 현상을 보이는 보다 최근의 일본 문헌이 있다. 바로 미시마 유키오의 소설 『춘설(春の雪)』이다. 이 작품 속에서 혼다는 자신의 친구 키요아키에게 신라 승려 원효(617~686)가 해골에서 물을 마시는 이야기를 들려준다. 한국 역사를 대략적으로라도 아는 사람이라면 누구라도 알고 있을 법한 유명한 일화이다.[42] 그러나 위

---

41) 위의 책, 405면.
42) 가장 핵심만 말하자면 이 일화에서 승려 원효는 의상과 여행을 떠난다. 이들 두 승려는 구법의 뜻을 품고 당으로 두 번째 여행길을 떠난 참이었다. 첫 번째 시도는 고구려 국경 순찰대에 의해 무산된다. 유난히도 춥고 강풍이 불던 어느 저녁, 이들은 무덤 사이에서 잠을 청하기로 한다(무덤 안이라는 설도 있다). 한밤중 원효는 몹시 심한 갈증을 느낀다. 칠흑같이 어두운 밤인지라 아무것도 볼 수 없어 손으로 더듬어 물을 찾았다. 다행히도 물이 한가득 담긴 바가지를 찾았고 그 맛은 달콤하기 그지없었다. 물을 마신 원효는 다시 평화로이 잠에 빠져 들었다. 아침이 되어 원효는 간밤에 물을 마신 바가지를 찾았으나 빗물이 고여 있는 해골밖에는 보이지 않았다. 원효는 메스꺼움을 느끼며 곧 토하고 만다. 그러나 바로 그 순간 원효는 간밤에 들이켰던 달디 달은 물과 자신이 방금 본 그 불쾌한 액체 간의 차이는 오로지 자신의 마음에 있을 뿐이라는 깨달음을 얻는다. 얼마 후 왜 떠날 채비를 하지 않는가를 묻는 의상대사에게 원효는 왜 그들이 여행을 하고 있는지를 되물었다. 이에 의상은 도를 구하기 위해 중국으로 가는

안 샤오(Yuan Hsaio)라는 이름으로 원효를 부르고 있는 혼다는 그를 당의 승려로 알고 있는 듯하다.[43] 이런 실수는 충분히 이해가 가는 일로, 때로 한국인이 이웃 국가의 정치·사회·종교에 얼마나 완벽할 정도로 잘 동화되었는가를 입증할 따름이다.

여기서 언급하고 넘어가야 할 또 다른 사실 한 가지는 한국이 자신의 문호는 개방하지 않은 채 일방적으로만 외국으로 진출했던 것은 아니라는 점이다. 일연이 『삼국유사』를 집필하며 주요 참고 문헌으로 삼았던 『해동고승전(海東高僧傳)』을 보자. 이 책은 고려 승려 각훈(覺訓)이 1215년 저술한 것으로 혜초 외에도 중국이나 인도, 중앙아시아를 여행했던 여러 승려의 삶을 다루고 있다.[44] 이 책을 특히 주목해야 하는 이유는 제1장에 소개된 승려 일곱 중 셋이 외국 출신이기 때문이다.[45] 한

길이라 답했다. 원효는 방금 자신은 그 답을 구하였다 하고 의상 홀로 중국에 가도록 한다. 신라로 돌아온 원효는 신라 최고의 승려가 되었고 그의 작품은 중국과 일본에도 널리 알려져 영향을 미쳤으며 그중에는 인도까지 전해져 산스크리트어로 번역된 것도 있다. 원효의 생애에 대한 한국어 및 중국어 문헌과 그의 주요 설법을 영문으로 번역해 놓은 책이 있다. 피터 리(Peter H. Lee) 편, 『한국문명사료집 I — 고대에서 16세기까지 *Sourcebook of Korean Civilization Volume I : From Early Times to the Sixteenth Century*』(New York : Columbia University Press, 1993), 135~159면 참조.

43) 미시마 유키오(Yukio Mishima), 마이클 갤러거(Michael Gallagher) 역, 『춘설 *Spring Snow*』 (New York : Knopf, 1972), 30~31면.

44) 각훈, 『해동고승전』(을유문화사, 1975). 이 책에는 한문으로 된 원전과 이병훈의 국역본이 함께 실려 있다. 장휘옥의 『해동고승전연구』(민족사, 1991)는 현존하는 한문 이본 세 권과 함께 작품에 대한 비평적 연구를 싣고 있다. 작품에 대한 매우 유용한 소개의 글과 함께 영문 주석을 찾아볼 수 있는 영문 번역본으로 피터 리(Peter H. Lee) 역, 『저명한 한국 승려의 생애 — 해동고승전 *Lives of Eminent Korean Monks — The Haedong Kosŭng Chŏn*』 (Cambridge : Harvard University Press, 1969)이 있다.

혜초의 『왕오천축국전』과 비슷하게 『해동고승전』 또한 7세기 동안 그 자취를 감추었던 적이 있다. 20세기 초 해인사 주지 이회광(李晦光, 1840~1911)에 의해 다시 발견되나 안타깝게도 전체 작품 중 두 장만이 발견된다. 각훈은 분명 이보다 더 많은 장을 언급하고 있으나 전체가 몇 장으로 구성되어 있었는지는 확실히 알 수 없다. 일부에서는 전체 열 장으로 구성되어 있었다고 추정하기도 한다. 피터 리는 역서 서문에서 이 문제를 심도 있게 다루고 있다.

45) 승려 아도에 대한 정보를 어떻게 해석하느냐에 따라 네 명이 될 수도 있다.

국 승려가 중국과 인도로 구법의 길을 떠났듯 외국 승려들 또한 가르침을 전하기 위해 한국을 찾았다. 당대 왕국이 한국에 들어온 이들 승려를 어떻게 대했는지를 보면 당대 한국인들이 '외국' 사람과 사상에 대해 어떤 수용 태도를 지녔었는지를 파악할 수 있다. 저자는 한국을 해동(海東), 즉 바다의 동쪽이라 부르고 있으며 이 칭호 자체만으로도 당시 한국이 어떤 국제 질서 맥락 속에 위치하였는지를 알 수 있다.[46] 더욱이, '해동고승(eminent Korean[47] monks)'이라는 제목 하에 이들 외국 승려를 모두 고승으로 추앙하고 있는 점은 고려가 외국인(것)에 대해 얼마나 개방적 태도를 지녔었는지를 보여주는 지표가 된다.[48]

『해동고승전』은 외국 출신의 승려 순도(順道)의 이야기로 글을 시작한다. 승려 순도가 정확히 어느 왕국 출신인지는 알 수 없으나 372년 중국에서 고구려로 건너온 것으로 되어 있다. 그 다음으로 등장하는 외국인 승려는 담시(曇始)로 전체 순서상으로는 네 번째 등장하는 인물이다.[49] 담시는 395년 고구려로 들어왔다. 이들 두 외국 승려 사이에 고구려 승 두 명이 위치하고 있다는 사실의 중요성을 간과해서는 안 된다. 왕명을 받아 편찬한 정부 간행물이었음에도 불구하고 외국 출신의 승려라 하여 별도의 장으로 분리·구분하고 있지 않다. 오히려 한반도에 존재했던 다양한 왕국 출신의 승려들과 함께 이들 외국인 승려가 글 곳

---

46) 마르티나 도이힐러, 앞의 책, 1~5면 참조.

47) 저자 강조.

48) 고려시대 한 승려에 의해 편찬된 『삼국유사』와 마찬가지로 『해동고승전』 역시 역사와 문학 간에 뚜렷한 경계를 긋고자 하는 이들을 좌절시키기에 충분하다. 피터 리(Peter H. Lee)는 "각훈이 한문, 특히 대구(對句)를 이루는 산문체에 뛰어난 문장가였음이 이들 전기를 통해 확실히 드러난다. …… 기존 자료를 이용하는 경우마저도 그는 항상 「원광(圓光)」편에서와 같이 균형 잡히고 인유로 가득한 산문체의 글을 새로이 보충하고는 했다"라고 적고 있다(16~17면). 또한 서언 첫 장을 보면 각훈이 이인로(李仁老, 1150~1220)와 이규보(李奎報, 1168~1241) 같은 당대 최고의 문장가들과 각별한 사이였다고 되어 있다.

49) 첫 번째 전기편에 승려 아도가 잠깐 스치듯 언급되기는 하나 본격적인 아도의 전기는 순서상 여섯 번째에 위치한다.

곳에 등장한다.[50] 『해동고승전』은 그 구성이 '외국' 종교철학 체계에 따라 이루어진 듯 보인다. 그러나 여기서의 '외국' 종교철학은 국경을 초월한 것으로 현재의 일반적 '외국' 개념과는 배치된다.

이들 외에도 외국 출신 승려가 두 명 더 등장한다. 바로 마라난타(摩羅難陀)와 아도(阿道)다. 384년 중국을 통해 백제로 들어온 마라난타를 두고 인도나 세린디아 출신이라 말하는 이들도 있다. 백제에서는 왕이 친히 그를 영접했고 도착한 이듬해인 385년 이미 첫 번째 사찰을 건립하고 승려 열 명을 임명하기에 이른다. 이웃 고구려와 신라의 다른 승려에 비해 상당히 빠른 성공을 거둔 셈이다. 아도는 실제로 외국에서 신라로 입성한 경우이다. 그러나 그의 출신에 대해 『해동고승전』은 다음과 같이 적고 있다. "석아도(釋阿道)는 본래 천축사람 또는 오나라 고구려 사람으로서 위나라에 갔다가 뒤에 신라에 들어왔다." 아도가 원래는 한국, 즉 고구려 출신으로 중국에 갔다 '외국인'으로서 또 다른 한국, 즉 신라로 돌아왔다는 점은 흥미롭고 유익한 정보지만 아도의 출신국과 관련해 어떤 설명이 정확하다고는 확언할 수 없다.[51] 더욱이 그 정확한 설명을 찾는 일이 이 책에서는 그리 중요하지 않다. 각각의 설명 모두 한국의 국경이 개방되어 있었고 한국이 외부인에 대해 수용적 태도를 지니고 있었음을 그 나름의 방식으로 보여주고 있으며 이는 한국이 은자의 모습

---

50) 의도적인 혹은 저자의 오류일 가능성을 생각하더라도 이러한 글 구성이 매우 이례적인 것은 사실이다. 너무나도 이례적이라, 특정 학문 조류에 맞추고자 위와 같은 글 구성으로부터는 작가나 작가의 의도 혹은 그가 속한 사회에 대해 아무런 사실도 알 수 없다라고 말하는 것이 부정직해 보일 정도이다. 더욱이 지금의 남한 혹은 북한에 대해 잘 아는 이들이라면 대부분 위와 같은 구성이 상당히 예상 밖이라는 반응을 보일 것이다. 항상 '우리와 그들'이라는 문제의식에서 벗어나지 못하는 한국인에게 이러한 구성은 결코 쉽게 생각해 낼 수 없는 것이다.

51) 피터 리 역, 앞의 책, 50면. '석(釋)'을 아도라는 이름 앞에 붙었다 하여 성을 나타내는 것으로 보아서는 안 된다. 이는 석가모니와 같은 첫음이 나도록 한자를 조합한 것으로 동 작품에 등장하는 모든 승려에게 '석'이라는 글자가 붙여져 있는 것을 볼 수 있다. 예를 들어 「안함(安含)」편은 "석안함의 속세 적 이름은 김이었다"라고 시작한다 (83면).

으로 쇄국하고 있었다는 개념을 떨쳐 버리기에 충분하다. 『해동고승전』에 실린 한국 승려 15인 중, 의연(義淵)·각덕(覺德)·지명(智明)·원광(圓光)·안함(安含)[52]·아리야발마[阿離耶跋摩]·혜업(慧業)·혜륜(慧輪)·현각(玄恪)·현유(玄遊)·현대범(玄大梵) 총 11명이 학문을 위해 중국이나 인도 혹은 양국 모두를 다녀온 것으로 기록되어 있다.[53]

마지막으로 삼국시대에 외국으로 진출하여 영향력을 떨친 인물로 최치원(崔致遠, 857~?)과 장보고(張保皐, ?~846)를 빼놓을 수 없다. 해외에서 그 이름을 떨친 유명한 한국인이 모두 독실한 불교 신자였다고 오해할 소지가 있어, 최치원과 장보고 모두 종교와는 상관없는 인물이었음을 먼저 밝히고 넘어가는 것이 좋을 듯하다. 이들 두 인물은 종교가 아닌 속세에서 상당한 영향력을 미쳤다. 최치원은 신라 귀족 출신으로 12세에 당나라로 유학을 떠난다.[54] 최치원의 부친은 "십 년 내에 과거시험에 합격하지 못하면 너는 더 이상 내 자식이 아니리라"라고 유언을 남겼다고 이야기는 전한다. 최치원은 18세에 과거에 급제한 후 문관, 군전략가 등 관직을 두루 거치며 한편으로는 문장가와 서예가로도 이름을 드높이다 29세에 고향인 신라로 돌아온다.[55]

최치원과 달리 관리나 문인으로서의 명성은 얻지 못했으나 장보고는

---

52) 「안함」편이 특히 흥미를 끄는데 이는 안함이 중국을 여행했을 뿐만 아니라 귀국길에 세린디아와 중국 승려를 같이 데려왔기 때문이다. 피터 리 역, 앞의 책, 83~88면 참조.

53) 여타 사실을 고려해 보면 11명이라는 숫자가 더욱 놀라울 따름이다. 먼저, 외국을 다녀온 이들 11명의 승려 명단에 아도의 이름은 들어 있지도 않다. 더욱이 『해동고승전』에 실린 한국 승려 중 법공(法空)과 법운(法雲), 두 사람은 왕족이었다. 법공은 이후 신라 법흥왕(法興王, 515~540)으로 왕위를 계승받은 인물이며 법운은 그의 동생이다. 왕족인 이들 두 사람이 해외에 나간 적이 없다 해도 그리 놀랄 만한 일은 아니다. 그리고 마지막으로 4세기 중엽의 인물 망명(亡名)은 중국에 이름이 알려진 고구려 승려로 당대 중국인들과 교우한 사실이 있다.

54) 최치원에 관해서는 『삼국사기』에 그 기록이 자세히 나와 있다. 작품 전체적으로 여러 곳에 그의 이름이 언급되고 있으며 권 제46, 열전 제6에 그의 전기가 실려 있다. 최치원의 생애와 그의 정치·철학·종교적 견해에 대한 보다 자세한 내용은 이재운, 『최치원 연구』(백산자료원, 1999)를 참조할 것.

55) 이현재 외, 『한국민족문화대백과사전』 22권, 한국정신문화연구원, 1991, 493면.

군 경력에 있어서만큼은 두 가지 큰 성공을 거두었고 상인으로서 그의 업적에는 비견할 자가 없다. 장보고는 『삼국사기』·『삼국유사』 등 한국 문헌뿐만 아니라 중국과 일본 역사 기록에도 등장한다.[56] 최치원과 마찬가지로 장보고 역시 어린 나이에 중국으로 건너가 문자 그대로 만천하에 이름을 떨치게 된다. 그러나 최치원과 달리 장보고는 평민 출신으로 성을 가질 수 없었다. 본명은 궁복(弓福) 또는 궁파(弓巴)로 '활보', 즉 활을 잘 쏘는 사람이란 뜻이다. 보다 잘 알려진 그의 성 '장'은 중국에서 붙여진 것으로[57] 장보고는 처음에는 군인으로 나중에는 상인으로 중국에서 많은 부를 축적한다. 그러던 중 한반도 서남부 해안 지역에 해적과 노예 상인에 의한 약탈이 횡행하다는 소식이 중국까지 퍼지면서 이를 전해 듣고 828년 신라로 귀국한다. 귀국 후 지금의 전라남도 완도 지역에 청해진(清海鎭)을 설치한 장보고는 당시 신라왕으로부터 한국 해안을 수비하는 그의 역할에 대해 공식적인 지원을 받을 뿐 아니라 중국 동쪽의 거의 모든 지역과 연결되는 해상 교역 및 운송권을 장악하는 무역 제국을 건설한다.[58]

경우야 어찌됐든 외국으로의 여행 및 교류는 양방향으로 이루어지며 삼국시대 및 통일신라시대를 지나 오랜 기간 지속되었다. 왕건(王建,

---

56) 예를 들어, 라이샤워의 『엔닌의 당나라 여행 Ennin's Travels in T'ang China』 후주 부분을 보면 『신당서(新唐書)』 220장과 『속일본고기(續日本古記)』 840년 12월 27일, 841년 2월 27일, 842년 1월 10일자 기록에 장보고가 언급되고 있다고 적고 있다.

57) '외국'에서 들어온 성으로 후대에 알려진 한국인의 사례를 여기서 볼 수 있다. '보고'라는 이름의 유래에 대해서는 알려진 바가 없다. '保皐' 대신 '寶高'라고도 쓰였다는 사실만이 전할 뿐이다.

58) 장보고의 생애와 관련해서는 제44권 제4열전을 비롯, 많은 부분에 그의 이름이 언급되고 있는 『삼국사기』를 주로 참고하였다. 장보고를 그의 원래 이름 '궁파'로 기록하고 있는 『삼국유사』의 경우는, 제2기 하편에 그의 중앙 정계 진출 및 암살 내용만을 기록하고 있을 뿐이다. 장보고의 생애, 신라의 해상 교역 및 국제 관계에 대한 보다 자세한 사항은 손보기 편, 『장보고와 청해진』(혜안, 1997)을 참조할 것. 영문 저서로는 라이샤워의 『엔닌의 당나라 여행 Ennin's Travels in T'ang China』 제8장 '중국 내 한인(The Koreans in China)'을 참조할 것. 한 절 전체가 장보고에 대한 내용으로 채워져 있다.

877~943)이 918년 고려를 건국할 당시 한반도는 이미 250년 동안 통일된 상태로 존재하고 있었고, 비록 신라는 멸망하였다 하나 그에 따른 국경이나 언어, 문화의 변화는 별달리 일어나지 않고 있었다. 따라서 왕조 내부적으로는 상당한 지속성을 기대할 수 있었고 실제로 고려 왕조(918~1392) 내내 외국과의 교류가 지속되었다. 고려 초기 중국 요나라와의 분쟁과 이후 몽고에 의한 침입과 정복(1231~1270) 등 외국과의 강제적 관계에 대해서는 응당 많은 관심을 기울일 필요가 있다. 왜냐하면 이들 역사가 과거 한국의 국가 통합적 측면을 잘 보여줄 뿐만 아니라 빈번한 침략을 당했음에도 결코 다른 나라를 침략한 적은 없는, 보다 최근에 구축된 한국의 고립적·평화적 국가 이미지와 상당히 잘 들어맞기 때문이다.[59] 때로 외국과의 충돌이 빚어지기도 했으나 왕조가 지속된 474년 역사 동안 고려는 독립적인 주권 국가로 대부분 자리하였다. 또한 『고려사(高麗史)』와 『고려사절요(高麗史節要)』를 보면 고려는 평화시에 아랍과 태국, 류큐 열도와 외교 및 교역 관계를 유지한 것으로 기록되어 있다.[60]

---

[59] 이러한 역사 인식에 전 지면을 할애한 작품도 있다. 일례로 신범식의 『국난극복의 역사』(대성문화사, 1963)는 다음과 같이 권두언을 시작하고 있다. "우리는 半萬年의 悠久한 歷史와 찬란한 文化를 자랑한다. 그러나 우리 祖上이 살아온 歷史는 平和로히 生을 즐긴 歷史보다는 戰亂風塵 속에서 울부짖으며 가난하게 살아온 歷史의 계속이다. 前後 二百七十餘次의 國難, 우리 民族史는 國難으로 一貫된 歷史라 해도 過言이 아니다." 현대 국사학계의 대부 이병도 역시 고려 역사를 단순히 "북방 민족과의 군사 교전"의 역사로 폄하했다. 윌리엄 헨쏜(William Henthorn), 『몽고의 한국 침입 Korea—The Mongol Invasions』 1면에 수록된 이병도, 『국사대관』 인용 부분 참조

[60] 『고려사』를 역사문헌으로서 참조하기에는 다소 복잡한 측면이 있다. 고려시대에 집필된 것이 아니라 후대 조선왕조에 이르러 초기 통치자들의 명에 의해 편찬되었기 때문이다. 따라서 특정 시기의 경우 그 기록이 역사적 '사실'인지 혹은 조선 사회에 의한 창작인지를 분간하기가 꽤 까다롭다. 그러나 대외 관계에 관한 기록의 경우 그 역사적 사실성을 의심할 이유가 거의 존재하지 않는다.
고려의 주요 대외 관계에 대해서는 노계현, 『고려외교사』(갑인출판사, 1994)를 참조할 것.
류큐 열도와 한국 간의 교류는 상당 부분 조선시대에 이르러 이루어졌으나 양국 간 관계가 최초로 수립된 것은 고려 후기의 일이다. 고려와 류큐 열도의 초기 관계에 대한 자세한 사항은 아츠시 고바타(Atsushi Kobata)·미츠구 마츠다(Mitsugu Matsuda), 『류큐

이들 기록에 따르면 아랍인이 최초로 고려를 방문한 것은 1024년으로 『고려사』는 이후 1040년까지 삼백 명 정도의 아랍인이 고려에 들어온 것으로 기술하고 있다.[61] 이들 아랍인은 고려에 들어오기 전 중국 송나라에서 처음에는 잠시 체류하는 상인으로, 그리고 후에는 영주 체류자로서 그 입지를 이미 확보하고 있던 상태였다. 당시 송과 고려가 밀접한 관계에 있었으므로 아랍 상인이 한국에 들어와 자신들의 수은과 몰약(沒藥)·소방목(蘇方木)·향신료를 고려의 금, 은 비단과 거래해 배로 싣고 가는 일은 시간 문제에 불과했다.[62] 중국에서와 마찬가지로 아랍 상인 중 일부는 이후 한국에 정주하게 된다. 「쌍화점(雙花店)」(피터 리는 'The Turkish Bakery'라고 번역함) 등의 고려속요는 아랍인과 한국인 간에 어느 정도 밀접한 관계가 수립되었었는지를 흐릿하게나마 그리고 있다. 이 속요의 첫째 구와 둘째 구를 보면 "샹화점(雙花店)에 샹화(雙花) 사라 가고신댄 / 회회(回回) 아비 내 손모글 주여이다(터키 가게에 만두 사러 갔더니 / 터키 아저씨 내 손목을 잡더라)"라고 되어 있다.[63] 고려 후기에 가면 비록 몽고

열도의 한국 및 남해국들과의 관계 *Ryukyuan Relations with Korea and South Sea Countries*』 (Kyoto : Atsushi Kobata, 1969) 참조.

61) 이들 방문객은 그들의 출신국명인 대식국(大食國, 대식가의 나라라는 뜻)이라는 명칭과 함께 언급되어지고 있다. 대식국의 정확한 위치와 관련해 『고려사』는 "大食國在西域(중국 서쪽에 위치해 있다)"이라고만 간단히 언급하고 있고 현행 『고려사』 해제는 "아라비아 帝國"이라는 설명을 첨부하고 있다.

62) 최상수, 「한국과 아라비아의 관계(Relations Between Korea and Arabia)」, 『코리아 저널 *Korea Journal*』(Vol.9, No.7, 1969.7), 14~17면 및 20면 참조. 최상수는 이 글에서 별도의 지면을 할애해 그 선조가 아랍계 사람으로 알려진 덕수장씨(德水張氏) 집안의 계보를 추적하고 있다. 덕수장씨의 아랍인 조상은 그 본명이 삼가(三哥)라는 인물로 1277년 충렬왕(忠烈王, 1274~1308) 때 귀화하여 장순룡(張舜龍)이란 이름을 부여받는다. 충렬왕은 그에게 관직과 함께 덕수현의 광활한 토지를 하사하고 이에 따라 '덕수'가 장씨 집안의 본(本)으로 자리 잡게 된다. 장순룡은 당시 공공연히 자행되던 사회 차별과 무관한 삶을 살았으며 그 후손 역시 고려 및 조선왕조를 통해 문무관으로 성공적인 관직 생활을 했음이 명백하다.

63) 피터 리(Peter H. Lee) 편, 『한국문학선집-고대에서 19세기까지 *Anthology of Korean Literature-From Early Times to the Nineteenth Century*』(Honolulu : University of Hawaii Press, 1981), 43면. 최상수는 상기 각주에 언급된 글에서 「쌍화점」을 위 본문과 유사하나 보다 더 단호

의 영향을 강하게 받기는 하나 티벳 승려가 고려에 와서 라마교를 전파
하기도 한다.[64] 다른 국가 출신의 승려들 또한 국가의 공식적인 지원 없
이 한국으로의 모험을 감행했던 것으로 보인다. 그 한 예가 바로 제납박
타(提納薄陀), 혹은 한국에서 지공(指空, 1236~1363)이라 알려진 인도의 승
려다.[65] 한편, 공식 외교 경로를 통해서는 1391년, 태국이 Nai Gong과 7
명의 대표로 구성된 사절단을 파견하며 자국 토산물과 서한을 보낸다.
그러나 고려 조정 내에서 동 서한이 위조된 것이라는 의혹이 일어 대외
관계 수립을 위한 어떠한 공식 조치도 이루어지지 않는다.[66] 고려는 그

한 어조로 다음과 같이 번역하고 있다. "내(고려 소녀)가 아랍 가게에 '쌍화' 사러 갔더니
/그 아랍인 내 손을 잡더라/이 소문이 밖에 퍼지면……"

64) 「쌍화점」 원문은 『고려사』의 마지막 두 권을 구성하고 있는 「고려사악지(高麗史樂
誌)」에 실려 있다. 『고려사』에는 「쌍화점」 외에도 고려속요가 다수 실려 있다. 「쌍화
점」이란 제목을 'The Turkish Bakery'라 번역한 것은 다소 지나치게 단정적인 측면이 있
다. 원문의 "回回아비"를 "Turk"나 "Arab"으로 번역한 것도 마찬가지다. '回回'는 이슬
람 종교를 지칭하는 말로 20세기 초엽까지도 통상적으로 사용되었다. '아비'는 남자를
일컫는다. 따라서 원문을 직역하면 특정 국가에 대한 언급이 사라진 '이슬람 남자(a
Muslim man)'라는 번역이 나온다. 희한하게도 일부 한국문학선집에서는 이를 몽고 남
자라 해석하는 경우도 있다(계몽사 편, 『우리시대의 한국문학─고전시가 1』(계몽사,
1996) 42~44면 참조). 아마도 작가 미상의 이 고려속요가 몽고의 침입 및 통치 시기와
시대적으로 근접한 충렬왕 시대의 것이라는 사실 때문에 이런 착오가 발생한 듯하다.
몽고는 한국에 들어오며 많은 아랍인을 한국에 유입시키는 역할을 했다. 충렬왕 때 한
국에 정착한 아랍인의 사례는 상기 각주에서도 본 바 있다. 더욱이 '回回'라는 용어가
이슬람 종교를 지칭하는 것임은 두 말할 나위 없는 데 반해 몽고족은 그 대다수가 불
교도였다는 점도 상기해야 한다.
    헨릭 소렌슨(Henrik H. Sorensen), 「고려 후기의 라마교(Lamaism in Korea during the Late
Koryŏ Dynasty)」, 『코리아 저널 Korea Journal』(Vol.33, No.3, 1993 가을), 67~81면 참조.
65) 지공은 원나라 수도에서 고려 승려 나옹(懶翁, 1320~1376)을 만나게 되고 그 이후
고려로 들어온다(해외에서 수학한 또 한 명의 한국 승려이다). 현재 그의 사리는 양주
회암사에 봉안되어 있다. 회암사에서는 또한 14세기에 그려진 지공의 초상화와 더불
어 고려 학자 이색(李穡, 1328~1396)의 명문이 새겨진 석비도 찾아볼 수 있다. 공교롭
게도 이색 또한 정부 관료로 중국 원나라에서 3년을 체류하며 이후 명 태황제의 대관
식에도 참석한다. 서돈각(Suh Ton-Kak)・이태영(Lee Tae-Young), 「인도승 지공의 생애에
관한 성찰(Some Reflections on the Life of the Indian Buddhist Monk Chigong)」, 『코리아 저
널 Korea Journal』(Vol.29, No.6, 1989.6), 29~32면 참조.
66) 조흥국(Cho Hungguk), 「한국과 태국의 초창기 교류(Early Contacts between Korea and
Thailand)」, 『코리아 저널 Korea Journal』, Vol.35, No.1, 1995 봄, 107~118면.

다음 해인 1392년 멸망한다.

지금까지는 대체로 일반적인 내용을 살펴보았고 이제 보다 세부적인 사항에 초점을 맞추도록 한다. 『고려사』에 기록된 특정 연도를 살펴보면 고려의 대외 관계를 보다 확실하게 파악할 수 있다. 아랍인이 고려에 처음 들어왔던 1024년의 내용을 보면 이들만이 고려에 들어온 유일한 외국인이 아니었음을 알 수 있다.[67] 동년 기록은 고려에 들어온 다른 '외국인'에 대해서도 수차례 언급하고 있다. 1024년 1월, 마사도(馬史刀)를 포함한 거란인 세 명이 고려에 '투항'해 귀화한다.[68] 또한 3월에는 서여진의 고두로(高豆老)와 동여진의 슬불달(瑟弗達)이 90여 명의 무리를 이끌고 고려에 귀화하여 온다.[69] 이어 4월에는 말갈인 고도매(古刀

---

67) 여기서 예를 들고 있는 1024년은 무작위로 선택된 것이다. 다른 시기에 비해 외국과 월등히 많은 교류가 발생한 해를 찾기 위해 일부러 『고려사』를 찾아본 결과 도출된 것은 아니다. 최상수의 상기 논문을 참조하던 중 1024년과 관련된 정보를 확인하는 과정에서 고려에 들어온 이들이 단지 아랍인만은 아니었다는 사실을 알게 되었다.

68) 원문은 "투항하여 왔다(來投)"라고 적고 있다. 남한의 국역본은 이 두 글자를 그대로 번역하고 있는 데 반해 북한본은 "歸順하여 왔다"라고 번역하고 있다. 남한 본이 원문에 더 '충실'한 번역이기는 하나 둘 중 어떤 해석이 더 정확하다고는 말할 수 없다. 한자어가 원래 한문으로 쓰일 당시의 뜻과는 다른 뜻으로 현대 한국어에서 사용되는 경우가 흔하기 때문이다. 원문 그대로 두는 경우는 정확성을 고려함과 동시에 편리성을 택한 측면도 많다. 북한은 한자어를 현대어적 맥락에서 사용하는 쪽을 택했고 어쩌면 이 편이 실제 사건을 보다 정확히 표현하는 것일 수도 있다. 특정한 전쟁이나 충돌 상황을 언급하고 있지 않고 다른 거란 및 여진 문무 관료의 우호적 방문에 대한 기록이 여러 곳에 나오고 있는 사실로 미루어 볼 때 실제 무력 충돌이 있지는 않았을 것으로 짐작되며 따라서 동 문구에 대한 북한의 해석은 충분한 타당성을 지닌다. 뿐만 아니라 『고려사』 전체적으로, 그리고 이후 조선왕조의 정사(正史) 기록에도 개인과 지역 전체의 귀화에 대한 수많은 기록이 나온다. 이 책에서 다음 절의 이지란에 대한 논의에서 이와 관련된 보다 자세한 사항을 다루기로 한다. 이지란은 고려에 귀화하여 조선시대까지 활동한 인물이다. 고려시대의 이민 및 귀화에 대한 자세한 연구는 박옥걸, 『고려시대의 귀화인 연구』(서울 : 국학자료원, 1996)를 참조할 것. 마지막으로, 이후 문헌과 비교해 보면 '항(投)'이라는 글자가 한국 국민이 되는 행위를 암시하고 있음을 알 수 있다. 차후 보게 되는 바와 같이 임진왜란 당시 한국에 투항해 한국편에 서서 전투를 치르고 종국에는 한국 국민이 된 일본 장수를 가리켜 '투항한 일본 장수'라는 의미의 '항왜장(降倭將)'이라 불렀다.

69) 이 부분 역시 남한본은 원문과 동일한 '來投'로, 북한본은 '歸順'으로 번역하고 있다.

買)가 고려에 들어와 토산물을 조공으로 바쳤다.[70] 5월에는 동여진의 아알나(阿閼那) 장군이 고려 조정을 공식 방문한다. 이어 7월에는 고려왕의 생일을 축하하기 위해 고수(高壽)가 이끄는 거란 대표단이 고려에 파견된다. 또한 7월 말에는 서여진의 추장 도라와 동여진의 노을견(奴乙堅) 등이 와서 말을 바쳤다. 같은 달, 탐라 추장 주물(周物)과 그 아들 고몰(高沒)을 모두 운휘대장군 호군에 임명한다.[71] 이어 9월에는 흑수말갈의 아리고(阿里古)가 고려에 왔다.[72] 그 다음으로 고려에 들어온 아랍인에 대한 기록이 나온다.

> 이 달에 대식국(大食國)의 열라자(悅羅慈) 등 100인이 와서 방물을 바쳤다 (대식국은 서역에 있음).[73]

10월, 거란이 사신 이정윤(李正倫)을 고려에 보낸다.[74] 이 기록들이 고려가 당시 주변국에 상당한 영향력을 미쳤음을 보여주기는 하지만, 단일민족으로 구성된 한국이 끊임없는 외세의 침략을 받았다는 종래의

---

70) 실제로는 흑수말갈(黑水靺鞨)인으로 기록되어 있다. 흑수말갈인은 말갈족의 일파로 후대에 여진족이 된다.

71) 북한 본은 '子' 자를 아들이라는 의미 대신 주물의 이름 끝 글자로 잘못 번역해 놓고 있다. 따라서 "(탐라 추장) 주물자(周物子)와 고몰(高沒)을 모두 운휘대장군 호군에 임명한다"로 적고 있어 이 두 사람이 부자 간임을 알 수 없다. 그러나 기록 자체만을 놓고 보면 탐라의 지위와 관련해 보다 상세한 정보를 제공하고 있고 탐라를 다른 국가 및 외국인과 함께 열거하고 있어 더욱 흥미로운 면이 있다.

72) 어떤 목적에서, 얼마나 오랜 기간 방문한 것인지는 밝히고 있지 않다.

73) 열라자는 아랍 이름을 한문으로 음차하여 적어 놓은 것으로 보이며 아마도 엘리자(Elijah)가 아닌가 추측한다.

74) 『고려사』 기록은 『역주 고려사』에서 발췌하였다(동아대 고전연구실, 1987). 전 11권으로 구성된 『역주 고려사』는 『고려사』 원문과 함께 현대 한국어로 국역한 해제를 함께 싣고 있다. 이후 원문을 북한 및 남한 본, 두 가지 이본과 비교하였다. 북한본은 1962년 북한 사회과학원 고전연구실이 완역한 것을 1991년 남한의 여강출판사가 재발간한 것이다. 남한 본은 앞서 언급한 동아대 고전연구실 1987년 발행본이다. 이들 외국인에 대한 내용은 현종(顯宗, 1009~1031) 재위 15년 기록에 나오는 것으로 제5권에 수록되어 있다(『고려사』 권5, 「세가」 권 제5, 현종 1).

통념과 배치되는 면이 있다. 고려는 이전 신라와 마찬가지로, 근린국은 물론 거리적으로 멀리 떨어진 국가와도 적극적 대외 관계를 수립 및 유지했음을 알 수 있다.

고려의 뒤를 이어 조선왕조가 들어선다(1392~1910). 통일신라에서 고려로 넘어가는 시기와 마찬가지로 고려에서 조선으로 이어지는 과도기 역시 때로 폭력으로 얼룩지기도 했으나 상당 부분 그 지속성을 유지하였다.75) 따라서 조선왕조의 정사(正史)인 『조선왕조실록(朝鮮王朝實錄)』이 '외국'과의 교류와 관련된 다양한 기록을 담고 있다는 사실 또한 그리 놀랍지 않다. 여기서는 특정 연도에 초점을 맞추었던 상기 서술 방식과는 달리, 이지란(李芝蘭, 1331~1402)이라는 한 인물에 초점을 맞추어 그와 관련된 수년간의 기록을 살펴보기로 하자.76)

이지란은 여진 출신으로 성은 동(仝)이요 이름은 구룬도란테무얼(古論豆蘭帖木兒)이었다. 그의 부친 아라부카(阿羅不花)는 남송 악비(岳飛)77)의 6세손으로 여진의 장군 금패천호(金牌千戶)였다. 이지란은 아버지의 작위를 세습하여 천호가 되었다가 1371년 부하를 이끌고 고려에 귀화하

---

75) 고려와 조선 간의 지속성 유지에 대해서는 존 던칸(John Duncan), 『조선왕조의 기원 The Origins of the Chosŏn Dynasty』(Seattle : University of Washington Press, 1999)이 심도 있게 논하고 있다.

76) 이지란의 후손에 대해 살펴보는 일이 이지란 자신과도 직접 연계되므로 그 후손에 대해서도 고찰해 보기로 한다. 개개인으로 볼 때 양반은 자신의 노력을 통해 입신할 수 있었고 또한 실제로도 개인의 노력을 통해 입신이 이루어졌다. 그러나 과거를 통해 자기 자신의 가치를 증명하기 위해서는 에드워드 와그너(Edward Wagner)가 소위 "보이지 않는 자격(latent entitlement)"*이라 칭한 선결 조건을 갖추어야 했는데, 이는 전적으로 그 조상에게서 물려받는 것이었다. 이지란의 경우 그가 청해이씨의 시조이므로 그의 자식들이 양반으로서 누렸던 특권은 모두 이지란 자신과, 그의 업적, 그리고 조선 귀족으로서 그가 받았던 존경에서 직접 기인한 것이라 말할 수 있다. 상기 각주에 언급한 저서에서 존 던칸(John Duncan)은 고려와 조선시대 한 개인의 지위를 가장 확실히 알 수 있는 방법은 바로 이러한 연속성을 살펴봄으로써 가능하다고 말하고 있다.
  * 에드워드 와그너(Edward W. Wagner), 「17세기 한국의 사회계층—1663년 인구조사 대장을 통한 고찰(Social Stratification in Seventeenth-Century Korea—Some Observations from a 1663 Seoul Census Register)」, 『Occasional Papers on Korea』, 1974년 4월 1일 참조.

77) '남송'이란 이름의 한자가 어떻게 되는지에 대해서는 아무런 기록도 찾을 수 없었다.

여 북청(北青)에서 거주하며 이씨 성과 청해(淸海)를 본관(本貫)으로 하사받는다.[78]

고려 장군으로 후에 조선을 개국한 이성계(李成桂, 1335~1408) 역시 고려의 북쪽 변방에 살았고, 이에 따라 그와 가장 친분이 두터웠던 교우 중 몇몇은 이 지역 한국인들과 조화로이 살아가던 여진족 출신이었다. 그중 한 사람이 바로 이지란이었다. 당연히 이지란은 한국의 장수로 입신하는 데 별다른 문제를 겪지 않았고 이성계를 보좌하며 일본 오랑캐의 잦은 침입에 맞서 싸우기도 했다. 그는 후에 조선 건국에 핵심적인 역할을 하게 되고, 그 공을 인정받아 태조 이성계로부터 최고의 상이라 할 수 있는 '개국일등공신' 직을 하사받는다.[79] 더욱이 이지란은 조선 사회 최고계급의 여인, 즉 태조 비의 조카딸과 혼인한다.[80] 『고려사』에도 몇 차례 이지란의 이름이 거론되기는 하나 『조선왕조실록』의 경우 최소 41군데 이상 그에 대한 언급이 나타나고 있어, 그중 일부 기록을 살펴보기로 한다.[81] 먼저, 태조 1년 7월 17일 기록을 보면 여러 신료가 고려 마지막 왕인 공양왕(恭讓王, 1389~1392)을 폐한 후 국새(國璽)를 받들

---

78) 이헌재 외, 『한국민족문화대백과사전』 18권(한국정신문화연구원, 1991), 255면 참조. 북청은 오늘날의 함경남도에 위치해 있다.

79) 『조선왕조실록』 등 동시대 역사 문헌에서는 이지란에 대해 상당한 존경을 표하고 있는 데 반해 이기백의 『한국사신론』 등 오늘날의 일반 역사 문헌에서는 그에 대한 언급을 찾아볼 수 없는 점이 흥미롭다. 역사학자 중에서도 가장 객관적 태도를 지닌 것으로 보이는 이들에게조차 동질성을 논하는 맥락에 이지란을 끼워 넣기는 불가능했던가 보다. 이지란에 대한 다른 연구서가 존재하는지 찾아보았으나 진정한 의미의 전기적 연구서는 없었고 『백산학보』(1971.10)에 실린 서병국의 논문 한 편(「이지란연구」)만을 찾을 수 있었다. 그러나 이지란 후손이 발간한 전기 한 편은 선한다. 『청해백 이지란』(청해이씨 종친회, 1975) 참조.

80) 관습에 따라 이들 여인의 이름은 밝히고 있지 않다. 따라서 우리는 이들의 작위와 성만을 알 수 있을 뿐이다. 『한국민족문화대백과사전』은 "부인은 신덕왕후 강씨(神德王后 康氏)의 조카딸인 혜안택주 윤씨(惠安宅主 尹氏)이다"라고 기록하고 있다(18권, 255면).

81) 『조선왕조실록』 발췌분은 '왕 재위년 / 월 / 일' 형태로 출처를 밝히도록 한다. 따라서 '태조 01 / 07 / 17'은 태조 재위 1년 7월 17일을 의미한다.

고 태조의 저택으로 가는데 그중 한 사람이 이지란인 것으로 되어 있다. 동월 28일, 이지란은 청해군(靑海君)이라는 관직을 제수 받는다.[82] 또한 동년 8월, 교지(敎旨)로 개국 공신(開國功臣)의 위차(位次)를 정하면서 태조 는 이지란을 비롯한 일등공신의 공을 다음과 같이 치하한다.

천명(天命)의 거취(去就)와 인심(人心)의 향배(向背)를 알고, 백성과 사직(社稷)의 대의(大義)로써 의심을 판단하고 계책을 결정하여, 과궁(寡躬)을 추대하여 대업(大業)을 함께 이루어 그 공이 매우 컸으니, 황하(黃河)가 띠(帶)와 같이 좁아지고 태산(泰山)이 숫돌과 같이 작게 되어도 잊기가 어렵도다![83]

상기 글이 조선왕조의 정사를 기록한 것이라 그 언어가 건조하고 형 식적인 면은 있으나, 그렇다고 해서 조선왕조의 건국 현장에 '외국인' 이지란이 있었다는 사실을 없었던 일로 치부해서는 안 된다. 뿐만 아니 라 이지란은 한반도의 마지막 왕조이자 가장 오랜 기간 존속한 조선의 건국 과정에 단순한 관찰자로서가 아니라 적극적 참여자로 개입했음을 알 수 있다. 현재 이 책의 주제에서 우리가 특히 주목해야 할 점은 그가 공식적인 인정을 받았을 뿐만 아니라 자신의 혁혁한 공로에 대해 보상 또한 받았다는 사실이다.[84]

현대 2차 문헌에서 이지란을 찾아볼 수 없는 점을 들어 혹자는 그의 친구이자 후원자인 태조의 퇴위와 더불어 그 또한 공식 석상이나 한국 인의 기억에서 빠르게 사라지지 않았나 하는 의문을 품을 수도 있겠다. 그러나 사실은 그렇지 않다. 태조의 다섯째 아들로 조선 3대 왕에 등극 한 태종(1400~1418)의 즉위 2년차 기록은 이지란의 죽음을 보고하고 있다 (태종은 자신의 구미에 맞도록 역사를 재서술하는 데 아무런 거리낌도 느끼지 않았던

---

82) 태조 01/07/28 기록을 보면 제수 관직 목록이 보다 자세하고 길게 잘 나와 있다.
83) 태조 01/08/20.
84) 태조 1년 9월 16일자 기록은 태조에 의한 다양한 공신 포상에 대해 수록해 놓고 있다. 이지란은 전지 1백 70결, 노비 20구로 공신 중 세 번째로 큰 포상을 받았다.

인물이다),[85] 첫머리부터 그의 "옛 이름은 두란첩목아(豆蘭帖木兒)이다"[86]라고 밝히며 그가 외국인임을 숨기려는 어떠한 시도도 하지 않고 있다. 또한 그의 천성이 순후(純厚)한데다 무재(武才)가 있었으며, 조선 건국 전후로 태조를 도와 혁혁한 공을 세웠기에 이를 특별히 후히 대접하고 태조가 그를 마음으로 귀히 여겼다고 적고 있다. 태조의 다섯째 왕자로 왕위에 오른 태종과도 태조 때와 같은 두터운 군신 관계를 유지한 것으로 보인다. 병이 위독해지자 이지란이 글을 올려 태종에게 아뢰었다.

> 신은 본토(本土)의 사람으로 타국(他國)에서 죽사온 즉 시체를 불태워 도로 본토에 장사지내어, 전하께서 신으로 하여금 본토의 풍속을 따르게 하소서. 또 전하께서 조심조심 덕(德)을 닦아 영원히 조선을 보전하시기 바랍니다.[87]

서신을 전해 받은 태종은 매우 슬퍼하여 3일 동안 조회를 정지했다 한다.[88] 슬픔으로 인해 태종은 명나라 사신 축맹헌(祝孟獻)을 위한 연회에도 행차하지 못했다. 대신 태종은 축맹헌이 기분 상하지 않도록 자신이 불행히도 병이 있어 달려가지 못한다고 전했다.[89]

---

85) 태종 이방원(李芳遠, 1367~1422)은 자신의 생각이 마치 사실인양 역사를 인식했고 또한 그에 따라 역사를 집필하는 데 전혀 주저함이 없었다. 먼저 이방원은 자신의 왕위 찬탈에 끈질기게 저항했던 고려 충신 정몽주(鄭夢周, 1337~1392)를 암살한다. 방원은 정몽주가 살아 있을 경우 자신의 부친 태조의 목숨이 위태로워질 것을 우려해 효심에서 그를 암살한 것이라고 자신의 행동을 정당화했다. 그러나 이후 자신의 막내 동생 방석을 살해하고 권력을 잡기 위해 정종을 왕위에 세운 일은 유교적 관점에서 그 정당성을 인정받기가 그리 녹록치 않았다.
　　문학 양식으로 표출된 이방원과 정몽주 간의 정치적 갈등에 대해서는 데이빗 맥캔 (David R. McCann), 『고대 한국문학―선택과 도입 Early Korean Literature―Selections and Introductions』(New York : Columbia University Press, 2000), 29~32면, 38~40면, 128면, 144~147면, 155~158면 참조.
86) 태종 02 / 04 / 09. '두란첩목아'라는 이름은 앞서 밝힌 이지란의 여진 이름 구란도란 테무얼(古論豆蘭帖木兒) 중 '豆蘭帖木兒'을 한국어로 읽은 것이다.
87) 태종 02 / 04 / 09.
88) 태종 02 / 04 / 09.
89) 태종 02 / 04 / 11.

태종은 앞서 언급한 서한에 적힌 이지란의 바람에 따라 그의 장례를 치러준다. 여타 상황은 고려하지 않은 채 단지 이지란의 마지막 말만을 놓고 본다면 그가 자신의 한국 국적을 포기하는 것이라고 잘못 받아들일 소지가 있다. 그러나 이는 당시에는 존재하지도 않았던 단일국적주의 개념을 상기 상황에 투영하게 되는 시대상의 오류를 범하는 일이다. 오늘날 한국에서는 다른 수많은 지역과 마찬가지로 인종과 민족·국가가 하나로 융합되는 경우가 흔하지만 이지란이 살던 당시는 분명 다른 상황이었다.90) 또한, 이지란 자신의 의도를 분명하게 추측할 수 없으므

---

90) 이지란이 사용했던 용어 혹은 실록 편찬자들에 의해 그가 사용한 것으로 기록된 용어들이 이를 뒷받침한다. 이지란이 태종에게 올린 서한은 '신지본토(臣之本土)'라는 말로 시작되고 있다. 저자는 원문의 중립성을 훼손하지 않기 위해 이를 "신은 본토의 사람으로(where I am from)"라고 번역했다. 민족이나 국가에 대한 언급이 없는 것으로 보아 지역적 풍습을 말하기 위한 준비 어구 정도로 보면 되겠다. 오늘날에도 지역에 따른 수많은 다양성이 존재한다는 사실을 놓고 볼 때 1402년 당시에도 그러한 다양성이 존재했다는 사실은 전혀 놀라울 것이 없다. 한국의 경우, 반세기 이상의 기간 동안 동질화 및 동화를 위해 각고의 노력을 기울였지만 지역별로 나타나는 언어 및 관습의 다양성은 전혀 줄어들 기미를 보이지 않고 있다. 따라서 600년 전 사람들이 동시에 둘 혹은 그 이상의 각기 다른 범주에 준해 자신의 정체성을 인식했을 것이라 상상하기는 그리 어렵지 않다. 이지란과 실록 편찬자 모두 이지란이 여진족인 동시에 조선 사회를 이끌어 가는 주도적 시민이기도 했다고 주장하는 데 별다른 갈등을 겪지 않는 것처럼 보이며 어떤 때는 심지어 한 문장 안에서 이러한 이중적 신분에 대한 주장이 펼쳐지고 있다. 민족적 순수성, 그리고 인위적인 단일민족국가 개념으로 인해 이렇듯 자신에게 이중적 정체성을 부여하는 일이 모순으로 받아들여지기 시작한 것은 겨우 지난 세기부터의 일이다.

"본토(his native place)"와 "풍속(local customs)"은 원문의 "其土"와 "土風"을 각기 번역해 놓은 것이다. 여기서도 역시 민족이나 국가 어느 것에 대한 언급도 없음을 주목할 필요가 있다. 국가적 개념이 약간이라도 들어간 것이라 한다면 원문의 "他國" 정도를 꼽을 수 있겠다. 여기서 '타국'은 '본토'에 대조되는 개념으로 한 문장에 같이 쓰여 '어떤 이가 태어나 자란 곳이 아닌 다른 곳'을 의미하고 있다. 따라서 '타국'을 보다 최근에 사용되는 '외국'이라는 맥락으로 해석한다면 두 가지 측면에서 문제가 발생한다. 첫째, 이지란은 '조국'이 아닌 태어난 장소만을 단정하고 있다. 둘째, 역사적으로 보다 확정적인 근거로써, 『조선왕조실록』은 태종이 이지란의 바람을 거두어 이지란의 고향 풍습에 따라 그의 고향에 이지란을 묻었다고 전하고 있다. 이지란은 당시, 그리고 현재도 한국 영토에 속하는 함경남도 북청군에 묻혔고 확인결과 그의 묘는 아직도 그 자리에 위치해 있다.

로 그가 자신의 '한국성'을 부인한 것이 아니라고 확실하게 주장할 수는 없다. 그러나 조선시대 한국인들이 그의 의도를 어떤 식으로 해석했는지는 확실히 고찰 가능하다.

이지란의 이러한 유언 이후에도 그가 여전히 한국인의 지위를 유지하였는가는 사후 그와 그의 후손이 어떤 대접을 받았는지를 살펴보면 그 정확한 답을 구할 수 있다. 영조(英祖, 1724~1776)와 정조(正祖, 1776~1800) 시대까지도 그는 물론 그를 기리는 공식 행사에 대한 기록이 남아있는 점만으로도 그 답은 충분하다. 『조선왕조실록』순조(純祖, 1800~1834) 10년 기록에서 이지란에 대한 마지막 언급을 찾아볼 수 있다. 이지란 사후 거의 400년이 지난 이 때에 순조는 예관을 보내어 그에 대한 제사를 지내도록 명한다.

이로써 이지란이 태조는 물론, 그에게 개인적 · 직접적으로 덕을 입은 조선 초기 왕들을 포함해 훨씬 후대의 왕들에게까지도 오랫동안 공식적인 인정을 받았음이 입증되었다. 그러나 한국인으로서, 그리고 귀족(양반)으로서 이지란의 지위는 어떠한가? 이는 그의 자손들이 어떠한 대접을 받았는지를 살펴봄으로써만 정확한 파악이 가능하다. 이지란의 둘째 아들 이화미(李和美) 역시 조선의 무신이었다. 이지란 사후에도 청해 이씨의 한국인으로서 혹은 양반으로서의 지위에는 아무런 변화도 일어나지 않았다. 태종 14년 이화미가 죽자 왕은 쌀 · 콩 30석과 종이 1백 권, 그리고 관곽(棺槨)을 부의(賻儀)로 내린다. 당해 기록은 "이화미는 청해백(靑海伯) 이지란(李之蘭)의 아들이었다. 그의 무재(武才)는 약간 아비의 풍모가 있었다"[91]라고 끝을 맺고 있다. 10년 후, 태종의 셋째 아들로 선왕의 뒤를 이은 세종(世宗, 1418~1450) 즉위 6년차에 이지란의 장자이자 조선의 고위 무관이었던 이화영(李和英)이 숨을 거둔다. 세종 6년 기록은 그가 여진인으로 개국공신 청해백(靑海伯) 이지란의 아들이라는

---

91) 태종 14 / 04 / 28.

등 그에 대한 신상 정보를 간략히 모두에 서술한 뒤 이 여진인이 어떻게 조선 왕실의 고위 무관의 자리까지 오르게 되었는가를 상세히 설명하고 있다. 당시 모든 양반에게 주어지던 과거 응시라는 '보이지 않는 자격(latent entitlement)' 외에 이지란의 아들이라 하여 특별한 대우를 받은 것 같지는 않다. 18세에 과거에 급제한 화영은 고속 승진을 거듭하여 상장군(上將軍)의 자리에까지 오른다. 이후 무관으로서 다양한 요직을 두루 거쳤고 문관의 벼슬을 받은 것도 두 번은 족히 되었다.92) 조선 개국 때 태조 이성계는 비록 그 아버지보다는 급이 낮기는 하나 화영 역시 개국공신으로 봉하고 전답과 노예를 하사하였다. 후대의 세 왕, 즉 정종(定宗, 1398~1400)·태종·세종 역시 화영의 공을 모두 인정하고 추가로 포상하였다.93)

---

92) 태종 재위 15년에 이화영은 의정부 서열 2위의 요직인 의정부참찬(議政府參贊)에 임명된다. 그 전 태종 9년에는 지의정부사(知議政府事)를 역임한 바 있다.
　　다른 무관도 이화영과 동일한 관직에 제수된 적이 있는지 보기 위해 「태종실록」을 검토해보니 설미수(偰眉壽, 1359~1415)라는 이름이 가장 먼저 결과로 제시되어 나왔다. 그러나 설미수는 원래가 문관이었다. 설미수와 이화영은 지의정부사라는 직책을 지냈다는 점 외에도 다른 공통점을 갖고 있다. 『한국민족문화대백과사전』(Vol.12)에서 설미수에 대한 기록을 찾아보면 "원래 원나라의 고창(高昌) 사람으로서 고려에 귀화하였다"라고 되어있다(애석하게도 중국과 한국 문헌 모두 이 고창이라는 곳이 산동 혹은 신장에 있는지 또는 설미수가 중국 한족인지 중앙아시아계인지를 명확히 밝히고 있지 않다). 이지란과 마찬가지로 설미수 역시 고려 말과 조선 초에 걸쳐 관직 생활을 했다. 또한, 18세에 과거 급제하여 많은 정부 고위 요직을 두루 거쳤다는 점에서는 이화영과 비슷하다. 특히, 왕의 신임을 받아 조선의 공식 사절로 명나라를 다섯 차례나 다녀온 사실도 기록되어 있다. 외교적 수완과 중국어에 능통하다는 사실 때문에 외교 사절로 선택된 것이라 말하고 있으나 이 또한 그가 중국 출신이기는 하나 조선에 대한 그의 충성심은 전혀 의심의 여지가 없었다는 점을 뒷받침할 뿐이다. 또 다른 귀화 한국인의 사례로서 설미수를 찾았던 것이 아니라는 점을 다시 한 번 강조하고 넘어갈 필요가 있겠다. 검색 과정에서의 설미수의 우연한 등장과 그의 외국인으로서의 배경은 아래 세종 때의 기록과 마찬가지로, 이지란의 경우가 결코 특이한 사례가 아니었으며 '외국인'의 이민 및 귀화는 일반적 현상이었음을 시사하는 것이다.
93) 『조선왕조실록』에서 이지란의 후손에 대한 마지막 언급은 영조 33년 11월 11일자 기록에 나온다. 1757년, 즉 이지란 사후 355년이 지난 시점이다. 영조는 이연오(李衍五)가 이지란의 후손임을 들어 그에게 관직을 제수하라 명한다. 한국인으로서, 그리고 양반으로서 이지란의 지위가 얼마나 오랜 기간 지속되었는가를 이보다 더 확정적으로

그렇다고 조선에 이민자 문제 혹은 우려가 전혀 없었다는 말은 아니다.[94] 조선에도 분명 그러한 문제가 있었으나 그 대부분은 극복할 수 있었다. 특히 세종 재위 당시 이민자 문제를 논하는 기록 몇 구를 찾아볼 수 있다. 이민자 문제를 상당히 솔직하고 상식적인 차원에서 접근하고 있는 다음 한 구절을 여기 인용해 봄이 좋을 듯하다. 세종은 그의 두 신하에게 다음과 같이 일렀다.

이지란(李芝蘭)·은아리(殷阿里)·김고시첩목아(金高時帖木兒) 등이 귀화한 이래로[95] 관하(管下)의 백성들이 각기 그 주인만을 섬기고 국가의 부역에는

보여주는 증거는 찾기 힘들 것이다.

94) 특정 민족의 '이민자' 혹은 '외국인' 지위조차도 문제가 될 수 있고 당연히 문제시되어야 한다. 본토 남쪽의 탐라에 대해서는 이미 논한 바 있으나 한반도 북부 일부 지역에 거주하는 한국인도 엄격히 따져 보면 실제로는 '외국인'인 경우가 있다. 원 토착민을 '귀화시킨' 한국인의 오만함은 북미 지역으로의 정주를 위해 그 곳의 원래 인디안 원주민에게 시민권과 토지를 부여한 유럽 이민자들과 크게 다르지 않다. 이지란의 고향인 북청을 언급한 『세종실록』 155권 「지리지」의 한 대목을 보면 "본래의 이름은 삼산(參散)이다. 오랫동안 호인(胡人)에게 점거(占據)되어 왔는데, 고려 대장(大將) 윤관(尹瓘, ?~1111)이 호인(胡人)을 몰아내고 9성(城)을 설치하였다. ……"라고 적고 있다. 따라서 한반도를 한국화 하는 과정은 실제로는 '외국인'과 지속적으로 상호작용함으로써 이들을 동화시키는 과정이었다고 할 수 있다.

95) 세종 19/08/초07. 이지란과 마찬가지로 은아리와 김고시첩목아 역시 별다른 설명 없이 그들의 이름만으로 언급이 될 정도로 잘 알려진 인물이었던 것으로 보인다. 『조선왕조실록』에 언급된 빈도가 각기 9회와 3회로 이지란에 비해 적기는 하나 두 사람 모두 여진족으로 탁월한 전투 능력을 인정받아 고위 무관직을 지냈음을 알 수 있다. 상기 인용구 첫머리에 나오는 "등이"는 앞서 언급한 3인보다 덜 유명하기는 하나 다른 외국인이 다수 귀화한 사실이 있음을 암시한다. 같은 날(세종 19/08/07)의 다른 기록은 이들 귀화인에 대한 정보를 기술하고 있다. 은아리가 이민, 귀화, 이주와 관련한 호구 조사 결과를 보고하는 내용이 나온다. 귀화 한국인의 이주 상황을 추적하는 데 주목적을 둔 조사로 보인다. 그 내용을 살펴보면 외국 출신의 저명 사회지도층의 이름, 그리고 그와 함께 한국으로 들어온 가구의 수를 다음과 같이 언급하고 있다. "김고시첩목아(金高時帖木兒)의 관하 30여 호와 허난두(許難豆)의 관하 10여 호가 옛날에 길주에 살다가 지난 을축년에 안변으로 옮겼고, 이지란(李芝蘭)의 관하 5백여 호는 옛날에 북청에 살다가 지난 병인년에 예원(豫原)·화주(和州)·고원(高原) 등지로 옮겼고, 동보하(童甫下)의 관하 20여 호는 옛날에 단천(端川)에 살고, 신의 관하 3백여 호는 옛날에 현성(縣城)·평거(平去)에 살다가 지난 임자년에 함흥(咸興)·정평(庭平) 등지로 옮겼으며, 주인(朱仁)의 관하 40호와 주만(朱萬)의 관하 40호와 유아랍합(劉阿

응종하지 아니하였는데, 그 뒤에 국가에서 분할하여 호적에 편입시켜, 요역과 조세가 본국 사람과 다름이 없었다. 그러나 역시 오래지 아니하여 위에 말한 인민들이 부역하지 아니할 때에도 역사(役使)하는 백성들이 부족하지 아니하였으니, 하물며 지금은 야인의 여러 종류를 초안(招安)할 때이니 마땅히 이들을 보호하여 구휼하고, 조세와 요역을 적당하게 감해 주어, 귀순할 길을 열어 주는 것이 경 등의 마음에는 어떠한가. 함께 의논해서 계달하라. 다만 이들은 원래 게으른 백성이기 때문에 국가에서 염려하여 평민으로 구분해서 부역에 응종하게 하였는데, 지금 만약 견감(蠲減)하여 주면 더욱 게을러져서, 뒷날 부리기 어려울 폐단이 있지 않을까 염려된다. 더구나, 본국의 백성들과 서로 혼인하기 때문에 가려내기가 어려울 뿐 아니라, 본국의 무뢰(無賴)한 백성들이 그들 사이에 섞이어 귀화를 망칭(妄稱)할까 염려되니, 잘 헤아려서 정하여 아뢰라.96)

이 대목은 여러 측면에서 중요한 의미를 지닌다. 먼저 글 첫머리에서 이민과 귀화를 조선의 이미 수립된 관례로 인식하는 것을 볼 수 있다. 그리고 이어 조선이 때로 여진인의 이민을 허용하였을 뿐만 아니라 경제적 유인책으로 이민을 독려하였음을 제시하고 있다. 또한 여진인의 나태함을 분명히 꼬집고 있기는 하나 조선인과 여진인들 간의 혼인을 기정사실로 받아들이고 있다. 세종은 매우 실질적인 문제에 우려를 표하고 있다. 우선, 이민족 간 결혼으로 인구조사 절차가 복잡해짐에 따라 정확한 인구 통계를 내기 어려울 것을 우려하고 있다. 둘째는 쉽게 예기치 못하는 문제로 세종의 관점이 매우 흥미롭다. 한국 문화의 최고

郎哈)의 관하 20여 호는 옛날에 함흥에 살다가 지난 을축년에 홍원(洪原)으로 옮겼으며, 김파보하(金波寶下)의 관하 10여 호와 유소라(劉所羅)의 관하 20여 호는 옛날에 길주에 살다가 지난 을축년에 홍원으로 옮겼으며, 강구(姜九)의 관하 30여 호는 옛날에 갑산에 살다가 지난 무술년에 북청으로 옮겼습니다." 가구 당 아이가 평균 두 명이라고 상당히 보수적으로 산정한다 해도 대략 4,200명이라는 수치가 나온다. 더욱이 이는 은아리가 파악한 귀화인 중 이주한 인구만을 계산에 넣은 것이다. 원 거주지에 그대로 잔류하고 있는 외국 출신 한국인에 대한 내용은 보고에 포함되어 있지 않다.
96) 세종 19 / 08 / 초07.

영웅이라 할 수 있는 세종대왕은 "무뢰(無賴)한 (한국) 백성"이 여진인과 결혼하여 그 사회에 들어가 부정적 이미지를 심어줌으로써 여진인이 한국으로 귀화하는 문제를 재고하는 사태가 발생하지 않을까를 우려하고 있다! 경우야 어떻든 상기 여러 사례 모두 조선 초기에는 한국인의 혈통, 한국민이 되기 위한 자격 그리고 한국의 경계에 대한 정의가 명백히 내려져 있지 않았으며, 미확정적인 중간 상태에 있었음을 증명하고 있다(상당히 획일적 용어로 규정하고 있는 오늘날과는 대비된다).

때로 무례한 행동이나 맹목적 애국심으로 표출되기도 하는 자민족중심주의는 '외부인'과 접촉하는 사회라면 그 정도가 다르기는 하나 어디에서나 찾아볼 수 있는 일반적 현상이다. 소위 '정치적 올바름(political correctness)'이라 하는 개념은 상당히 최근에 등장한 것으로 현재까지도 지리적·인구통계적 면에서 극히 한정된 지역에만 그 영향력을 미치고 있다. 따라서 자민족중심주의적 행동이 존재했다는 사실이 그리 놀라울 것은 없으며 특정 사회를 설명함에 있어서도 별다른 의미를 지니지 못한다. 그보다는 그러한 행동이 용인되었는지의 여부가 그 사회가 '외국(인)'에 대해 어떤 태도를 취했는가를 정확히 측정할 수 있는 기준이 된다. 다시 세종과 은아리의 얘기로 돌아가 보자. 『조선왕조실록』은 거의 오백 년 전에 발생한 일을 기록하고 있으나, 외국인인 저자 본인이 개인적으로 목격하고 인내해야 했던 수많은 경험과 일치하는 부분이 있어 섬뜩한 느낌마저 든다. 어느 날 조정에서 열린 조회 때의 일이다.

은아리는 여진 사람이어서 불학무식하므로 사람들이 모두 낮추보는 터인지라, 아리가 식사 중에 기름진 고기를 먹으면서 술은 주어도 마시지 아니하므로, 용기(金龍奇)가 농담하기를, "그대는 가짜 달단(韃靼)이다. 달단은 기름진 고기를 먹을 때는 반드시 술을 마시는데, 그대는 기름진 고기를 먹으면서 술을 마시지 아니하니, 참말 가짜 달단이다" 하였으므로, 대사헌 신개(申槪)가 조정에서 물러나와 탄핵하여 말하기를, "은아리는 2품 대관(大官)인데 용기가 시정

배의 상된 말로 업신여기고 조롱하여 말과 행동이 교만하여서, 조정을 엄격하게 공경하는 의사가 없다"고 하였다. 임금이 승정원에 명령하여 용기를 꾸짖기를, "네가 대신에게 무례하게 굴었으니 법으로 마땅히 죄주어야 할 것이로되, 우선 용서하는 것이니 뒤에는 그러지 말라.[97]

　　본토 출생이든 아니든 간에 한국인으로서 교육을 제대로 받지 못하였다면 조선 사회에서는 응당 멸시의 대상이 되었을 것이다. 학문을 숭상하고 무예를 경멸하던, 혹은 최소한 불신하던 시대였기 때문이다. 이와 마찬가지로 여진족이라는 그의 출신을 두고 은아리에게 선입견을 적용하는 처사 또한 그리 놀랄 일이 아니다. 왜냐하면 오늘날에도 본질을 미리 규정해 버리는 이와 같은 일이 세계 도처에서 벌어지고 있기 때문이다. 여기서 보다 주목해야 할 점은 신개와 세종 모두 그런 행동을 전혀 용납하고 있지 않다는 사실이다. 뿐만 아니라 김용기를 견책하는 과정에서 세종이나 신개 어느 누구도 은아리가 귀한 외빈이므로 그러한 대우를 해서는 안 된다고 말하고 있지 않다는 사실도 주목할 필요가 있다. 불확실한 학문 배경에도 불구하고 은아리는 조선 대신의 직책을 맡고 있고, 따라서 그에 걸맞는 존중을 해주어야 한다고 말하고 있다. 그렇지 않을 경우 이는 개인의 명예훼손 차원을 넘어 조정을 능멸하는 행위에 해당한다는 것이다. 오늘날조차도 이와 같은 혹은 이 수준에 버금가는 지위를 외국인에게 부여하는 국가는 찾아보기 힘들다.[98]

　　북쪽 변방에 사는 외국인에게 이렇듯 개방적인 태도를 취하고 그들의 귀화를 장려하는 한편, 조선은 바다 건너 국가와도 교린 관계를 유지하였다. 고려 후기와 마찬가지로 류큐 열도와 태국·인도네시아 등에서 상업과 외교를 목적으로 조선의 조정을 방문하는 행렬이 이어졌다.[99]

---

97) 세종 15 / 윤08 / 18.
98) 그 일례로 '인종의 도가니(melting pot)' 등 인종 간 평등을 옹호하는 구호가 넘쳐나는 미국에서조차도 외국인이 정부 관직에 임명되려면 적지 않은 장애물을 넘어야 한다.

특히 1392년 태조의 왕위 즉위 직후 외교 관계를 수립한 류큐 열도와
는 활발한 교류가 이루어지고 있었다.[100] 후대의 공식 외교 서한은, 서
구의 시각에서 보면 은둔적으로 비칠 수도 있는, 그러나 이들 나름대로
는 자체적인 내부 논리에 따라 비교적 원활한 국제 관계를 양국 모두
유지하고 있었음을 보여준다. 일례로 1409년 유구국(琉球國) 중산왕(中山
王) 사소(思紹)는 태종에게 보내는 서신에 다음과 같이 적고 있다.

> 생각건대, 홍무 연간(洪武年間)에 여러 번 귀국(貴國)에서 사신을 보내어 본
> 국(本國)에 이르렀고 …… 맹약(盟約)과 소식(消息)을 통하고 휴척(休戚)을 같이
> 하였었는데, 불행하게도 뒤에 …… 각 채(寨)가 불화(不和)하고 …… 일향(一向)
> 소활(疎闊)하게 되어 신사(伸謝)를 하지 못하였으니, 깊이 저버린 것을 황송하
> 고 부끄럽게 여깁니다. ……
> 지금 대명(大明) 황제(皇帝)의 먼 곳 사람을 회유(懷柔)하는 은혜를 입어 ……
> 인국(隣國)의 의교(義交)에 대한 일절(一節)을 생각건대 또한 마땅히 사신을 보
> 내어 서로 소식을 통하는 것이, 이것이 곧 사해(四海)가 한 집이 되고 거의 윤당
> (允當)할 듯하기에 …….[101]

이 글은 한국뿐만 아니라 동아시아 국가 대부분이 자국 국경 밖의 나
라와 관계가 소원해지는 것을 일상적이지 않은 예외적인 일로 여겼음
을 명백히 보여준다. 따라서 명나라는 새로운 질서를 수립한 것이 아니
라 당나라 시절 한국과 그 주변국에 존재했던 기존의 범 동아시아적 세
계 질서를 재수립한 것으로 보인다.

상기 서한에 대한 답신은 아니나 세종은 다른 서한을 통해 양국 간

---

99) 최상수(Ch'oe Sang-su), 「한-인도네시아 관계 ; 15세기 자바섬에서 온 사절단(Korea-
  Indonesian Relations—Visit of a Java Envoy in the 15th Century)」, 『코리아 저널 *Korea Journal*』
  (Vol.23, No.4, 1983.4) 및 조흥국, 앞의 책 참조. 이보다 앞선 시기에도 한국과 인도네시
  아 간에 교류가 있었음을 또한 상기하여야 한다. 혜초는 중국에서 인도네시아를 거쳐
  인도로 간 바 있다.
100) 아츠시 고바타 · 미츠구 마츠다, 앞의 책, 1면.
101) 태종 09 / 09 / 21. 이 책의 영문본은 위의 책, 2면을 그대로 인용하였음.

교류에 대한 한국의 견해를 류큐 왕에게 잘 전달하고 있다.

> 본국은 수세대 동안 귀국과의 우호를 소중히 여겨왔습니다. ······ 이제 폐하
> 께서 양국 선대왕들께서 보여주었던 친선 관계를 가슴에 담아, 이리 선물과 함
> 께 사절단을 파견하시니 본국과의 교류를 지속하고자 하는 귀국의 의지를 한
> 층 더 잘 이해할 수 있다 하겠습니다. 깊은 감사의 마음으로 귀국의 제안을 수
> 용하는 바입니다.[102]

앞서 류큐 왕과 마찬가지로 세종 또한 양국이 비록 물리적·정치적
으로는 각기 다른 국가이나 공통의 문화 환경 속에 존재하고 있는바 양
국 간에 우호 관계를 유지함이 정상이요, 또한 그러한 역사적 선례가
있음을 강조하고 있다는 사실에 주목할 필요가 있다.[103]

마지막으로, 한국이 자국의 '숙적' 출신에게까지도 귀화를 허용했고
더 나아가 상당히 개방적인 태도를 취했음을 보여주는 구체적 사례가
존재한다. 바로 김충선(金忠善, 1571~1642)의 예가 그러하다. 일본인 김충
선은 1592년 도요토미 히데요시(豊臣秀吉)가 조선을 침략한 임진왜란 당
시 불구대천의 적으로서 한국 땅을 처음 밟는다. 왜장 김충선은 일본의
대대적 승리에도 불구하고 1년이 채 지나기도 전에 스스로 경상도병마
절도사 박진(朴晉, ?~1597)을 찾아 스스로 항복한다. 그러나 그는 야만적
인 일본 전범으로 취급되지 않고 오히려 환영과 사면을 받고 조선의 고
위 무관 자리까지 오른다. 이는 오늘날 우리가 예측하는 바, 혹은 통념
과는 거의 정반대의 상황이라 할 수 있다. 더욱이 김충선과 같은 이가
그 혼자만이 아니었다. 조선 무관으로서 그가 세운 혁혁한 공을 기록한
문헌을 보자.

---

102) 세종 13 / 11 / 15. 위의 책, 9면을 그대로 인용하였음.
103) 이와 같은 서한과 일화는 결코 단발성의 일이 아니었다. 상기 서한이 실린 해당 권
만 보더라도 1431년~1638년 사이 이와 유사한 사례가 무려 18건에 달했음을 알 수 있
다. 이 중 12건은 임진왜란(1592~1598) 이후에 발생했다.

그(귀화) 뒤 경주·울산 등지에서 전공을 세워 첨지의 직함을 받았으며, 정유재란 때는 손시로(孫時老) 등 항복한 왜장과 함께 의령전투에 참가하여 많은 공을 세웠다.[104]

이 기록을 보면 김충선을 비롯해 한국으로 귀화한 일본인들이 귀화 직후 자신의 옛 동포들과 맞서 전투를 벌였음을 알 수 있다. 민족주의라는 현대의 프리즘을 통해 보면 자신의 충정을 바쳐야 할 조국을 버린 일본인이나 그들을 포용한 한국인 모두 비양심적으로 비칠 수 있으나, 역사적 맥락을 놓고 본다면 이들의 행동은 너무나도 당연한 것이었고 그 이유 또한 동일하다. 상호 동일한 세계관 및 문명관을 지녔기에 귀화 일본인은 한국을 위해 기꺼이 싸우고자 했고 대다수 한국인 또한 이들 일본인을 포용할 수 있었던 것이다. 더욱이 국경을 초월한 이 범세계적 문명을 신봉하며 진정으로 이 문명에 함께 참여한다는 사실만으로도 이전에 갖고 있던 신념이 얼마나 이단적이었는지를 문제시하지 않을 충분한 이유가 되었고 다른 민족, 다른 국가라는 개념을 무가치하게 만들기에 충분했다.

김충선이 전쟁에서 보여준 용맹에 대해 조선 조정은 가선대부(嘉善大夫)라는 품계를 하사한다. 이어 도원수 권율(權慄, 1537~1599), 어사 한준겸(韓浚謙, 1557~1627)과 같은 명망 높은 인물들의 주청으로 충선은 왕으로부터 성명(姓名)을 하사받고 자헌대부(資憲大夫)의 직에 오른다.[105] 한국 문헌에서는 그의 본명을 사야카(沙也加)라고 적고 있는데, 이는 동일 음가를 가진 한자를 무작위로 차용해 적은 것으로 별다른 의미를 갖지

---

104) 이현재 외, 『한국민족문화대백과사전』 5권, 한국정신문화연구원, 1991, 10면.

105) 상기의 전기적·역사적 정보는 대부분 키스 프랫(Keith Pratt)·리처드 럿(Richard Rutt), 『한국역사문학사전 *Korea—A Historical and Cultural Dictionary*』(Surrey : Curzon Press, 1999), 293면 및 이현재 외, 위의 책 10면 참조.
   가선대부(嘉善大夫)와 자헌대부(資憲大夫)는 각기 종이품(從二品)과 정이품(正二品)에 해당하는 벼슬로 이는 공식 지위 및 권위가 상당히 높은 위치까지 올라갔음을 의미한다.

않는다. 이에 반해 왕이 하사한 그의 이름과 자신이 직접 지은 호(號)는 그 한자 하나하나가 모두 중요한 의미를 지녀, 순전히 음가적인 면만을 고려한 사야카의 경우와는 극명한 대조를 이룬다 하겠다. 충선은 '중국 하(夏)나라를 열망하는 학자'라는 뜻의 모하당(慕夏堂)을 자신의 호로 정 했다. 김충선의 이러한 선택은 그가 일본(야만성)을 떠나 한국(문명)에 편 입하고자 했음을 보여준다. 여기서 하(夏)나라는 가변성을 지닌 현대의 정치적 실체로서의 중국이 아니라 영속적이며 보편적인 문화 혹은 문 명으로서의 중국을 의미한다.106) 야만스러운 만주족이 명을 멸망시키기 까지 아직 52년이나 남은 시기였으나107) 김충선은 이미 '중국'의 진정 한 보편적 문명과 문화를 보존 및 수호하는 국가가 바로 한국이라 믿었 던 것이다.108) 선조가 김충선에게 하사한 이름은 그의 동기와 열망을

---

106) 하(夏)는 어쩌면 전설상의 왕조였을 뿐 정치적 · 민족적 실체로서는 결코 존재하지 않았을지도 모른다. 그러나 바로 이러한 구체성(지리적 위치, 민족 구성)의 결여는 진 정한 유토피아 및 보편적 전형으로서의 하 왕조의 입지를 더욱 공고하게 만들었다.

107) 김충선은 오랜 세월 한국의 무신으로 봉사하며 화려한 경력을 쌓는다. 40년 동안 만 주족의 침입으로부터 북쪽 변방을 수호하며 이름을 떨치기도 한다. 그러다 청나라 관 리의 저항으로 1643년 72세의 나이로 마침내 관직을 떠나게 되고 이후 대구로 내려와 향약과 지역 교육에 힘쓴다. 세 권으로 구성된 그의 문집 『묘하당집(慕夏堂集)』은 그 의 사후인 1798년 출판된다. 이현재 외, 앞의 책.

108) 상기 논의에 등장하고 있는 여러 국가의 이름 또한 이와 같은 견해를 뒷받침한다. 하(夏)는 '여름'을 의미하는 글자로서, 하나라는 어쩌면 중국 전설에만 존재했을 수도 있다. 당시 한국은 명나라 황제가 하사한 이름인 조선국이라 불렸고, 이는 귀화 한국 인 기자에게 다시 한 번 관심을 돌리게 한다. 한편 일본은 '해가 기원한 곳'이라는 의 미의 '日本(국)'이라 불렸는데 이는 당시 세계의 중심을 차지하고 있던 중국과 일본이 지리적으로 마주한 위치에 있었음을 나타낸다. 이 세 국가의 이름에서 우리는 두 가지 공통분모를 찾을 수 있다. 바로 이들 삼국의 기원이 고대 동아시아 세계 질서와 불가 분의 관계에 있으며 민족적 개념을 전혀 내포하고 있지 않다는 점이다. 즉, 이들은 정 치적 실체로서의 국가일 뿐 민족국가는 아니다. 어떤 비전을 가졌고 문명과 인류애의 수준이 어느 정도인지에 따라 소속 여부와 위계질서가 결정되는 것이지 어떤 민족인 지가 중요한 것이 아니다. 현재도 여전히 중국이 지리적 중심에 위치하나 이제는 경우 에 따라 한국이 문화의 중심을 점령하기도 한다. '한민족의 위대한 나라' 또는 '위대한 한민족의 나라'를 의미하는 대한민국(大韓民國)과 같은 현대적 명칭이 생겨난 것은 최 근래에 들어서의 일이다. 한국인은 이 대한민국이란 이름을, 실제로는 존재하지 않는 민족적 순수성 내지 단일성과 정치 국가가 융합된 개념으로 받아들인다. 물론 과거 중

재확인시켜준다. 그의 이름 충선은 유교의 가장 중요한 덕목이자 보편적 가치인 충성(忠)과 선함(善)을 의미한다. 따라서 이름 자체가 그를 한국인으로 포함시키는 데 이론을 제기할 수 없도록 만들며 그의 한국인으로서의 자격을 극명하게 드러내는 영속적 표식과도 같은 역할을 한다. 당시에는 현대의 인종이나 민족 개념이 아니라 중국으로 대변되는 보편적 가치를 받아들이고 이를 공유하는가가 한국 사회의 구성원, 더 나아가 '문명 세계'의 구성원이 될 수 있는 선결 요건이었다.[109]

1592년과 1598년 여러 차례에 걸쳐 발생한 왜란과 1627년과 1636년 두 차례에 걸쳐 일어난 호란(胡亂)은 조선으로 하여금 상대적으로 은둔적 입장을 취하게 하기에 충분했다. 동으로는 일본이 대륙 정복의 야욕과 이를 성취하는 과정에서 한국인의 피를 보는 일도 불사하겠다는 의지를 폭력적으로 드러내고 있었다. 그러나 한국은 일본이 다시 침략을 감행할지, 그렇다면 그 시기는 언제가 될지 어떠한 정보도 갖고 있지 못했다. 한편 중국에서는, '야만적인' 만주족이 왜란 당시 한국을 지원해 주었던 명나라를 멸망시키고 청 왕조를 수립함으로써 고전 문명의 중심이자 군사적 협력자였던 중국이 이제는 미개한 유목민의 통치하에 있게 되었을 뿐만 아니라 군사적 위협 요인으로까지 자리하게 되었다.

그러나 이러한 난관에도 불구하고 조선은 계속해서 외국과의 교린 관계를 유지한다. 앞서 예시한 바와 같이 류큐 열도와 다양한 관계를 형성해 가는 한편으로, 아직 일본에 대한 불신감이 떨쳐지지는 않았지

국에 대한 상대적 위치를 나타내던 국가명, 즉 일본 등의 이름에 민족적 의미를 부여하기 시작한 것도 상당히 최근의 일이다.

109) 고대 한국과 근대 한국의 가장 큰, 그리고 가장 중요한 차이점은 바로 이러한 한국인에 대한 판단 기준에 있다. 고대 한국에서는 인종이나 민족을 기준으로 한국인으로서의 자격을 판단하지 않았다. 즉, 한민족과 외국인을 구분하지 않았고 '황인종', '백인종', '흑인종'을 구분하지도 않았다는 말이다. 다만 '문명인'과 '야만족'을 유일하게 구분했을 뿐이다. 따라서 한국인, 그리고 '중국'으로 대변되는 문명 세계의 구성원을 구분하는 기준은 민족이나 피부색이 아니라 올바른 신념과 관습을 보유하고 있는가가 유일한 것이었다. 이에 대해서는 제3장에서 보다 상세히 다루도록 한다.

만 임란 8년 후인 1606년 관계를 다시 정상화한다. 이후 19세기 말까지 양국은 평화로운 관계를 유지한다. 비록 제한적 규모이기는 했으나 외교 사절단의 파견 및 통상 관계가 점진적으로 발전하는 모습도 보인다.[110] 이로써 한국이 일본에 문화적 영향을 끼치던 오랜 전통이 지속되었다.[111] 짧은 기간이기는 했으나 몇 차례의 굴욕적 침략을 견뎌야 했던 17세기 초가 지나고 중국에 새로운 왕조가 들어서면서 조선은 기존의 전통적 관계를 유지하는 한 대체로 평화로운 삶을 영위할 수 있었다. 앞서 언급한 바와 같이 만주족은 중국을 정벌하기는 했으나 동아시아 세계 질서를 개편하고자 하는 의도는 없었다. 오히려 기존 질서에 편입하여 그 수장이 되고자 했으며, 그 과정에서 상당 부분 중국화 되

---

110) 이들 외교 사절단에 대한 자세한 설명은 로널드 토비(Ronald P. Toby), 『근대 일본의 정세와 외교―에도막부 형성기의 아시아 State and Diplomacy in Early Modern Japan―Asia in the Development of the Tokugawa Bakufu』(Princeton : Princeton University Press, 1984)를 참조할 것.

쇄국(鎖國)이란 용어 및 개념에 대해 로널드 토비가 정리한 계보 또한 살펴볼 가치가 있다. '은둔의 나라'라는 오칭(誤稱)과 마찬가지로, 일본 역시 자국 혹은 다른 국가의 정책을 설명하며 쇄국이라는 용어를 사용하지 않았다. 토비는 이를 유럽인에 의해 잘못 번역된 개념이라 말하고 있다(11면). 당시 쇄국이라는 용어는 일본을 입출국할 수 있는 사람 및 사물에 '제한'을 두는 것을 일러 사용되던 말이었다. 비록 외국인에 의해 매도된 것이기는 하나, 한국의 상황도 일본과 유사했고 한국인의 입장에서는 일본과 마찬가지로 쇄국이 지극히 당연한 일이었다. 이는 또한 현재 미국의 상황과도 별반 다르지 않음을 직시할 필요가 있다. 일례로 미국 역시 최혜국과 불량 국가(rogue states)를 구분하며 그에 따라 여행과 무역의 자유를 제한하고 있지 않은가.

111) 로널드 토비(Ronald P. Toby), 「이방인의 축제―에도 시대 예술 및 대중문화에 나타난 한국사절단(Carnival of the Aliens―Korean Embassies in Edo-Period Art and Popular Culture)」, 『Monumenta Nipponica』(Vol.41, No.4, 1986 겨울), 415~456면 참조.

비록 관점은 다를지언정 한국과 일본 모두 이러한 관계를 잘 인식하고 있다. 상호 간 섭하지 않으며 고립주의를 채택했다는 주장에 정면 배치되는 것으로, 한국이 일본에 압도적 영향을 미쳤다는 주장이 심심치 않게 제기되고 있다. 양국 간 교류를 통해 한국이 일본에 적지 않은 영향을 미쳤음을 입증해주는 문헌이 상당수 존재하나 터무니없는 주장도 가끔 찾아볼 수 있다. 그 한 예로 일본 서적 『朝鮮通信使』의 한국어 번역서를 들 수 있다. 이 책을 한국어로 번역하는 과정에서 『조선통신사』라는 제목은 『일본은 우리가 키웠다―조선통신사』로 완전히 바뀌었다. 이 책의 바로 뒷 표지에 굵은 적색 글씨로 "역사는 왜곡될 수 없다!!"라는 문구가 적힌 것은 실로 아이러니가 아닐 수 없다. 나까무라 히데타카(Nakamura Hidetaka), 김용선 역, 『조선통신사』(동호서관, 1982) 참조.

는 모습을 보였다. 동아시아 국가와 서구의 만남이 있기까지 동아시아 국가 상호 간의 관계, 그리고 이들 국가가 국제 관계에 대해 갖는 개념 및 실상은 기본적으로 평화롭고 안정적인 것이었다.[112] 그리고 실제든 상상에 의한 것이든 고대로부터 19세기에 이르기까지의 이런 교린 관계가 한국의 고대 허구적 산문에 대부분의 소재를 제공했다.

---

112) 에도막부 시대 일본에 대한 로널드 토비의 기술 중 상당 부분이 조선 후기의 경우에도 동일하게 적용될 수 있다(조선왕조는 흔히 임진왜란을 기점으로 선기와 후기로 구분된다). 토비는 쇄국이 선별적으로 이루어졌으며 특히 기독교 및 서구 대부분의 문물이 그 대상이었다는 점을 상기시키고 있다. 따라서 이러한 쇄국은 어떤 식으로든 일본을 당시의 동아시아 세계 질서에서 배제시키지 않는 것이었다. 오히려 "신중한 관리가 이루어진다면 외국 민족과 조화로운 속에서 지속적 대외 관계를 지속할 수 있음을 예기"하고 있는 것이다. 로널드 토비, 앞의 책, 1984, 12면.

　　동덕모, 『조선조의 국제 관계』(박영사, 1990)는 조선이 어떤 관점에서 대외 관계를 바라보았는지를 보다 명확하고 설득력 있는 어조로 기술하고 있다.

제2장

한국의 고대 허구적 산문에 나타나는 '외국'

제1장에서는 한국과 '외국'의 관계를 다룬 다양한 고대 문헌을 살펴보았다. 천 년이 넘는 긴 세월 동안 한국인은 여행기와 시, 민속자료 및 각종 사료를 통해 외국과의 상호 관계를 기록해 왔다. 이들 초기 기록 중 상당수가 서사적이며 허구적인 요소를 지니고는 있으나 이를 소설(小說) 또는 허구적 산문으로 구분하지는 않는다. 허구적 산문이라는 특정 장르가 한국에서 발생한 것은 상대적으로 늦은 시기이며 그 최초 작품도 15세기에 이르러서야 저술되었기 때문이다.[1] 그렇다고 이 장르가 완전 백지 상태에서 잉태되거나 발생된 것은 아니다. 이는 '외국'과의 교류를 역사적·문학적 기록으로 남기던 천 년 이상의 유구한 전통에

---

[1] 이러한 장르의 구분이 대부분 주관적이며 논쟁의 여지가 있음을 깨닫게 되었다. 예를 들어 데이빗 맥캔(David R. McCann) 교수는 저자와의 서신 교환을 통해 『고려사』의 서사적이며 허구인 특질에 대해 상당히 설득력 있는 주장을 펼쳤다. 한국 문헌의 일반적 장서 구분과 관련한 문제에 대해 심도 있는 연구가 요구되고, 이는 중요사항임이 인정되지만, 지금으로서는 한국인들이 기존해 구축해 놓은 바에 따라 이들 문헌을 고찰하는 데 초점을 맞추기로 한다.

서 기인한 것이다. 이러한 맥락을 반영하며 20세기 이전에 쓰인 허구적 산문에서도 역시 '외국'이 줄곧 등장하고 있다. 이번 장은 장르의 문제와 허구적 산문이라는 개념 자체를 탐구하는 것으로 시작해 보려 한다. 또 장의 마지막 부분에서는 한국의 가장 유명한 허구적 산문 작품이자 최초의 국문 작품이라는 두 가지 중요한 의미를 지니는 『홍길동전』을 상세히 분석해 보도록 한다. 먼저 이 작품에 나타나는 '외국'의 모습에 일반적 주제를 두고 한국인의 국경 밖 진출이라는 특정 주제로 점차 논의의 초점을 좁혀 나갈 것이다.[2]

장르의 문제

고대 한국의 허구 작품은 작품별로 그 길이와 구성·정자법이 모두 현저한 차이를 보임에도 불구하고 고전소설(古典小說, classical novels)이라 통칭되는데 이러한 포괄적 통칭에는 문제가 있다. 우선 의미상 한국어의 '고전'에 해당하는 영어 단어를 찾아보면 이는 'classical'이 아닌 'premodern'이 더 적절하다. 서양에서 'classical' 혹은 'Classics'라 하면 상대적으로 더 권위가 있거나 오랜 세월이 경과했음을 의미한다. 이에 반해 한국어 '고전'은 별다른 의미를 내포하지 않는다. 수준이 낮다거나 아직 미완의 발전 단계에 있다는 의미도 아니다. 단순히 20세기 이전에 저술된 작품의 통칭으로 길이나 구조·형식·내용과는 전혀 무관하게 사용되고 있는 것이다. 따라서 1장에서 단순히 시대적 개념만을 의미하는 것으로 규정한 '고대'

---

2) 동일 주제가 근대 소설에서도 다시 나타난다. 따라서 고대 소설과 근대 소설이 외국 여행이라는 주제를 각기 어떤 방식으로 표현하고 있는지를 대조 및 분석해 보는 일이 이 연구의 중심축 중 하나가 될 것이다.

라는 가치중립적 용어를 사용하는 것이, 권위나 세월 혹은 두 가지 의미를 모두 함축한 용어를 사용함으로 인해 발생할 수 있는 오해의 소지를 미연에 방지할 수 있는 간단한 방법이 될 것이다.

한편 '소설'이라는 용어를 사용하는 것은 더욱 많은 문제를 야기한다. 현재 형태로서의 '소설'은 단순히 영어 단어 'novel'을 한국어로 번역해 놓은 것에 지나지 않으며, 20세기 이전의 한국에는 그러한 장르 개념조차도 존재하지 않았기 때문이다.3) 고대 한국 사회의 문인들은 시(詩)와 문(文), 즉 산문만을 구분하였다. 그러나 '문(文)'이라는 범주 자체가 다소 애매하고 분화되지 않은 면이 있으며 당시 문인들은 이를 부정적 맥락에서 사용했다. 즉, 근본적으로 시가 아닌 모든 것은 '문'에 해당했고 '시'만을 문학으로 취급했던 시대라는 맥락에서 '문'이란 용어는 단순한 글을 지칭하는 부정적 의미로서 매우 유용하게 사용되었다.4) 글의 길이나 구조·형식·언어 등 장르와 관계되는 제반 사안은 거의 관심권 밖의 일이었다.5)

---

3) 1910년대 말까지도 이러한 상황이 지속되었다. 이인직이나 이광수 같은 작가들조차도 장르 개념을 정확히 인식하고 있지 못했다.

4) 1910년대 후반까지도 시에 대비되는 개념으로서의 '문(文)'이 일반적인 표준으로 자리하고 있었다. 이광수는 「문학이란 하오?」라는 제하의 글에서 '문'을 산문(prose)에 대비되는 개념으로서의 'Literature', 즉 신조어인 '문학(文學)'의 의미로 사용할 것을 최초로 제안한다. 이 개념이 당시 한국인 독자에게는 무척 생소한 것이었기에 이광수 자신도 한국어로 이를 어떻게 표현해야 할지 적절한 단어를 찾을 수 없었다. 때문에 이를 정의하기 위한 방법으로 한국어 문장 중간에 'Literature'라는 영어 단어를 그대로 적어 넣는 방법을 택했다. 당시 많은 지식인들이 특정 개념을 한국어로 완벽하게 표현할 수 없다는 사실에 난감했던 것으로 보이며 이와 관련하여 특히 윤치호의 일기가 떠오른다.

5) 이런 점은 최근의 한국문학 선집들에서도 잘 드러난다. 고전소설만을 엮어 출판한 한 선집은 외설스런 내용의 한문 단형류에서 국문으로 쓰인 장편 개인 회고록에 이르기까지 다양한 작품을 싣고 있다. 이러한 상황을 고려해볼 때 고전소설을 'classical novel'로 번역하는 것은 전혀 타당하지 않다. 사실 회고록을 포함하고 있다는 점 때문에 이들 작품을 소설이라 칭하는 것조차도 문제가 될 수 있다. '고대 산문(premodern prose 또는 premodern non-poetic writing)'이라고 부르는 것이 보다 정확할 것이다. 어떤 식으로 표현하든 이는 오늘날조차도 장르적 범주를 구분하기 위한 정의가 미흡한 점이 있다는 사실을 드러낸다. 달리 말해 사전에서는 'novel'을 단순히 소설이라고 정의하고

고대 한국에서 허구적 산문(prose fiction)은 '문(文)'이라는 포괄적 범주에 속하는 여러 형태의 글 중 한 종류를 의미했다. 그러나 현대의 학자들은 고대에 쓰인 다양한 형태의 허구적 산문을 일괄적으로 '소설' 범주에 포함시키고 있다. '소설'이라는 용어가 고대에도 존재하기는 했으나 그것은 장르적 범주를 의미하는 것도, 그렇다고 허구적 산문만을 가리키는 용도로 사용된 것도 아니었다. 그보다는 오늘날의 기준에 따르면 각기 다른 장르적 범주에 속해 상호 완벽히 구별되는 다양한 작품들을 한데 아우르기 위해 개인적 관점에서 무작위로 선택한 용어가 바로 '소설'이었다. 따라서 현대 학자들이 소설이란 용어를 통칭적으로 적용하고 있음에도 불구하고, 혹은 바로 그러한 이유 때문에 소설은 장르적 구분이나 분석의 단위로서 의미를 갖지 못한다. 그렇다고 고대의 다양한 허구적 산문 작품을 구분하는 것이 전혀 불가능하다는 말은 아니다. 이들 작품을 모두 단일 범주로 편입시키려는 오늘날의 경향에도 불구하고 원래의 작품 제목을 살펴보면 상호 간에 큰 차이가 있음을 알 수 있다. 이들 허구적 산문 작품의 제목 마지막 (몇) 글자는 항상 어느 정도의 차별성을 암시한다. 예를 들어 신화(新話)는 허구성을 지닌 단편 작품집을 의미하며 전(傳)은 설화나 전설을, 몽(夢)은 흔히 '몽유소설'(夢遊小說)이라 불리는 하위 장르에 속함을 의미한다(몽자류소설夢字類小說이라고도 하며 막연하게 제목이 '몽'으로 끝나는 소설을 일컫기도 한다).[6]

따라서 고대의 다양한 허구적 산문 양식 간에 차이점이 존재하지 않기 때문에 장르에 대한 논의를 할 수 없는 것이 아니다. 오히려 단일 및 통합된 특질을 지녔을 것으로 여겨지는 특정 장르 내에 너무도 다양한 차이가 존재하기 때문에 논의를 할 수 없는 것이다. 일례로 어느 허구적

있으나 이 두 용어가 등가였던 적은 결코 없었으며 현재도 동일한 의미를 지니지 않는다. 이상택 외, 『한국문학총서 2-고전소설』(해냄, 1997) 참조

6) 몽유 '소설(novel)' 또한 다음 각주 7에 열거된 책들에서 논의하고 있는 장르적 범주 구분을 신뢰할 수 없음을 보여주는 일례가 된다. 이 하위 장르는 꿈이 주 주제를 제공한다는 점만이 중요할 뿐 다른 어떠한 규칙이나 제한도 적용되지 않는다.

산문에나 '전(傳)'이란 제목을 붙일 수 있었고 실제로도 그랬다. 따라서 어떤 작품이 '전'이라 불리는 경우 그 길이나 내용・형식・문체, 심지어 어떤 언어로 쓰인 것인지조차도 유추해낼 수 없다. 수많은 이가 'novel' 을 두고 그랬던 것과 마찬가지로[7) '전'을 두고 일관된 비평을 쓰려 하는 것 또한 여간 녹록치 않은 시도가 될 것이다. 이는 영문학에서 'stories'에 대한 비평론을 쓰려 하는 것과 같다. 'stories'라는 범주 자체가 너무 포괄적이며 차별화되어 있지 않아 비평이 무의미해진다. 후에 다루게 될『홍길동전』과『허생전』두 작품을 비교해 보면 보다 완벽한 이해가 가능해진다.『홍길동전』은 국문으로 쓰인 장편 모험담으로 현대 한국문학에서는 영웅군담소설(英雄軍談小說)이라 부른다. 서양문학에서는 이를 전기(傳奇) 소설로 분류할 것 같다. 반면,『허생전』은 한문으로 쓰인 단편 풍자 문학에 속한다. 작가가 그 자체로 하나의 작품을 완성한 전자와 달리 후자는 여행담 안에 포함된 형태로 되어 있다.『허생전』에는 영웅적 행위도 등장하지 않으며 결말 부분에 가서 주인공이 승리를 거둔다거나 신분상승을 하지도 않는다. 특별히 사건이라 할 것도 없이 주인공 허생이 사라진 것으로 이야기를 마감하고 있다. 현대문학에서는 이를 풍자소설 (諷刺小說)로 구분한다.『홍길동전』과『허생전』모두 고대문학에서 말하는 '전'과 현대문학에서 이야기 하는 '소설'적 특성을 보유하고 있으나 두 작품 모두 명백히 'novel'이 아니며, 형식이나 문체, 길이, 어조, 언어 등의 측면에 있어서도 공통된 속성을 찾아볼 수 없다.[8)

---

7) 포스터(E. M. Forster),『소설의 이해 Aspects of the Novel』(New York : Harcourt, Brace and Company, 1927), 루카치(Georg Lukács),『소설의 이론 The Theory of the Novel』(Cambridge : The MIT Press, 1971), 와트(Ian Watt),『소설의 발생 The Rise of the Novel』(Berkeley : University of California Press, 1957) 등 참조.

8) 때로 비허구적 작품에도 '전'이라는 명칭을 붙였다는 사실 또한 문제를 복잡하게 만드는 낙담스러운 요소이다. 당장 제1장에서 논한 혜초의 여행담『왕오천축국전』이 그러한 예에 속한다.

'소설'의 계보

'소설'이라는 용어 자체 또한 혼동을 일으킨다. 서양의 'novel'이 확실히 진화 또는 적어도 변화한 것은 사실이지만 디킨스와 나보코브(Nabokov)의 'novel'을 동일한 맥락에서 언급하기를 주저하는 이는 없을 것이다. 사용 언어와 장소는 물론이고 디킨스와 나보코브 사이에 백 년이란 세월의 차이가 있음에도 불구하고 'novel'을 논할 때 이들 두 작가를 그 논의 속으로 끌어들이는 일은 전혀 이상할 것이 없다. 'novel'이란 장르의 지속적 특성 때문에 이외의 소소한 차이점들은 별다른 의미를 지니지 못한다. 하지만 '소설'의 경우는 그렇지 않다. 각 작가 및 시대별로 '소설'은 상당히 다른 의미로 받아들여졌다. '소설'에 'novel'의 의미가 융합되어 현재의 뜻을 지니게 된 것은 아주 최근의 일이다.

그 기원에서부터 서구와 접촉하기까지 '소설'이란 용어는 개인에 따라, 그리고 시대에 따라 각기 다른 자의적 정의가 적용됐고 따라서 일관성을 지닌 한 장르를 구성하였다고는 말하기 어렵다.9) 글자 그대로 뜻을 해석해 보자면 '사소한 이야기'와 '중요하지 않은 이야기'의 중간쯤에 해당하는 이 '소설'이란 용어는 중국 작품에서 처음으로 등장했다. '소설'이란 용어를 최초로 사용한 이는 중국 사상가 장자(莊子, B.C. 365~290)로 문학적 성격을 전혀 띠지 않는 담론을 묘사하기 위해 다소 경멸적인 뜻에서 '小說(hsiao shuo)'이라는 말을 사용했다. 첫 번째 글자가 암시하는 부정적 특질을 강조하며 장자는 '잡담' 혹은 글자 그대로 표현해

---

9) 마지막 장에서 고찰하게 될 김영민의 최근 저서는 한국이 서구와 조우한 이후에도 소설과 관련한 이런 상황이 상당 기간 지속되었음을 보여준다. 19세기 말부터 1920년대까지 한국 신문에 실렸던 논설 대다수에는 '소설'(당시 철자법에 따르면 '쇼셜'이라고 표기한다)이라는 제목이 붙어 있었다. 서사적 허구로 전이되는 과정을 보여주기 위해 '서사적 논설'과 '논설적 서사'를 별도로 구분하고 있지는 않으나 김영민 역시 서구의 'novel'과 유사한 그 무엇과 '소설'은 확실히 구분 짓고 있다.

보자면 '하찮은 이야기'라는 의미에서 이 용어를 사용한 것이다.10) 이에 그치지 않고 장자는 그런 하찮은 말을 퍼뜨리는 이들은 또한 사회적 · 정치적 위상을 확립하기가 수월치 않을 것이라 말함으로써 실질적 단서 조항을 붙이고 있다. 경고적 성격임에는 틀림없으나 장자가 '小說'을 문학적 범주나 장르로 간주하지 않았음은 확실하다.11) '小說'을 문학적 관점에서 최초로 규정한 이는 환담(桓譚, B.C. 43~A.D. 28년경)으로 그는 『신론(新論)』(A.D. 2년경)에서 질적 관점이 아닌 양적 관점에서의 작음을 논하였다. 중요하지 않은 얘기가 아니라 자잘한 이야기가 모여 '小說'을 구성한다는 사실에 초점을 맞춘 것이다. 환담은 단순한 이야기로서의 '小說'을 논하는 데 그치지 않았다. 사회에 부정적 영향을 미친다는 장자의 언급을 고려한 것이었는지 환담은 '小說'에 "자기 한 몸을 수양하고 집안을 건사하는 데(治身理家)"12) 볼 만한 말이 있다라고 말함으로써 '小說'

---

10) "실상 그(장자)가 이 표현으로 의미하고 있는 바는 아무런 중요성도 갖지 않는 잡담이라는 의미가 전부다"라고 루쉰(魯迅, 1881~1936)은 『中國小說史略 A Brief History of Chinese Fiction』(북경 : Foreign Language Press, 1959), 1면에서 적고 있다. 이 책의 국문 번역본도 있다. 루쉰, 조관희 역주, 『중국소설사』, 소명출판, 2004.

11) 이 용어는 『장자 외물편(莊子 外物篇)』(제26편)에 처음 등장한다. 버튼 왓슨(Burton Watson)은 이를 문학적 개념과는 전혀 무관한 '소소한 이론(little theories)'이라고 번역하고 있다. 원문 "夫 揭竿累, 趣灌瀆, 守鯢鮒, 其于得大魚難矣! 飾小說以干縣令, 其于大達亦遠矣. 是以未嘗聞任氏之風俗, 其不可與經于世亦遠矣!"을 왓슨은 다음과 같이 번역하고 있다. "이제 낚싯대와 낚싯줄을 어깨에 메고 개천과 협곡으로 가 잉어와 농어가 잡히길 마냥 기다린다면 월척을 잡는 데 큰 어려움을 겪게 될 것이다. 이렇듯 소소한 이론을 과시해 지방 관직의 지위를 얻고자 하는 자는 큰 깨달음을 얻지 못할 것이다. 따라서 일찍이 장공의 풍속을 결코 들어본 적이 없는 이라면 아직 세상의 통치자 대열에 합류하기에 그 갈 길이 아직 멀었다 할 수 있다." 버튼 왓슨(Burton Watson), 『장자 전집 The Complete Works of Chuang Tzu』(New York : Columbia University Press, 1968), 296면 참조.

12) 『신론(新論)』의 "小說家 合殘叢小語 近取臂喩 以作短書 治身理家 有可觀之辭" 부분을 발췌 수록한 『The Indiana Companion to Traditional Chinese Literature』를 보자. "소설가는 자신들이 들은 단편의 자질구레한 말과 이야기를 모아 짧은 글을 만든다. 소설에는 집안일과 같은 일에 참고할 가치 있는 말이 들어 있다." 윌리엄 나인하우저 주니어(William H. Nienhauser Jr) 편, 『인디애나 동행자와 함께 한 중국 고전문학으로의 여행 The Indiana Companion to Traditional Chinese Literature』(Bloomington : Indiana University Press,

에 실용적·규범적 역할 및 가치를 부여했다. 달리 말해 유교적 관점을 통해 '小說'을 교육 및 규율성 측면에서 정의하고, 또한 그러한 가치의 충족 내지 결여를 규정하였던 것이다.[13] 그러나 환담과 달리 '小說'이 문학이 아니라는 점에 동의하는 이들도 있었다. 물론 '小說'의 내용이나 실용성에 관해서는 각기 그 견해를 달리했다. 반고(班固, 32~92)는 『한서 예문지(漢書 藝文誌)』[14]에서 '小說'을 기존 장르의 조악한 모방이라 규정하고 이를 사람을 다루는 것과 사건을 다루는 두 가지 종류로 구분했다. 전자의 경우는 기본적으로 전기(傳記)와 유사하나 그 수준이 평균에도 채 이르지 못하는 '자(字)'와 유사하며, 후자의 경우는 빈약한 근거를 기반으로 조악하게 글을 풀어간 역사물, 즉 '사(史)'에 지나지 않는다고 주장한다.[15] 반고는 小說家('小說'의 작자나 편집자)를 철학자의 부류로 편입

1986) 423면 참조. 이 동일 문구에 대한 루쉰의 번역은 다음과 같다. "소설가와 같은 무리들은 자질구레하고 짧은 말들을 모아, 가까운 것에서 비유적인 표현을 취해 짧은 글을 만들었으니, 자기 한 몸을 수양하고 집안을 건사하는 데 볼 만한 말이 있었다." 루쉰, 앞의 책, 1면; 루쉰, 조관희 역주, 앞의 책, 25~26면. 그러나 두 번역문 모두 '治身理家'를 '집안일과 같은 일에(domestic affairs and the like) 참고할'과 '집안을 건사하는 데(matters of use for daily life) 볼 만한'이라고 번역하고 있어 원문의 네 글자가 내포하고 있는 중요성을 제대로 전달하지 못하고 다소 가볍게 치부해 버린 듯 하다. 유교의 '수신제가치국태평천하(修身齊家治國太平天下)'라는 경구를 생각해 보면 자신과 가족을 적절히 다스릴 줄 아는 일이 얼마나 중요하고 보다 많은 영향을 미치는지가 즉시 명백해진다.

13) 소설에 대한 이와 같은 교훈적, 사회 개혁론적 견해는 1910년대 말까지 한국에 영향력을 발휘하게 된다.

14) 흥미롭게도 『인디애나 동행자와 함께 한 중국 고전문학으로의 여행(The Indiana Companion to Traditional Chinese Literature)』은 반구의 '小說'로 글을 시작하고 있다. 그 이전에도 이 용어가 등장했던 사실에 대해서는 언급하고 있지 않다. 이는 동 작품이 '小說'이라는 용어의 계보를 살펴보는 것이 목적이 아니라 '小說'의 허구적 본질에 초점을 맞추었기에 그러하다고 해석된다.

15) 조남현, 『소설원론』(고려원, 1982), 16면 참조. 저자는 이 책의 제목을 'Principles of the Sosŏl'이라 했으나 저자와 달리 'Principles of the Novel'이라 번역하는 이도 있을 것이다. 실제로 조남현의 책은 'novel'로서의 현대 '소설'에 대한 논의로 책을 마감하고 있다. 더욱이 '소설'이라는 용어의 발생에서 현재의 의미를 갖게 되기까지의 선형적 발전 과정을 추적하는 데 대부분의 지면을 할애하고 있다. 그러나 이 책에서는 '소설'을 아직 통합되지 않은 별개의 범주로 간주하기로 한다.

시키기는 했으나 그중 최하위 등급인 10등급으로 분류하고 고찰할 가치가 없다고 결론지었다. 또한 '小說'이라는 용어 자체에 대해서는 "거리의 이야기와 골목에 떠도는 이야기들을 길거리에서 듣고 꾸며낸 자들이 지어낸 것"이라고 정의하고 있다.16)

서구의 허구적 산문에 관한 논의와 보다 흡사한 소설 이론을 발전시키기 전이고 그 범주 또한 상당히 불명확한 상태로 남아 있어 '小說'은 현대적 맥락에서 말하는 '小說'의 경계를 벗어난 다양한 장르를 포함하고 있었다.17) 이보다 더 중요한 사실은 기존의 역사와 문학(시 읽기) 장르를 대체하는 것이 아니라 이를 보충하는 데 '小說'의 중요성과 역할이 있었다는 점이다. 마지막으로, 이러한 새로운 논의는 이번 장에서 살펴보게 될 고대 한국의 허구적 산문 작품보다 시기상으로 후대에 일어났다. 따라서 이들 논의가 중국 소설 일반론에 있어서는 중요한 의미를 지니지만 이 책과는 직접적인 관련성이 거의 없다고 할 수 있다. 어떤 경

---

16) 나인하우저, 앞의 책, 423면.
17) 다음 두 인용구는 이와 같은 상황을 잘 묘사하고 있다.
  "명대 호응린(胡應麟, 1551~1602)『소실산방필총(少室山房筆叢)』은 小說(hsiao shou)이 번성해져서 파별(派別)이 붙어나게 되자 이에 그 전체를 종합하여 (소설을) 여섯 종류로 나누었다. ① 지괴(志怪), ② 전기(傳奇), ③ 잡록(雜錄), ④ 총담(叢談), ⑤ 변정(辯訂), ⑥ 잠규(箴規)" 여기서 '小說'이란 장르를 보다 명확히 하기 위해 호응린이 구분한 이들 여러 범주 중 현대적 개념의 '小說'에 해당하는 것은 한 가지 종류(전기) 밖에 없다. 또한, '小說'이 '발아'하기 시작한 초기 형태에서 현재의 구성에 이르기까지가 목적론적 발전 과정에 따른 것이었다고 단정하지 않는 일이 중요하다.
  이후 청대 학자 기윤(紀昀, 1724~1805)은 '小說'을 보다 세분화한다. "(소설의) 원류와 파별을 더듬어 보면 모두 세 파가 있다. 그 하나는 잡사(雜事)를 서술한 것이고, 다른 하나는 이문(異聞)을 기록한 것이며, 또 하나는 쇄어(瑣語)를 엮어 놓은 것이다. 당·송(唐宋) 이후에는 작가가 더욱 많아져 그 가운데에는 근거 없는 내용으로 진실성이 없는 것도 있고, 허무맹랑한 괴담으로 듣는 이를 현혹케 하는 것도 적지 않았으나, (읽는 이에게) 교훈적인 의미가 깃들어 있거나 견문을 넓혀주며 고증에 도움이 될 만한 것도 그 속에 섞여 있었다." 이와 같이 18세기의 인물 기윤은 전기를 '小說' 장르에서 제외시키고 있을 뿐만 아니라 '小說'의 가치가 허구적 창작성이 아닌 교훈적 실용성에 있다는 반구 등의 이전 주장을 재확인하고 있다.
  이상에서 인용한 두 대목 모두 루쉰, 앞의 책, 6면에서 인용; 루쉰, 조관희 역주, 앞의 책, 32~33면.

우든 '小說'과 관련된 이들 이론 및 사상을, 이후 유입된 허구적 산문으로서의 '小說'과 관련된 초기 사상으로 간주하기는 어렵다.[18] 주로 일본의 중개를 통해 서구 문학 및 문학 이론이 중국에 도입되면서 청조(1644~1912) 말기에 이르러서야 양계초(梁啓超, 1873~1929) 등의 학자가 'novel'을 의도적으로 모방하게 되고 이로써 장르 자체로서의 '小說'을 확립하고 이를 문학 수준까지 끌어올리게 된다.[19] [20]

한국에서 '소설'이라는 용어가 처음 등장한 것은 유명한 시인 이규보(李奎報, 1168~1241)의 작품 제목을 통해서였다. 그 현대적 의미를 고려해 볼 때 이는 아이러니가 아닐 수 없다. 이규보는 시인으로서 가장 높은 평가를 받고 있는 인물이기는 하나 그의 작품 중에는 허구적 산문도 있었다. 그러나 『백운소설(白雲小說)』은 시도, 허구적 산문도 아니며 삼국 시대부터 이규보가 활동하던 시기까지의 한국 시인 및 시 작품에 대한

---

18) 중국과 한국문학사 모두 현대의 서구적 '小說 / 소설' 개념에서 시작해, 이 외래 장르의 필수요건을 충족시켜주는 작품을 찾아내기 위해 이를 과거로 소급 적용하는 경향이 있다. 이러한 시도를 통해 찾아낸 작품을 바탕으로 '小說 / 소설'이란 용어의 최초 발현에서 현재의 형태 및 의미를 지니게 되기까지의 목적론적 발전 과정을 구성해 내는 것이다.

19) 양계초 등의 작가는 '小說'을 문학의 한 장르로 수용하며 격찬하기까지 하면서도 한편으로는 고대의 특정 개념을 고수하였다. 그중에서도 특히 교훈적 도구로서의 '小說'이 가장 부각된다. 앞서 언급한 바와 같이 고대 문장가들은 '수신제가'라는 유교적 목표 달성을 위한 효율적 도구로서 '小說'의 가치를 인정했다. 서구 및 일본 문화와 접촉하면서 이는 '문명 및 계몽'같은 보다 '근대적인' 교훈으로 바뀌게 된다. 그러나 두 경우 모두 작가와 비평가들은 '小說'의 예술적, 문학적 측면이 아닌 실용적, 교훈적 측면을 강조했다. 양계초가 문학 전반, 그리고 특히 '小說'에 대해 어떤 개념을 가졌었는지를 보여주는 글이 있다. "양계초는 서구 문학을 높이 평가하고 이를 모방의 대상으로 삼아야 한다고 말한 중국 최초의 비평가 중 한 명이다." 또한 그는 "현실적인 태도를 지녔으며 중국인이 외부 제국주의 세력에 저항할 수 있도록 이들을 교육시켜 근대화에 눈뜰 수 있게 새로운 유형의 허구적 산문 이론을 체계적으로 수립"한 것으로 인정받고 있다. 나인하우저, 앞의 책, 561~562면.

20) '小說 / 소설'이란 용어를 다룬 중국 문헌에 관한 상기 정보는 『인디애나 동행자와 함께 한 중국고전문학으로의 여행 The Indiana Companion to Traditional Chinese Literature』과, 조남현, 앞의 책, 11~20면, 그리고 조동일의 『한국문학과 세계문학』(지식산업사, 1991), 310~319면 등에 담긴 내용에 비하면 가장 기본적인 개요에 지나지 않는다.

논평과 자잘한 글들을 모아놓은 것이다.21) 한 문헌은 『백운소설』과 관련하여 다음과 같이 적고 있다.

소설이란 명칭을 쓰고 있으나 사실은 소설이 아니다.22) 단순히 사소한 이야기, 혹은 다른 말로 잡담을 뜻하는 의미로 '소설'이란 용어를 사용하고 있는 것 같다.23)

이전 중국의 경우와 마찬가지로 여기서도 역시 소설을 글자 그대로, 그리고 비하적인 뜻으로 사용하고 있음을 볼 수 있다. 백운은 이규보의 호이므로 자신의 작품에 '이규보의 쓸데없는 장황설'이라는 의미의 제목을 부여함으로써 자신을 의식적으로 낮추고 있음을 알 수 있다.24)

이규보로부터 삼백년 이상의 세월이 지나서야 또다른 한국 작품에 소설이란 용어가 등장한다. 그러나 그 의미는 거의 변하지 않았다. 이제신(李濟臣, 1536~1584)의 『청강소설(淸江小說)』은 이규보의 『백운소설』과 많은 유사점을 지닌다. 이 작품 역시 저자의 호인 '청강'과 '소설'이 합쳐져 그 제목을 이루고 있다.25) 여기서도 역시 잡다한 이야기의 모음이

---

21) 작품 원문은 이제 더는 존재하지 않지만 홍만종(洪萬宗, 1643~1725)이 편찬한, 총 4권으로 구성된 『시화총림(詩話叢林)』 제1권에 그 내용이 실려 있다.

22) 원문 부분을 그대로 인용하면 "소설이라는 명칭을 쓰고 있으나, 사실은 소설이 아니고……"라고 적혀 있다. 여기서 우리는 다시 '소설'이라는 단어와 관련하여 여러 의미가 혼재하고 있음을 볼 수 있다. 그러나 이러한 명확한 설명에도 불구하고 『백운소설』의 소설이란 제목과는 상관없이 이를 허구적 산문 작품으로 받아들이지 말라는 것인지, 아니면 'novel'로 간주하지 말라는 것인지, 혹은 둘 다 아니라는 말인지 독자에게는 명확하게 다가오지 않는다. '소설'이란 용어의 다양한 사용, 그리고 때로는 시대상 적절치 않은 사용으로 인해 야기되는 여러 문제점들에 대해서는 이 상의 후반부에 가서 살펴보도록 한다.

23) 민병수 외, 『국어국문학사전』, 신구문화사, 1989, 497면.

24) 이 제목은 실제로는 흰 구름 속에 사는 선인을 뜻하는 그의 호 백운거사(白雲居士)를 축약한 것이다. 자서전 성격의 『백운거사어록(白雲居士語錄)』과 『백운거사전(白雲居士傳)』 등 이규보의 일부 작품은 제목에 호 전체를 다 쓰고 있다.

25) 조동일은 『청강소설』의 원제목이 『청강선생후청쇄어(淸江先生鯸鯖瑣語)』라고 적고 있다. 그에 따르면 서울대학교 규장각에 작품 세 권이 보관되어 있고 그중 두 권은 『청

라는 뜻으로 소설이란 용어를 사용하고 있다. 당시 조정에서 일어난 다양한 일화가 주된 내용으로 후반부는 시와 시인을 다룬 부분과 해학적 이야기를 소개한 두 개의 장으로 나뉜다. 동 작품을 거론하고 있는 2차 문헌 역시 작품 제목에 들어가 있는 '소설'을 이 용어가 지닌 보다 최근의 의미로 해석할 경우의 위험성을 현대 독자들에게 주지시키고 있다.

> 여기서 사용하고 있는 것과 오늘날 사용되고 있는 '소설'이란 용어 사이에는 거리가 있다. 근본적으로 이는 길거리나 항간에 떠도는 이야기나 소문을 의미한다(巷談街說). ……26)

위 두 작품 모두 저자 자신들은 자신의 작품을 소설이라 부른 데 반해 현대의 비평가들은 이들이 진정한 소설이 아님을 독자들에게 주지시키고 있다는 점은 아이러니가 아닐 수 없다. 그러나 이 아이러니보다 이 책에서 보다 중요한 점은 '소설'이란 용어를 시간적으로 과거에 대해 투사하려 할 때 의미상의 단절이 발생한다는 사실이다.

위의 두 작품은 저자 자신이 소설이란 용어를 선택한 사례인 데 반해 어숙권(魚叔權, 전성기 1525~1554)[27]의 『패관잡기(稗官雜記)』[28]는 원 저자의

강소설』이란 축약된 제목을 달고 있다. 어찌 됐든 '쇄어'와 '소설'이란 용어 모두 자질구레한 이야기를 뜻하는 유사어로 볼 수 있다. '복어와 고등어'를 의미하는 '후청'의 기원 혹은 그 중요성에 대해 조사해보려 했으나 아직까지 아무런 결과도 얻지 못했다.

26) 민병수 외, 앞의 책, 518면.

27) 생몰년 미상. 중종(1506~1544) 시대 문인이나 양반 신분은 아니었다. 어숙권은 서자(庶子)였기 때문에 양반 신분을 물려받을 수도 없었고 따라서 양반의 특권인 고위 관직에도 진출할 수 없었다. 그러나 어숙권은 고전과 당대 중국문학에 대한 양질의 교육을 받아 비록 2류에 속하는 관직이기는 하나 역관직을 수행할 수 있었다. 정통 해석과는 다른 어숙권의 중국 고전에 대한 해석, 그리고 일곱 차례 공무로 중국을 다녀온 그의 일화를 통해 그의 박식함과 통찰력을 엿볼 수 있다. 서자라는 신분은 어숙권으로 하여금 내부인이면서도 외부인의 시각으로 한국을 바라볼 수 있게 해주었고 그의 이러한 독특한 시각은 그의 작품에 가장 흥미로운 소재를 제공하고 있다. 어숙권은 서자와 여성, 천민의 권리와 관련하여 특히 비판적인 견해를 보이고 있다.

28) 조선 초부터 16대 인조(1623~1649)까지 250년 동안의 작품 59편을 수록한 『대동야승(大東野乘)』에 그 원본이 실려 있다. 『대동야승』은 야사·일화·소화(笑話)·만록

의도와는 무관하게 종래 작품을 소설로 규정하고 있는 첫 번째 2차 문헌이다. 어숙권은 소설을 논하며 "우리나라에는 소설이 적다(東國少小說)"29)라는 말로 글을 시작하고 있다. 어쩌면 후대 비평가들에게 지침을 제시하려는 듯 그는 『백운소설』과 『청강소설』을 논외로 제외시키고 있다. 그러나 이는 어숙권이 서양에서 유래한 현대의 소설 개념과 유사한 자생적 소설 개념을 갖고 있었기 때문은 아니다. 어숙권은 되레 자신의 작품을 소설이라 언급하며30) 『패관잡기』라는 단일 표제하에 18가지의 다양한 작품을 포함시키는 색다른 조합을 선보이고 있다. 이 중 김시습의 『금오신화』만을 현대 학자들은 소설로 간주한다. 그 외 열일곱 가지 작품은 시화(詩話)·시평·전기·일기·기행문 등 각기 다른 장르에 속한다.31)

현대 문학비평가와 역사가들은 고대 한국에서 '소설'의 의미가 어떻게 변화해 왔는지에 대해 매우 귀중한 논의를 제공하고 있다. 토착적 '소설' 개념이 서구에서 유입된 현대의 '소설' 개념과 유사한 그 어떤 형태를 띠게 되기까지의 발전 과정을 기록하려는 시도가 현재 진행되고 있다.32) 한국 고대 사회에서 허구적 산문으로서의 소설을 정의한 일

(漫錄)·수필 등을 집성한 책으로 편찬자와 편찬 일자 모두 알려져 있지 않다. 이 작품의 영문 번역 및 작품 자체에 대한 탁월한 비평과 유용한 정보를 싣고 있는 책으로는 피터 리(Peter H. Lee), 『어숙권의 패관잡기 A Storyteller's Miscellany—The P'aegwan Chapki of Ŏ Sukkwŏn』(Princeton : Princeton University Press, 1989)가 있다.

29) 『패관잡기』 4권, 39면. 피터 리는 이 부분을 "우리나라에는 이야기가 거의 없다(Korea has few stories)"라고 번역하고 있는데 이는 소설을 문학의 특정 범주로 확립하고자 했던 어숙권의 의도를 간파하지 못한 것으로 부정확한 번역이라 할 수 있다. 한국에는 물론 많은 이야기가 존재했다. 그러나 어숙권이 소설이라 기꺼이 칭할 수 있는 작품은 별로 없었다. 더욱이 어숙권은 전혀 이야기로 분류할 수 없는 여러 작품을 소설로 간주했다.

30) 피터 리, 앞의 책, 41면.

31) 『패관잡기』에 실린 작품 전체 목록 및 그 각각의 작가 및 내용은 피터 리, 위의 책, 225~226면에 자세히 밝혀져 있다.

32) 조동일, 앞의 책, 319~326면 참조. 이 책의 범위를 벗어나기는 하나 조동일은 후대에 유입된 '소설'의 정의와 유사한 정의를 내리고 있는 일부 개별적 사례를 수록해 놓고 있는데 매우 설득력 있다. 마지막 사례와 관련하여 조동일은 홍의복(洪義福, 1794~

부 개별 사례를 찾아볼 수 있으나 대부분의 작가와 독자는 이 용어에 대해 여전히 보다 폭넓고 유연한 개념을 보유하고 있었다.[33] 중국의 경우와 마찬가지로 고대 한국에서도 '소설'은 진정한 문학(시만이 유일한 문학으로 인정되었다)으로 인정받지 못했고 독립적인 장르로 발전하지도 못했다. 그보다는 '소설'을 보수적 유교주의 관점에서 비방하는 이들이 많았고 어느 문학사가가 말했듯 "긍정론자들조차도 아직은 소설을 自足的이면서도 독립된 서술양식으로 보아주려 하지 않았던 것이다. 한 마디로 그들은 소설을 역사 서술의 보족 관계로 파악하려는 입장과 태도에서 그리 크게 나아가지를 못하였던 것이다."[34]

1859)의 소설론에 주목하고, 그에 대해 다음과 같이 논평하고 있다. "19세기 전반기에 마련된 이런 소설론은 20세기에 들어서서 박은식(朴殷植)·신채호(申采浩)·이해조 (李海朝) 등이 소설을 두고 편 주장보다 구식이라고 할 수 없다."(326면).

33) '개화기(開化期)* 쇼셜(小說)**'에 대한 김영민의 글은 20세기 초 계몽기에조차도 '소설'이라 불리던 것들이 실제로는 논설류에 속했음을 보여준다. 이들이 확실히 서사적 성격을 띠기는 했으나 본질적으로 허구적 산문은 아니었다. 이들 '쇼셜'을 후대의 허구적 산문과 구별하기 위해 저자는 '서사적 논설(敍事的 論說)'이라는 상당히 유용한 신조어를 만들어 냈다. 또한 여전히 고대의 교훈적 성향을 유지하고 있기는 하나 허구적 산문과 보다 유사해진 후대 작품에 대해 김영민은 '논설적 서사(論說的 敍事)' 라는 용어를 사용한다. 김영민의 『한국근대소설사』(솔, 1997) 및 「한국근대소설의 발생 과정 연구―조선후기 야담과 개화기 문학 양식의 연관성을 중심으로」(『국어국문학』 제127호, 2000.12), 313~334면 참조.

　*지난 수년간 문학사가들은 문학사적 사건이 아닌 역사적 사건을 기준으로 개화기 (흔히 'enlightenment period'라고 번역됨)를 규정했다. 즉 1894년 갑오개혁을 기점으로 1910년 국권피탈까지의 기간을 개화기로 보았다. 그러나 김영민은 '서사적 논설'이 출현한 1890년보다 약간 앞선 시기를 시작으로 이광수의 『무정』이 출판(1916)되던 1910 년대 중반까지를 개화기로 간주하고 있다.

　**김영민은 당시 한국어 철자법에 충실하면서도 후대 '소설'과 구별되도록 '쇼셜' 이라는 용어를 사용하고 있다. 한문으로는 모두 '小說'이라고 적기 때문에 한글로 적을 때만 이러한 구분이 가능하며 이는 매우 유의미하다. 왜냐하면 위에서 본 바와 같이 동일한 한자로 표기되기는 하나 사용 시기와 어떤 장르를 대변하느냐에 따라 그 의미가 매우 달라지기 때문이다. 이 점을 고려하지 않고 무조건적으로 한자에만 의존해 이 용어를 표현하려 할 경우 다소 문제가 발생할 수 있다.

34) 조남현, 앞의 책, 32면.

주제가 장르에 우선한다

　각각의 작품을 면밀히 검토해 보면 장르나 형식 같은 서구 문학 기준에 맞춰 고대 한국의 허구적 산문을 조직적으로 연구하겠다는 시도가 얼마나 무의미하며 허울만 그럴싸한 것인지를 깨닫게 된다. 따라서 서구와는 다른 새로운 분석 단위 및 구성 원칙을 기준으로 전혀 다른 접근 방식을 취할 필요가 있다. 처음에는 이런 작업이 서구의 문학 비평 이론 및 범주를 차용해 이를 한국문학에 그대로 적용하는 방식에 비해 훨씬 어렵게 느껴질 수 있다. 그러나 이러한 시도는 한국의 문학 전통에서 자체적으로 발생한 일련의 범주를 생성함으로써 구체적이고 유의미한 결과를 가져올 것이다.[35] 그런 범주 중 하나가 바로 중심 사상, 즉 주제다.

　앞서 언급한 바 있듯 현재 '소설'이라는 용어가 붙은 작품을 하나씩 고찰해 보면 그 형식과 문체, 사용 언어가 서로 상이하여 혼란만을 초래할 뿐이다. 한 마디로 '고전소설'이라는 범주 자체가 현대문학 구조에서 온 것이다. 현대 작가는 소설을 써야겠다는 생각으로 집필을 시작하지만 우리가 현재 '고전소설'이라 부르는 작품을 저술했던 옛 작가들은 자신들의 작품을 일러 '소설'이라 칭하지 않았다. 이들은 자신의 작품을 대개 산문과 시로 구분했을 뿐이며[36] 이 외에는 어떠한 장르 개념도 존

---

35) 이것이 한국만의 '특유함', 더욱 심하게는 외국인에게는 도저히 불가해한 한국적인 어떤 것을 인정하는 것으로 읽혀서는 안 된다. 그보나는 서구 시식 및 비평론의 '보편성'을 반대하는 주장으로 보아야 옳다. 포스트모더니즘의 영향으로 서구의 문학 비평이 마치 보편적으로 적용될 수 있는 이론인 것처럼 받아들여지고 있으나, 실은 매우 특정적이고 한정적인 문화 및 문학 환경에서 유래한 것이다. 따라서 서구의 분석 범주가 완전히 다른 환경에서 발생한 문학에 대해서도 보편성을 지니며 이들 범주에 완벽하게 상응하는 대응물을 찾을 수 있으리라고 믿는 것은 타당하지 않다.
36) 물론 산문 간에도 구분이 이루어졌다. 그러나 오늘날처럼 소설·단편·수필 등과 같이 문학 장르를 구분한 것이 아니라 정사(正史)의 기록과 그 외의 것으로 양분하였다.

재하지 않았다. 따라서 '고전소설'이라는 용어 및 범주는 현대 서구에서 사용되고 있는 장르적 범주 구분을, 이와 같은 범주 개념이 존재하지 않았던 과거 한국문학사에 투영하려는 현대문학계의 시도에서 비롯된 것이다. 이는 소위 문학 비평에서 말하는 '전도(顚倒)'가 역사적 맥락에서 일어난 것이나 마찬가지이다.[37] 그러나 '고전소설'이란 용어는 이 용어가 나타내고자 하는 분야가 너무도 포괄적이라는 바로 그 이유 때문에 진정한 의미를 지니지 못한다. 고대 작가들이 시와 산문만을 구분했듯 현대 학자들 역시 시로 구분할 수 없는 작품은 대부분 '고전소설'이라는 인위적 범주에 포함시키도록 강요당하고 있다.

이와 같은 현상은 '고전소설'만을 선별하여 수록해 놓은 최근의 문학 선집에서도 볼 수 있다. 선집에 실린 작품의 분량면이나 작품 선택 기준의 불명확성에서 이러한 인위성이 여실히 드러난다. 이 문학 선집은 '소설'의 범주를 10개의 독립적인 소범주로 분류하고 있다.[38] 그러나

---

37) 미리엄 새스(Myriam Sas)가 일본문학을 강의하며 든 비유는 이 현상을 설명하는 데 보다 용이하리라 여겨진다. 새스는 벌에 쏘인 사람의 비유를 들었다. 아픔을 느낀 이 사람은 아래를 내려다보고 무슨 이유 때문인지를 살핀다. 벌을 보고는 무의식적으로 다음과 같은 사건 경위를 구성한다. '나는 벌에 물렸기 때문에 아픔을 느낀다.' 이는 물론 실제로 일어난 사건을 역으로 뒤집어 간 것이다. 이 사람은 먼저 아픔을 느끼고 나서야 아래를 내려다보고 벌을 발견한다. 벌에 쏘여 아프다는 이 사람의 결론은 틀릴 수도 맞을 수도 있다. 그러나 옳고 그름이 중요한 것이 아니다. 사건의 실제 순서를 역으로 되짚어 갔다는 점이 중요한 것이다. 이와 유사한 전도 현상이 한국문학사에서도 흔히 발생한다. 실제 사건 발생은 이렇다. 먼저 허구적 산문 작품이 집필되었고 이들은 상당히 특이한 형태로 어떤 기존 장르에도 속하지 않았다. 이후 '소설'과 허구적 산문이 동일한 개념으로 받아들여지기 시작했고 '고전소설'이라는 범주가 생겨났다. 그리고 마지막으로 이 범주에 들어맞는 작품을 과거 문학 작품 중에서 선별해냈다. 그러나 대다수 문학사에서는 이 과정이 역으로 진행된다. '고전소설'이란 범주를 시작점으로 일이 진행되는 것이다. 위에서 든 벌의 비유는 특히 두 가지 이유에서 매우 적절한 듯하다. 먼저 문학사를 보면 이러한 역과정을 거쳤다는 사실을 전혀 의식하고 있지 않은 듯 보이며, 둘째로 선별된 작품이 결국 고전소설의 사례로서 정당화될 수 있느냐가 아니라 이들 작품이 '고전소설'이라는 범주 자체에 시대적으로 선행한다는 사실이 보다 중요하기 때문이다.

38) 이상택 외, 앞의 책. 이들 열 가지 범주는 ① 판소리계 소설, ② 영웅군담류(英雄 軍談流) 소설, ③ 가정윤리(家庭倫理) 소설, ④ 몽자류(夢字流) 소설, ⑤ 염정(艶情) 소설,

언뜻 훑어보기만 해도 이 개념 자체에 내재적인 문제가 존재함이 명백해진다. 여류소설(女流小說) 같은 '하위 장르'는 통칭적 의미를 지니지 못한다. 그 형식이나 내용・길이・문체・사용 언어에 대한 어떤 정보도 알 수 없기 때문이다. 단지 저자가 여성이라는 사실만을 알 수 있을 뿐이다. 더욱이 단 한 작품만이 이 하위 장르에 포함되어 있으며 그것도 회고록이라는 사실은 문제를 더욱 복잡하게 만든다.39) '고전소설'을 고대에 쓰여진 허구적 산문이라고 포괄적으로 해석하는 것조차 그 통일성을 잃기 시작한다. 회고록까지를 그 범주에 포함하자면 '고전소설'의 정의는 고대 산문을 모두 포함하는 것으로 확장되어야만 한다. 이러한 범주의 임의성 및 의미의 결여는 비단 '여류소설'에만 나타나는 현상이 아니다. 또 다른 범주인 '한문소설(漢文小說)'에서도 이와 같은 현상이 나타나고 있다. 먼저, 고대 한국의 허구적 산문 작품 중 상당수는 한문으로 쓰였고 우리가 현재 논하고 있는 선집에 포함된 작품들 또한 그

---

⑥ 우화(寓話) 소설, ⑦ 송사(頌辭) 소설, ⑧ 여류(女流) 소설, ⑨ 장편대하(長篇 大河) 소설, ⑩ 한문(漢文) 소설이다.

39) 이상택은 '여류소설'의 유일한 사례로서 혜경궁홍씨(惠慶宮洪氏, 1735~1815)가 집필한 『한중록(恨中祿)』을 들고 있다. 그러나 '여류소설의 성격과 의미'라는 제목을 달고 있는 8장 서문에서 편집자는 "이 작품은 비록 소설로 분류하기는 어렵겠지만 대표적인 여류 산문으로서 여기에 수록한다"라고 적고 있다(424면). 제목부터 '여류소설'이라는 범주를 전제하고 또한 이를 '규정'하고 있으나, 그 사례로 든 것은 단지 한 작품에 불과하고 이마저도 진정한 의미의 'novel'은 아닌 것이다. 『한중록』을 동 문학선집에 포함시킨 상기와 같은 논리를 독자가 수용한다 하더라도 '소설'로 분류할 수 있는 다른 '여류소설'은 왜 포함시키지 않았는지, 혹은 그런 것이 과연 존재하기는 하였는지 의문을 가질 법하다. 이후 『한중록』의 내용을 소개하기에 앞서 편집자는 "『한중록』은 소설로 볼 만큼 문장이 사실적이고 박진감이 있으며 ……"(425면)라고 추가 설명을 붙여 놓았다. 여기서 편집자는 '소설'과 'novel'을 동일시하는 현대의 개념을 과거에 투사시키는 시대 적용의 오류를 범하고 있다. 그는 『한중록』이 'novel'을 규정짓는 일부 특성, 즉 현실성과 사실성을 지니고 있다는 점을 들어 『한중록』의 포함을 정당화시키고 있을 뿐, 『한중록』이 'novel'이 아니라 회고록이라는 사실 때문에 이 작품이 현실성을 지닌다는 사실은 고려하고 있지 않다. 더욱이, 'novel'이 필히 현실성을 갖추어야 한다고 해서 실제처럼 보이는, 혹은 실제 사실을 기록한 산문 작품 모두를 'novel'로 분류해야 한다는 말은 아니다. 결국, 오늘날 한국문학계가 '소설'에 대해 갖고 있는 매우 다른 두 가지 개념으로 인한 함정에 빠진 것으로 보인다.

대다수가 한문으로 집필되었다. 그럼에도 불구하고 단 한 편의 단편만이 '한문소설'로 분류되어 있다.[40] 둘째, '여류소설'의 예와 마찬가지로 '한문소설'이라는 이 하위 장르 역시 그 형식이나 내용·길이·문체와 관련해 어떤 정보도 제공하지 못한다.

전술한 바와 같이 현대 학자들은 오늘날 사용되는 의미 그대로의 '소설'이라는 용어를 이들 고대 산문 작품에 투사해왔다. 그러나 이들 작품이 저술되던 당시의 '소설'이란 용어의 의미는 오늘날과는 상당히 다른 것이었다. 한마디로, 오늘날의 한국문학사 및 비평의 경향이 이러한 사실을 불명확하게 만들 수 있는 부분이 있기는 하나, 이들 고대 산문 작품의 작가 자신들은 '소설'을 썼던 것이 아니다. 이로 인해 이규보의 『백운소설』과 이제신의 『청강소설』 등 작가 자신이 의식적으로 '소설'로서 저술한 작품들이 실제로는 '소설'이 아니라는 사실을 현대 비평가들이 독자에게 반드시 언급해 주어야 하는 아이러니한 상황이 발생했다. 이와 함께, 저자 자신은 회고록이나 설화적 성격의 글을 저술한 것으로 '소설'이라 칭하지 않고 '록(祿)' 내지 '전(傳)'이라 불렀던 작품이 실제로는 '소설'에 속하는 것이었음을 독자에게 확신시켜야 할 필요 또한 생겼다. 아래 표가 이러한 단절성을 잘 보여준다.

시대	작가	명칭	시대	작가	명칭
고대	저자	소설	현대	비평가	비소설
고대	저자	비소설	현대	비평가	소설

그렇다면 다음 질문은 작가 자신들은 자신의 허구적 산문 작품에 어떤 이름을 부여했으며 이러한 확인 과정을 통해 이제는 그 신뢰도가 저하되어 버린 '소설'이란 장르적 범주를 대체할 수 있는 유의미한 대안

---

40) 『이생규장전(李生窺墻傳)』이 바로 그 작품으로, 이는 김시습의 『금오신화』에 실린 5개 단편 중 하나이다.

을 찾을 수 있는가 하는 것이다. 원 작품 어디에서도 '소설'이란 용어를 찾아볼 수는 없지만, 이 작품집에 실린 18편의 작품 중 12편이 '전'이라는 범주에 포함된다. 언뜻 보기에는 이를 바탕으로 장르를 논할 수 있을 것으로 보이나, 허구 작품을 '전'이라 칭할 경우 언어나 문체, 길이, 형식 그 어떠한 정보도 알 수 없다는 사실을 이미 기술한 바 있다. 이 작품집에 나오는 작품들 또한 예외가 아니다. '전'으로 분류된 작품 12편이 상기 열거한 하위 10개 장르 중 5가지에 속한다. 달리 말해 '전'은 효나 영웅담, 사랑, 우화 그 어느 얘기라도 소재가 될 수 있으며 장편 내지 단편일 수도 있고 한문 혹은 국어로 쓰였을 수도 있다. '소설'의 경우와 마찬가지로 '전'이라는 명칭 자체는 장르와 관련한 어떠한 정보도 주지 못한다. '전' 외에도 고대 허구적 산문의 장르적 범주로서 생각해볼 수 있는 다른 대안 범주들이 존재한다. 이들이 '전'만큼 일반적이지는 못하나 앞서의 주장이 이들 범주에도 역시 동일하게 적용된다.[41] 따라서 고대 한국 산문에 서구의 일반적 장르 개념을 적용하는 것은 공허한 비평적 범주만을 산출하는 결과를 낳을 뿐이며 그렇게 산출된 범주는 정밀한 고찰 과정을 통과하지 못하므로 유의미한 지침으로도 사용될 수 없다. 그러나 우리가 편하고 친숙하게 느끼고 있는 장르적 접근 방식을 버리고 각 작품의 내용에 초점을 맞춰 고찰해 보면 어떤 유형이 드러나기 시작한다. 바로 고대 한국의 허구적 산문은 특정 장르가 아닌 주제에 점착 및 고정되어 있다는 점이다.

제1장에서는 '외국'과 한국의 오랜 교류 전통에 대해 다루었다. 혜초의 『왕오천축국전』 같은 기행문과 『삼국유사』『삼국사기』 등의 역사서

---

41) 가장 일반적인 것으로 '록(錄)'과 '기(記)' 두 가지 범주를 들 수 있고 이들은 그 의미가 상호 유사하다. 피상적으로 놓고 볼 때 이들은 일련의 사건 또는 한 개인의 인생 등을 기록하거나 연대기로 엮은 것을 의미한다. 앞서 열거한 여러 이유로 이들 역시 허구적 산문에 대한 장르적 범주가 되지 못하며, 비허구적 산문의 제목으로 널리 사용되고 있다는 점에서도 장르적 범주로 정립되지 못한다. 가장 주요한 예로 『삼국사기(三國史記)』나 『조선왕조실록(朝鮮王朝實錄)』같은 역사 기록을 들 수 있다.

에서 증명된 바와 같이, 현존하는 초기 한국 문헌 중 일부는 이러한 교류 관계를 산문 형식으로 서술하고 있다. '외국'에 대한 서술은 한국 최초의 허구적 산문에도 나타나며 이후 고대 작품에서도 계속 그 모습을 드러낸다. 김시습(金時習, 1435~1493)의 『금오신화(金鰲新話)』는 한문으로 쓰인 5편의 단편 작품을 모아 놓은 것으로 한국 최초의 허구적 산문 서사로 널리 알려져 있다.[42] 『금오신화』에 실린 모든 이야기에 '외국'의 이미지가 폭넓게 나타난다. 첫 번째 이야기 「만복사저포기(萬福寺樗蒲記)」는 그 제목에 이미 '외국'적 요소를 포함하고 있으며 도입부에서부터 왜구(倭寇)에 의한 잦은 침입을 묘사하고 있다.[43] 나머지 작품들 역

---

[42] 초창기 '외국'과의 조우를 여러 한국 문헌에서 찾아볼 수 있다. 그중에서도 『삼국유사』가 가장 먼저 떠오른다. 이 글은 '외국인'이지만 한국의 건국 시조인 단군의 이야기로부터 시작되고 있다. 유명한 처용의 이야기 역시 초기 한국을 배경으로 한 '외국'과의 교류 내지 협상 사례를 보여준다. 데이빗 맥캔, 앞의 책 참조.

　『금오신화』라는 제목 자체가 한국과 '외국'과의 교류에 그 기원을 두고 있다. 제목을 글자 그대로 해석하자면 '금 거북의 새로운 이야기'로 풀이된다. 거의 육백년 전 중국 당나라의 관리로 성공적인 경력을 쌓은 후 다시 고국인 신라로 돌아온 최치원은 귀국 후에도 중국의 동년우(同年友)들과 계속 서신을 왕래한다. 그중 가장 유명한 이가 시인 고운(顧雲, ?~894)으로 그는 최치원에게 보내는 서한에 "듣기로 동해에 금거북이 세 마리 있어 그 머리 위로 매우 높은 산을 옮긴다 하네"라고 적었다. 이러한 이유로 현재의 경주 남산이 금 거북 봉우리를 뜻하는 '금오' 혹은 '금오봉'이라 알려지게 되었다. 그러나 후대에 이르러 산 주변 지역 전체를 금오라 칭했고 김시습의 시대에 이르러서는 경주 자체를 일러 이 용어를 사용하는 이들도 있었다. 여러 허구 작품을 한데 묶어 『금오신화』라는 제목을 붙인 외에도 김시습은 자신의 시 선집에 『유금어록(遊金鰲錄)』(나의 경주 체류 기록)이라는 표제를 달았다. 달리 말해, 신라와 당 간의 교류를 보여주는 이 '金(鰲)'이라는 글자가 육백년의 세월이 흐른 후에도 여전히 조선과 한국문학에 영향을 미치고 있었던 것이다.

[43] 제목에 언급된 '저포(樗蒲)'라는 놀이조차 소위 호인(胡人)이라 통칭되던 북방 야만족에서 기원한 것이다. 고로 이 책 및 여타 저서에서 '저포'라는 놀이의 명칭으로 사용되고 있는 한자는 특별한 의미를 갖고 쓰였다기보다는 외국어를 음차(音借)한 것으로 보인다(최소 네 종류 이상의 다른 한자 조합으로 '저포'를 쓰고 있는 것을 볼 수 있다). 유사한 성격의 다른 많은 놀이와 마찬가지로 저포 역시 막대와 주사위를 이용한 점술의 형태로 시작되었다. 그러나 이후 그 예언적 성격은 사라지고 백제에서 널리 유행하기 시작한다. 백제 역시도 한반도 밖에서 기원한 것으로 추정되는 왕국이다. 그리고 또한 여기서 필히 짚고 넘어가야 할 점은 그 이웃 국가들이 백제를 '외국'으로 여기는 경우가 많았다는 사실이다. 그러한 이유로 당의 도움을 받아 신라가 한반도를 통일하고

시 중앙아시아로부터 한반도를 침략한 홍적(紅賊)과의 실질적 대면을 허구적 요소를 곁들여 표현한 것에서부터 용궁에 가 용왕을 알현하는 환상적인 이야기에 이르기까지 모두 '외국'에 대해 언급하고 있다.44)

이후의 허구 작품에서도 '외국'의 이미지가 지속적으로 등장한다. 『구운몽(九雲夢)』45)은 한국 작가 김만중(金萬重, 1637~1692)이 저술한 작품이나, 중국을 배경으로 하여 중국인과 인도인이 그 주인공으로 등장한다.46) 주인공의 꿈 속 여정을 다루고 있는 서사구조 때문에 이 작품을 몽유소설(夢遊小說)로 분류한다.47) 불교적 색채를 띠고 있으나 이 작품역시 한국의 경계를 벗어난 유교적 이상향의 건설이라는 『홍길동전』의 주제와 크게 다르지 않다.48) 고대 허구 작품 중 해외로 진출한 한국인

통일신라를 건국하자 많은 백제인이 한반도에 남기보다는 일본으로 건너가 정주하는 쪽을 택했다. 조선시대가 되자 저포에서 이제는 주사위가 사라지고 오늘날의 윷놀이와 유사한 형태가 되었다고 한다. 사실 현재 북한에서는 이 이야기의 제목을 『만복사의 윷놀이』라고 간단히 부르고 있다. 류수, 김주철 옮김, 『조선고전문학선집 57 — 김시습 작품집』(평양 : 문예출판사, 1990) 참조.

44) 『금오신화』에서는 홍적(紅賊)이라 칭하고 있으나 다른 역사서에서는 흔히 홍건적(紅巾賊) 또는 홍두적(紅頭賊)이라는 명칭을 쓰고 있다. 이 명칭은 이들이 머리에 붉은 두건을 두른 사실에서 유래하였다. 홍적은 원래 중국 원(元, 1271~1368) 나라 말기에 반란을 일으킨 한족(漢族) 무리를 일컫는다. 후에 원의 반격에 쫓기게 된 홍적은 1359년과 1361년 두 차례에 걸쳐 한국(고려)을 침범한다. 용왕(龍王) 이야기는 불교 경전, 특히 『화엄경(華嚴經)』과 『묘법연화경(妙法蓮花經)』을 통해 한국에 전해졌다.

45) 이 작품은 두 가지 영문본으로 번역되었다. 캐나다 선교사 제임스 스카스 게일(James Scarth Gale)이 처음 『The Cloud Dream of the Nine』(London : Daniel O'Connor, 1922)이라는 제목으로, 그 다음에는 리처드 럿(Richard Rutt)이 『Nine Cloud Dream』이라는 제목으로 각각 번역 · 출판하였다.

46) 이러한 허구적 서사는 승려 혜초의 작품과 삶에 중국과 인도가 자연스레 배어있음을 논한 이 책의 첫 장 내용과 잘 일치한다.

47) 구운몽 및 이와 유사한 소설(novel) 작품들은 제목의 마지막 글자가 꿈을 의미하는 '몽(夢)'자로 끝난다는 점 때문에 몽자류소설(夢字流小說)로 분류되기도 한다. 그러나 앞서 언급한 바 있듯, 몽자류라는 '장르'는 어떠한 제약도 하지 않는다. 각 작품별로 길이와 방식, 언어 등이 모두 제각각이다. 따라서 몽자류라는 범주 역시 한국의 허구 작품에서는 작품 전체적으로 나타나는 주제가 구분이 엄격한 장르에 우선한다는 규칙을 따른다.

48) 한국 · 중국 · 미국 학자 모두 구운몽의 이러한 양상에 대해 언급한 바 있다. 이와 관

의 모습을 다룬 또 다른 작품으로는 박지원(朴趾源, 1737~1805)의 「허생전 (許生傳)」49)을 들 수 있다. 이 작품은 박지원이 조선의 사신으로 중국에 다녀온 후 집필한 기행문『열하일기(熱河日記)』에 수록되어 있다. 천 년 전 혜초의 시가 그랬던 것처럼 「허생전」 역시 기행문에 포함된 형태를 띠고 있다. 기행문이라는 장르 자체가 '외국'으로의 직접적인 여행과 '외국'과의 지적 교류를 필요로 하는 장르라는 사실을 주목할 필요가 있다.『홍길동전』의 길동과 마찬가지로 「허생전」의 주인공 허생 역시 한국 사회에서 주변인으로 존재하는 자신의 모습을 발견한다. 작품 초반부에서 허생은 당시 한국 경제 정책의 취약성을 비판하고 후반부에 가서는 한국을 떠나 자신만의 섬나라를 건설한다.50) 허생의 초기 자본주의 실험은 한국 경제에 심각한 타격을 입히고 어쩌면 이를 수정하게 되는 결과를 낳았을지도 모른다. 그러나 그는 한국에 미완적 자본주의를 육성하는 대신 한국을 떠나 금전으로부터는 보다 자유로우면서도 유교의 농경적 이상향에는 보다 근접한 사회를 형성했다. 이 '한반도 밖'의 공간은 본토 부적응자를 이주 혹은 망명시켜 본토의 현상(現狀)을

련된 다양한 논평을 모아 놓은 저서로 프랜시스카 조 밴틀리(Francisca Cho Bantly)의『환상의 포용-구운몽에 나타난 진실과 허구 Embracing Illusion—Truth and Fiction in The Dream of the Nine Clouds』(Albany : State University of New York Press, 1996)가 있다.

49) 이 작품은 원래 한문으로 쓰여졌다. 국역본(원전 그대로인 것과 현대적으로 각색한 것 모두 있음)도 여러 종 있으며 데이빗 맥캔(David R. McCann)이 영어로 옮겨 놓은『고대 한국문학—선택과 도입 Early Korean Literature—Selections and Introductions』(New York : Columbia University Press, 2000)도 탁월한 번역이다.

50)『홍길동전』에서와 마찬가지로 허생 역시 자신이 개척한 섬나라에 한반도의 도적들이 들어와 살도록 한다. 그러나 이들 도둑떼는 한국을 벗어나자 유순하고 생산적인 일반 시민의 모습으로 변모한다. 이 이야기에서 '한반도 밖'의 공간은 홍길동의 공간과 마찬가지로 비한국인의 존재로 인해 문제가 발생할 염려가 없는, 그리고 홍길동과 같은 방식으로 허생 자신이 자신의 기호에 따라 다시 써내려갈 수 있는 '백지 상태'의 한국인 것이다. 허생은 섬의 돈을 바다에 버리고 난 후 섬에는 문맹만이 살 수 있으며 "이제 모든 문제의 근원을 제거했다"라고 선포하지만, 아이들에게는 오른손으로 숟가락을 들게 하고 식사는 연배가 많은 사람부터 하도록 함으로써 여전히 유교적 예의범절을 따르도록 하고 있다. 그러나 이 책에서 무엇보다 중요한 점은 허생이 이들 천 명의 도적을 한국 밖에 머물게 하고 한국 사회 자체는 변화시키지 않고 있다는 사실이다.

지속시키는 안전판으로 기능하고 있다 해도 과언이 아니다. 한국 사회의 진정한 개혁 또는 재건설은 이들 등장인물의 인지 범주 및 상상력의 한계를 벗어난 것처럼 보인다. 이후 20세기에 발생할 사건들과는 극명한 대조를 이룬다고 할 수 있다.

　이렇게 모두 '외국'을 묘사하고 있다는 사실은 각 작품의 길이나 문체, 형식, 사용 언어와 상관없이 고대 한국의 허구적 산문 작품을 전체적으로 논의 및 분석할 수 있도록 하는 한 가지 두드러진 특징을 제시한다. 그리고 이러한 논의와 분석은 서구에서 유입되어 한국 실정과는 잘 들어맞지 않는 장르 개념을 적용함으로써 그 초점을 흐리기보다는 특정 내용에 초점을 맞춤으로써 반복적 주제를 발견할 수 있게 한다. 마지막으로 주제를 중심으로 한 이러한 접근 방식은 한국의 고대와 근대 허구 작품 간에 심오한 연관 관계를 구축할 수 있도록 한다. 고대와 근대 허구 작품 간에 특정 주제가 지속적으로 나타나고 있음을 구체적인 사례를 통해 제시하는 한편, 이들 두 시기의 작품이 주제의 통일성에도 불구하고 시대 및 세계의 급격한 변화로 인해 얼마나 극명한 대조를 이루고 있는가를 보여줌으로써 이들 작품 간의 연계성을 구축한다. 이 장의 나머지 부분에서는 이론의 여지가 있기는 하나 대표적인 고대 허구 작품으로 손꼽히는 『홍길동전』을 중심으로 한국인과 '외국'을 어떻게 표현하고 있는지를 해외 진출이라는 주제에 중점을 두고 면밀히 살펴보도록 한다. 19세기 말 한국과 외국에 대한 재정의가 내려지면서 20세기 초 허구 작품에서는 이들 두 요소가 급격히 변형된 형태로 나타난다. 한국인 주인공이 국내외에서 겪게 되는 경험과 그들의 목적, 태도가 이선 시기와는 사뭇 다르다. 이는 고대와 근대 한국의 허구적 산문 간에 구체적 연계성을 제시하면서도 시간이 경과함에 따라 한국 작가와 독자의 태도가 변했음을 보여주는 귀중한 지표로 작용한다.

Revolution : 혁명 또는 회귀-『홍길동전』

허균(許筠, 1569~1618)은 고대 허구적 산문 작품의 작가 중 여러 선집들에 그 작품이 가장 많이 수록되는 인물로, 국문으로 쓰여진 최초의 허구적 산문 작품인 『홍길동전(洪吉童傳)』[51]으로 유명하다.[52] 그러나 사실 허균은 당대의 통념에 따라 주로 한문으로 글을 읽고 썼으며[53] 한문을 통해 자신이 알고 있는 세계 그대로 세계의 지식과 학문에 접근할 수 있었다. 저자가 중국인이든 아니든 당시의 위대한 철학 및 문학 작품은 모두 한문으로 집필되었다.

---

51) 별도로 적시하지 않는 한 동 작품의 영문명 및 인용구와 관련해서는 피터 리(Peter H. Lee) 편, 『한국문학선집 – 고대에서 19세기까지 Anthology of Korean Literature – From Early Times to the Nineteenth Century』(Honolulu : University of Hawaii Press, 1981), 119~147면에 수록된 마샬 필(Marshall R. Pihl)의 번역문을 사용하는 것으로 한다. '원본'인 국문본은 『한국문학총서 2 – 고전소설』(해냄, 1997), 202~258면에 수록된 완판본(完板本)*을 참고하였다.
   * 한국 고대 허구적 산문의 대표적 작품은 다양한 버전으로 작품이 존재하며 각기 다른 이들 버전을 '이본(異本)'이라 부른다. 『홍길동전』의 이본 고찰은 이 책의 연구 범위를 벗어날 뿐만 아니라 그 자체만으로도 또 다른 논문 주제가 된다. 그러한 내용의 논문을 살펴보고자 하는 독자는 이윤석의 『홍길동전 연구 – 서지와 해석』(대구 : 계명대 출판부, 1997)을 참고하기 바란다. 이 책은 현존하는 『홍길동전』 이본을 모두 수록하고 있다.
52) 여기서 저자는 '한글'이라는 용어를 고의적으로 사용하지 않았다. 현재 남한과 서양 학계에서 한국의 문자 체계를 일러 '한글'이라 칭하는 것이 보편적이나 현재 북한(그리고 아마도 그 동맹국)에서는 이러한 명칭이 사용되고 있지 않으며 20세기 이전 한국인들 역시 다른 명칭을 사용했다. 한국의 문자 체계는 '훈민정음(訓民正音)' 창제 작업의 일환으로 1446년 반포되었으나 다소 경멸적 의미를 담고 있는 통속 문자라는 뜻의 '언문(言文)'이라 불렸다. 이러한 경향은 근대에 들어서도 한참 동안 지속되는데, 서구화된 일본 및 서구와 접촉을 하며 그 영향을 상당 기간 받게 된 연후에야 변화가 일기 시작한다. 이광수 등의 근대 작가들도 20세기를 꽤 지난 시점까지 '언문'이란 용어를 계속 사용했고 '한글학회'도 1921년 12월 3일에야 창립되었다.
53) 허균의 한문소설 작품으로는 『남궁선생전(南宮先生傳)』과 『엄처사전(嚴處士傳)』, 『장생전(莊生傳)』이 있다. 이 중 『장생전』 역시 외국 여행을 소재로 삼고 있다. 홍길동과 매우 유사하게 『장생전』의 주인공 장생도 결국에는 동해에 있는 이상향의 섬 국가를 찾아 한국을 떠난다.

허균은 공적인 기록을 작성할 때 반드시 한문을 써야 하는 시대 및 계층에 속해 있었다.[54] 따라서 『홍길동전』을 국문으로 저술하기로 한 그의 결정이 어느 정도의 중요성을 지니는지를 간과해서는 안 된다.[55] 그러나 이 책에서는 국문과 한문 중 어떤 표현 수단을 선택했느냐가 전부는 아니다. 국문으로 글을 썼다는 점이 보다 폭넓은 국내 독자에게 도달하고자 하는 작가의 의도를 나타내는 것으로 해석될 수는 있으나, 이를 개혁적 의도의 표상이라든가 동아시아 문학 전통으로부터의 분리라고 잘못 해석해서는 안 된다. 어떤 계기로 이 작품을 실제로 창작하게 됐는지 또 작품의 내용이 무엇인지를 살펴보면, 그 반대로 성리학적 교훈에 집착하는 보수성을 엿볼 수 있으며 더 나아가 고대 동아시아 지역에 존재했던 작품 상호 간의 연관성 및 세계주의를 살펴볼 수도 있다.

비록 현대 학자들이 『홍길동전』에서 한국적 순수성을 포함해 이 작품을 현대와 관련지을 수 있는 속성을 찾아내려 하고[56] 또한 이러한 시

---

54) 공적인 글뿐 아니라 매우 사적인 글도 그 상당수가 한문으로 쓰여졌음은 더 말할 나위가 없다. 김만중은 홀로 남겨진 노모를 위로하고 즐겁게 해줄 목적으로 유배지에서 허구적 산문 『구운몽』을 집필한다. 『홍길동전』과는 달리 일반 대중을 대상으로 한 것이 아니며 한 사람의 여성을 위한 글이었음에도 불구하고,* 김만중은 중국 당나라를 배경으로 하여 중국인과 인도인을 주인공으로 등장시켰을 뿐만 아니라 글도 한문으로 작성하였다.

  * 국어국문학계에서는 여성들이 한문에 친숙하지 않았던 이유로 여성 작가의 작품이나 여성 독자를 대상으로 한 작품이 국문으로 쓰였을 것이라는 주장을 놓고 활발한 논의가 진행되고 있다. 『한중록』의 저자 혜경궁 홍씨 등 일부 여성이 특정 유형의 작품을 국문으로 집필한 사실이 있기는 하나, 김만중의 모친을 비롯한 상당수 유명 여류 문인들의 존재는 이러한 주장의 논거를 회박하게 만든다.

55) 한문본 또한 존재하며 대부분은 국문본과 제목이 동일하다. 그러나 『율도왕전(律島王傳)』 등 제목이 다른 경우도 있어 흥미롭다. 그 제목에서 냉백히 드러나듯 이 한문본은 한국 외의 상소, 그리고 그 곳에서 한국인이 이룩한 위업과 업적에 초점을 맞추고 있다.

56) 1970년대 시작된 이런 유형의 연구는 특정한 목표가 있었던 것으로 보인다. '70년대는 학계를 포함한 모든 분야에서 순수하게 한국적이라 알려진 것에 대한 자부심이 표면화되고 있던 시기였다. 고대 시기 동안의 자부심과 정통성의 근원으로 여겨졌을 소설 『홍길동전』이 외국 작품의 영향을 받았다는 사실은 한국적 순수성을 추구하는 데 일종의 결점으로 비취지기 시작했다. 따라서 어떤 논문은 순전히 그러한 관련성을 전

도가 공감이 가지 않는 것은 아니나, 허균이 『홍길동전』을 집필할 당시 부터 그의 동시대인들은 고대 동아시아의 허구적 산문의 고전으로 손 꼽히던 『수호전(水滸傳)』과 『홍길동전』의 연관성에 대해 논하고 있었다. 이식(李植, 1584~1647)은 다양한 문학 작품에 대한 자신의 논평을 실은 『택당별집(澤堂別集)』[57]에 『수호전』과 관련하여 "허균과 박엽 등이 이 작품을 좋아하였다. 허균은 『홍길동전』을 집필할 때 『수호전』에 바탕을 두었다"[58]라고 적었다. 이와 같은 논평을 정정해 보고자 하는 시도가

허 근거 없는 주장으로 만들고자 하는 목적으로 쓰여지기도 했다. 장주옥, 「수호전과 홍길동전의 비교」, 석사논문, 성신여대, 1975년 참조. 이 논문은 실제로는 두 작품의 비교가 아닌 극명한 대조를 목적으로 한 것이라는 점에서, 논문 제목을 잘못 지은 감 이 있다.

57) 이식은 『두시비해(杜詩批解)』라는 작품으로 가장 잘 알려져 있다. 1739년 이식의 증 손자에 의해 출간된 이 작품은 14권 26책으로 구성되어 있다. 이식의 다른 주요 작품 들은 흔히 『택당집(澤堂集)』이라 불리는 책에 한 데 묶여 있다('택당'은 이식의 호였 다). 그러나 『택당집』은 실제로는 「본집(本集)」 6권, 「속집(續集)」 6권, 「별집(別集)」 18 권으로 구성된 작품집이다. 이식 자신이 편찬 및 출간한 것은 「본집」 전체와 「속집」의 첫 네 권뿐이며 그 나머지는 그의 사후 편집 및 출판된 것이다. 김수항(金壽恒)이 「속 집」을 완간하였고 「별집」은 유명한 유교 학자 송시열(宋時烈, 1607~1689)이 편찬하였 다. 「본집」, 「속집」, 「별집」을 모두 포함한 완판본이 1674년과 1747년, 1764년 세 차례 간행되었다.

58) 원문은 "水滸傳 (… 중략 …) 許筠朴燁等好其書 (… 중략 …) 筠又作洪吉同傳 以擬 水滸其徒"라 적고 있다. 류탁일, 『한국고소설비평자료집성』(아세아문화사, 1994) 85면 에 인용된 『택당별집』 제15책, 22면. 이식이 보다 흔히 사용되는 '童' 자 대신 '同'으로 주인공의 이름 뒷 글자를 쓰고 있음을 주지할 필요가 있다. 두 글자 모두 '동'으로 발 음되기는 하나 이렇듯 다른 한자를 쓰게 된 데는 몇 가지 이유가 있는 듯하다. 먼저, 원본이 국문으로 쓰였기 때문에 어떠한 한자도 수록되어 있지 않아 주석자가 적절한 것으로 생각되는 한자를 적어 넣었을 가능성이 있다. 둘째, 한문으로 쓰인 이본(異本) 중 한 종 이상이(저자는 그러한 예를 찾을 수 없었지만) 주인공의 이름을 현재 일반적 으로 수용되고 있는 '洪吉童'과는 달리 '洪吉同'으로 적고 있을 가능성도 존재한다. 그리고 마지막으로, 한국에 홍길동이라는 이름을 가진 범법자가 실제로 존재했었으며 그의 이름이 '洪吉同' 혹은 '洪吉童' 두 가지로 모두 표기되었던 데에서 또 다른 원인 을 찾을 수도 있다. 『조선왕조실록』은 이러한 혼란의 첫 사례라 할 수 있는 기록을 담 고 있다. 실제 인물 홍길동이 등장하는 첫 대목은 연산군(燕山君, 1494~1506) 일기로 다음과 같이 적고 있다. "듣건대, 강도 홍길동(洪吉童)을 잡았다 하니 기쁨을 견딜 수 없습니다"(연산 39권 6년 10월 22일(계묘)). 6일 후 홍길동에 대한 두 번째 기록이 나타 나나 이미 그 이름을 다른 한자로 적고 있는 것을 볼 수 있다. "엄귀손은 홍길동(洪吉

현대 학계에서 빈번이 이루어지고 있으나 이들 논평이 『홍길동전』의 가치를 폄하하고자 하는 의도로 쓰여졌던 것은 아니었다.59) 기실 그것은 한국이 당시 세계의 문화 및 문학 환경에 가담 및 관련되어 있었음을 표현한 긍정적 평가의 발로였다.

『수호전』은 『사대기서(四大奇書)』, 즉 허구적 산문분야의 4대 걸작(Four Great Works of Fiction) 중 첫 번째 작품이다.60) 이들 걸작 네 편 모두 공교롭게도 오늘날의 중국에 속하는 지역에서 저술되었다. 그러나 고대 동아시아에서는 '국적' 및 '외국'이라는 현대적 개념이 부재했었다는 사실

同)의 행동거지가 황당한 줄을 알면서도 고발하지 않았고 또한 따라서 산업(産業)까지 경영하여 주었으니 ⋯⋯"(연산 39권 6년 10월 28일(기유)).

외국 학자들은 『홍길동전』을 창작하게 된 계기에 대해 일반적으로 일치된 의견을 보인다. 마샬 필도 자신의 번역문에 대한 간략한 소개의 글에서 『홍길동전』이 "송강(宋江) 무리의 반란을 내용으로 하는 14세기 후반 중국소설 『수호전』에 영감을 받았다. ⋯⋯"(119면)라고 적고 있다.

59) 일부 학자는 이들 논평에 20세기의 경쟁적 관점을 적용해 『홍길동전』이 『수호전』에 바탕을 두고 쓰여진 것이 아니라 이에 대적하기 위해 쓰여진 것이라 재해석하기도 한다. 그러나 이러한 현대적 재해석은 두 가지 측면에서 그 논리가 성립되지 않는다. 먼저, 경쟁과 독창성이라는 현대적 개념을 과거에 투영시키는 오류를 범하고 있다. 둘째, 보다 더 중요하게는 한문을 자신들의 구미에 맞게 창의적으로 해석하고 있다. 전체 문장의 뜻을 좌우하는 '의(擬)'라는 글자는 기본적으로 '흉내내다'라는 뜻이다. 그런데 이를 '경쟁하다'나 '대적하다'라는 뜻으로 해석하는 것은 지나친 도약이다. 이러한 해석상 도약을 하는 동기는 종종 학자들 스스로의 논의를 통해 이뤄지고는 한다. 한 학자는 "허균이 『수호지』를 모방하여 『홍길동전』을 지었다는 해석도 가능하지만, 『수호지』에 비길만한 것으로 『홍길동전』을 지었다는 해석도 가능하다. ⋯⋯『수호지』에 필적할 만한 작품으로 해석하는 경우에는 『홍길동전』의 비중이 『수호지』와 대등한 것이 되어 허균의 업적을 격상하는 뜻이 된다"라고 적고 있다. 소재영, 「금오신화와 허균의 소설」, 김동욱·이재선 편, 『한국소설사』(현대문학사, 1990), 150면 참조

60) 『사대기서(四大奇書)』라는 제목은 별개의 작품집 두 권을 이르는 말로 각 권 모두 고대 동아시아 산문 문학의 걸작 네 편씩을 수록하고 있다. 첫 번째 작품집은 소설 두 편(『수호전』과 「삼국지통속연의(三國志通俗演義)」)과 희곡 두 편(『서상기(西廂記)』와 『비파기(琵琶記)』)을 싣고 있다. 두 번째 작품집에는 소설 작품만 실려 있다. 두 번째 작품집도 『수호전』이 첫 작품으로 수록되어 있으며 『삼국지연의(三國志演義)』는 다른 버전을 싣고 있다. 이들 두 작품집 모두 『수호전』을 첫 번째 작품으로 수록하고 있고 공통되는 작품 또한 『수호전』이 유일하다는 점은 이 작품이 동아시아 고대 문학에서 상대적 중요성 및 정전성(正典性)을 지닌다는 사실을 암시한다.

을 인식할 필요가 있다. 저자는『사대기서(四大奇書)』라는 제목을 영어로 번역하며 'fiction'이라는 단어 앞에 '중국(Chinese)'이라는 한정사를 의도적으로 넣지 않았다. 원본 제목에서도 '중국'이라는 단어를 찾아볼 수 없는데 이는『사대기서』라는 용어를 처음 만든 중국인들이 최소한 문학적 관점에서는 민족이나 국가적 구별을 두지 않았다는 점을 확인케 해주는 대목이다. 더욱이 허균 등 한국의 문학자들은 이러한 위대한 문학 작품에 문화적, 언어적으로 상당히 정통해 있었으며 오늘날 미국의 영문학자가 셰익스피어에 친숙한 정도는 이에 비견할 바가 못 된다.

그러나『홍길동전』을 쓰게 된 동기가 무엇일까라는 질문을 접어두고 독자가 오로지 그 내용에만 집중한다 하더라도 결국 이 작품이 당시 동아시아 대부분의 지역을 포괄하며, 한국이 아닌 다른 곳에서 기원한 범우주적 문제에 이야기의 초점이 맞춰져 있음을 발견하게 될 것이다. 그러나 앞에서 언급한 바와 마찬가지로 외국적 기원을 갖고 있다 해도 그것이 반드시 한국인에게 외국적인 것으로 다가오는 것은 아니었다. 사실상 당대인들이 세계라 인식하고 있던 바로 그 세계에 한국이 완벽히 통합되어 있던 상태였기 때문에 이들 '외국' 철학 대다수는 한국의 기존 사상 및 행동 양식과 철저히 융화되거나 혹은 더 나아가 그들을 대체하는 수준에까지 이르렀다. 중국에서 수입된 철학 및 정치 체계인 유교는『홍길동전』의 도입부에서 드러나는 갈등의 근본 원인을 제공한다. 유교가 한국에 도입된 시기는 삼국시대로 거슬러 올라가며 서기 372년에 이르러서는 유교와 관련된 공식 국가 기관이 수립된다.[61] 유교 중에서도 특히 강력한 영향을 미친 것은 성리학으로 이는 조선의 건국자들에 의해 자리잡은 실질적 유교 체계로서 홍길동이 저항의 대상으로 삼고 있는 것이기도 하다.

61) 한반도에 유교가 처음 도입된 시기는 정확히 알 수 없으나 삼국시대 초기 중국 문자와 함께 유입된 것으로 추정하고 있다. 서기 372년 국립 유교교육기관인 태학이 설립되었다. 이기백, 앞의 책, 46, 57~59면 참조.

성리학은 중국 송(宋, 960~1279)나라에서 기원하였다. 그러나 당시 중국 북부를 여진족이 점령하고 있었고 고려는 무신정권의 통치 하에 있던 터라 한반도까지 즉시 그 영향력이 미치지는 못했다. 이후 성리학이 한국에 영향을 미친 방식을 보면 한국이 얼마나 동아시아 세계 질서에 철저하게 통합되어 있었는지를 이해할 수 있다. 성리학은 안향(安珦, 1243~1306)에 의해 한국에 소개되었다. 안향은 충선왕(忠宣, 재위 1308~1313)이 수차례 원의 수도인 연경(燕京, 지금의 북경)에 행차할 때 그를 수행했던 신하 중 한 명이다. 충선왕 자신도 '한국'과 당시 세계의 완벽한 통합을 보여주는 살아있는 실례라 할 수 있다. 충렬왕(忠烈, 재위 1274~1308)과 쿠빌라이 칸의 딸 사이에서 태어난 충선왕은 고려의 수도인 개성보다 북경에서의 삶을 더 편하게 느꼈다고 한다. 안향은 성리학이 한국에 전파되도록 지속적인 노력을 기울였고 왕위에서 물러난 충선왕은 연경에 만권당(萬券堂)이라는 개인 서재를 지었다. 만권당은 몽고 통치하에서도 중국과 한국 학자가 지속적으로 만남을 유지하며 성리학을 논할 수 있는 장소로 기능했다.[62] 따라서 한국 성리학은 그 시초부터 동아시아와 한국의 지속적 통합 및 교류의 산물이었다고 할 수 있다.

『홍길동전』의 배경인 조선왕조는 성리학을 의식적으로 국가 이념으로 채택했다.[63] 이는 주변국이 중심국을 단순히 모방하는 수준을 훨씬 초월하는 것이라는 점을 주지할 필요가 있다. 유교를 국가 이념으로 삼

---

62) 마르티나 도이힐러(Martina Deuchler), 『한국 사회 및 사상의 유교적 변환 The Confucian Transformation of Korea—A Study of Society and Ideology』(Cambridge : Harvard University Press, 1992), 15~19면 참조.

63) 윌리엄 테오도르 드 배리(Wm. Theodore de Bary) · 김자현(Ja-Hyun Kim Haboush) 편, 『한국 내 성리학의 발생 The Rise of Neo-Confucianism in Korea』(New York : Columbia University Press, 1995) 참조. 특히, 첫 두 장(기사), 정채식(Chai-sik Chung), 「조선왕조 및 사상의 설계자 정도전(Chŏng To-jŏn—'Architect' of Yi Dynasty Government and Ideology)」과 마이클 칼튼(Michael C. Kalton), 「권근의 작품을 통해 본 조선 초기 성리학의 배경과 형태(The Writings of Kwŏn Kŭn—The Context and Shape of Early Yi Dynasty Neo-Confucianism)」가 이 내용과 관련이 깊다.

음으로써 조선 사회의 건설자들은 한국이 오랜 세월 중국과 특권적 관계를 유지해왔음을 다시 한 번 의도적으로 재정립하고자 했던 것이며 이로써 세계사에 있어서의 한국의 역할과 참여를 확인하고자 했던 것이다.

초기 조선 사회 건설자들에게 있어, 고대 중국 제도를 채택하는 것은 법과 질서를 재건하기 위한 임의의 수단이 아니라, 한국 자체도 상당한 부분을 차지하고 있는 과거와의 연계성을 부흥시키고자 하는 것이었다. 한국사와 중국 고대사의 연결 고리가 되는 것으로 생각되는 인물은 고대 한국의 뛰어난 통치자 중 두 번째 인물이라 할 수 있는 기자다. …… 기자의 탁월한 국가 운영이 조선이 세계에 알려지는 계기가 되었다라고 정도전[64]은 기술하고 있다.[65]

성리학을 국가 이념으로 확립하고, 또한 중국과의 밀접한 관계를 회복하려는 한국의 노력은 성공을 거두었다. 사실 중국인보다도 더 진정한 방식으로 교리를 실천하고자 했던 한국인들의 시도는 거의 대부분 성공을 거두었고, 또한 그러한 시도 속에서 한국은 성리학 교리를 글자 한자한자까지 철저히 준수했다.[66] 중국에서는 대체로 사회 및 정치 이론으로만 남아있던 이들 규범을 실천에 옮겨 이렇듯 엄격하게 준수한 한국 사회에 그 피해자가 없는 것은 아니었다.

철저한 실천을 의무화했던 엄격한 제도의 피해자가 바로 서자(庶子)계

---

64) 정도전(鄭道傳, 1337~1398)은 조선왕조의 창업을 주도한 인물 중 한 명이다. 그의 삶과 작품에 대한 자세한 논의는 한영우, 『왕조의 설계자 정도전』(지식산업사, 1999) 및 정채식, 앞의 책을 참조할 것.

65) 마르티나 도이힐러, 앞의 책, 107~108면. 이에 대한 완벽한 논의는 다음을 참조할 것. 한영우, 「고려와 조선 초기의 기자 숭배─한중 관계의 문화적 상징(Kija Worship in the Koryŏ and Early Yi Dynasties─A Cultural Symbol in the Relationship Between Korea and China)」, 『한국 내 성리학의 발생 *The Rise of Neo-Confucianism in Korea*』(윌리엄 테오도르 드 배리 · 김자현 편), 349~374면.

66) "조선 학자와 관리들은 결코 가능하리라 꿈도 꾸지 못했던 수준까지 사회정치학적 환경을 성리학 원칙에 따라 개편하는 데 성공했다"고 도이힐러(Deuchler)는 적고 있다 (마르티나 도이힐러, 앞의 책, 128면).

층이었다.[67] 서자가 아닌 고위 양반 관료였던 허균이 정부의 인재 등용에서 능력을 보다 중시해야 한다는 강한 논조의 글을 몇 편 저술한 사실은 있으나[68] 이를 통해 혁명은 고사하고 전반적인 사회 개혁의 필요성을 주장하고자 했던 것은 결코 아니었다. 그것은 단지 양반의 지위에 동반되는 '보이지 않는 자격'[69]을 부여하는 요건을 '최소한만 조정'[70]하자는 것이었다. 더욱이 어떤 맥락 속에서 그러한 글을 저술하게 되었는지 역시 살펴볼 필요가 있다. 허균은 자신의 스승 이달(李達, 1561~1618)이 서자라는 이유로 양반계층이 누리는 특권에서 배제된 것을 보며 고통스러워했다. 이러한 개인적 배경 때문에 허균은 조선 사회를 지배하는 여러 규정에 한 가지 예외를 두는 것은 옹호했으나 전면적인 변화를 지지한 것은 아니었다. 달리 말해, 허균의 가장 혁명적인 요구는 계급 구분이 없는 평등한 사회를 만들자는 것이 아니라, 양반 계급에 약간의 수적 팽창을 가져오자는 것이었다. 설령 허균의 제안이 수용되어 그러한 변화가 일어났다 하더라도 당시 한국 사회를 구성하던 대다수 백성의 지위를 개선하는 것과는 무관했을 것이다. 왜냐하면 허균은 노비나 여성은 말할 것도 없고 평민에 대해서도 언급하고 있지 않기 때문이다. 마지막으로, 서자가 양반의 특권을 누리지 못하도록 금지한 것은 혈통이 아니라 법적 절차였다는 점을 기억할 필요가 있다. 서자는 양반 아버지의 남

---

67) 일부 학자는 서자를 의미할 뿐 아니라, 아들, 딸 및 그 후손 모두를 일컫는 '서얼(庶孽)'이라는 용어를 사용한다. 다시 말해 '서얼'은 특정 사회 그룹 내지 계층 전체를 가리키는 데 반해 '서자'는 양반 아버지와 그 첩이라는 '부적절한' 관계에서 태어난 아들을 특정적으로 지칭하는 것이다. 또한 서얼이든 양반이든 여성은 과거에 응시할 수 없었으므로 본 맥락에서 전체 서얼계층으로 논의를 확대하는 것은 부적절하나.

68) 예를 들어, 그의 『유재론(遺才論)』을 보자. 이 글은 원래 한문으로 쓰여졌으나 『인재를 버리지 말아라』라는 제목으로 국역되었다. 허경진 역, 『시대 앞에 서서』(책세상, 1988) 참조.

69) 에드워드 와그너, 앞의 책 참조.

70) 제임스 팔레(James Palais), 「조선왕조의 안정-균형 체제와 최소한의 조정(Stability in Yi Dynasty Korea—Equilibrium Systems and Marginal Adjustment)」, 『*Occasional Papers on Korea 3*』, 1975년 6월호, 1~18면 참조.

자 후손이었고 허균은 조선 사회의 초석을 이루고 있던 특권의 부계 승계 문제는 결코 문제 삼지 않았다.[71]

그러나 허균의 혁명적 관점은 결국 그를 체제의 적으로 몰아 1618년 일군의 '서자들'과 역모를 꾀하였다는 죄명으로 참형을 당하게 한다. 비록 그 정확성 여부에 의심의 여지가 있기는 하나[72] 바로 이 죄목으로 인하여 허균의 소설을 보는 시각은 지나치게 편파적인 경향을 띠게 된다.[73] 즉, 남북한을 통틀어 다수의 연구가 『홍길동전』의 개혁사상, 심지어는 혁명사상을 조명하고 있는 것이다.[74] 그러나 홍길동전의 실제 내용은 이같은 해석을 뒷받침해주지 않는다.

물론 '서자'에 대한 갖가지 차별이 조선후기 사회의 현실이자 『홍길동전』의 두드러진 주제임에는 틀림 없다.[75] 작품의 서두에서부터 화자

---

71) 19세기가 거의 끝나갈 무렵이 되어서야 상류 계급만 누릴 수 있었던 '보이지 않는 자격'이 혈통과 상관없이 다른 계급에게도 주어졌다. 그러나 그것도 거의 대부분 외압에 의한 것이었다.

72) 허균이 혁명가였다는 주장은 동학의 창시자 최제우가 천주교 신자였다고 주장하는 것과 같다. 그럼에도 불구하고, 최제우는(제3장에서도 살펴보겠으나) '천주교 신자'라는 죄명으로 참형 당했다. 조선시대의 정치는 위험한 것이어서 국법의 미명 아래 사사로운 원한을 갚는 일이 다반사였고 이로 인해 많은 이들이 목숨을 잃었다.

73) 마지막 장에서는 이인직의 작품과 관련하여 이와 동일한 현상을 고찰할 것이다. 이인직의 친일 행적은 종종 그의 문학 작품에 대한 지나치게 편향적인 분석을 목적으로 소급 적용되고는 한다.

74) 신동욱 편, 『허균의 문학과 혁신사상』(새문사, 1981) 참조. 각 장을 저술한 조동일 · 김열규 · 김동욱 · 장덕순 등은 한국문학계가 인정하는 석학들이다. 문헌의 제목은 허균의 문학작품을 모두 포함하나, 실제 내용은 허균의 가장 널리 알려진 작품인 『홍길동전』에 치중하고 있다. 또한 로은욱 편, 『홍길동전, 장화홍련전, 양반전』(평양: 문예출판사, 1981)의 서문을 참조할 것. 북한의 연구 자료는 홍길동을 일종의 사회주의 혁명가로 재조명하고 있는데 어찌 보면 당연한 일이다. 작품상의 주인공 홍길동과 역사적 인물이자 무법자인 홍길동('홍길동'이라는 이름의 도적은 실존 인물로서 『조선왕조실록』에 언급되었음은 흔히 동일 인물화(人物化)하며, 그의 위상은 '이상 사회' 건설을 시도하는 '농민 봉기군'의 지도자로 승격된다. 이는 대단히 상이한 이유 때문이기는 하나 현재 남북한에서 인기 있는 해석으로 통용되고 있다. 잠시나마 한국의 적이라는 역할을 담당했으나 홍길동이 기존 체제에 확고한 신념을 가지고 동참했음은 추후의 해설을 통해 명확히 알 수 있다.

75) 홍길동이라는 이름과 그의 이야기를 둘러싼 일부 흥미로운 현상은 주목할 만하다.

는 다음과 같이 설명한다.

길동이 점점 자라 8살이 되자, 총명하기가 보통이 넘어 하나를 들으면 백 가지를 알 정도였다. 그래서 공은 더욱 귀여워하면서도 출생이 천해, 길동이 늘 '아버지'니 '형'이니 하고 부르면 즉시 꾸짖어 그렇게 부르지 못하게 하였다.[76] 길동이 10살이 넘도록 감히 부형을 부르지 못하고, ……[77]

북한에서 홍길동은 '서자'와 동의어다. '서자'라는 용어와 관련하여, 사실을 바탕으로 한 이의 피상적 정의 및 백과사전 상의 표제어를 통해서 다음의 정보를 알 수 있다. "적자와 서자를 차별하는 정책은 봉건시대에* 걸쳐 지속되었고 그러한 정책에 대한 저항의 몸짓 또한 계속되었다. 허균(許筠, 1569~1618)의 작품『홍길동전』의 주인공 홍길동은 재주가 비범한 인물이었으나 서자였기에 친부를 아버지라 칭하지 못하고 온갖 멸시와 차별대우를 받았다. 그는 결국 적서(嫡庶) 차별에 반기를 들고 집을 떠났으며 농민 봉기군의 일원으로 투쟁하였다."『조선대백과사전 13(한국대백과사전, 제13권)』(평양 : 백과사전출판사, 1995~2001), 618~619면 참조. 물론, 원 작품에는 농민이나 봉기군에 대한 언급이 없으니 이는 정치적 필요에 따라 문학을 악용할 수 있는 여러 방법 중 일례를 시사하는 것이다. 그러나 이러한 관례는 비단 북한에만 국한되지 않는다. 북한은 전(前) 산업사회의 대중인 농민계층을 귀감으로 제시하는 반면 '양반'은 대중의 적이요 조국의 반역자로 비방한다. 남한에서는 상황이 사뭇 다르다. 남한 사람들은 실제로 '양반' 가문의 후손이든 아니든 간에 '양반'의 후예임을 상당히 자랑스럽게 생각하고 이를 알리는 경우가 비일비재하다. 서자의 전형(典型)인 홍길동은 또한 모든 한국 남성을 대표하며 그 이름은 사회 곳곳에 등장하는데, 영어의 John Doe나 John Q. Public과 같이 불특정인을 칭하는 가명으로 양식 · 수표 · 신용카드 등의 견본에서 찾아볼 수 있다.
  * 한국이 결코 봉건시대를 거친 적이 없었음에도 불구하고 '봉건(封建)'이라는 용어가 남북한 학자들에 의해 널리 사용되고 있다. 또한, 남북한의 학자들 및 사학자들은 한국의 독특성과 독자성을 흔히 강조한다.
76)『홍길동전』의 이본(異本)을 보면 길동의 서형(庶兄)의 이름이 각기 다르게 나와 있다. 필(Pihl)의 영어 번역본에서는 '인형'으로 되어 있는데, 이는 '길동'이라는 이름이 아이러니하듯 작자가 아이러니를 표현하고자 시도한 것으로 볼 수 있겠다. 불운한 길동의 한자 이름은 대부분 '吉童'으로 표기되었는데 이는 '행운의 아이'를 의미한다. 인형의 한자는 '仁兄'일 가능성이 매우 높고 '자애로운 형'이란 뜻이다. 한편, 완판본에서는 길동의 형을 '길현'으로 불렀다. 이는 적어도 홍씨 집안에서는 길동에게 보다 큰 정통성이 주어졌음을 시사한다. 이들 형제의 이름에 들어 간 "길"이란 글자는 홍씨 일가 중 길동과 동 세대인 모든 남자의 이름에 사용되며 보통 이러한 관습에서 제외되는 이는 여성과 서자다. 길동의 서형을 '길현'으로 칭할 경우 길동이 표면상 적통의 승계에 동참한다는 것을 알 수 있다. 이로써 작자의 강조점은 전술(前述)한 아이러니로부터 주인공 길동의 잠재된 적통성으로 이동하며 길동의 궁극적 등귀를 예시한다(위 인용구의 국문본은『홍길동전』경판 24장본 참고).

개인의 신분 및 사회활동에 대한 기회가 부계의 혈통에 따라 정립되고 제한 받는 엄격한 유교사회에서, 이와 같은 차별은 부모의 전폭적인 사랑과 수용을 받지 못하는 것을 넘어 아예 사회활동에서까지 서자가 제외됨을 뜻하였다. 적어도 당사자의 부친과, 적자로 출생한 형제에게 허용된 것과 동일한 수준에서의 사회활동은 허용되지 않았다.

어리고 순진하여 본인의 장래를 가로막고 있는 사회의 벽을 인식하지 못한 길동은 양반 자제로서의 포부를 가진다. 친부의 끊임없는 구박에 시달리며 "종들로부터 천대받던"[78] 그는 얼마 가지 않아 자신이 이등 신분에 속함을 깨닫게 된다. 그러나 이로 인해 길동이 당시의 사회적 구조를 저버린 것은 아니었으니, 비록 내키지는 않으나 자신의 낮은 신분을 시인하고 당시의 지배적 유교사상 체제에 동참할 것을 결심한다.

> '대장부가 세상에 나서 공맹을 본받지 못할 바에야, 차라리 병법이라도 익혀 대장인을 허리춤에 비스듬히 차고 동정서벌하여 나라에 큰 공을 세우고 이름을 만대에 빛내는 것이 장부의 통쾌한 일이 아니겠는가. ……' 하고, 말을 마치며 뜰에 내려와 검술을 익히고 있었다.[79]

저자는 위 인용구에서 표현된 유교사상 및 유교적 가치의 보편성을 강조하고자 '대장부가 세상에 나서'를 고딕체로 표시하였다. 길동은 한국 남아의 포부와 역할이 국가적 차원에서 어떠한 것인지 구체적으로 밝히지 않았는데 이는 구체성의 개념 자체가 존재하지 않았기 때문이

---

77) 허균, 마샬 필 역, 「홍길동전(The Tale of Hong Kiltong)」, 앞의 책, 120면 참조.
   이 장의 초점은 특정 본(本)의 연구나 현존하는 모든 이본(異本)에 대한 철저한 비교 연구가 아니라 『홍길동전』의 주제와 관련된 제반 논점이다. 따라서 저자는 두 가지 본, 즉 앞서 인용한 바 있는 영역본 『홍길동전 The Tale of Hong Kiltong』과 이상택 편, 『한국문학총서 2-고전소설』(해냄, 1997)을 인용하였다.
78) 허균, 앞의 책, 120면 참조(위 인용구의 국문본은 『홍길동전』 경판 24장본 참고).
79) 위의 책, 120~121면 참조(저자 강조).

다.[80] 한국은 보다 큰 문화에 몰입되었고 그 속에 통합되어 있었으므로, 세상으로부터 분리된, 폐쇄적인 '은자의 나라' 한국이라는 개념은 아예 존재하지 않았다. 그 결과 외국성, 즉 한국이 적대적인 외부 세계로부터 기본적으로 분리되어 이와 대립한다는 오늘날의 세계관과 유사한 그 어떠한 개념도 찾아볼 수 없었다.

아울러 주목할 가치가 있는 부분은 중국에 대한 언급이나 중국의 문화와 관습의 모방에 대한 일체의 언급을 찾아볼 수 없다는 점이다. 이는 멸시의 느낌을 내포한 현대적 개념인 '사대주의(事大主義)'와도 일치

---

80) 저자는 당시에 '한국'이라는 의식 자체가 결여되어 있었으며 한국 문화의 일부 구성 요소들이 독립된 개체로서 존재하지 않았다고 주장하지 않는다. 이와 관련하여, 세종 대왕의 『훈민정음』 서문에서 발췌한 내용을 보자. "국어가 중국과 달라서 한자와 서로 통하지 아니하므로……." 『구운몽』의 저자 김만중 또한 수필집 『서포만필』('서포'는 그의 호)에서, 한국인이 한문을 중국인과 거의 흡사하게 구사할 수 있음에도 불구하고 시문(詩文)을 한문으로 표현하는 관습은 "단지 앵무새가 사람의 말을 하는 것과 같다"고 기록하였다. 그러나 이들 자료가 쓰여진 당시에는 하나로 정립된 '한국', 정부의 주창 하에 하나로 정의된 '한국성'이 존재하지 않았다는 사실에 유념해야 할 것이다. 전술한 예들은 국가적 정체성과 자긍심이라는 현대적 개념에 부합하기 때문에 현대 한국의 이미지에서 그 전경(前景)을 차지한다. 무엇보다도 이들 자료를 저술한 가장 근본적인 원인은 당시의 주류 사상이 이와 상이(相異)했다는 사실이다. 즉, '한국'에 대한 통합된 비전이나 단일한 정의가 존재하지 않았다. 한편, 비록 허구이기는 하나 사실에 근거한 예를 제공한 『홍길동전』을 통해 계급을 바탕으로 한 당시의 극명한 사회적 분리상을 살펴볼 수 있다. 지역적 분리 또한 당시의 두드러진 특징이었는데 한반도 거주자들 간의 지리적, 언어적, 문화적 장애가 이를 시사해준다. 결국, 당시의 한국인들을 결속시킨 것은 국수주의적 민족주의나 애국주의도, 오늘날 팽배한 '우리 의식'이 아닌 한국이 무엇보다도 으뜸으로 여겨 철저히 몰입한 범우주적 동아시아 세계질서 및 그 문화였다. 따라서 가장 숭앙 받고 가장 큰 필적의 대상으로 여겨졌던 '한국인들'은 전술한 세계질서와 그 문화에 가장 적극적으로 동참한 이들이다. 조선시대의 기자(箕子) 숭배 및 그의 중요성에 대한 인식은 이를 더할 나위 없이 잘 설명해준다. 기자(箕子)가 숭배되었던 이유는 다름이 아니라, 그가 외국에서 태어난 '한국인'이고 지역 나름의 고유한 특성이 아닌, '밖'을 향한 보편성과 정통성을 제시했기 때문이다. 이순신 장군과 같은 '순수 한국인'에 대한 숭앙은 19세기 말엽에서나 시작되었고 그것은 서구와 일본에 대한 직접적 반응이자 모방이었다. 이는 이 책의 뒷부분에서 다시 다루도록 한다. 결론적으로, 전술한 자료의 중요성을 십분 인정하나 민족주의, 민족의식과 같은 현대적 개념이 존재하지 않던 시대의 한국에 이들 개념을 투사해서는 안 될 것이다.

하지 않는다.[81] 대장부의 역할이라는 보편적 개념이 한국의 국경을 초월한 것과 같은 맥락에서 중국에 기원을 둔 공자와 맹자의 '국적'도 일종의 논점을 제시해준다.[82] 이들 선현은 오래전에 쇠멸한 나라의 사람으로서 중국 태생이라는 사실 때문이 아니라 정확히 그 반대의 이유 때문에 숭앙받았다. 즉, 시대와 국경을 초월한 그들 사상의 보편적 적용성

81) 사대주의(事大主義)를 문자 그대로 해석하면 '위대한 자를 섬기는 것'이다. 이 용어는 원래 부정적 의미를 내포하지 않았으며 '중국'의 범우주적인 훌륭한 문화의 제반 측면을 인정하고 그에 필적하는 것을 의미했다. 중국이 이러한 범우주적 가치관을 실제로 견지하는지의 여부와는 상관없이, 한국은 사대주의를 실천했고 오히려 중국은 그렇지 않은 경우가 많았다. 이는 사대주의의 범우주적 특성을 보다 확실히 증명하는 것으로서 한국은 중국에 기원을 둔 보편적 문화에 관심을 두었을 뿐, 중국 그 자체에 관심을 둔 것이 아니었다. 그러나 현 시대의 용어 '사대주의'는 한국의 고대 전통에 근거를 두지 않으며, 한국이 서구와 일본을 모방하고 이들에 대해 반응하는 현상을 지칭하는 데 쓰이고 있다. 비교적 최근 들어 한국은 일본과 서구의 영향으로 수치심 가운데 자신의 역사를 돌아보기 시작했으며, 중국에 대한 '문화적 의존'을 부끄럽게 여기게 되었다. 이 시점에서부터 비로소 사대주의란 용어가 비굴한 어감을 가지게 된 것이다. 마이클 로빈슨(Michael Robinson), 「민족 정체성과 신채호의 사상─역사와 정치에서의 '사대주의'와 '주체'(National Identity and the Thought of Sin Ch'aeho─Sadaejuŭi and Chuch'e in History and Politics)」, 『한국학연구지 Journal of Korean Studies』 5, 1984, 121~142면 참조.
그러나 아이러니하면서도 비극적인 것은, 사대주의에 대한 자국과 서구의 해석을 이용하여 무력 침략의 의도를 은폐한 일본이 불과 수십 년 만에 중국이 수 세기 동안 거의 관여한 적 없는 한국의 정치적 독립을 강탈했다는 사실이다. 더 나아가, 한국에 대한 정치적 통제권을 확립한 일본은 중국이 한 번도 고려하거나 요구한 적 없는 문화적·언어적 동화(同化) 정책에 착수했다. 역사를 회고해볼 때, '명확한 한국성의 결여'와 이를 조장한 주범으로 극심한 비난의 대상이 된 '사대주의'가 비록 유해하기는 하였으나 이 둘을 대체한 민족주의의 탐욕스럽고 국수주의적인 특성에 견준다면 그 발치에도 따라갈 수 없는 것이었다.
'사대주의'라는 용어와 그 현상의 탐구를 주제로 한 여러 자료들이 있다. 일례로, 이춘식, 『사대주의』(고려대 출판부, 1997) 참조.
82) 여기서도 현대의 기독교가 당시의 유교와 대단히 흡사하다는 사실을 알 수 있다. 기독교인이라면 누구나 예수 그리스도가 이론상 유대인이며 유대땅 베들레헴에서 태어났다는 것을 알지만 그 사실을 거론하는 이는 찾아보기 힘들다. 이는 기독교인들이 보편적이고 초월적인 기독교 신앙의 특성에 초점을 맞췄기 때문이거나 아니면 그리스도를 토착화시켰기 때문이다. 그렇지 않다면 자신들의 신앙체계가 주장하는 보편성을 스스로 약화시키거나 기독교가 외국에서 기원한 종교라는 불편한 사실을 의식하게 되지 않겠는가.

과 가치 때문에 존경의 대상이 되었던 것이다. 따라서 공자와 맹자의 철학적 진리에 국적을 부여하는 것은 오히려 그 가치를 폄하하는 일이 될 따름이다.

길동을 비롯한 거의 모든 고대 한국인의 사고체계에 존재했던 세계와 기준은 오직 하나뿐이었고, 비록 그 핵심에 중국이 존재할지는 모르나 이는 보편적 존재일 뿐 실체로서의 중국은 아니었다. 한국은 바로 이 세계와 기준 속에 완전히 통합되어 있었다. 한국 남아의 포부를 일깨우는 궁극적 대상이 한반도 밖에서 기원했을지라도 이는 중국을 능가하는 수준까지 내면화되고 실현되었기에 이를 외국 문물이라 부르는 것은 거의 불가능하였다. 길동은 사내대장부의 역할을 다하기 위해 태어난 것이지 한국 남아의 역할을 다하기 위해 태어나지는 않았다. 한편, 그는 자신에게 유교사회의 최상위 계급으로 나아갈 수 있는 문이 닫혀있다는 사실을 알고도 이에 대항하지 않는다. 반대로, 자신에게 허용된 최선의 수준에서 기존 사회 안에 자신을 맞추려는 합리적인 선택을 한다.

비록 정화(淨化)된 문학적 표현을 빌기는 하였으나 앞서 인용한 구절은 유교국 조선의 '양반'체제 또한 포용하는 입장이다. '양반'은 문자 그대로 문관(文官)과 무관(武官)의 두 계층을 의미한다. 작품 속에서나 현실에서나 조선왕조를 통틀어 문관계층이 최고의 권력을 누림으로써 이 두 계층 간에는 상하의 개념이 존재하였다. 작품 속에서 길동이 책을 멀리하였다는 부분은, 길동이 자신에게는 공자와 맹자의 선례를 좇아 문관의 길을 걸을 자격이 주어지지 않는다는 현실을 인식하고 체념했음을 상징한다. 이같은 인식과 체념을 하기가 무섭게, 길동은 관리가 될 수 있는 두 번째 길인 무관의 길을 선택하여 유교적 세계질서 안에서 입신양명하고자 결심한다.[83] 길동의 열망과 귀감은 모두 한반도 밖에서

---

83) '서자'가 무관으로 출세하는 것과 관련해서는 유진 박(Eugene Park)의 1999년 하버드 대학교 동아시아학부(Department of East Asian Languages and Civilizations) 박사논문 「조선 시대의 무관―1392~1863(*Military Officials in Chosŏn Korea*, 1392~1863)」을 참조할 것. 군

유래한 것이나 그렇다고 해서 이를 외국의 것으로 정의할 수는 없다.[84]

길동뿐 아니라 조선사회 전체가 유교적 세계질서 및 이에 수반되는 모든 가르침과 상징을 철저히 내면화하였다. 길동은 그가 태어난 유교사회의 비타협적 특성을 간파하고 양반계층을 위해서만 허락된, 공자와 맹자라는 으뜸가는 선현에 필적하고자 했던 꿈도 포기한다. 이 대목에 이르면 독자의 입장에서는 길동이 이 같은 외래 사상을 버리고 평등을 보장해줄 보다 독자적인 체제를 찾지 않을까 하는 기대를 하게 된다. 그러나 이러한 장면은 등장하지 않는다. 기존의 역할 모델과 체제가 너무도 뿌리 깊고 자연스럽기에 길동은 그 이상을 지향하고자 하는 대안을 고려조차 하지 않는다. 대신, 한국에서의 자신의 위상 및 기존의 동아시아 세계질서와의 일체감을 수용하고 동아시아의 세계관 속에서 자신이 공감할 수 있는 공자와 맹자의 하위 모델, 즉 문관 계층 다음의 지위를 추구하게 된다.

복무를 통해 사회적 지위를 향상시키려는 관습은 늦어도 고려 말기부터 존재하였으며 조선왕조 말기까지 지속되었다(일본 식민지 시대의 한국과 현 시대의 남북한은 말할 것도 없이, 한국 역사상 가장 막강한 정치적 인물 중 절대 다수가 무관/군인 출신이다). 조선 말기와 일제 강점기의 해당 사례는 황경문의 하버드대학교 동아시아학부 박사논문 「현대 한국으로의 과도기 관료주의(1880~1930)—이등신분계층과 정치·사회 변화 (*Bureaucracy in the Transition to Korean Modernity —Secondary Status Groups and the Transformation of Government and Society, 1880~1930*)」(Havard University, 1997) 참조. 특히 '무관-관료로서의 출세를 위한 통로(The Military as a Conduit for Bureaucratic Advancement)'라는 제목의 부분 (267~269면)을 참조할 것.

84) 이를 지나치게 비현실적인 논제로 간주해서는 안 될 것이 오늘날 미국에도 유사한 현상이 존재하기 때문이다. 예를 들어, 주일에 교회 가는 미국인 중 몇 명이나 외국 종교를 믿기 위해 가는 것일까? 또한 그중 몇 명이나 예수의 이름을 부를 때 텁수룩하고 거무스레한 중동 출신의 사나이를 연상할 것인가? 조선과 현 시대의 미국 모두 종교의 '외국성'이 흔적도 없이 사라진지 오래다. 훌륭한 한국인이라는 것과 유교주의자라는 것은 '선량한 정통 미국 가치관'과 유대인 목수의 2,000년 된 가르침이 아무런 충돌 없이 고르게 연결된 것과 마찬가지로, 그 경계면은 울퉁불퉁하지 않고 매끄럽기만 하다. 사실, 지리와 연대(年代)의 측면에서 본다면 미국의 경우 그 비약이 훨씬 심하다고 해야 할 것이다.

길동, 집을 떠나다

자신의 이등 신분을 담담히 수용했음에도 불구하고 길동에게 적이 없는 것은 아니었다. 길동의 비범한 재능은 일부 주변 인물들을 불안케 한다. 특히 길동의 부친 홍판서의 첩 중 한 사람이 길동에게 원한을 품는다.

원래 곡산댁은 곡산 지방의 기생으로 상공의 애첩이 되었던 것인데, 이름은 초란이었다. 아주 교만하고 자기 마음에 맞지 않으면 공에게 고자질을 하기에, 집안에 폐단이 무수하였다. 자신은 아들이 없는데, 춘섬은 길동을 낳아 상공으로부터 늘 귀여움을 받게 되자, 속으로 불쾌하여 길동을 없애 버릴 마음만 먹고 있었다.[85]

위 인용 대목에 잘 나타나 있듯이 사회적 정의나 혁명에 대한 열정이 아닌, 집안 내의 소소한 음모가 길동에게 집을 떠나게 되는 첫 계기를 제공하였다. 길동은 오래 전 자신의 이등 신분을 일찌감치 숙지하였고, 비록 행복하지는 않았겠지만 기존 체제 안에 존속하는 한 자신의 삶에 만족하였을 것이다. 앞서 살펴본 바와 같이 길동은 "나라에 큰 공을 세우고 이름을 만대에 빛내는" 일을 하고자 결심한다. 이러한 태도는 혁명과 거리가 멀며 개혁과도 무관하다. 길동의 목표와 야심은 어디까지나 기존 체제를 향한 것이며 그 안에서 자신의 입지를 키우는 것, 혹은 단순히 유지하는 것에 불과하다. 결국, 조선사회가 지닌 차별적 특성에

---

85) 허균, 앞의 책, 122면 참조(위 인용구의 국문본은 『홍길동전』 경판 24장본 참고). 길동의 부친에게는 적어도 세 명의 여인이 있었다. 바로 본부인과 춘섬, 그리고 초란이다. 위에서 인용한 "…… 상공의 애첩이 되었던 것인데, ……"를 보면 홍판서에게 여러 명의 첩이 있었을 가능성이 높다. 이 책의 다음 부분에서 자세히 논하겠지만, 길동이 해외에 한국을 그대로 재현하고 난 후 한 지붕 아래에서 세 명의 여인들과 기거하게 되었다는 사실은 흥미롭다.

대한 인식이나 불만이 아닌 "간사한 여인"[86]의 음모가 결국 길동의 행보를 바꾸게 했던 것이다.[87]

초란은 드디어 자신의 음모에 가담할 무녀를 찾아낸다. 무녀는 다시 초란을 관상녀에게 소개하였고 이 둘은 길동의 부친 홍판서를 속여 길동을 없애고자 모의한다.[88] 무녀를 통해 초란의 사주를 받은 관상녀는 홍판서 댁을 찾아간다.

이튿날 공이 내실에 들어와 부인과 더불어 길동이 비범함을 화제로 이야기하면서 다만 신분이 천함을 안타까워하고 있던 중, 문득 한 여자가 들어와 마루 아래서 인사를 하기에, 공이 이상하게 여겨 물었다.

"그대는 어떠한 여자인데 무슨 일로 왔소?"

그 여자가 말했다. "소인은 관상 보는 사람이온데, 우연히 상공댁에 이르렀습니다."

공이 이 말을 듣고 길동의 장래를 알고 싶어 즉시 길동을 불러서 보이니, 관상녀가 이윽히 보다가 놀라 말하기를, "이 공자의 상을 보니 천고 영웅이요 일대 호걸이지만, 지체가 부족하니 다른 염려는 없을 듯합니다" 하고는 말을 하고자 하다가 주저하기에, 공과 부인이 크게 의심이 나서 말했다.

"무슨 말인지 바른 대로 이르라." 관상녀가 마지 못하는 체하며 주위 사람들을 내보내고 말했다. "공자의 상을 보니, 가슴 속에 조화가 무궁하고 미간에 산천 정기가 영롱하오니 실로 왕이 될 기상입니다. 장성하면 장차 온 집안이 멸망하는 화를 당할 것이오니, 상공께서는 유념하십시오."[89]

---

86) 흥미롭게도 동아시아의 전통 사상은 여성과 일부 부정적 도덕관을 하나로 간주한다. 이는 언어에도 반영되어 있는데 여성을 가리키는 한자인 '여(女)'가 세 개 겹친 '간(姦)'은 '음란한, 부정(不正)한, 사악한, 속이는, 도적질하는, 혼란시키는, 호색하는' 등을 의미한다.

87) 이는 길동이 조선 사회의 일부 불평등과 차별적 관습을 전혀 인식하지 못했다는 의미가 아니다. 길동은 물론 알고 있었다. 다만 이 시점에서는 전술한 불평등과 차별이 가문 내에서 길동 자신의 입지와 공직상의 출세를 위한 기회에 영향을 미치는 범위 내에서만 길동이 이에 관심을 보였다는 뜻이다.

88) 무녀와 관상녀 또한 여성이다.

89) 허균, 앞의 책, 123면 참조(위 인용구의 국문본은 『홍길동전』 경판 24장본 참고).

얘기를 들은 홍판서의 반응은 관상녀에게 입막음 돈을 얼마 쥐어준 후 "길동을 산에 있는 정자에 머물게 하고 행동 하나하나를 엄격하게 감시"[90]하는 것이었다. 홍판서는 가문의 수치와 멸문을 미연에 방지하고자 하는 보수적 유교 관료였고, 성리학적 관점에서 엄밀히 따져 보자면 길동은 자신의 '실수'였기에 이제는 뒷수습을 하느라 동분서주하는 것이다. 한편, 초란의 계교가 부른 일련의 사건에 대한 길동 자신의 반응은 어떠한가? 독자가 알 수 있는 것은 다음의 내용뿐이다. "길동은 이런 일을 당하자 설움이 더욱 북받쳤지만 어쩔 수가 없어 육도삼략이라는 병법과 천문지리를 공부하고 있었다."[91] 그는 여기서도 다시 한 번 현 상태를 초연하게 받아들임으로써 위기에 대처하는 모습을 보인다. 물론, 부친의 세력과 사랑이 존재하는 물리적 장소로부터 한층 멀어진 것을 비통해하기는 하나, 그에게는 자신을 이러한 처지로 몰아낸 체제 자체를 개혁할 의도가 없었다. 상황이 악화되면 악화될수록, 그는 기존 체제 안에서 입신양명할 수 있는 두 번째 길인 무관이 되고자 더더욱 수련에 정진한다.

그가 감내해야만 하는 여러 가지 사회적·개인적 부당함에도 불구하고 길동은 여전히 가족을 떠나거나 사회를 개혁하려는 의지를 보이지 않는다. 그러나 극악한 여인들의 계략으로 대변되는 제반 상황들은 마침내 길동으로 하여금 집을 떠나도록 하며, 더불어 공식적으로 허용된 무관으로서의 입신에 대한 꿈마저 버리게 한다. 적어도 한반도에서는 불가능한 꿈이 되고 말았다.[92] 초란과 무녀, 그리고 관상녀는 계속해서

---

90) 위의 책(위 인용구의 국문본은 『홍길동전』 경판 24장본 참고).
91) 위의 책(위 인용구의 국문본은 『홍길동전』 경판 24장본 참고).
92) 작품 후반부에서 길동은 군대를 양성하며 그 선봉대장이 되어 '율도'라는 섬나라를 침략한다. 율도국의 왕위를 찬탈하고 정부를 전복시킨 후에는 스스로 왕위에 오른다. 이는 길동이 한국 자체를 변화시키는 대신 외국 땅에 한국을 재건하였음을 보여주는 또 한 가지 예이다. 길동은 조선왕조의 시조인 이성계와 마찬가지로 무인(武人)이었으나 귀족은 아니었으며 무력으로 자신만의 왕조를 세운다. 그리고 일단 왕위에 오르자 지체 없이 갑옷을 벗어 던지고 임금의 예복을 입는다.

홍판서의 심기를 불편하게 했고, 그럼에도 판서가 선뜻 아들을 내치지 않는 것을 점점 더 조급해했다. 급기야 초란은 보다 확실한 방법을 선택하기에 이르는데 그녀는 특재라는 자객을 고용한다.[93] 길동의 출가로 마음이 언짢고 잠 못 이루던 홍판서는 금세 병을 얻는다. 초란은 이 기회를 이용하여 홍판서의 부인과 그의 아들인 인형에게 접근하고 판서의 우환과 멸문의 위험이 길동의 존재 때문이라 하여 이들을 설득한다. 홍판서 부인과 인형은 초란의 말에 수긍하기는 하나, 길동의 죽음에 직접적으로 개입하는 것에는 주저하는 모습을 보인다.

> "아무리 그렇다 한들 천륜이 지중한데 차마 어찌 그런 짓을 하겠나."고 하자, 초란이 말했다.
> "듣자오니 특재라는 자객이 있는데, 사람 죽이기를 주머니 속의 물건 잡듯이 한답니다. 그에게 거금을 주고 밤에 들어가 해치게 하면, 상공이 아셔도 어쩔 수 없을 것이오니, 부인은 재삼 생각하십시오"
> 부인과 좌랑이 눈물을 흘리면서 말했다. "이는 차마 못할 바이로되, 첫째는 나라를 위함이요, 둘째는 상공을 위함이며, 셋째는 홍씨 가문을 보존하기 위함이니, 너의 생각대로 하려무나."[94]

언뜻 보면, 수사학적으로 표현된 홍판서 부인의 질문이 초란의 계획에 대한 반대의사를 표명한 것이라 이해할 수 있다. 그러나 홍판서 부

---

93) 완판본 등 일부 이본(異本)에서는 자객의 이름이 '특자'로 되어 있다. 줄거리 자체의 세부 사항뿐 아니라 이러한 표기상의 경미한 차이가 여러 이본 간의 주된 차이점 및 특징을 형성한다.

94) 허균, 앞의 책, 124면 참조(위 인용구의 국문본은 『홍길동전』 경판 24장본 참고). 이 책의 범위를 벗어나기는 하나 위에 기술한 상황의 아이러니에 대해서는 언급할 필요성을 느낀다. 주인공들이 상상하는 '그 위기'에는 조선과 홍씨 가문이 모두 연루된다. 위기의 근본 원인은, 본인의 능력이 허용하는 범위 내에서 최대한 많은 수의 '첩'을 두고 이들과 사통(私通)하여 자녀를 생산하는 것이 허용된 조선사회에서 고관대작인 홍판서가 자신의 성적(性的) 욕구를 주체하지 못했다는 것이다. 이 같은 관습이 위해(危害)를 부른다는 추정에도 불구하고 '양반' 부친에 의한 '서자' 아들의 지속적 생산을 제한하려는 국가의 움직임은 찾아볼 수 없다.

인은 상당히 실질적인 질문을 하고 있으며 이에 대해 초란은 이미 만족스러운 답변을 준비해 놓았음이 문맥 속에서 명백히 드러난다. 이리하여 홍판서 부인과 길동의 서형(庶兄)인 홍인형 모두 초란의 음모에 연루된다.[95] 양반으로서의 법도가 이들로 하여금 음모를 주동하지 못하게 하였을지는 모르나 음모를 묵인하는 것까지는 막지 못하였다. 이들은 길동을 세상에 존재토록 한 홍판서의 죄가 심판을 받고 기존체제의 존속 때문에 길동이 희생되는 것(문자 그대로라면 죽임을 당하는 것)을 목도(目睹) 하고자 한다.

이 대목에 이르면 실리적 공부를 위해 공자와 맹자를 포기했던 길동의 선택이 현명했음을 알 수 있다. 그는 무예와 도술에 대한 지식을 이용하여 특재의 목을 단칼에 베어낸다. 그런 다음 진노를 관상녀에게 돌려 그녀의 목도 벤다. 특재가 죽기 전 길동의 살해 음모를 꾀한 장본인이 초란이라는 사실을 실토함에 따라 이제는 그녀에게도 관상녀와 특재의 죽음에 상응하는 복수를 할 것인가를 놓고 고민한다. 그러나 부친이 초란을 총애함을 상기하고 복수를 포기한다. 여기서, 길동은 착하고 효성이 지극한 아들의 역할을 다함으로써 유교체제 안에서 자신의 입지를 새삼 굳히고자 하나 특재와 관상녀를 죽인 후에는 자신이 집을 떠나야만 한다는 사실을 깨닫는다. 마지막까지도 집과 가족 그리고 체제 안에 머물며 만족해지만, 사회를 개혁하고자 하는 스스로의 열망이 아닌 외부의 음모로 말미암아 길동은 결국 집을 떠날 수밖에 없는 상황에 이르게 된다.

이리하여 집과 가족을 떠난 길동은 비록 짧은 기간이기는 하나 사회의 악습을 타파하고자 시도한다. 그는 '활빈당(活貧黨)', 즉 '가난한 자를 구제하는 무리'라 이름한 도적단의 우두머리가 된다.[96] 활빈당은 (이름

---

95) 여성들만 가담한 공모(共謀)에 인형이 연루됨은 이야기에 어느 정도의 균형을 가한 다는 점에서 중요할 뿐만 아니라, 작품의 후반부에서 인형이 형제애에 호소하며 길동 의 자복을 설득하는 대목에 이르면 그 중요성이 한층 더 고조된다.

이 암시하듯) 폭력으로써 재물을 취득·재분배하는 것을 그 주된 활동으로 한다. 『홍길동전』은 이상하게도 재물의 취득과 관련된 상세한 정보는 충분히 제공하면서도 재분배에 관한 한 길동의 부하들 외 가난한 백성에 대해서는 언급조차 하지 않는다. 더욱 중요한 사실은 길동과 그의 부하들이 정치나 법에 개입하려는 시도를 한 적이 없다는 것이다. 따라서 조선 사회의 일부 집단이 단기간에 걸쳐 교란을 경험하기는 하나 사회 체제 자체의 변혁과 관련된 언급이나 요구는 전혀 없었다. 길동은 기존체제 자체에 불만을 품은 것이 아니라 그 체제에 완전히, 그리고 합법적으로 동참할 수 없다는 사실에 불만을 품은 것이다. 길동의 도적행위가 권력층을 당황하게 한 것은 사실이나 그러한 무법 행위조차 유교적 규범과 편견의 견제를 받았고 이를 반영하였다. 그는 자신을 저버린 유교국가 조선과 그 체제가 아닌, 유명한 불교사찰 해인사(海印寺)를 활빈당의 첫 약탈 목표로 설정한다. 조선 초기의 배불숭유정책을 철저히 반영한 이 작품은 해인사의 승려들을 홍씨 가문의 재물에 눈독을 들여 길동과 기꺼이 영합하려는 타락한 아첨꾼으로 묘사하였으며, 해인사 또한 부당하게 취득한 재물의 보고(寶庫)로 표현하였다. 길동과 '활빈당'이 명백히 지향하는 유일한 목표, 즉 부정축재의 타파와 재물의 재분배는 승려들에 대한 공격으로 연결되며, 타락한 해인사와 승려들이 축적해 놓은 보고(寶庫)는 이들이 사실상 백성의 적이라는 증거를 제시한다. 결국 활빈당은 불법자들의 무리이기는 하나 성리학적 편견 및 조선의 국가정책을 포용하고 그 활동을 시작하였다.97) 길동의 여러 가지 악행에도 불구하고 작품 속 화자는 길동과 활빈당이 "나라의 재산에는

---

96) 마샬 필은 '활빈당'을 직역하여 고유명사인 'Save-the-Poor Party'로 영역하였다. 활빈당의 '당(黨)'은 오늘날 정당(政黨)을 나타내는 접미사로 사용된다.

97) 불교는 조선의 전조(前朝) 고려(高麗, 918~1392)의 국교였다. 새 왕조 조선의 개국공신들이 행한 여러 사업 가운데 가장 중요한 것 한 가지는 불교에 대한 성리학의 우월성을 옹호하는 것이었다. 그리고 이를 추진하는 방편 중 하나가 불교와 불교 승려들을 음탕하고 타락한 존재로 부각시켜 이들의 신용을 떨어뜨리는 것이었다.

추호도 손을 대지 않았다"[98]는 점을 독자에게 주지시키고자 애쓴다.

나라의 재산에 손대지 않으려는 의지와 노력에도 불구하고 길동은 해인사 약탈을 시작으로 하여 조선 팔도를 쑥밭으로 만든다. 그러나 길동의 무술과 도술 실력이 어찌나 뛰어난지 관(官)에서는 속수무책일 따름이다. 이 대목에서조차 길동의 목표는 관의 목표와 일맥상통하는 바가 있는데, 작품에서는 함경도와 함경도 관찰사 및 그의 부하들을 꼬집어 노골적으로 견책하는 장면이 나온다.

'이제 함경 감사가 탐관오리로 백성을 착취해 견딜 수 없게 되었는지라, 우리가 그대로 둘 수 없으니, 그대들은 나의 지휘대로 하라' 하고는, …….[99]

『홍길동전』이 함경도를 지목한 것은 역사적 편견의 반영으로, 조선시대 대부분의 기간에 걸쳐 북부 도민(道民)에 대한 지역적 차별이 실재(實在)하였다.[100] 이중환(李重煥, 1690~1756)의 『택리지(擇里志)』를 보면 일부분이 온통 함경도에 대한 묘사로 점철된다. 몇 가지 예로, "지형이 울

---

98) 허균, 앞의 책, 130면 참조(위 인용구의 국문본은 『홍길동전』 경판 24장본 참고).
99) 위의 책(위 인용구의 국문본은 『홍길동전』 경판 24장본 참고).
100) 황경문은 이 같은 제도적 지역차별을 둘러 싼 제반 논제와 시사점을 고찰하였다. 황경문, 「땅 끝에서 하늘까지―조선시대와 근대의 한국 북도민(北道民)(From the Dirt to Heaven―Northern Koreans in the Chosŏn and Early Modern Eras)」, 『하버드대학교 아시아학 저널 Harvard Journal of Asiatic Studies』(Vol.62, No.1, Cambridge : Harvard-Yenching Institute, 2002.6), 135~178면 참조. 김선주 또한 지역차별 및 이로 인한 평안도 지역의 비주류화(非主流化)를 연구한 바 있다. 평안도는 함경도와 마찬가지로 오늘날의 북한 영토에 해당되며 함경도의 바로 서쪽에 위치한다. 김선주의 워싱턴대학교 박사논문 「비주류 지식인, 지역차별 및 홍경래의 난을 통해 본 예언자적 믿음이 전통(Marginalized Elites, Regional Discrimination, and the Tradition of Prophetic Belief in the Hong Kyŏngnae Rebellion)」 (University of Washington, 2000) 참조.
위의 본문에서 인용한 대목과 관련하여 함경감사가 서울(한양)이나 기타 남도 출신이었을 가능성이 농후하다는 주장을 제기할 수도 있다. 이러한 주장의 사실 여부는 차치하고라도, 작품 속에는 함경도 출신의 "탐관오리들"과 "관아의 향리들"이 여러 차례 노골적으로 언급되었는데, 이들의 공모가 없었다면 감사의 입장에서 그 어느 누구도 착취할 힘이 없었을 것이다. 결국, 속속들이 부패한 자들로 묘사된 것은 함경도민이다.

퉁불퉁하고 사람들은 점잖지 못하다", "견피(犬皮)로 만든 옷을 입고 겨울을 나며 배고픔을 견디는 모습이 여진족과 같다", "예전에는 도 전체가 글을 알지 못하였다"101)와 같은 묘사를 찾아볼 수 있다. 요약하건대, 함경도의 이미지는 마땅한 유학자 한 명이 없고 "짐승 같은 전사(戰士)들만 득실거리는"102) 땅이었던 것이다. 이에 반해 길동은 수도인 한양 출신, 더 나아가 '양반'의 후손이었으며 철저한 유생(儒生)으로서 기존체제의 신봉자였다. 그러한 길동이었으니 함경도 관찰사의 부정부패를 수수방관할 리 없다. 결국 부하들을 이끌고 관찰사의 창고를 약탈하러 간 길동은 "창고를 열고 곡식과 돈과 무기를 찾아낸다."103) 관은 해인사 약탈 때와 마찬가지로 이번에도 길동을 잡아들이는 데 실패한다. 그러나 여기서 다시 소위 역도요 산적인 홍길동이 나름의 방식으로 여전히 기존체제에 순응하는 모습을 볼 수 있다.104)

사실상 이야기의 끝에 이르기까지 관은 길동을 무력으로 저지하지 못했으며 군력을 동원하여 그를 대적해 보았자 소용이 없음을 깨닫고는 전술을 바꾼다. 즉, 세종 임금은 길동의 연로한 부친을 체포하고 병조 좌랑에 오른 홍인형을 불러들이는 방법을 선택한다.105) 유교적 가치

---

101) 이중환, 최인실 역, 『택리지』(Sydney : Wild Peony, 1998), 36~40면 참조.

102) 황경문, 앞의 책, 153면 참조

103) 허균, 앞의 책, 130면 참조(위 인용구의 국문본은 『홍길동전』 경판 24장본 참고).

104) 길동이 "나라의 재산에는 추호도 손을 대지 않았다"는 점을 화자가 독자에게 상기시킨 것은 이러한 결론에 힘을 실어준다. 화자의 이 같은 개입은 길동이 국적(國賊)이나 개혁사상가가 아니라는 의견을 정립하는 동시에, 선량한 유교국 조선과 북쪽 변방 지역들(및 작품의 이 전 대목에서는 '불교신자들') 간의 단절을 강화하는 역할을 한다.

105) 작품 전체를 통틀어 세종대왕과 그의 나라가 지극히 부정적인 시각에서 묘사되었다는 흥미로운 사실에 주목하고자 한다. 『홍길동전』의 시간적 무대를 얼마든지 다른 시대로 설정할 수 있었음에도 불구하고 허균은 이 모든 일이 세종임금의 치하에서 발생했음을 명명백백히 선언하였다. 이러한 사실은 다음의 구절로 이야기를 열어 가려는 작자의 결정을 반영하듯 작품의 맨 앞에서 제시되었다. "조선조 세종 때에 한 재상이 있었으니, 성은 홍씨요 이름은 아무였다."(허균, 앞의 책, 119면) 이는 한국의 안팎을 통틀어 세종대왕을 신격화 하는 현대의 풍조와 대조를 이루며, 세종 임금에 대한 16세기 한국 지식인들의 관점이 실제로 어떠하였는지에 대해 흥미로운 질문들을 제기한다.

관과 강요의 조합이 이뤄낸 막강한 힘에 의지하여 세종은 인형을 다음과 같이 위협한다. "네가 만일 잡아들이지 않으면, 네 부자의 충효도 돌아보지 않을 것이니, ……"106) 이에 인형은 거듭 사죄하며 "…… 길동을 잡아 저희 부자의 죄를 면하올까 하옵니다"107) 하고 기회를 간청한다. 세종은 이를 허락하고 인형을 경상도 관찰사로 명하여 길동의 처벌에 필요한 채비를 갖추도록 한다.108)

인형은 즉시 새 임지(任地)로 향하며 경상도 방방곡곡에 다음과 같이 방을 붙이라 명한다.

> 사람이 세상에 남에, 오륜이 으뜸이요, 오륜이 있음으로써 인의예지가 분명하거늘, 이를 알지 못하고 임금과 부모의 명을 거역해 '불충불효'가 되면 어찌 세상에 용납하리요 우리 아우 길동은 이런 일을 알 것이니 스스로 형을 찾아와 사로잡히라. 아버지께서 너로 말미암아 고칠 수 없는 병환이 들고, 성상께서 크게 근심하시니, 너의 죄악은 가득 차서 넘치는 셈이다. 이 때문에 나를 특별히 감사로 임명하여 너를 잡아 들이라 하신다. 만일 잡지 못하면 우리 홍씨 집안의 여러 대에 걸친 깨끗한 덕이 하루아침에 없어지리니, 어찌 슬프지 않으랴. 바라나니 아우 길동은 이를 생각하여 일찍 자수하면 너의 죄도 덜릴 것이요, 우리 가문도 보존할 것이니, 너는 만 번 생각하여 자수하라.109)

한 때 성리학적 규범을 적용하여 길동의 파문(破門)뿐 아니라 그에 대한 살해 시도조차 정당화했던 인형이 바로 그 규범을 적용하여 길동의 자복(自服)을 설득하는 행위는 실로 위선이라 하지 않을 수 없다. 인형은 이번에는 자세를 낮추어 충과 효라는 유교적 교의에 호소하며 (작품을 통틀어 처음이자 마지막으로) 길동을 자신의 아우라고 두 번이나 칭한

---

106) 허균, 앞의 책, 135면 참조(위 인용구의 국문본은 『홍길동전』 경판 24장본 참고).
107) 위의 책(위 인용구의 국문본은 『홍길동전』 경판 24장본 참고).
108) 여기서도 마찬가지로 지역차별에 근거하여 이야기가 전개된다. 함경도가 탐욕과 야수성을 상징했다면, 경상도는 (작품 속에서나 현실에서나) 정통성과 권력을 대변했다.
109) 허균, 앞의 책, 136면 참조(위 인용구의 국문본은 『홍길동전』 경판 24장본 참고).

다. 또한 방의 마지막 부분에 가서는 홍씨 가문의 덕망을 언급하며 길동의 도적질이 이에 먹칠을 할 위기를 초래했음을 상기시킨다. 홍씨 가문의 자제로 인정받지 못했음에도 불구하고 길동의 어깨에는 순식간에 가문의 과거와 미래라는 두 가지 짐이 얹히고 만 것이다.

세종과 인형 모두 이같은 성리학적 교의와 노골적인 위협의 배합이 효과를 거두리라 판단한다.110) 이들의 생각은 옳았으니 길동은 곧 자수한다.

> 제가 여기에 이른 것은 부형을 위태로움으로부터 구하기 위한 것이니, 어찌
> 다른 말이 있겠습니까? 대감께서 당초에 천한 길동을 위하여 아버지를 아버지
> 라 부르게 하고 형을 형이라 부르게 하셨던들 어찌 여기까지 이르렀겠습니까?
> 지나간 일은 말해 봐야 쓸데없거니와, 이제 소제를 묶어 서울로 올려 보내십시
> 오.111)

아이러니하게도, 자신의 죄를 시인하고 자복함으로써 길동은 충과 효를 다하고 유교 사회체제에 완전히 동참할 수 있는 진정한 기회를 처음으로 부여 받는다. 그는 참회하는 모습으로 세종의 앞에 선다. 그리고 사회구성집단으로서의 '서자'에 대해서는 물론이요 자신을 위해서도 임금의 자비를 구하지 않는다. 오로지 "…… 조선을 떠나 갈 곳이 있사오니, ……"112)라고 아룀으로써 한국을 떠날 의지를 밝힐 뿐이다. 기존체제에 대한 길동의 참여가 시작과 동시에 종결되었다는 것은 더더욱 아

---

110) 다소 세속적인 유교나 영적(靈的)인 기독교나 규범체계는 권고와 설득에 있어서는
유사한 전략을 구사하는 것 같다. 이 둘 모두 양심에 먼저 호소한다. 즉, '옳기' 때문에
해야 하는 것이다. 그러나 인간이 어떤 일을 단지 옳기 때문에 하리라 기대하기는 어
렵다. 따라서 즉각적이고 세속적인 형벌이든지 아니면 집행의 시기는 지연되나 영원
히 지속되는 형벌이든지 간에, '옳고 그름'의 논쟁에서는 애초부터 형벌의 개념이 고
안되어 들어갈 수밖에 없는 것이다.
111) 허균, 앞의 책, 136~137면 참조(저자 강조, 위 인용구의 국문본은 『홍길동전』 경판
24장본 참고).
112) 위의 책, 138면 참조(위 인용구의 국문본은 『홍길동전』 경판 24장본 참고).

이러니하기만 하다. 길동이 임금에 대한 충성과 부친에 대한 효성을 증명해 보일 수 있는 유일한 길은 자신의 죄를 인정하는 것이었다. 그리고 이로써 자신을 서자로 보는 조선 사회의 시각을 재확인하고 수용하는 형국을 이루고 말았다.

이와 관련하여 전술한 인용구의 "지나간 일은 말해 봐야 쓸데없거니와"를 보면 길동의 대사가 두 가지 의미를 내포하고 있음을 알 수 있다. 표면상으로는 부친과 서형이 처한 위기와 상충되는, 자신이 과거에 받은 부당한 처우에 대한 분노의 심각성을 길동 스스로 무시해 버리는 것이요, 또 다른 차원에서 보면 자신의 실패를 시인 또는 묵인함이다. 길동의 과거 행적에는 개혁적 의도의 증거로 볼 수 있는 부분들도 포함되어 있으나 그는 결국 자수를 선택한다. 길동은 자신을 체제의 변방으로 내쫓은 당사자들과 기존체제의 정당성을 인정함으로써 자신의 역도 행위를 무의미한 것으로 만들어 버렸다. 그는 원칙상 자신이 맹세한 충성에 결코 보답해줄 수 없는 국가와 체제에 충절을 맹세하였고, 이로 인해 발생한 역설과 난국으로 말미암아 마침내 한국을 떠나게 된다.

세종도 길동의 그러한 결정에 한 몫을 하였다. 그는 길동을 체포하고자 홍씨 일문의 안위에 대한 위협을 포함하여 자신의 권력이 허용하는 모든 조치를 강구한다. 그러나 길동이 조선을 떠날 의향, 그것도 조선의 체제를 어지럽히지 않고 떠날 의향을 밝히자 태도를 일변한다. 기존체제에 대한 긴박한 위협이 사라졌음을 깨닫고 조건부이기는 하나 아량을 베푼 것이다.

> 길동의 신기한 재주는 고금에 드문 일이로다. 제가 지금 소선을 떠나노라 하였으니, 다시는 폐 끼칠 일이 없을 것이요, 비록 수상하기는 하나 일단 대장부다운 통쾌한 마음을 가졌으니 염려 없을 것이로다.[113]

---

113) 위의 책, 139면 참조(위 인용구의 국문본은 『홍길동전』 경판 24장본 참고).

길동 자신은 물론, 길동의 부친과 세종도 한국은 길동이 거할 곳이 못 된다는 동일한 결론에 도달하였다. 길동이 불교사찰을 습격하고 함경도의 곡물창고를 약탈하고 국권을 모욕하기는 하였으나 이 모든 죄는 쉽게 사면 받을 수 있다. 이를 위해서는 길동이 한국을 떠나야 한다. 그의 진정한 죄목은 한반도에 계속 거하는 것이기 때문이다. 길동의 존재 및 이로 인해 드러나는 기존체제의 자가당착은 그 어떤 도적 행위보다 더욱 더 큰 위협이었다.

　애처롭게도, 길동의 과오는 그 같은 위선을 꿰뚫어 볼 능력이 없었다는 데 있다. 체제에 포함되고자 하는 갈망에 눈이 먼 나머지, 길동은 그러한 갈망을 인정하는 것이 곧 자신이 행한 모든 '개혁적' 노력을 훼손시킴을 깨닫지 못한다. 부친과 서형이 속한 '양반'계급의 일부가 될 수 있다는 가능성은 너무도 달콤한 것이기에, 그들의 요구에 응할 경우 평정을 찾기 위한 자신의 고군분투가 모두 수포로 돌아간다는 명백한 사실에도 불구하고 기존체제의 핵심적 가치를 자신이 공유한다는 사실을 보여줄 유일한 기회가 오자 이를 포기하지 못하는 것이다. 한편, 인형은 길동의 약점을 깨닫고 이를 철저히 악용한다. 즉, 충·효·부(父)·형(兄)·가(家)를 포함한 기존체제가 중시하는 모든 성리학적 개념에 호소한다. 결국, 길동은 관에 자복하고, 그 순간 개혁을 위해 기울인 그의 모든 노력은 물거품이 되어 버린다.

　관과 인형 모두 강압과 유교라는 전략을 채택했으며, 결국 길동이 자수하여 역도 행위를 스스로 종식하도록 설득한다. 처음부터 길동은 양대 교의인 '충'과 '효'로 대표되는 기존체제를 신봉하였고 이에 포함되기를 염원하였다. 무법자가 되어서조차 자신에게 도적의 길을 걷게 만든 기존체제의 가치에 반기를 들지 않았다. 때문에 국가에 대한 자신의 충성심이 추궁을 당하고 부친과 서형의 고매한 명성이 위협을 받자 길동은 지체하지 않고 관에 자복한다. 자신을 수용하고 자신의 비범한 재능에 좀더 걸맞는 지위를 부여해줄 사회에 대한 그의 갈망은 충신과 효자라는 보다 중대한 의무 앞에서 맥없이 무너지고 만다.

소설『홍길동전』은 한국에서의 길동의 마지막 시간과 그 후의 출국을 두고 "그 후로는 길동의 폐단이 없으니, 사방이 태평하였다"[114]라고 묘사하였다. 완전한 평화가 이뤄졌을지 모르나 한국의 개혁은 이뤄지지 않았다. 표면상, 갈등의 근원인 '서자' 계층의 열등한 지위에도 아무런 변화가 없었다. 화자는 길동의 행위가 정의로운 것이었으며 부정한 관리들과 승려들만을 도적행위의 대상으로 삼았다는 점에서 독자의 오해가 없도록 하였다. 길동이 조선 팔도에서 끊임없이 도적질을 할 만큼 부정부패가 만연했다는 것은 분명하다. 그러나 "길동의 폐단"이 그쳤을 뿐이니 이는 부패한 승려와 탐관오리가, 길동이 잠시나마 정의의 활약을 펼치기 전과 마찬가지로 형벌도 받지 않고 승승장구하는 것을 의미한다. 임금인 세종의 관점에서는, 또한 고매한 '양반' 계층의 시각에서는 이것이 "태평"인지도 모르나 뾰족한 방책도 없이 끊임없는 고통 속에 살아가는 대다수 한국인들의 입장에서는 평안을 상징한다고 보기 어렵다.

결국, 길동이 한국을 채 뜨기도 전에 한국은 예전의 모습으로 고스란히 돌아가고 이 대목에 이르기까지 주인공의 고뇌와 공적은 독자에게 즐거움을 제공하기 위한 수단에 지나지 않는다. 이야기는 기존체제 안에서 개인이 자신의 영달을 추구하는 것으로 화(化) 하는데, 사회적 개혁의 차원에서 본다면『홍길동전』이나 신데렐라 이야기나 별반 차이가 없다(이 두 작품의 기본 구조 또한 놀라우리만큼 유사하다). 전자는 한국인들에게 국내외를 막론하고 기존체제에 대한 일정 수위의 편안함과 만족감이 존재했음을 반영한다.[115] 고대 한국인들은 구(舊) 세계질서에 대한

---

114) 위의 책, 141면 참조(위 인용구의 국문본은 『홍길동전』 경판 24장본 참고).
115) 또한 역사적 자료가 이를 확증해준다. 다음 장에서는 게리 레드야드(Gary Ledyard)가 헨드릭 하멜(Hendrick Hamel)의 항해일지를 고찰한 결과 놀라우리만치 유사한 결론에 도달했음을 보게 된다.

자신들의 이해를 심화시키고 동경의 대상인 보편적 이상에 한국이 좀 더 가까워지도록 하기 위한 목적으로 외국 원정(遠征)을 하였다. 『홍길동전』이라는 고대 한국의 허구적 산문을 보면, 주인공인 한국 사람이 (필요하다면 무력을 써서라도) 전술한 보편적 이상에 대한 한국 나름의 해석을 다른 나라에 더욱더 확실히 주지시키기 위하여 한국을 떠나고 있다. 그러나 19세기 후반부터는 이러한 상황이 완전히 역전된다. 실생활에서나 허구의 문학 작품 속에서나 근대 한국인들은 근본적으로 상이한 세계질서와 지식을 체험·흡수하고, 진정으로 새롭고 이질적인 외국의 체제를 본따 한국을 재창조하려는 목적에서 외국 여행을 하고 돌아온다. 이렇듯 한국의 고대와 근대에서 각각 외국 진출의 동기로 작용한 목적과 목표의 현저한 차이는 이 두 시대 간의 뚜렷한 경계선 역할을 한다. 또한, 그와 같이 한국의 허구적 산문에 표출된 대립적 양상은 그 자체로 지극히 중요한 의미를 지님에도 불구하고 아직까지는 탐구되지 못한 영역이다. 즉, 한국 역사상 모든 시대를 아우르는 허구적 산문의 주제인 외국 진출과 외국 체험, 이것의 변천에 대한 통시적(通時的) 탐구가 이뤄지지 못한 것이다.

한반도를 떠났어도 '한국'에 존속하다

길동은 선견지명을 통해 한국, 더 정확히는 한반도에 자신이 설 자리가 없음을 깨닫는다. 그는 한 때 자신을 '서자'로 차별하여 입신양명의 길을 막고, 동시에 충성스러운 신하와 효성스러운 자식임을 상기시켜 조선의 기존체제를 바꾸려는 자신의 시도조차 금지했던 유교적 가르침, 그 악순환 속에 갇히고 만다. 그에게는 자신이 성장했고 여전히 굳은 신념을 두고 있는 기존체제를 완전히 벗어나 살 의향도, 그럴 능력도 없었다. 따라서 결국 그는 한반도를 떠나는 길을 선택한다.

길동이 한반도를 떠난 것은 사실이나, 한국 또한 그 일부를 형성하고 있는 보다 광범위한 동아시아 세계질서의 범주마저 벗어난 것은 아니었다. 따라서 그가 기존체제를 대신할, 또는 이상적인 사회를 해외에 건설하기 위해 떠난 것이 아니라는 사실을 필히 기억해야 한다. 그가 떠난 이유는 자신을 수장(首長)으로 하는 또 다른 한국을 재현하기 위함이었다. 이를 반영이라도 하듯, 이야기의 후반부에서 길동은 서자의 신분으로부터 스스로를 사면해주나 그 외에 달라진 사실이라고는 찾아볼 수 없다. 그럼에도 불구하고 남북한의 연구 자료들은 길동이 한 때 산적으로 활약했던 사실만을 지나치게 강조한 나머지 『홍길동전』의 혁명적, 내지는 적어도 개혁적 성향을 크게 강조한다. 북한의 한 연구 자료는 (홍길동을 통해 표출된) 조선사회에 대한 허균의 '통렬한' 비판의식과 이상사회(理想社會)를 건설하고자 하는 '불같은' 열망에 대해 논한 바 있다.116) 그러나 작품의 내용은 이같은 해석을 뒷받침해주지 않는다. 길동이 대면해야 했던 유일한 장애물은 개인적 차원의 것이지 철학적 차원의 것은 아니었으며, 그는 기존체제의 전복(顚覆)이 아닌 기존체제로의 편입을 열망했다. 그렇다면 길동이 동일한 체제를 해외에 재현하여 새로이 수장에 오른 자신의 지위를 만끽한다 한들 놀랄 것이 없다.

외국 원정 도중 길동은 다양한 곳에 이르러 비(非)한국인과 여러 차례에 걸쳐 조우하게 된다. 그가 방문한 곳 중 첫 경유지는 제도라는 섬이었다.

> 길동이 조선을 하직하고, 남경 땅 제도라는 섬으로 들어가, 수천 호의 집을 지은 뒤, 농업에 힘쓰고 무기 창고를 지으며 군법을 연습하니, 병사는 잘 훈련되고 양식은 풍족하게 되었다.117)

---

116) 로은욱 편, 앞의 책의 서문을 참조

위 인용구에서, "수천 호의 집"은 '활빈당' 시절 자신의 부하였던 장정들을 제도로 데려오고자 하는 길동의 결심을 반영한다. 그의 결심은 두 가지 개별적 차원에서 중요한 의미를 내포한다. 첫째, 한국에서 아무런 변화를 이루지 못했음을 길동 스스로도 깨달아 알고 있다는 것이다. 이러한 맥락에서 본다면 그의 부하들은 제도에 와서도 여전히 고통 받거나 산적질에 가담하는 수밖에 없을 것이다. 둘째, 길동의 결심은 한국의 식민지와 유사한 것을 제도에 세우려는 그의 의도를 반영한다. 단독으로 외국을 체험하며 새로운 길을 개척하기보다 자신을 수장으로 하는 또 하나의 한국을 재건하는 것이 길동의 의도라는 사실은 처음부터 명백히 나타나 있었다. 이러한 의도를 실현하고자 길동은 제도 주민과 접촉하기보다 자신의 동류인 이주자들을 측근에 둔다. 우두머리가 된 길동은 이들 이주자와 힘을 합하여 군사·농경기지를 설립한다. 이는 한국민의 자주 및 자급자족을 먼저 확보하고 추후 제도에 대한 한국의 지배를 확립하기 위한 필수 불가결의 전제 조건이었다.

처음에는 길동도 제도 주민들과의 분리를 만족스러워하였다. 사실, 원주민들과의 첫 만남도 "화살촉에 바를 약을 구하러 망당산으로 가다가"[118] 근처를 배회하던 중에 우연히 이뤄진 것이었다. 거기서 길동은

---

117) 허균, 앞의 책, 141면 참조(저자 강조, 위 인용구의 국문본은 『홍길동전』 경판 24장본 참고). 기본 줄거리는 같지만 몇몇 이본(異本)은 이야기 속의 사건 발생순서나 내용에서 약간씩 차이를 보인다. '완판본'을 보면 길동이 맨 먼저 성도라는 섬에 이른다. 그리고 이곳에서 '율도'과의 조우를 하게 된다. 저자는 이 책에 직결되는 사건이나 세부사항이 등장하는 대목과 설명에 한하여 완판본을 인용하고자 하며 그 외의 경우 마샬 필(Marshall Pihl)의 영역본을 기본 원문으로 사용한다. 여기서, 원작의 '제도'와 '남경'을 영역본에서 각각 'Chu Island'와 'Nanking'으로 현대 중국어 발음표기를 한 것은 해당 번역가의 전문가적 선택을 나타낸다는 사실에 주목하자. 어떤 경우에는 허용될 수도 있겠으나, 이 같은 결정은 원작에 전혀 존재하지 않는 '외국성'을 번역본에 가미하게 된다.

118) 허균, 앞의 책, 141면 참조(위 인용구의 국문본은 『홍길동전』 경판 24장본 참고). 영역본의 'Mount Mang-tang'은 앞서 고찰한 번역가의 전문가적 선택을 시사하는 또 한 가지 예로서, 해당 번역가는 여기서도 중국어 발음표기를 하였다. 원작에서는 '망당산(Mangdang(san))'으로 되어 있고 각주를 통해 이 산이 "본 작품에서만 찾아볼 수 있는

부자 백룡의 이야기를 듣게 된다. 딸을 잃어버린 백룡은 자식을 찾아주는 이에게 막대한 재산의 일부를 주고 딸과 혼인 시키겠노라고 약속한다. 길동은 그 이야기에 감복하나 약초를 구하는 일을 포기하지 않는다. 망당산에서 계속 독초를 찾던 중 남자들의 목소리를 듣게 되며 등불이 비치는 것을 발견한다.

> 그곳을 찾아가니 사람이 아닌 미물이 앉아 지껄이고 있었다. 원래 이 짐승은 '울동'이라는 짐승인데, 여러 해를 묵어 변화가 무궁하였다.
> 길동이 몸을 감추고 활로 쏘니, 그중 괴수가 맞았다. 그러자 모두 소리를 지르며 달아나기에, 길동은 나무에 의지하여 밤을 지내고 두루 돌아다니면서 약을 캐더니, …….119)

이 대목은 길동과 제도 주민 간의 두 번째 조우이며 독자에게 상세한 설명이 주어진 첫 대목이기도 하다. '미물'로 불린 이들 울동은 추잡하거나 위협적인 행동을 하지 않았으며 사실상 자기들끼리 "지껄이고 있었다." '울동'은 이 대목뿐 아니라 작품의 후반부에 가서도 상당히 문명

허구적 산"임을 독자에게 알리고 있다(이상택 편, 앞의 책, 242면 참조). 여기서의 "약"은 일종의 완곡한 표현에 불과하다. 사실 길동은 자신의 무기에 치명적인 힘을 더해줄 독초를 찾고 있었던 것이다. 그리고 그는 머지않아 이 무기를 사용하여 일부 제도 주민을 공격한다.

119) 허균, 앞의 책, 141~142면 참조(위 인용구의 국문본은 『홍길동전』 경판 24장본 참고). 완판본에서는 이들 미물을 '울동'으로 수록하였다. 이와 관련하여, 번역가 마샬 필(Marshall Pihl)이 자신의 영역본에서 한국어 발음을 보존하려는 시도를 했는지, 아니면 그의 영역본에 나오는 'ultong'이 해당 한국어를 중국어 발음으로 추정하여 표기한 것인지 여부는 규명하기 어렵다. 저자는 다음 사실에 비추어 후자 쪽에 표를 던지고자 한다. 즉, 필(Pihl)은 '제도' 섬과 딸을 잃어버린 '백룡'을 각각 'Chu Island'와 'Po Lung'으로 중국어 발음표기를 하였으며 한국의 정확한 지리적 국경 밖에서 기인한 거의 모든 인물과 장소를 동일하게 처리하였다. 다시금, 이러한 번역상의 처리는 성가실 뿐 아니라 문제를 수반하기도 하는데, 이는 『홍길동전』의 원작에 한자가 전혀 사용되지 않았기 때문이다. 결국 현대적 시각에서 '번역의 확실성'을 추구하려는 현 시대 번역가들의 훌륭한 의도가 원작에는 존재하지도 않을 뿐더러 대단히 불확실한 '외국성'의 분위기를 작품 속에 등장하는, 한국의 지리적 국경 밖의 인명과 지명에 가미한 것이다.

화된, 인간과 비슷한 존재로 묘사된다. 자신에게 아무런 해를 끼치지 않았음에도 불구하고 길동은 이들에게 불시의 선제공격을 가하였으며 이에 대해 일말의 가책도 느끼지 않는다. 단지 숙면을 취한 후 아무 일도 없었다는 듯 하던 일을 계속한다.

독초를 계속 찾아 헤매던 길동은 "괴물 몇"과 부닥친다. 공손하고 솔직한 이들은 길동에게 어찌하여 깊은 산속까지 오게 되었는지 물었고, 길동은 철저한 계산 하에 자신이 의술에 정통하며 약초를 구하러 왔노라고 대답한다. 그러자 괴물들은 기쁨에 날뛰며 "하늘에서 내린 살"을 맞은 제도 왕의 불운을 언급하고, 길동이 왕을 낫게 하면 후한 상을 내리겠다고 약속한다. 상황을 재빨리 판단한 길동은 이들의 제안을 받아들인다.[120] 길동은 곧 왕의 내실로 들여보내지고 이어 다음과 같은 장면이 펼쳐진다.

'내가 우연히 천살을 맞아 위독했는데, 애들의 말을 듣고 그대를 청하였으니, 이는 하늘이 나를 살린 것이라. 그대는 재주를 아끼지 말라.'
길동이 감사의 뜻을 표하고 말했다. '먼저 몸의 내부를 치료할 약을 쓰고, 다음으로 외부를 치료할 약을 쓰는 것이 좋을까 하노라.'
그것이 응락하거늘, 길동이 약주머니에서 독약을 내어 급히 온수에 타서 먹이니, 한참 만에 한 마디 소리를 지르고 죽는지라, 모든 요괴가 일시에 달려들었다. 길동은 신통술을 부려 모든 요괴를 후려치는데, ……[121]

위 인용구를 보면 고찰할 점이 상당히 많다. 그러나 원문 자체에 대한 해설을 진행하기에 앞서, 작품의 배후에 숨은 의미와 관련하여 주목할 점이 있다. 위 대목의 가장 의미 있는 측면이면서 동시에 고대 한국과 근대 한국의 허구적 산문이 지닌 가장 중요한 차이점이기도 한 것은

---

120) 작품 속 화자는 길동이 제도 왕이 자신의 화살에 맞았음을 바로 이 대목에서 깨닫는다고 명시하고 있다.
121) 허균, 앞의 책, 142면 참조(위 인용구의 국문본은 『홍길동전』 경판 24장본 참고).

언어적, 문화적 장벽의 완전한 부재(不在)이다. 한국인 주인공이 중국 남해 부근의 섬에서 미물들을 상대하는 장면임에도 불구하고 여기에서는 '외국성'의 흔적을 일절 찾아볼 수 없다. 달리 표현하여, 고대 한국의 허구적 산문에서는 인간은 물론 미물조차 하나의 보편적인 문화와 언어를 공유한다. 이 점은 『홍길동전』의 여러 이본(異本) 중 번역을 거치지 않은 본들에서 더욱 분명히 나타난다. 일례로, 완판본에서는 길동이 '을동' 궁 앞에서 자신을 한국인('조선국 사람')으로 소개한 후 왕을 필히 알현하고자 중국 선인(先人)의 이름을 인용한다. 또한, 자신의 의술 실력이 어떠한가 하는 질문에 "내 비록 편작의 재주는 없거니와 좀체 병에는 의심치 아니하노라"122)고 교묘히 답한다. 전술한 논의의 상당 부분에 근거하여 본다면 '조선국 사람'인 길동이 중국문학을 인용하는 것은 하등 놀랄 일이 못 된다. 이 대목에서 진정 주목해야 할 부분은 미물인 '을동'이 길동과 동일한 언어를 사용하고 동일한 문화를 공유한다는 점이다. 보는 시각에 달린 문제이기는 하나, 미물들은 한반도 밖에 거하는 존재이므로 '을동'은 모든 면에서 "외국의 것"임에 틀림없다. 그러나 길동이 존속하는 통합된 단일 세계질서와 그 문명의 지배는 너무도 강력한 것이라 미물들조차 이에 동질화되고 말았다. 이러한 특징을 20세기 초 한국의 허구적 산문이 표현한 한국인과 서양인 간의 진정한 "외국성"과 비교해 보면 그 두드러진 차이를 더욱 확실히 볼 수 있다. 일례로 이인직의 『혈의 누』를 들 수 있다. 주인공 옥련이 샌프란시스코에 도착하는 장면에서 독자들은 "조선서 낮이 되면 …… 산도 설고 물도 설고 사람도 처음 보는 인물이라. 키 크고 코 높고 노랑머리 흰 살빛에, ……"라는 사실을 접하게 되며, 이 이상한 사람들이 하는 말은 "서생과 옥련의 귀에는 바바 …… 하는 소리 같고 말하는 소리 같지는 아니"하

---

122) 허균, 「홍길동전」, 앞의 책(이상택 편), 243면 참조. '편작'은 중국 전국시대의 유명한 의사인 Pien Ch'üeh(扁鵲)의 한국어 발음 표기이다. 그의 이름은 의학적 전문성의 최정상에 대한 고대 동아시아의 문화적 및 문학적 수사법을 대변한다.

다는 것도 알게 된다.[123] 그러나 고대의 허구적 산문에서는, 존재 가능한 모든 대상 중 가장 "외국적인" 것조차 (한국인들이 그러하였듯) 서로 무리 없이 소통할 수 있는 통일된 범주 안에 거하였다. 이에 반해, 이미 구(舊) 질서로부터 단절된 20세기 초 한국의 허구적 산문은 진정한 '외국성'의 표현을 통해 이러한 단절의 경험을 드러내었다.

앞서 인용한 대목에서는 화자도 길동도, '울동'을 죽인 사실을 재고하거나 이에 대한 설명을 시도하지 않는다. 길동이 '울동'을 제거하자마자 "두 젊은 여자가 애걸하였다."

> '저희는 요괴가 아니라 세상 사람인데 잡혀 왔사오니, 남은 목숨을 구하여 세상으로 나가게 하소서.'
> 길동은 백룡의 일을 생각하고 거주지를 물었더니, 하나는 백룡의 딸이요, 하나는 조철의 딸이었다. 길동이 요괴를 깨끗이 없애 버리고, 두 여자를 구출해 각각 제 부모에게 돌려주니, 그 부모들은 크게 기뻐하면서 그날로 홍생을 맞아 사위를 삼았는데, 첫째 부인은 백소요, 둘째 부인은 조소저였다.
> 길동이 하루아침에 두 아내를 얻은 후, 두 집 가족을 거느리고 제도섬으로 가니, 모든 사람이 반기며 치하하였다.[124]

위 내용을 보면 길동이 아무도 살려 보낼 생각이 없었으며 두 여인조차 예외가 아니었음을 명백히 알 수 있다. 또한, 길동의 타산적인 면을 엿볼 수 있는데 이는 무엇보다도 그가 '울동' 궁으로 들어가기 위해 만들어낸 구실을[125] 통해서 이해할 수 있다. 길동이 "백룡에 대해 들은

---

123) 이인직, 『혈의 누』(문학사상사, 1995), 97~98면 참조.
124) 허균, 마샬 필 역, 앞의 책(피터 리 편), 142~143면 참조(위 인용구의 국문본은 『홍길동전』 경판 24장본 참고).
125) 이 책의 범위를 벗어나기는 하나, 홍길동을 책략가로 해석하는 것이 상당히 흥미진진하면서도 생산적인 작업일 수 있음을 시사하고자 한다. 안타깝게도, 앞서 언급하였듯이 길동을 개혁가, 또는 심지어 혁명가로 보는 고정관념이 홍길동전의 많은 독자들에게 선입견으로 작용하여 작품의 실제 내용에 대한 독자의 객관적 분석을 방해하는 것 같다.

말"에 의하면, 딸을 잃은 백룡은 대단히 부유한 자로서 자식을 품으로 돌려보내 주는 이에게 후한 상금을 약속하였다. 이는 조철이 받은 처우와는 극명한 대조를 이룬다. 딸이 첩의 신분으로 전락한 사실을 놓고 볼 때 조철은 재산이 거의 없는 평민계층이었을 가능성이 높다. 때문에, 조철은 주인공 길동의 이해나 화자의 상세한 설명을 누릴 자격이 없는 것이다. 결국 길동은 계층 구별 및 상하 계층 간의 중혼(重婚)이라는 두 가지 행위를 통해 자신이 한국에서 겪었던 고통을 거의 그대로 재현하였다. 이와 관련하여 독자와 학자 모두 나름의 결론을 도출할 자유가 있으나 길동이 조선 사회가 지닌 수많은 차별적 관습을 고수한 점을 근거로 삼는다면, 그의 급진적, 더 나아가 개혁적 사상에 대한 지나친 낙관론은 성립될 수 없다. 결국 『홍길동전』을 통해 나타난 '외국'과의 조우는 고대한국의 역사 및 허구적 산문에서 반복적으로 등장하는 주제에 불과하다. 즉, 한국인들이 외국으로 진출한 목적은 보편적 문명과 문화(『홍길동전』의 경우 한국의 기존체제)에 대한 자신들의 이해와 참여의 폭을 넓히기 위해서이거나, 아니면 전술한 문명과 문화에 대한 나름의 해석을 야수와 금수 같은 존재가 거하는 외국 땅에 적용하기 위함이었다.126)

완판본에서는 위 인용 부분의 장면이 더욱 자세하고도 강렬하게 펼쳐진다. 두 명이 아닌 세 명의 여인이 등장하고 길동이 이들을 죽이려 한다는 사실도 아주 명백하게 드러나 있다.127) 그러나 이들 여인의 사연을 들은 길동은 여인들을 각자 가족의 품으로 돌아갈 수 있도록 해준다. 물론 이들 여인 중 한 명은 만석꾼 백용의 여식이다. 각기 낙천현과 백용이라 그 고향과 부친의 성명을 적고 있다. 이에 반해 다른 두 여성에 대해서는 그 이름이나 집안에 대해 언급하고 있지 않다. 그저 "정통

---

126) 20세가 된 후 수 년 동안 엄격한 한국 성리학자들은 자신들의 문명권 밖에 있는 인간을 가리켜 흔히 '금수(禽獸)', 즉 문자 그대로 새와 짐승으로 일컬었다.
127) "바로 들어가 여자 삼인을 죽이려고 하니 ……." 허균, 「홍길동전」, 앞의 책(이상택 편), 245면.

양인의 여자'라고만 간단히 언급되어 있다. 이들의 가족은 백용과 달리 길동에게 줄 부와 명성이 없다는 사실을 접한 독자는 사회적 계급의 문제와 경제적 계급의 문제를 혼동하게 된다. 두 양인 처자의 가족은 길동에게 말하기를 "은혜를 갚을 길이 없으니 각각 여자로 시첩을 허(許)하나이다"라고 한다.128) 여기서 이 여성들에게 주어지는 새로운 지위 시첩(侍妾)은 글자 그대로 풀어보면 각기 시종과 첩을 이른다. 이러한 번역에는 문학적 가치가 결여되어 있으나 이 두 여인이 처하게 될 절대적으로 불평등하고 종속적인 지위를 잘 묘사하고 있다.129) 이러한 결론은 그 다음 대목에 이어지는 설명을 통해 더욱 강화되고 있다. 홍길동은 제도로 돌아가며 세 명의 부인을 모두 데리고 가지만 장인 장모는 오직 백용 부처만을 동행한다. 완판본은 길동이 "일가와 여러 가족을 다 거느리고"라고 구체적으로 기술하고 있으며 세 여성 모두 처녀임을 독자에게 분명하게 알리고 있다.130) 따라서 『홍길동전』의 경판본과 완판본을 비교해 보는 일은 비록 이 연구의 목적을 벗어나기는 하나, 길동이 사회 개혁을 의도한 것이 아니었으며 해외에 한국이라는 나라를 재현한 것이라는 이 책의 결론과 유사한 결론을 도출하며 어떤 경우에는 이러한 결론을 더욱 강화시키기도 한다.

여기서 또 한 가지 주목해야 할 점은 『홍길동전』에서 여성이 어떻게 표현되고 있는지, 그리고 이러한 표현 방식이 한국의 엄격한 지리적 경

---

128) 위의 책.

129) 마샬 필의 번역 "Kiltong took Po's daughter as his first wife and Chao's as his second(첫째 부인은 백소저요, 둘째 부인은 조소저였다)"는 일부다처제임을 완벽히 묘사하고 있으나 완판본에 쓰인 단어들이 내포하고 있는 수직적 계층 구조나 전적인 불평등 구조는 전혀 나타내고 있지 못하다.

130) 원문은 "일가제족(一家諸族)을 다 거느리고······"라고 되어 있다. 허균, 이상택 편, 앞의 책, 245면. '일가제족'에 한자를 병기하고 있어, 저자가 비판한 특정 번역자들과 마찬가지로 저자 역시 해설을 덧붙여 원문을 침범하고 있는 것처럼 보일 수도 있다. 그러나 이들 한자는 저자가 동 대목을 인용한 책의 편저자에 의해 본문에 삽입된 것이다. 그리고 이보다 더 중요하게는 문맥상 이들 한자 말고는 달리 적합한 한자가 없음이 명백하다.

계를 벗어나나 분명 외국은 아닌 보편적 세계가 존재한다는 앞서의 주
장과 어떻게 연계 혹은 그러한 주장을 뒷받침하는지를 살펴볼 필요가
있다는 점이다. 울동 궁에 들어가기 위해 길동이 중국의 유명한 인물
편작(扁鵲)을 빗대어 말한 것처럼 화자 역시 이야기에 등장하는 여성을
묘사할 때 이러한 인유법을 활용하고 있다. 완판본에서 길동이 망당산
을 향해 떠난 바로 다음 대목에서 화자는 장차 길동의 아내 될 이를 넌
지시 언급한다. 다른 두 명의 부인과 마찬가지로 여기서 등장하는 처자
역시 이름을 밝히지 않는다. 단지 백용의 고명딸이라고만 적고 있으며
이 처자와 관련하여 다음과 같이 기술하고 있다.

> 고서를 섭렵하여 이태백과 두보의 문장력을 지녔고 그 미모는 장강을 비웃
> 으며 네 가지 덕은 태사를 본받아 언행 하나하나가 예절이 있더라.[131]

위의 묘사는 한국인이 생각하는 이상적인 '한국'[132] 여성 및 부인상
이다. 그러나 언급된 인물 중 한국인은 단 한 사람도 없으며 모두 보편
적으로 인정되는 상(像)과 전형들이다.[133] 이태백과 두보는 고대 동아시
아에서 가장 존경 받던 시인인 리 타이포[李太白]와 투푸[杜甫]를 한국식
으로 발음한 것이다. 장강은 위장공(魏莊公)의 부인으로 동아시아에 널
리 알려진 절세가인 추앙치앙[莊姜]을 이른다. 태사는 예절과 덕의 전형
으로 불리던 주(周)나라 문왕(文王)의 비 태쓰[太姒]의 한국어 번역이다.

---

131) 허균, 이상택 편, 앞의 책, 242면. 원문은 "고서를 섭렵하여 이두(李杜)의 문장을 가
　　졌으며, 색은 장강(莊姜)을 비웃고, 사덕(四德)은 태사를 본받아 일언 일동이 예절이
　　있으니 ……"라고 쓰고 있다.
132) '한국'에 따옴표를 붙인 이유는 단지 백용의 딸이 한반도에 거주하고 있지 않기 때
　　문이다. 그러나 앞서 말했듯이 길동은 해외로 진출하며 한국의 많은 부분을 그와 함께
　　외국으로 가지고 나갔다. 혼인 또한 예외가 아니다. 부친상을 당한 길동은 한국에서
　　부친을 모셔와 무덤에 안장하고 아내로 하여금 자신의 모친을 모시도록 한다.
133) 이들 모두 '중국인'이라고 말해버릴 수도 있으나 이는 현대적 기준에 따른 지나친
　　단순화가 되어버린다. 실상 이 명단은 현대의 특정 민족국가에 구속되지 않는, 당시
　　동아시아의 최고 전형이라 할 수 있는 인물들로만 구성된 것이다.

고대의 전형적 여성상을 열거하고 있는 것은 작가가 자신의 박학함을 드러내고자 하는 것이 아니다. 한국 독자와 이들 고대 동아시아 인물들 간에 연결성이 존재하였음을 보여주고 있는 것이다. 이로써 길동이 한반도를 떠나기는 하였으나 한국의 사상과 도상(圖像)은 그대로 수용하였다는 사실이 더욱 명백해진다. 길동은 대변혁을 성취하고자 해외로 간 것이 아니라 한국에서는 거부당한 양반으로서의 역할을 자신에게 부여해줄 수 있는 장소와 백성을 찾아 떠난 것이다. 따라서 이러한 은유는 길동의 야심찬 계획이 본질적으로 보수적인 성격을 띠고 있음을 반영한다. 한국은 여전히 과거에서 완벽함을 추구하고 있었다. 완벽한 전형이 과거에 존재했고 과거에 필적하기 위해 노력하는 것이 바로 완벽한 미래로 이어지는 길이었다. 한국인이 완벽함을 찾아 과거를 돌아보는 대신 미래를 바라보며, 동질성보다는 차이점을 찾아 해외로 눈을 돌리고, 그리고 마지막으로 사회 및 정치의 근본적 개혁을 목적으로 이러한 차이점을 수입하게 된 것은 19세기 말 서구와의 조우 및 그로 인한 폭력적 대격변이 발생한 연후였다.

해외로 나간 길동이 잠시 한국을 다녀오는 대목이 나온다. 그러나 이는 그와 비슷한 행보를 보인 근대 인물들과는 달리 해외로부터 새로운 지식을 들여오기 위함이 아니라 한국적 요소를 더 수출함으로써 자신의 새로운 집이 한국으로 대변되는 보편적 문화 영향권 하에 더욱 완벽하게 편입될 수 있도록 하기 위함이었다. 신통력을 통해 길동은 부친의 죽음이 임박했음을 확인한다. 효가 최고의 덕목이었기에 길동은 그 즉시 자신의 제2의 고향에서 부친을 장사지낼 만한 명당자리를 모색하는 한편으로 옛 고향을 다녀오기 위한 채비를 갖춘다. 한국으로 들어간 길동은 먼저 형 인형을 찾아 자신의 계획을 전달한다. 길동이 "지술(地術)을 배워 이미 부친을 위하여 좋은 터를 구하였음"을 들은 인형은 "너의 재주가 기이한지라, 좋은 터를 구했다니 무슨 염려가 있으랴"[134] 하며 크게 기뻐한다. 인형은 자신의 아우 길동이 섬에 마련한 자신의 새 집으로 귀향하는 길에 동행까지 한다. 묏자리를 직접 본 인형은 "길동의 지식을 못내 탄복하였다."[135] 본국으로 돌아오자마자 인형이 "모친을 뵈옵고 전후 사실을 말씀 드리니 부인이 신기하게 여겼다."[136] 따라서 이 이야기에서 길동에 가장 역행하는 무리조차도 길동이 자신의 섬에 담아낸 한국의 이미지에 만족스러워하고 있음을 알 수 있다.[137] 더욱이 길동은 조선의 재상이었던 부친을 섬에 안장하고 자신의 모친을 섬에 살게 함으로써 대단히 어려운 성공을 일궈낸다. 달리 말해 길동은 자신의 모친과 유씨 부인의 지위뿐만 아니라 자신과 형의 사회적 지위까지도 역전시켰다. 바로 부친의 묘를 돌보는 특권, 즉 항상 장자에게만 부여되던 책임이자 특권을 앗아온 것이다.[138] 길동은 또한 부친과 그의 정실부인인 양반 유씨 부인을 지리적으로 결별시킴으로써 부인으로서의 모든 임무를 자신의 모친, 즉 한 때 천한 노비였던 춘섬이 수행하도록 하고 있다. 그러나 이러한 모든 일이 체제 자체의 개혁이 아닌, 이미 예정된 체제 안에서 개인의 지위가 상승한 일례에 불과함을 상기하여야 한다. 바뀐 것이 있다면 이 체제가 한 때 보편적 문화 영역에 속하지 않았던, 한국 바깥 땅으로 확산되면서 오히려 강화되었다는 점이다.

그러나 길동은 자신이 이룩한 문명 전파의 정도에 만족하지 못했던 것으로 보인다. 보다 많은 지역을 정복하기를 바랐다. 그러나 이는 결코 유교적 풍습을 거스르면서까지 바란 것은 아니었다. 먼저 "남쪽에 율도

---

134) 허균, 마샬 필 역, 피터 리 편, 앞의 책, 144면 참조.
135) 위의 책.
136) 위의 책, 145면 참조.
137) 인형과 인형의 모친 유씨 부인이 앞서 길동을 해하려 음모를 꾸몄던 사실을 기억할 필요가 있다. 이들의 칭찬 또한 길동에게 사회 개혁 의도가 없었음을 증명한다. 길동이 한국을 떠남으로써 한국은 이들 두 사람이 바라는 바 그대로 남겨진다. 즉 아무런 변화도 일어나지 않는다.
138) 항상 그런 것만은 아니었으나 허균이 이 이야기를 쓰던 당시까지는 확실히 이러한 전통이 이어졌다. 장남이 아닌 다른 아들과 여성에게서 제사를 지낼 수 있는 권리 및 책임을 박탈하게 된 과정에 대해서는 마르티나 도이힐러, 앞의 책 참조.

국이라는 나라가 있었으니, 기름진 평야가 수천 리나 되어 실로 살기좋은 나라라, 길동이 매양 마음 속으로 생각해 오던 바였다"라는 대목이 보인다. 그러나 화자는 또한 이 대목 바로 앞에 길동이 자신의 정복욕을 실천에 옮기기에 앞서 "제사를 극진히 받들어 삼년상을 마쳤다"는 사실을 조심스럽게 기술하고 있다. 길동은 자신이 한국에 두고 온 체제질서에 혁명을 일으킨다거나 개혁하는 데 관심이 있는 것이 아니라 오히려 이들 질서를 완전무결한 상태로 보존하는 데 꽤나 전력하고 있는것으로 보인다. 삼년상을 치른 이후에야 길동은 모든 사람을 불러 "내가 이제 율도국을 치고자 하니 그대들은 최선을 다하라"고 말한다.[139]

다음 날 길동은 군사를 데리고 진군하여 철봉산에 다다라 김현충과전투를 벌인다. "길동이 이를 맞아 싸워 한 번의 접전에 김현충을 베고철봉을 얻어 백성을 달래어 위로하였다." 그리고는 도성을 치겠다는 내용의 격서(檄書)를 율도국 국왕에게 보낸다. 서한에 자신을 "의병장 홍길동"이라 밝히고 "대저 임금은 한 사람의 임금이 아니요, 천하 사람의 임금이라. 내 하늘의 명을 받아 병사를 일으켰으니"라고 말함으로써 유교적 관점에서의 보편적 왕권의 전형을 명백히 언급하고 있다. 이에 두려움을 느낀 왕은 "모든 신하를 거느리고 항복"했고 "길동은 성중에 들어가 백성을 달래어 안심시켰다."[140] 여기서 홍길동 장군은 진정한 의미에서 한국 바깥에 조선 사회를 재현하고 있는 것이다. 조선왕조 역시무력 정변을 통해 건국되었고 고려 왕조를 붕괴시키며 이성계 장군 또한 천명임을 주장한 바 있다.

도성과 지방의 모든 백성을 "달래어 안심"시킨 길동은 분명 "태평세계"를 통치한다.[141] 나라를 다스린 지 삼 년차에 이르러 길동은 조선 성

---

139) 허균, 이상택 편, 앞의 책, 145면.
140) 위의 책. 안타깝게도 이들 중국식 인명 및 지명에 해당하는 한국어 등가는 나와 있지 않다.
141) 위의 책, 146면. 물론 백성을 어떤 방식으로 달래어 안심시켰는지는 나와 있지 않다. 그러나 조선왕조에서 그 답을 구해 보자면 새로운 왕을 따르지 않는 자는 모두 즉시

상(聖上)께 표문(表文)을 올리기로 한다. 표문을 읽은 임금은 길동에 대한 경의를 재차 표하고는 길동의 형 홍인형을 율도국에 보낼 사신으로 삼는다. 인형이 모친에게 임금과 이야기한 바를 말하자 부인 또한 율도국으로의 동행을 요구한다. 율도국에 도착한 이들은 길동과 함께 홍 재상의 묘를 찾는다. 율도국에 머무르던 중 인형의 모친 유씨 부인이 홀연 병을 얻어 죽자 선친 옆에 합장한다. 이는 길동의 새 왕국에 한국 및 유교의 권위와 진정성을 더욱 더하는 행위이다. 이제 율도국의 임금 길동이 기존 문명의 확산과 해외에서의 또 다른 한국의 재현이라는 자신의 임무를 완수하자 이야기는 다소 급작스런 결말로 치닫는다. 유씨 부인의 삼년상을 마치니 이어 길동의 모친도 세상을 떠나고 그녀 역시 선능에 합장된다. 이후 이야기는 삼십 년이 흐른 후 길동이 별세해 "세자가 즉위하여 대대로 이으면서 태평스럽게 살아가더라" 하고 끝을 맺는다.[142] 길동의 장자가 세자로 책봉되었고 이는 조선의 정통 성리학 수립 과정에 주요한 요소로 작용했던 장자상속제가 율도국에도 역시 자리 잡았음을 의미한다.[143] 혁명, 완전한 운명의 변전(變轉)이 일어났다. 결과적으로 길동은 모든 면에서 그가 혁명을 시작했던 바로 그 지점으로 다시 돌아와 있는 것이다. 우리가 보편적 의미로 말하는 혁명은 한국이 서구와 조우하면서 그와 함께 구체제(ancien régime)가 강제적으로 붕괴되면서야 발생할 것이었다.

제거되었음을 알 수 있다.
142) 위의 책, 147면.
143) 마르티나 도이힐러, 앞의 책 참조.

번역과 '외국성'

이 장을 마무리하기 전에, 저자는 여기서 번역 / 음역과 외국성의 인식 간에 존재하는 관계를 부연하고자 한다. 번역가들은 고대 한국의 허구적 산문을 영어로 옮길 때 종종 번역상의 중요한 결정에 직면하고는 한다. 이는 고대 한국문학이 '중국' 고전(古典)의 인유(引喩) 및 인용에 상당히 치중하고 있기 때문이다. 비록 작품 속에 언급된 다수의 인물과 장소가 과거에는 보편적 동아시아 전통에 속한 것이었을지 모르나 현 시대에서는 궁극적으로 중국인, 중국 지명으로 간주된다. 따라서 번역가들은 이들 인명과 지명을 해당되는 현대 중국 발음으로 표기하려는, 독자의 입장에서는 이해할 만한 결정을 내린다. 그리고 이러한 결정으로 인해 작품 속의 인명과 지명은 영어권 독자에게 뿐 아니라 작품 속의 한국인 주인공들 자신, 그리고 현 시대 한국의 독자들에게조차 '외국의 것'으로 정립된다. 원작에는 그러한 거리감도 단절도 존재하지 않음에도 불구하고 말이다.

번역가들로서는 음역과 관련된 제반 문제를 처리하면서 나름의 목표에 따라 다양한 전략을 채택한 것으로 판단되나, 거의 모든 번역가들이 원본을 그 자체로서 별 다른 분석 없이 허구 작품으로 번역하고 있다. 물론, 고대 한국의 허구적 산문을 현대의 영어권 독자에게 소개하는 작업 자체가 외국의 것에 대한 어느 정도의 이국성을 내포한다. 양심적인 번역가라면 번역의 정확성 또한 최고의 관심사가 아닐 수 없을 것이다. 사실, 원문에 대한 충실성·현대성, 그리고 외국성(서구의 독자를 대상으로 한 외국 작품)의 척도로 보자면 번역가들의 선택 대부분이 완벽한 정확성을 반영한다. 그러나 원 작품이 처음 쓰여지고 읽혔을 당시 한국인들이 작품을 통해 받았을 인상과 이해 양상을 전달해 주는 데에는 실패하고 만다. 고대 한국인에게 한문은 그 자체로 외국어가 아니었으며, 한국 고대문학의 언어적 전통에 따라 원작에서 중요한 요소로 제시한, 외국의 유명한 인물들과 장소들 또한 외국의 것이 아니었다. 따라서, 원작의 어떠한 내재적 요소보다도 번역가들이 번역 진행중 내린 결정이 영역(英譯) 과정에서 원작을 이국화시키는 것이다. 이 이국성은 원작이 쓰여진 당시나 지금이나, 한국어로 된 원본에서는 전혀 찾아볼 수 없다. 원래 한문으로 쓰여진 한국의 허구적 산문 중 선집(選集)에 가장 빈번히 등장하는 세 편의 작품(『금오신화』·『구운몽』·『허생전』)을 선별하여 이들의 현대 한국어 번역본 세 편을 남북한에서 무작위로 선택, 검토해본 결과 단 한 편의 번역작도 현대 중국어 발음을 표기하지 않았음을 알 수 있었다. '한글'은 로마자와 마찬가지로 표음 문자라 번역가가 하고자 했다면 중국(한국의 밖)에 소재한 인물과 장소의 '표준' 중국어 발음을 표기하는 데 있어서 한글을 사용할 수도 있었을 것이다. 일례로, 중국의 수도는 항상 북경(北京)으로 표기되는데, 한국인에게는 이를 '북경'으로 내면화하거나 '베이징'으로 이국화(중국화)할 선택의 여지가 있다. 두 가지 모두 가능하며, 각각의 선택은 전술한 소재성(positionality)에 대한 무언의 견해, 또는 번역가의 작업상 선택을 대변한다. 저자가 살펴 본 남북한의 어느 번역가도 '중국'의 인물과 장소를 중국식 발음으로 표기하는 쪽을 선택하지 않았다. 이는 현 시대에도 분명 그렇지만, 특히 20세기 이전의 한국인 독자에게 '외국성'의 인식이 내재화되지 않았다는 전술한 주장에 힘을 실어준다.

　이들 번역가에게 한국의 밖, 그러나 한국이 속한 세계질서 안에 존재하는 '외국' 인물과 장소의 '원어' 발음 또는 '정통' 발음으로 추정되는 발음은 고려의 가치가 없었다. 그리고 이들 한자 인명과 지명의 현대 한국어 발음이 대부분의 경우, 원작에서 중국 주인공들의 이야기를 설정하였을 당시의 발음과 더 흡사할 가능성이 높다는 사실은 '정확성'을 향한 번역가들의 추구에 아이러니를 한층 더한다. 이는 9세기 당조(唐朝, 618~907)를 배경으로 하는 『구운몽』에서 더욱 역력하게 드러난다. 작품 속의 범우주적 인물들에게 현대 일본어·중국어·인도어 등의 음가를 부여하려는 번역작업상의 결정은 원작을 침해하는 일이 될 것이며, 원작에는 전혀 존재하지 않는 외국적인 분위기로 작품을 근본부터 완전히 전환시킨다.

한편, 『홍길동전』만의 고유한 문제가 또 한 가지 있다. 『홍길동전』의 원작은 한자를 한 글자도 사용하지 않았다는 것이다. 따라서 작품 속 인명과 지명에 중국어 발음을 부여하려는 번역가들의 시도는 모두 순전히 추측에 의지한 것이거나 아니면 다른 번역문들을 번역한 것으로 이해할 수 있다. 다시 말해, 그와 같이 번역된 『홍길동전』은 한국어(국문)로 씌여진 원작이 아닌, 원작의 한문 번역본을 번역한 것으로 판단할 수밖에 없다는 뜻이다. 작품 속에서 길동이 결국 정주(定住)하게 되는 섬나라가 이를 더할 나위 없이 잘 예시해 준다. 원작에 율도로 되어 있는 섬을 번역가 마샬 필(Marshall Pihl)은 중국어 'Lü-tao'로 번역하였다. 추측컨대, 아마도 섬의 위치(남방의 섬 왕국) 때문이었던 것 같다. 'tao'가 섬을 가리키는 것까지는 좋다. 그렇지만 'lü'는 어떠한가? 이러한 편집상의 결정은 율도를 원작에서 찾아볼 수 없을 정도로 이질화(異質化)하였다. 또한 한국어 '율'을 중국어 'lü'로 로마자 표기를 한 것은 부분적으로나마 확실한 억측이며 실증하기 어려운 부분이다.

전술한 모든 이유에 근거하여, 이 책은 현존하는 영역본을 직접 인용한 경우 외에는 엄밀히 한국의 지리적 국경 밖의 인물과 장소를 표기할 시 한국어 발음의 로마자 표기를 사용하고자 한다. 이는 원작에서 이들 인명과 지명이 표기된 방식을 반영할 뿐 아니라 이들의 명백히 비외국적(非外國的)인 외양 및 이들에 대한 비외국적(非外國的) 취급에서 원작에 보다 정확하게 근접하기 때문이다.

제3장
서구와의 조우—역사적 사건

한국 역사상 서구와의 최초의 조우는 비교적 이른 시기에 이루어졌다. 이는 한국이 전통적 동아시아 세계 질서 속에 여전히 안존(安存)하던 시기의 일이다. 다시 말해, 동북 지역의 신흥 세력으로 등장한 서구와 일 대 일로 직면하기 훨씬 이전에 한국이 이미 서구인들과 개별적으로 조우하였다는 뜻이다. 이들 서구인과의 만남은 종교·상업·군사적 차원의 통합된 침략 전술의 일부로서가 아닌, 상호 무관한 일련의 사건을 통해 이뤄졌다. 즉, 한국과 서구의 조우는 개별적인 서구인을 통해 이뤄진 것일 뿐, "서구" 자체와의 만남을 통한 것은 아니었다. 더욱 주목할 사실은, 전술(前述)한 만남이 서구의 입장에서는 한국에 거의 관심이 없었으며 한국 또한 서구에 아무런 흥미를 두고 있지 않았던 시대에 발생했다는 것이다.[1] 따라서, 한국은 서구인들과의 조우로 인해 실질적 변

---

1) 이 책의 다음 부분에서도 논하겠지만 당시 한국에서는 소수의 지식인만이 서양 종교와 기술의 특정분야에 관심을 가지고 있었으며, 그러한 관심마저도 중국의 한문 및 한자문화를 근본으로 조심스럽게 표출된 것이었다.

화를 일으킬 필요도, 심지어 최소한의 적응을 할 필요도 없다고 판단하였다. 사실, 한국은 전술한 조우를 임시 조치를 요하는 상황으로 간주하여 그와 같이 대처하였으며, 서구 제국주의의 위협을 느끼기에는 아직 시기상조였기에 서구에 대해 더는 신경을 쓰지 않았다. 게리 레드야드(Gary Ledyard)는 한국과 서구의 가장 오래된 조우에 속하는 한 사건을 다음과 같이 절묘하게 요약하고 있다. "그것은 난파로부터 비롯된 우연한 만남이었다. 그리고 네덜란드인에게나, 한국인에게나, 역사적으로 중요한 결과를 낳지 못했다."[2]

최초의 조우

'임진왜란기'의 예수회 사제들

한국 땅에 뜻을 품고 진출한 최초의 서구인으로 역사에 기록된 이는, 1592년부터 1598년까지 토요토미 히데요시(豊臣秀吉, 1536~1598)의 지휘 하에 왜군이 한반도를 침입·점령했을 때 이들과 동행했던 예수회 사제들이다.[3] 천주교, 특히 예수회는 16세기 당시 일본으로 인상적인 진

---

2) 게리 레드야드(Gary Ledyard), 『한국에 온 네덜란드인 The Dutch Come to Korea』(왕립아시아학회, 1971), 11면 참조. 레드야드는 헨드릭 하멜(Hendrik Hamel)의 항해일지가 "스스로의 가치에 대한 자신감으로 충전하고 예상한 바보다 훨씬 더 강인한 (조선의) 문명……"을 소개한다고도 언급하였다. 저자는 이에 대해 추후 다시 논하고자 한다.
3) 영미권 학자들에게 주로 '히데요시의 침략'으로 알려져 있는 이 전쟁은 한국인에게는 '임진왜란(壬辰倭亂)' 또는 '임진년(1592) 조일전쟁'으로 불린다. 여기서 한자 '왜(倭)'는 일본을 뜻한다. 하멜도 자신의 항해일지에서 한국인들이 일본을 가리켜 '왜(倭)나라'라는, 일본을 가리키는 한자와 나라, 또는 왕조를 뜻하는 순수 조선말의 합성어를 사용한다고 회고한 바 있다.

출을 꾀하였다. 토요토미 히데요시의 원정군 선봉대장 중 천주교 신자였던 코니시 유키나가(小西行長, 1555?~1600)는 마침 경상도에서 교착상태에 있었고 왜군의 사기가 저하되자 사태를 수습하고자 본국으로 예수회 사제들의 파견을 요구하였다. 이에 일본 예수회에서 일본인 수사 후칸 에이온(Foucan Eion)과 스페인 신부 그레고리오 데 세스페데스(Gregorio de Cespedez)를 파견하였다.[4] 그러나 이들 사제는 한국인과 거의 접촉이 없었으며 영향력은 더욱 행사한 바가 없었던 것으로 보인다. 이를 최근의 한 연구는 다음과 같이 기술한다.

비록 그들이 한국에 들어 온 최초의 천주교 선교사들이기는 하나 그들이 진행한 선교활동에 대한 기록이나 교회의 성립에 대한 증거는 어떠한 것도 존재하지 않는다. 이는 그들의 활동이 왜군의 진영에 국한되었으며 장기간 체류가 불가능했기 때문이 아닌가 추정된다.[5]

최재건은 「일본의 침략을 통한 천주교와의 접촉」이라는 제목의 위 인용구를 "한편, 임진왜란 당시 왜군의 포로로 일본에 끌려 간 일부 한국인들은 천주교로 개종하였다. 이들의 정확한 숫자는 알려져 있지 않으며 일부는 한국으로 돌아갔다"[6]라고 마무리한다. 전술한 정보는 다소 정확성이 떨어지기는 하나 한국의 초기 천주교에 대한 논의와 직결된다고 할 수 있겠다. 그러나 이것도 서구와 한국의 초기 조우에 대해서는 시사하는 바가 없다. 서구인 사제 가운데 포로의 신분으로부터 자유를 되찾은 한국인을 접할 만큼 오래 체류한 이는 없었으며, 사제란 사

---

4) 최재건, 「19세기 한국 천주교 교의와 교회의 성립─신유박해(1801)와 병인박해(1866)의 비교연구 분석(Doctrinal and Institutional Development of Catholicism in 19th Century Korea─An analysis based on a Comparative Study of the Great Persecutions of 1801 and 1866)」 (박사논문, Harvard University, 1997), 14면 참조. 최재건의 논문은 최근 국문본으로 출판되었음. 최재건, 『조선후기 서학의 수용과 발전』(한들출판사, 2005) 참조.
5) 위의 책, 14~15면 참조.
6) 위의 책, 15면 참조.

제는 모두 왜군과 함께 일본으로 귀국하였다. 한국으로 돌아온 개종인들이 실제 존재했다 하더라도 이들은 모두 한국인이었다.[7]

얀 얀스 벨테브레(Jan Janse Weltevree)

앞서 인용한 레드야드 자료의 초점은 한국인들과 네덜란드 상선 스페르웨르호(Sperwer, '새매') 선원들 간의 조우로서, 이 상선은 헨드릭 하멜(Hedrik Hamel)[8] 선장의 지휘하에 항해 중이던 1653년 제주도(당시 서구에서는 '켈파르트(Quelpaert)'로 알려져 있었음)에 좌초하였다. 하멜과 선원들의 여정은 다음 부분에서 다시 논하고자 한다.[9] 『하멜표류기』를 보면 수년 전 한국에 좌초하였던 네덜란드인 선원이 또 한 명 등장한다. 앞서 한국에 왔던 예수회 사제들과는 달리, 그 선원의 사례는 비록 우연의 일치라고는 하나 한국과 서구 간의 의미 있는 장기적 접촉을 처음으로 시

---

7) 최근의 한 세미나(2003년 4월 3일자 하버드대학교 한국학 콜로키엄)에서 미국 터프츠 대학(Tufts University)의 이성윤 교수는 1595년 당시 한국인 천주교 개종자들이 많게는 5천여 명에 달했을 가능성이 있다는 주장을 제시하였다. 불행히도, 이들 한국인은 개종 전 왜군의 포로가 되어 노예의 신분으로 전락하였고 일본으로 강제 이송되었다. 저자는 이 교수가 제시한 숫자를 입증할 천주교회측 자료가 존재한다는 점에 대해서는 의심하지 않는다. 그러나 이를 인정한다 해도, 개종자들에게 선택의 여지가 실제로 존재했으며, 자신을 노예로 전락시킨 장본인의 사기 충전을 목적으로 사제들을 한국에 파견한 종교를 이들 스스로 선택했다는 가정에는 문제가 있다고 본다.
8) 레드야드의 저서에서는 하멜의 이름을 Hendrick Hamel로 표기하였다.
9) 레드야드의 요약과 주석이 대단히 귀중한 자료임에 틀림없으나 그는 『하멜표류기』의 영어번역본을 제시하지 않았다. 대신, 네덜란드어 원본의 프랑스어 번역판에 대한 1704년 존 처칠(John Churchill)의 영어 번역본을 교정하여 재판(再版)하였다. 따라서 저자는 하멜 일지의 직접 인용을 위해 네덜란드어 원본의 1994년 영역본을 사용하고자 한다. 헨드릭 하멜, 떼제의 장 폴 바이즈(Jean-Paul Buys) 수도사 역, 『Hamel's Journal and a Description of the Kingdom of Korea, 1653~1666)』(영국왕립아시아학회 한국지회, 1994) 참조. 장 폴 바이즈 수도사의 영역본에서 직접 인용한 부분의 국문본은 이 영역본의 한국어판인 헨드릭 하멜, 김태진 역, 『하멜표류기-낯선 조선 땅에서 보낸 13년 20일의 기록』(재판, 서해문집, 2003) 참조.

사하는 듯하다. 선원의 이름은 얀 얀스 벨테브레(Jan Janse Weltevree)였다.[10]
하멜은 벨테브레와의 첫 조우를 다음과 같이 기술한다.

(1653년) 10월 29일 오후에 서기와 일등항해사 그리고 하급선의(下級船醫)가
제주 목사에게 불려갔다. 그곳에 가 보니 긴 붉은 수염을 한 어떤 사람이 있었
다. 목사는 그가 '어떤 사람'인지를 물어 와서 우린 '우리와 같은 네덜란드 사
람'이라고 대답했더니, 총독이 웃으며 우리에게 그는 조선 사람이라고 손짓 발
짓으로 설명해 주었다.[11]

양측의 진술은 모두 정확했다. 문제의 사내는 드 레이프(De Rijp) 마을
에서 출생한 얀 얀스 벨테브레(Jan Janse Weltevree)로 밝혀졌고, 난파로 인
해 1627년부터 무려 26년간이나 한국에 체류중이었다. 그는 이제 한국
인이었으며 박연(朴燕)이라는 이름을 사용했고, 한국 여인과 혼인하여
두 명의 자녀를 두었다.[12] 중요한 사실은 조선의 임금 및 그의 명을 받
든 제주도 목사를 비롯하여 (추측하건대) 대부분의 한국인들이 벨테브
레를 한국인으로 간주했다는 사실이다. 즉, 벨테브레는 박연으로 귀화
한 것이다. 앞 장에서도 언급하였듯이 당시의 한국인들에게는 단 하나
의 보편적 세계질서만이 존재하였다. 그 세계질서는 분명 배타적인 것
이어서 그 범위 밖에 존재하는 자는 오랑캐로 간주하였다. 그러나 외국
인을 혐오하지 않았으며 폐쇄적인 것도 아니었고, 기존체제의 우월성을
기꺼이 수용하는 '오랑캐'라면 동서양 출신을 막론하고 흡수할 수 있었
으며 실제도 그리 하였다. 간단히 표현하여 문명인과 오랑캐의 경계선,
즉 한국인과 외국인의 경계선은 문화적인 것이었지 인종이나 민족에

10) 레드야드는 「동료 얀 얀스 벨테브레(The Compatriot Jan Janse Weltevree)」라고 제목 붙
이 전(全) 장을 벨테브레에게 헌정하였다. 게리 레드야드, 앞의 책, 25~37면 참조.
11) 헨드릭 하멜, 장 폴 바이즈 역, 앞의 책, 8면; 헨드릭 하멜, 김태진 역, 앞의 책, 34~
35면 참조.
12) 박연의 한자 표기로는 '朴淵'과 '朴延'도 간혹 등장하며, 박연을 '박인(朴仁)'으로도
한 차례 표기한 바 있다. 레드야드, 앞의 책, 27면 참조.

기준한 것이 아니었다.[13]

조선의 고관대작들은 박연과 안면이 있었으며 종종 그에 대한 기록을 남겼다. 본서의 목적에 비추어볼 때 이들 기록은 하멜의 일지보다 훨씬 더 중요한 의미를 띤다고 할 수 있겠다. 박연에 대해 정재륜(鄭載崙, 1648~1723)은 다음과 같이 기록한다.[14]

> 박연은 남방 오랑캐였다.* 명 숭정제 '무진년'(1628), 표류 도중 조선 땅에 도착하였다.
> 사내대장부로서 그는 여느 남아들보다 키가 훨씬 컸으며, 총명하고 진지했다. 또한, 세상물리에 대해 논할 시 항상 박식한 이들과 어깨를 나란히 하였다. ……
> 박연은 조선 여인과 혼인하여 아들과 딸을 하나씩 두었다.[15]

정재륜의 기록은 박연이 외국 태생임을 언급함으로써 시작된다. 그러나 글의 서두에서 박연이 원래 외국 출신이었음을 밝힌다고 하여 이 사실을 강조한 것으로 오해해서는 안 될 것이다. 이는 고대 동아시아

---

13) 이 점에 대해서는 제1장에서 여진과 일본 등 아시아권 내 민족들과의 관계양상을 통해 이미 고찰한 바 있다. 위 인용구는 서양 출신의 '오랑캐'에 대해서도 동일한 원칙이 적용되었음을 보여준다. 사실, 1905년 을사보호조약 이전의 반일본 정서 가운데 일부는 300여 년 전의 임진왜란에서 기인한 불신과 분노의 잔재라고 흔히들 표현되며, 전술한 고찰을 통해 설명이 가능할 것으로 사료된다. 즉, 황혼기의 동아시아 세계질서의 관점으로 본 일본은 서양보다 더욱 사위스러웠으며 이에 대해서는 나름의 이유가 있었다. 문명권 밖에서 출생한 서구인과는 달리 문명권 안에서 출생한 일본인은 자의로써 이 문명을 내쳤기 때문이다.

14) 정재륜은 "정태화(鄭太和, 1602~1603)의 아들이자, 숙부인 정치화(鄭致和, 1609~1677)의 양자로, 이들은 박연이 조선에 체류할 당시 고관대작이었으며 ……." 레드야드, 앞의 책, 27면 참조

15) 위의 책, 27~28면 참조(저자 강조).
   * 한국인이 일부 서구인을 가리켜 "남방 오랑캐"로 칭한 것과 관련하여 레드야드는 다음과 같은 기록을 첨가하였다(레드야드, 앞의 책, 149면 참조). "극동의 학자들이 …… 명조(明朝) 시대 들어 난생 처음으로 서구인을 보았을 때, 이들 서구인이 중국에 도착하기 직전 남해 쪽에서 출발했다는 사실과 외견상의 문화적 수준을 증거로 하여 이들에게 '남방 오랑캐'라는 낙인을 찍었다."(원문대로 인용) 아놀드 토인비(Arnold Toynbee), 『역사의 연구 A Study of History』, New York : Oxford-Galaxy, 1962~64, VIII, 114.

대부분의 지역에서 통용되었고 근대에 와서도 흔히 사용되었던 전기문(傳記文)의 양식에 불과하다. 현 논제는 앞에서 이미 언급한 것으로서 외국 출신으로 한국인이 된 걸출한 인물들의 배경과 공훈이 기록된 문헌을 제1장을 통해 검토한 바 있다. 앞서 소개한 다른 기록들과 마찬가지로 정재륜의 글 또한 박연의 외국태생보다는 인종과 민족에 국한되지 않은 보편적 자질, 즉 그의 총명함과 진지함을 강조하고 있다. 더 나아가, 박연의 태생에 대한 형식적 소개를 마친 후 그를 오랑캐나 서구인, 또는 외국인이 아닌 "사내대장부로서"[16] 기술하였다. 아울러, 정재륜이 박연을 평민이 아닌 양반 계층에 견주어 호의적으로 평가했다는 사실에 주목할 필요가 있다.[17] 박연이 살았던 조선시대는 엄격한 신분제도를 그 특징으로 하였으며 조선 이전의 고려와 신라에서도 이는 마찬가지였다. 따라서 정재륜과 같은 지체 높은 '양반'이 자신과 지적으로 동등한 위상을 박연에게 부여했다는 사실은 과소평가되어서는 안 될 것이다.[18] 현 논제와 관련하여 마지막으로 언급하고자 하는 것은, 한국의

---

16) 제2장의 내용, 및 제2장에 수록한 『홍길동전』의 인용구 "대장부가 세상에 나서……"에 대한 분석을 참조할 것. 이는 동아시아 세계질서, 즉 한국 사대부의 역할을 인종이나 민족이 아닌 보편적, 문화적 기준으로써 정의한 예에 해당되며 박연의 경우와도 유사하다.

17) 여기서도 인종·민족이나 국적에 대한 언급은 찾아볼 수 없다. 보편적 유교문명의 일원인 정재륜이 박연을 "박식한 이들"과 비교했을 때 정재륜은 중국의 현자 및 사상가들을 포함시켜 비교한 것이었다. 따라서 그의 표현이 박연의 장점을 그만큼 더 강조했다는 주장은 비록 입증은 불가능하나 가능성을 내포한다.

18) 조선시대의 '양반' 계층에게는 전통적 유교철학과 문학에 대한 지식이 그 무엇보다도 중요하였으며, 기술적 지식은 (심지어 의학조차) 양반 다음의 하위 계층인 중인(中人)의 몫이었다. 사실, 박연은 대포의 주조(鑄造)를 비롯한 군사 기술에 대해 성통하였고 장교로도 복무한 적이 있었다. 그러나 저자는 정재륜의 기록을 통해 박연이 철학 분야에 있어서노 해박한 지식을 갖추고 있었다고 믿게 되었다.
한국과 네덜란드의 조우가 "네덜란드인에게나, 한국인에게나, 역사적으로 중요한 결과를 낳지 못했다"는 레드야드의 인용을 토대로, 저자는 이제 앞 장에서 제시한 주장을 한 가지 수정해야 할 필요를 느낀다. 정재륜이 (비록 역사적 차원에서는 아닐지라도) 박연과의 조우를 통해 일종의 의미를 도출한 것으로 보이기 때문이다. 그는 다음과 같이 기술하였다.

격렬한 반외세 정서에 대한 통념과 인종 간 또는 민족 간의 국제결혼에 대한 일부 현대 한국인들의 관점을 모두 고려한 후에도 박연의 귀화에 대한 정재륜의 사실적 기록을 보면 그 속에 어떠한 멸시의 어조나 낙인도 찾아볼 수 없다는 점이다.[19)]

"그는 또 자기 나라에서 조선인들이 인육(人肉)을 불에 구워 먹는다는 얘기를 들었다고 했다. 그가 제주도에 표류한 당일은 해가 막 떨어지고 난 다음이었다. 그리고 군병 대장이 횃불을 (든 병사들을) 잔뜩 소집하여 외국인들을 찾으러 왔다. 배에 있던 외국인들은 한 목소리로 부르짖었다. '우리를 잡아먹으러 온다!' 실상이 그렇지 않다는 것을 깨닫기까지는 시간이 꽤 소요되었다. 아마도 오랑캐의 풍습은 밤에 횃불이 아니라 등불만 드는 것인가 보다. 이 일만 해도 알 수 있듯이 우리가 흔히 무슨무슨 땅에 가면 어떠어떠하다더라는 얘기를 하고는 하나 어디까지나 상상일 뿐이고 헛소리에 불과하다." 레드야드, 앞의 책, 29면 참조(저자 강조).

위 인용을 통해 두 가지를 알 수 있다. 첫째, 정재륜이 네덜란드인들을 여전히 오랑캐로 간주하였다는 사실이다. 이는 그들이 외국인이거나 서구인이어서가 아니라 문명권 밖에 존재하기 때문이다. 둘째, 정재륜은 외국 태생인 박연을 한국인의 범위에 포함시킴으로써 자신과 조국에 대한 통찰을 얻었다. 이 두 가지 사실을 통해 당시의 한국이 외부세계를 인식하고 있었을 뿐 아니라 정형화(定型化)된 국가적 이미지가 수반하는 사실무근(事實無根)한 억측을 상당히 날카로운 식견으로 바라 볼 능력 또한 갖추었음을 보여준다. 후자는 오늘날 한국의 기준으로 볼 때도 상당히 세련된 수준이라 하겠다.

19) 참고한 자료들 모두가 박연의 후손이 한국 사회에 완전히 흡수되었음을 시사한다. 남자 후손들은 관례에 따라 조상과 유사한 길을 걸었고 한국의 무인(武人)이 되었다(위의 책, 31면 참조). 이와 관련하여, 19세기 말 한국에 체류한 서구인들이 한국인의 다양한 인종적 특징에 대해 언급한 기록이 있다. 그중, 외교관으로 출발한 미국인 윌리엄 프랭클린 샌즈(William Franklin Sands)가 제물포항(지금의 인천)에 도착한 후 처음 눈에 들어 온 한국 남자들의 인상을 기록한 것이 있다(샌즈는 호레이스 알렌(Horace Allen)의 뒤를 이어 훗날 고종황제의 고문(顧問)이 되었다). "그들의 몸집은 컸으며 긴 수염에 회색과 푸른색 그리고 갈색의 눈에 머리칼은 붉고 안색이 좋았다. 그들을 처음 보았을 때 그들의 혈색은 혼합된 혈통이라고 생각하기 쉽지만 인류학자들은 그렇게 생각하지 않는다. 몇 세기에 걸쳐 중국 및 일본과 혼혈되었음에도 불구하고 조선 사람들은 원래의 인종과는 많이 다르며, ……" 이후, 조선에 수년간 체류한 끝에 샌즈는 서울 밖에서 만난 사냥꾼 무리를 다음과 같이 기술했다. 사냥꾼들은 모두 한국인이었다. "그들의 신장은 모두 6피트가 넘었다. 그들 중에는 화려한 빨간 머리 외관과 빨간 턱수염과 얇은 파란 눈을 가진 사람도 있었다." 윌리엄 프랭클린 샌즈, 『극동회상기 Undiplomatic Memories』(New York : Whittlesey House, 1930), 30면, 139면 참조 국문본은 윌리엄 프랭클린 샌즈, 신복룡 역주, 『조선비망록』(집문당, 1999), 41면, 147면 참조.

헨드릭 하멜

전술한 바와 같이 헨드릭 하멜과 선원이 한국과 조우한 것은 우연의 일치였으며 개인적인 사건이었다. 따라서, 하멜의 일지는 서구인에 대한 17세기 한국의 태도와 관련하여 독자에게 귀중한 통찰을 제공해준다.[20]

『하멜표류기』는 스페르웨르(Sperwer)호가 바타비아(자카르타의 옛 지명)에서 대만까지 순조로운 항해를 한 것에 대한 기술로써 시작되며, 대만에 도착한 배는 일본으로 기수를 돌렸다. 그리고 바로 이 항해중에 스페르웨르호는 사나운 폭풍을 만나 제주도 해안 부근에서 좌초하고 말았다. 64명의 선원들 가운데 겨우 36명만이 살아서 한국 땅을 밟았는데, 일본으로 항해중이던 이들은 그곳에 도착한 것으로 생각했다. 이들과 한국인과의 첫 조우는 다음과 같이 기록되었다.

정오 조금 못 되어 대포의 사정거리(약 200~300m) 정도 떨어진 곳에서 한 사람을 발견했다. 그에게 손짓을 했지만 그는 우리를 보자마자 도망가 버렸다. 정오 직후에 세 사람이 머스킷총의 사정거리쯤 거리를 두고 왔으나 우리가 손짓 발짓을 다해도 가까이 다가오지 않았다. 우리 쪽에서 한 사람이 용기를 내어 그들에게로 가서 총을 들이대고, 우리가 정말 필요로 하는 불을 얻어 내는 데 성공했다. 이 사람들은 중국식 복장을 했는데 말총으로 짠 모자를 쓰고 있었다. 혹시 우리가 해적이 사는 곳이나 추방된 중국인이 사는 땅에 온 것은 아닌지 겁이 났다. 저녁 무렵 약 100명 정도의 무장한 남자들이 텐트 주변으로 와서 우리 인원수를 세고 밤새 우리를 감시했다.[21]

---

20) 비록 본서의 범위 밖이기는 하나, 하멜의 일지가 다른 어느 자료만큼이나 (어쩌면 그 이상으로) 한국과 한국인에 대한 17세기 네덜란드인의 인상을 외부 세계에 드러내 주었다는 것은 분명한 사실이다.

21) 헨드릭 하멜, 장 폴 바이즈 역, 앞의 책, 4면; 헨드릭 하멜, 김태진 역, 앞의 책, 28면 참조.

위 인용구에서는 쌍방의 혼란과 공포가 묘사되어 있으나 한편으로는 절제 및 폭력의 부재를 보여주기도 한다. 한국에 도착한 줄 미처 깨닫지 못한 하멜과 선원들은 한 때 박연(표류 당시에는 '벨테브레')이 우려했던 것과는 달리 자신들이 잡혀 먹히지 않을까 하는 두려움은 가지지 않았던 것 같다. 그러나 한편으로는 안심할 수도 없는 상황이었다. 한국에서의 둘째 날 하멜은 다음과 같이 기술하였다. "오후에 그들 각각이 밧줄을 가지고 우리에게 왔기에 혹 우리를 묶어 죽이려는가 싶어 덜컥 겁이 났는데, 그들은 난파선이 있는 쪽으로 걸어가서 시끌벅적 떠들면서 쓸 만한 것을 주워 모아 묶었다."[22] 결국 건질 만한 모든 화물은 하멜과 선원에게로 반환되었고 당일 밤이 되자 1등항해사가 자신들이 "켈파르트 섬(제주도)에 있다는 것"을 확인하였다.

하멜의 기록을 보면 '오랑캐'를 다룰 때 공명정대함을 보인 것은 비단 한국 본토인뿐만이 아니었다. 표류기 제1부의 종결부에 이르러 하멜은 제주도 목사가 자신을 어떻게 처우했는지를 두고 다음과 같이 회상하였다.

이따금씩 그는 우리를 불러 우리말로 이것저것 묻게 했고 뭔가를 쓰도록 했다. 그리고 나중에는 우리에게 향연을 베풀어 우리의 시름을 달래 주려고 노력했다. 매일 '국왕으로부터 답신만 오면 우리를 일본으로 보낼 것이다'라며 위로해 주었다. 그는 또 부상자도 치료받도록 조처해 주었다. 이렇게 해서 우리는 기독교인이 오히려 무색할 정도로 이교도들로부터 후한 대접을 받게 되었다.[23]

위 인용문을 놓고 볼 때, 하멜과 한국의 조우가 네덜란드와 조선의

---

22) 헨드릭 하멜, 장 폴 바이즈 역, 앞의 책, 5면; 헨드릭 하멜, 김태진 역, 앞의 책, 30면 참조.
23) 헨드릭 하멜, 장 폴 바이즈 역, 앞의 책, 8면(저자 강조); 헨드릭 하멜, 김태진 역, 앞의 책, 34면 참조.

국가적 정책면에서는 별다른 의미를 가지지 못했다는 레드야드의 주장은 나름대로 설득력이 있다. 그러나 이 연구의 목적에 비추어볼 때는 이들의 조우는 상당히 큰 의미를 가진다. 이를 통해 외국의 언어와 문자에 대한 한국인의 호기심과 외국인과의 의사소통에 대한 한국인의 열의[24] 및 외국인의 정서적·신체적 안녕을 위한 인도주의적 배려가 있었음을 알 수 있기 때문이다. 하멜은 유교 사회의 '오랑캐'에 대응하는 기독교적 세계관의 용어로 '이방인'이 적합하다고 판단한 듯하다. 어쨌거나 한국은 그다지 폐쇄적인 국가가 아니었다. 그리고 어느 세계관을 보아도 나름의 고유한, '폐쇄적 범주'라는 것이 존재하게 마련이다. 시대적 맥락을 감안할 때, 문명에 대한 한국인의 정의 및 국제 관계의 범위에 대한 한국인의 주관은 어느 모로 보나 합리적인 것이었다. 또한 한국인들의 이러한 정의와 주관은 19세기 말에 이르러 한국인들이 미처 예상하지 못했던 변화가 이들을 찾아올 때까지, 세계 어느 곳에서나 관례로 통했던 것이기도 하다.[25]

앞서 박연의 사례를 통해 입증된 바와 같이 문명과 '한국'의 범주에 포함되는 것은 인종이나 민족과 상관없는 문제였다. 소설이라는 용어와 그 개념의 경우에서처럼, 현 시대의 정의와 개념을 과거에 투사할 때에는 많은 문제가 발생한다. 민족에 근거한, 현 시대의 한국인에 대한 정

---

24) 인용된 것과 같은 호기심과 개방성은 비단 제주도 목사에 국한되지 않았다. 하멜은 추후 한국 본토에서 불교 승려들과 만났던 경험을 자세히 기록하였다. "우리는 스님들과 사이가 가장 좋았는데 그들은 매우 관대하고 우리를 좋아했으며, 특히 우리가 우리나라나 다른 나라의 풍습을 말해 주면 좋아했다. 그들은 외국 사람들의 삶에 대해 듣기를 좋아했다. 만약 그들이 원하기만 했다면, 그들은 밤을 새도록 우리들의 이야기에 귀 기울였을 것이다" 헨드릭 하멜, 상 폴 바이즈 역, 앞의 책, 22면; 헨드릭 하멜, 김태진 역, 앞의 책, 59면 참조.

25) 사실, 19세기 말엽에서조차 한국을 압박한 것은 특정 문명관의 보편성에 대한 강요였으며 이는 무력(武力)을 바탕으로 한 강요였다. 제1장에서도 언급했듯이, 21세기인 지금에 와서도 미국은 일부 국가들에 대한 부정적(否定的) 표현을 계속해서 사용하고 있다. 그리고 이러한 견해를 바탕으로 이들 국가와의 교역 및 여행을 금하고 있으나, 이를 쇄국적 조치나 외국인에 대한 혐오의 표출로 간주하지 않는다.

의는 19세기 말경이 되어서야 등장했으며 비로소 이 시기에 이르러 서
구로부터 직접 또는 일본을 경유하여 수입되었다.26) 『조선왕조실록』 등
의 자료에서 인용한 앞 장의 사례들을 보면 전술한 한국인의 태도가 다
수의 동아시아 민족에 대해 실재(實在)했음을 알 수 있다. 그리고 하멜의
일지는 서구에서 온 외국인에게도 이와 동일한 태도가 존재했음을 입
증한다. 한 마디로, 한국인의 범주에 포함되느냐 마느냐는 인종이나 민
족이 아닌 문화의 공유에 관한 문제였다. 더 나아가 한문화(韓文化)가 존
중받은 이유는 그것이 국가와 인종 또는 민족이라는 협소하고 제한적
인 개념을 초월하였기 때문이다. 한문화의 정의 및 그 적용범위는 문자
그대로 전(全) 인류에 대한 것이었으며, 고대 한국인에게는 오로지 '문
명'과 '야만'이라는 양단(兩斷)이 존재할 뿐이었다.27) 하멜의 표류기에는

---

26) 19세기 말엽 '민족(民族)'이라는 용어의 사용 시작과 관련된 인물 및 경위에 대한 상
세한 분석과 이 용어가 20세기 초엽에 들어와 구체화되고 정형화된 방법에 대한 정보
는 앙드레 슈미트(Andre Schmid), 『두 제국 사이의 한국 Korea Between Empires, 1895~
1919』(New York : Columbia University Press, 2002), 171~198면, 224~252면을 참조할 것.
현 시대에 들어와서도 국어학계 및 한국어를 사용하는 많은 이들은 '국가'와 '인종'
의 차이 때문에 고심하고 있다. 이는 다름이 아니라, '민족'이라는 용어가 비교적 근래
에 도입된 외국의 개념이며 인위적인 것이기 때문이다. 국가와 인종을 모두 의미하는
것으로 '민족'을 사용할 때는 혼란과 오보(誤報)를 야기할 소지가 다분하다. 민족을
'순수한' 한족(韓族)의 개념으로 사용한다면 이 안에 중국, 일본, 만주 및 심지어 네덜
란드 조상의 후손들까지 포함되므로 단일 인종의 범주를 대변하지 못한다. 한편, 민족
을 한국인의 국가를 가리키는 용어로 사용할 경우 또 다른 문제들이 발생한다. 이 경
우에도 '민족'은 하나의 국가를 상징하지 못하며, 인종으로부터 분리될 수도 없다. 즉,
적어도 두 개 이상의 국가(공식적으로는 아직도 교전 중인 두 개의 분단국가인 남한과
북한)와, 중국에 거주하는 소수 자치민족, 여러 적대 국가들과 동조하는 재일교포, 미
국에 거주하는 엄청난 수의 다양한 한인 사회, 오로지 혈통을 통해 한국과 연결될 뿐
인 전 세계의 한인 입양아들까지를 포함하는 개념이 되어야 하며, 이를 위해 그 범위
가 확장 및 조정되어야만 한다. 문제를 더욱 복잡하게 만드는 것은, 한국 '국적'의 유
무에 관계없이, '비(非) 한국인' 혈통(이 시점에서 그 의미가 무엇이든 간에)을 가진 이
에게는 '민족'의 개념이 '절대로' 적용되지 않는다는 사실이다. 달리 표현하여, 1948년
이후에 한국 국적을 취득한 한인들은 적법한 대한민국 시민의 자격과 여권을 소지할
지라도 현 시점의 정의에 따르면 '한국 민족'의 범위에서 제외된다.
27) 물론, 한국 사회에서 혈통이란 과거에나 현재에나 그 중요성을 계속 유지하고 있다.
혈통의 중요성은 동일 혈연 집단의 구성원에게는 강력한 결속력을 제공했을지 모르나

이러한 현상을 입증하는 사례가 수없이 등장한다.

하멜과 선원들은 제주도에서 서울로 이송된 후 중국인 이주민들과 같은 숙소를 배정받았다.[28] 그러나 이를 두고 새로 도착한 '외국인들'을 기존의 빈민가로 쫓아버린 처사라 오해해서는 안 된다. 오히려 이주해온 중국인들이 합숙을 통해 네덜란드인들을 가장 효율적으로, 또 가장 신속하게 '한국화'시킬 가능성이 있었기 때문인 것으로 추정된다. 하멜 일행에게는 서울 도착 후 바로 효종을 알현할 기회가 주어졌으며, 알현 하루 뒤에는 임금의 호위군이라는 직책을 받았다. 이들은 또한 일종의 신분증이자 모든 한국인이 항시 소지하는 '호패(號牌)'를 받았다. 더욱 인상적인 사실은, 하멜 일행 전원이 "화승총(머스켓총) 한 자루씩과 화약·총알을 지급"[29]받았다는 것이다. 조선의 임금이 이들 네덜란드인(이제는 조선인)에게 본인의 측근에서 근무하는 직책뿐 아니라 무기를 하사했다는 사실은 이들을 조선인으로 완전히 동화시키려는 의도가 있었으며 이들을 보기 드물게 신뢰했음을 보여준다. 왕이 새로 임명한 호위병으로서 훈련을 거치는 동안, 네덜란드인들은 한국화 과정을 가장 적절히 보조할 수 있는 자들에게서 또 한 차례의 지도를 받는다.

무엇보다도 중요한 국가적 단결의 차원에서는 걸림돌로 작용했다. 그렇다고 해서 (국가에 반대되는 개념에서의) 개별 혈통을 강조한 것이 외국인의 귀화를 방해하지는 않았다. 귀화한 외국인들은 여느 한국인들과 마찬가지로 자신만의 개별 혈통을 시작했고 이를 완강하게 수호해 나갔다.

28) 이들은 명조(明朝)의 충성스런 지지자들이었으며 당시 한국인들과 세계관을 같이 했다. 즉, 인종, 민족, 국가가 아닌 문화와 문명을 가지고 인성(人性)을 정의했던 것이다. 따라서 '오랑캐' 만주족이 중국을 통치하던 당시 이들 중국인은 한국을 고국보다 더 가깝게 느꼈으며 일본에서 출생한 김충선(제1장에서 언급한 바 있음)과 크게 다르지 않았다. 김충선의 호인 모하당(募夏堂)은 '중국에 대한 동경'을 상징한다. 이렇듯, 다양한 인물들이 고국을 떠나 한국에서 '중국'을 추구하였다는 사실은 역사적 맥락에서 이해해야만 한다. 이들에게 있어서 '중국'은 지리상의 구체적 실체가 아니었으며 한국에서 가장 훌륭하게 보존 및 대변되는 보편적 문화요 문명일 뿐이었다.

29) 헨드릭 하멜, 장 폴 바이즈 역, 앞의 책, 14~15면; 헨드릭 하멜, 김태진 역, 앞의 책, 47면 참조.

중국인 친위병과 벨테브레가 우리를 통솔하여 조선식으로 우리에게 가르치고 감독하게 되었다.[30]

한국화는 다른 차원에서도 마찬가지로 진행되었으며 경제권에서도 하멜과 일행이 여느 한국인과 동일한 특권 및 문제를 가졌던 것으로 보인다. 유난히 한파가 심했던 1644년의 겨울, 난파선에서 건진 가죽의 일부가 주인에게로 반환되었다. 이를 두고 하멜은 다음과 같이 회상한다.

> 우리들은 그것을 팔아 생긴 수익으로 추위를 막을 물건을 사야 했다. 하지만 우린 그 돈으로 2~3명씩 살 집을 몇 채 사자는 데 동의했다.[31]

하멜과 일행은 조선 사회에서 자신들의 재산을 재량껏 투자할 만한 지식과 자유 두 가지를 모두 소유하였다. 집을 장만하려면 당분간 추위를 참고 자금을 충분히 모아야 한다는 나름의 계획과 관련하여, 하멜은 중국인 집주인의 부당한 요구를 기록에 남겼다. 이를 통해 두 가지 중요한 사실을 알 수 있다. 즉, 동서양을 막론하고 한국에 귀화한 이는 재산을 구입하고 소유할 수 있었으며, 좋은 쪽이든 나쁜 쪽이든 특별대우는 일절 받지 않았다. 또한, 대부분의 한국인과 마찬가지로 귀화인들도 자신이 소유한 자산의 유무에 따라 집주인도 세입자도 될 수 있었다. 비단 경제뿐 아니라 한국인의 삶이 지닌 다른 많은 측면에서도 귀화인들은 한국 사회에 속속들이 동화되었다.[32] 이들과 한국의 만남은 '자(自)

---

30) 헨드릭 하멜, 장 폴 바이즈 역, 앞의 책, 15면; 헨드릭 하멜, 김태진 역, 앞의 책, 48면 참조.

31) 헨드릭 하멜, 장 폴 바이즈 역, 앞의 책, 16면; 헨드릭 하멜, 김태진 역, 앞의 책, 50면 참조.

32) 심지어 이들은 조선의 국법에 저촉되는 경우에 있어서도 조선인들과 동일한 취급을 받았다. 여느 조선인에게 내리는 형벌과 마찬가지로 이들이 결국 나라의 허락 없이 만주족 사절과 접촉한 데 대한 대가는 전라도 유배형이었다.
다음에 제시할 이야기에 근거하여 저자는 위 해당 부분을 '거의 완벽한 동화(同化)'로 수정하고자 한다. "제주도 사람들이 우리가 사람이라기보다는 괴물과도 같다는 소문명의 가치관에 더할 나위 없는 자부심을 가진 사회'가 스스로를 서구에 맞춰 변용시키는 것이 아니라 서구인들을 자문화로 변용시킨 것을 보여준다.

중국을 통한 '서학'의 전래

한국이 서구사상과 처음으로 지속적 접촉을 가지게 된 것은 예수회 선교사들의 활동이 활발했던 중국을 통해서였다. 중국에 체류중이던 한국인들은 비록 단기간의 일이고 드문 경우이기는 했으나 예수회와 개별적 교류를 가졌다. 그러나 예수회 사상이 실제로 영향을 행사한 것은 개인 간의 직접적 접촉이 아니라 중국어로 쓰여진, 또는 예수회 사제들에 의해 중국어로 번역된 서적을 통해서였다. 이 서적들은 조선으로 유입되어 탐독되었으며, 이에 대한 수용 양상은 천차만별이었다. 같은 시기의 수많은 자료를 보면 서구사상에 의한 전반적인 놀라운 진보, 특히 천주교에 대한 내용이 상세히 기록되어 있다. 이러한 진보가 조선인에 의해, 그것도 서양 선교사들이 없었던 시기에 이뤄졌다는 사실은 많은 이들이 자부심을 가지고 강조하는 부분이다.[33]

문을 퍼뜨렸던 것이다. 그들에 의하면, 무언가를 마시려면 우리가 귀 뒤쪽으로 코를 돌린다든지, 머리카락이 금발이기 때문에 인간이라기보디는 수중동물水中動物처럼 보인나는지 능등의 말을 했다는 것이다." 하멜은 계속 글을 이어간다. "고위층 사람들이 매우 놀라고 자기들보다 우리가 더 나아 보인다고 생각하는 점은 우리 피부가 희다는 점이었는데, 그들은 흰 피부를 몹시 선호했다." 헨드릭 하멜, 장 폴 바이즈 역, 앞의 책, 15면 참조 앞의 인용을 보면 이들이 비공식적이나마 어느 정도 특별대우를 받은 것은 사실인 것 같다. 하지만 반드시 나쁜 대우만은 아니었다. 헨드릭 하멜, 김태진 역, 앞의 책, 48면 참조
33) 유홍렬, 『한국천주교회사』(가톨릭출판사, 1962) 및 에릭 핸슨(Eric O. Hanson), 『중국과

중국을 통해 유입된 서양 서적이 광범위한 독자층을 확보했다는 것은 부인할 수 없는 사실이며 이는 한국이 '은자의 나라'가 아니었다는 주장을 뒷받침해준다. 당시에는 실용적 학문, 즉 실학(實學)을 숭상하는 학파뿐 아니라 상당수의 유학자들이 외국에서 유래한 지식에 많은 관심을 가지고 있었다.[34] 그러나 서구의 종교와 철학에 대한 이렇듯 놀라운 유포(流布)를 논할 때 두 가지 주요 요인이 흔히 간과되고는 한다. 그중 첫째는 중국과 한국에 천주교가 도입되어 대중에게 보급된 방식과 직결된다. 즉, 조선시대의 천주교를 가리키는 용어인 '서학'은 문자 그대로 '서구의 학문'을 뜻하며 어떠한 종교성도 상징하거나 암시하지 않았는데,[35] 이는 결코 우연의 일치가 아니었다. 앞서 언급했듯이 천주교는 한국으로 유입되기 전 예수회 사제들에 의해 중국으로 먼저 도입되었고, 이들 사제 가운데 가장 중요한 인물로는 마테오 리치(Matteo Ricci, 1552~1610)를 꼽을 수 있다. 천주교 포교시 종교 자체만으로는 설득력이 부족할 것을 우려한 마테오 리치와 동료 사제들은 의도적으로 천주교라는 이름하에 서구의 과학과 기술을 도입시켰다. 다음 인용구를 보면 알 수 있듯이 이들의 변명마저도 그러한 사실을 은폐하지 않는다.

한국의 천주교 정치학 *Catholic Politics in China and Korea*』(Maryknoll : Orbis Books, 1980) 참조 한국 초기 천주교에 대한 어떤 자료를 참고해도 이와 유사한 정보를 발견할 수 있을 것이다.

34) '실학자들'만이 서구의 신사상에 관심을 가졌다는 것은 흔히 발견되는 오해이다. 이는 신사상에 대한 관심과 수용이 일치한다고 본, 잘못된 견해에서 비롯된다. 실학자들이 신 사상을 수용하는 경향이 좀더 강했던 것은 사실이나 보수적인 학자들 중에도 서구의 학문에 상당히 매료되는 경우가 많았다. 다만, 후자의 경우는 철학적, 도덕적 차원에서 상당히 합리적인 의견을 바탕으로 서구 신사상을 수용하고 적용하는 것에 반대하였다.

35) 오늘날 한국에서 가톨릭교는 '천주교'로 불린다. 이는 결국 마테오 리치*의 주관대로 이뤄진 셈이나 당시의 한국에서는 어디까지나 '서학'으로 도입되어 보급되었다.
  * 마테오 리치의 가장 영향력 있는 저서는 한문으로 쓰여진 『천주실의(天主實意)』다. 현재 통용되고 있는 '천주(교)'라는 용어는 바로 여기서 유래된 것이다. 천주교를 직역하면 '하늘의 주(主)를 섬기는 종교'가 될 것이다.

예수회 사제들은 유럽의 최신 과학을 들여왔다. 이들은 수 백 권에 달하는 과학 관련 서적을 한문으로 펴냈으며 천문관측 기구와 시계, 프리즘, 세계지도 및 유클리드 기하학을 소개하였다.[36]

예수회의 포교법에는 다소 부정직하고 복잡한 요소들이 내포되어 있었으니, 마테오 리치의 중국 포교 활동과 거의 같은 시대에 서양의 천주교에서는 지동설(地動說)을 지지한 갈릴레오를 이단으로 지목하였다. 이러한 현실에도 불구하고 중국에서는 서양 천주교회가 '유럽의 현대과학'을 상징하였으며, 비록 모순이기는 하나 천문학을 천주교의 일부이자 중심 학문으로 소개하였다. 실상이야 어찌되었든 이것이 바로 예수회 사제들이 선택한 포교 방법이었고, 이는 사제들이 계산한 대로 그 효과가 입증되었다.[37]

중국과 한국의 일부 지식인들은 새로운 사상에 대해 상당히 개방적이었으며, 그 외의 많은 이들도 새로운 기술에 대해 개방되어 있었다. 여러 종류의 새롭고 실용적인 학문들이 한국에서는 학문 또는 지식을 뜻하는 '학(學)'이라는 광범위한 범주로 분류되었다. 그리고 '학' 앞에 수식어를 붙여 해당 학문의 기원과 강조점을 구분·정의하였다. 앞서 언급했던 '실학'의 옹호자들은 스스로 실용적이라 간주한 내용에 초점을 맞추었고, 실학의 분파이며 문자 그대로 '북쪽의 학문'을 뜻하는 북학(北學)은 만주의 지리적 위치가 전통적으로 한국의 북향이라는 점에 착안한 학명이었다. 만주의 '야만성'에 대한 당시의 지속적 반대 여론에도 불구하고 한국의 '북학파'는 문명과 기술의 두 가지 범주를 상호 분리시키는 데 성공하였다. 북학파는 한국의 발전에 기여할 청(淸)의 기술과 제도의 채택을 옹호하였는데, 이들 문물 중 다수는 예수회가 도입한 것

---

36) 에릭 핸슨, 앞의 책, 15면 참조.
37) 이러한 포교법은 19세기 후반부터 개신교 선교사들이 사용했던 방법과 상당히 유사하다.

이었다. 그러나 북학파조차도 기술적 진보와 문명을 융합하지는 않았고, 추후 서구의 탐험가들과 선교사들이 대경실색한 바와 같이 대다수의 한국인들에게 기술과 문명은 완전히 분리된 범주였다. '북학'이라는 이름 자체는 '중국의' 문화적·철학적 주도권이 거의 무조건적으로 수용되었음을 시사한다. 물론 청조 시대의 만주족이 물리적·정치적 차원에서 점령했던 중국은 한국의 서쪽에 위치했다. 그러나 한국인의 의식과 언어 체계 속에서는 만주족이 도덕과 문화의 중심으로부터 멀리 떨어진 북쪽에 여전히 존재하였던 것이다. 중국을 경유, 한국에 처음 도입되었을 당시의 서학은 북학과 대단히 유사한 방식으로 취급되었다.[38]

그러나 '북학'과 '서학' 간에는 결정적인 차이점들이 있었다. 전자는 한국인들에 의해 활성화되고 추구된 학파로서, 청조 사회의 구성 요소들 가운데 북학 지지파가 그 가치를 인정한 부분만 선별하여 성립한 학파였다. 한국의 실리적 학파인 북학에는 종교도 세계관도 포함되지 않았다.[39] 반면 서학은 다름 아닌 천주교였다. 학문을 빙자한 서학은 한국인에게 친숙한 '방위+학'의 공식을 훨씬 초월하는 궁극적 의도를 품고 있었다. 서학에는 우주를 바라보는 대립적 관점, 즉 서학만의 고유한 체계가 있었으며 막강한 배후 세력도 존재하였다. 서학은 명조 말기부터 중국에 보급되어 있었는데, 1583년 선교를 목적으로 명에 도착한 마테

---

38) 이 관계에 대해서 아직 자료를 통해 충분히 검증되지 못했으나 일부 학자들이 착안, 연구한 바 있다. 일례로, 강재언은 조선시대 천주교사(天主敎史)에 대한 자신의 저서에서 서문의 제목을 「북학에 의한 서교와 서학」으로 하였다. 강재언, 『조선의 서학사』(민음사, 1990) 참조.

39) 물론, 일부 한국인들은 '북학'을 옹호하는 과정에서 동시대인들과 상충되는 세계관을 펼치기도 하였다. 그러나 북학 옹호자들이 표출한 실용적이고 세속적인 이 세계관은 '북학' 성립 이전에 이미, 그리고 '북학'과 상관없이 존재하였다. 실상, 바로 이 세계관이 '북학'을 생성시킨 셈이며 '북학'과 '서학'의 핵심적인 차이 가운데 하나이기도 하다. 그리고 한국 지식인들 간의 전술한 의견 충돌을 통해서, 우리는 새로운 지식과 외국의 영향을 수용하면서 그 적정 수준에 대한 건전한 의견 분화(分化)와 다양한 의견의 공존이 있었음을 알 수가 있다(오늘날 미국에서는 일부 서적이 계속해서 금지되고, 불태워지고 있으나 이를 두고 미국을 쇄국주의 국가로 부르는 일은 거의 없다).

오 리치는 애당초 보잘것없는 과학 따위에 만족하지 못했다. 그러나 마테오 리치도 자신의 사명에 포함된 종교적 측면을 드러낼 때에는 '위장'이라는 유사한 전략을 채택하였다. 그는 중국인의 종교적 기호(嗜好)에 대한 부정확한 정보에 근거하여 불교 승려 차림으로 처음 명에 도착한다. 그 후 불교의 쇠망과 유교의 흥성을 간파하자 재빨리 전략을 바꾸었으며 "원래의 승복(僧服)을 버리고 유학자의 의관으로 갈아입었다."40) 복장을 제대로 갖춘 후에는 활동을 시작한다.

> 전통적 유교 사회를 대상으로 천주교 교리를 효과적으로 전달할 방법을 찾던 중 그는 자신이 '보유정책(補儒政策)'이라 이름한 포교법을 고안해 내었다.41)

포교 방법의 이름이 충분히 암시하듯, 마테오 리치는 자신의 궁극적인 계획, 즉 유교의 보완이 아닌 유교의 대체를 이렇듯 최대한 은폐한 것이다.

마테오 리치의 이중 전략은 일종의 계략으로서 작용하였다. 즉, 관객들이 서구의 신기한 기술에 넋을 잃고 열중하는 동안 유교의 등 뒤로 슬그머니 천주교를 들여온 것이다. 한국에 도입된 천주교의 실체도 이러하였으니 종교가 아닌 '서학'으로서 유입되었다. 그리고 선교사들의 부재(不在)에도 불구하고 서학이 놀랍게 전파된 것은 사실이다. 그러나 전술한 시대적 맥락을 고려할 때 '서학'은 기술에 초점을 둔 '서구의 학문'일 뿐 유교를 보완하는 종교철학으로 보기가 힘들며, 서학의 보급과

---

40) 에릭 헌수, 앞의 책, 16면 참고.
41) 최재건, 앞의 책, 13면 참조. 다음 인용은 수잔 신, 앞의 책, 26면을 참조할 것. "마테오 리치의 천주실의(天主實儀)는 중국 고전(古典) 6점 가운데 기독교 신앙과 일치하는 것으로 추정되는 구절들을 인용하였다. 이와 동시에, 마테오 리치는 중국인 독자의 반발을 유발할 가능성이 있는 일부 기독교 교의를 의식하여 이를 최소화하고자 노력하였다. 그는 예수 그리스도가 십자가에 못박혀 죽은 것과 그 후의 부활, 및 성모 마리아에 대한 숭상에 대해 가볍게 언급하고 넘어갔다. 후자의 경우 한낱 여성에게 그 같이 중요한 위치가 부여되었다는 사실이 중국인들의 정서를 특히 침해하였기 때문이었다."

한국인이 서학을 종교로 널리 수용한 사실 간의 관련성 또한 과대평가 하지 않도록 주의할 필요가 있다.42) 한국의 많은 천주교 신자들이 영세 를 받은 신도 제1호로 인정하는 이승훈(李承薰, 1756~1801)은 1789년 북경 의 한 선교사에게 쓴 서신에서 자신이 수학에 대한 관심 때문에 천주교 에 매료되었다고 썼다. "조선의 유명한 애국자 김상헌(金尙憲, 1570~ 1652) 의 후계자 김건순(金建淳)도 자신이 천주교로 개종한 이유를 강력한 군 함과 무기를 만들어 만주족에게 복수하고 싶었기 때문이라 했다."43) 즉, 김건순은 '서학'을 종교로 보지 않았으며 어디까지나 유용한 기술로 간 주했을 뿐이었다. 마테오 리치의 '보유정책'에 비춰볼 때 다소 모순이 되기는 하지만, 김건순은 서구의 기술을 이용하여 명조를 부활시키고 전통적인 동아시아 세계질서를 강화하고자 하였다.44)

---

42) 선교사들이 한국에 비교적 늦게 도착했다는 사실이 한국 선교에 대한 계획마저 존 재하지 않았음을 의미하지는 않는다. 마찬가지로, 기만성(欺瞞性)을 놓고 볼 때 선교 사들의 포교 방법이 중국과 일본에서 이미 사용된 것들보다 어떤 의미에서 양호했다 는 뜻도 아니다. 한국을 개종시키고자 하는 목표에 몰두한 이들은 상급자와의 서신을 통해 한국 포교에 대한 계획을 드러내놓고 논의하였다. 프란치스코 삼비아시(Francesco Sambiasi) 예수회 선교사는 1620년 4월 20일 텐진에서 예수회 총장에게 보내는 서신에 다음과 같이 쓰고 있다. "한국에 입국하려는 의도로 제가 이곳에 온 만큼, 지금 몽고인 들이 일으킨 난리와 피비린내 나는 전쟁을 선용(善用)하여 한국에 가고자 합니다. 이 미 의원(醫院) 측에서는 몽고인들과의 항전을 위한 병력 증강을 명분으로 내세워 자신 을 조선국에 파견해 달라고 황제를 설득하기 시작했습니다. 저를 조선으로 데려가면 그 곳에서 저와, 종당에는 우리의 신앙을 심는 것이 저희들의 비밀 계획입니다." 후안 루이스 데 메디나(Juan Ruiz de Medina), 존 브리지스(John Bridges) 역, 『한국 천주교회의 기원－1566년~1784년 *The Catholic Church in Korea－its Origins 1566~1784*』(Rome : Instituto Storico S. I., 1991), 274면에서 발췌. 이 자료에는 저자가 인용한 것과 유사한 서 신들이 다수 포함되어 있다.

43) 최재건, 앞의 책, 229면 참조

44) 서양 신학문과 기술의 이러한 적용은 고대 한국과 근대 한국간의 가장 기본적인 차 이점들 중 한 가지를 대변한다. 김건순은 '서학'이 지닌, 수단으로서의 가치를 인정하 였으나, 기술과 철학(종교)이라는 상호 배타적 범주를 결코 혼동할 리 없었다. 혼동은 커녕, 한국 및 동아시아의 세계질서 전체를 강화할 목적으로 서구의 기술을 사용하고 자 했다. 그러던 한국인들이 19세기 후반부터는 기술과 철학(종교) 두 가지 범주를 융 합하기 시작하며 최근 근대화(서구화)를 마친 일본을 포함한 서구의 이미지에 맞춰 한 국을 재건한다는 명백한 목표 하에, 종종 '문명개화'로 불린 서구의 기술과 종교를 흡

한국 초기 천주교 신자의 규모와 성격을 파악할 때 근본적인 관련 문제들을 시사하는 또 다른 예가 『홍길동전』의 저자 허균(許筠, 1569~1618)이다. 그는 사해동포주의에 관심이 있는 진보적 사상가로서 유교와 도교에 두루 관심을 가졌고 관련 서적을 탐독하였으며, 서자 출신인 이달(李達, 1561~1618)을 스승으로 숭배하였다. 조선의 고위 관리였던 허균은 중국으로 여러 차례 여행을 하였으며, 조선의 많은 지식인들과 마찬가지로 외국의 새로운 지식에 열렬한 관심을 보였다. "광해군 치하인 1610년, 허균은 대명(對明) 외교사절단의 일원으로서 북경을 방문하였고 그 곳에서 『12단』이라는 기도문을 습득한 것으로 알려졌다. 이를 근거로 박지원과 이규경 같은 일부 학자들은 허균을 한국 최초의 기독교인으로 간주하였다."[45] 천주교가 일본 주재 한국인 전쟁 포로들을 '개종자'로 인정하여 통계치에 포함한 사실 및, 전술한 바와 같이 '천주교 신자'라는 용어가 부정확하게 사용되고 있었음을 감안할 때, 천주교 신자로 불린 사람들과 실제로 천주교 신자가 되기로 선택한 사람들을 신중하게 구분해야 한다는 점에는 의심의 여지가 없다.[46]

한편, 소수이기는 하지만 일부 한국인들은 천주교를 분명 종교로서 이해했고, 받아들였다. 당시의 한국은 지금의 서구인들과 한국인들이 생각하는 것만큼 동질적인 국가가 아니었으며, 결코 그러했던 적이 없었다. 그리고 천주교 신자의 실제 수만큼이나 적었던 것은 외국인을 진정으로 혐오하는 사람의 수였다. 이 양극(兩極)의 중간을 차지하는 대다수의 한국 지식인들은, 천주교의 철학적·종교적 측면을 개방적인 자세로

수하기 시작했다. 세계 질서 및 세계관에서 이렇듯 근본적이고도 급격한 변화는 20세기 초 한국의 허구적 산문에서 뚜렷이 표출된다. 이에 대해서는, 제5장에서 다시 논의될 것이다.

45) 위의 책, 17~18면 참조.

46) 허균과 마찬가지로 박지원도 중국을 여러 차례 여행했으며 '북학'의 주된 옹호자 가운데 한 사람이었다. 당시 상황과 맥락을 살펴 볼 때, 저자는 박지원이 의미한 것은 천주교라는 종교 자체가 아닌, 서구학문 전반에 대한 관심 및 이것과의 접촉이었으리라 생각한다. 그러나 이러한 문맥은 전술한 정보를 인용할 때 종종 무시되고는 한다.

검토한 결과 천주교가 불완전하다고 결론지었다.[47] 결국 마테오 리치의 포교법이 중국인은 물질적 문화로 매료시킬 수 있었을지 모르나 한국인에게는 비효과적이었음이 판명되었고,[48] 지성적 문화라는 측면에서 한국인들의 분별력이 훨씬 뛰어난 것으로 드러났다. 한국인은 국내외를 통틀어 중국 고전 문명의 옹호자로 간주되었으며 이에 대한 타당한 이유 또한 보유하게 되었다. 예수회 사제들은 상황의 중요성까지는 아닐지라도 상황 자체에 대해서는 막연하게나마 알고 있었던 것으로 보인다. 다음 인용구는 1704년 예수회 사제 앙트완 토마스(Antoine Thomas)가 "티르소 곤잘레스(Tirso González) 예수회 수장과 중국선교회의 후원자들 및 친구

---

47) 조선의 전(全) 인구를 놓고 봤을 때 천주교 신자들은 지극히 소수의 집단을 형성했다. 그리고 신자들만을 대상으로 한 연구에서조차 개종의 동기가 상당히 다양했음을 알 수 있다. 천주교 신자들에 대한 1801년의 한 연구는 개종의 동기를 내재적(內在的)인 것과 외재적(外在的)인 것으로 구분하였다. 응답자의 13%인 16명만이 "천주교는 참 신앙이며 본인은 내세(來世)의 행복을 믿노라"고 답하였다. 동시에, 각각 16명으로 구성된 다른 두 그룹은 "현세에서 더 잘 살 것으로 기대하오"와 "천주교가 궁금하오"로 각각 응답하였다. 그러나 31명으로 수가 가장 큰 그룹은 "친척 관계로 인해 개종했음을 시사하였다"(위의 책, 227면 참조). 이는 천주교 신앙에 유교적 견해를 가미한 것으로 보인다. 사실, 신앙이 정치적 관계를 좇는 일은 다반사였으며 정치적 관계 또한 상당 부분 세습되었다. 일례로, 초기 천주교 신자들의 절대 다수가 '남인(南人)'으로 알려진 당파에 소속되었는데 (개종 때문은 아니지만) 개종 전 이들에게는 정치적 권력이나 영향력이 거의 없었다. 이러한 사실은 추후 한국에서 보다 광범위한 기독교 수용이 있게끔 한 제반 상황과 관련하여 저자의 주장에 그 근거를 제공해준다.

48) 마테오 리치의 일기가 이와 관련된 충분한 증거를 제시해준다. "보기에는 미약한 시작이었으나 지금의 높은 경지에까지 이른 기독교의 명성은 …… 하찮기 짝이 없는 작은 것들로부터 …… 구축되었다. 일례로, 선교회 도서관의 수많은 서적 가운데에는 두 권의 방대한 종규집(宗規集)이 있다. 이들 서적의 절묘한 인쇄 및 표지를 금으로 장식한 뛰어난 장정술(裝幀術) 때문에 학식 있는 중국인들이 찬사를 아끼지 않았다. 이들은 종규집을 읽지 못했고 내용도 전혀 몰랐으나 장정에 비용을 아끼지 않은 것을 보아 책의 내용이 지극히 중요하리라고 판단하였다. 더 나아가, 중국인들은 유럽에서 과학과 학문이 숭앙을 받는다고 생각했고, 그런 면에서 이런 서적을 가진 유럽인들이 다른 국가들은 물론이요 중국조차도 분명 능가하리라는 결론에 도달하였다." 마테오 리치, 루이스 갤러거(Louis J. Gallagher) 역, 『마테오 리치의 일기를 통해 본 16세기의 중국 : 1583~1610 *China in the Sixteenth Century — The Journals of Matthew Ricci : 1583~1610*』(New York : Random House, 1953), 157면 참조. 예수회 입장에서는 불행히도, 한국인의 대다수가 겉 표지가 아닌 속 내용으로써 책의 가치를 판단하였다.

들"에게 보낸 서신으로, 토마스 사제는 성급하게도 자축의 심경을 밝히고 있다. "비록 한국어가 중국어와는 다르나······ 한국인들은 한문으로 된 우리의 신앙 서적들을 완벽히 이해합니다. 이는 정말이지 대단한 이점이 아닐 수 없습니다."[49] 한국인들의 한문 이해력에 대한 토마스 사제의 견해는 정확했으니, 이들은 천주교 서적을 실로 "완전히"[50] 이해했던 것이다. 한국인들은 천주교 서적을 이해한 후 이의 상당 부분을 거부하였는데, 천주교의 외국성 때문이 아니라 철학적 근거 때문이었다. 이들의 주장은 오늘날까지도 합리성과 논리성을 지니고 있다.

한국의 지식층은 예수회 사제들이 주장한 여러 가지 논점을 비판적인 시각으로 접근했다. 저자는 여기서 천주교 교리의 제반 논점을 하나하나 분석하는 대신 천주교가 직면한 근본적 난제를 직접 논하고자 한다. 마테오 리치는 천주교적 세계관을 유교적으로 표현하고자 시도했었다. 그러나 예수회 사제들이 새로운 포교 대상자들을 좀더 깊이 끌어들이려 하면 할수록 천주교의 진상을 사실 그대로 밝히지 않을 수 없었으며, 이 과정에서 아무리 뛰어난 궤변으로도 은폐할 수 없는 중요한 차이점들이 노출되고 말았다. 대립적 양상의 저면에 존재한 문제를 도널드 베이커(Donald Baker)는 다음과 같이 기술했다. "대체로 한국의 성리학자들은 그들 스스로 창조하고 조직한 자족적(自足的)인 우주관에 만족한다. 창조주 하나님이라는 개념은 이들에게 불필요하며, 따라서 없어도 되는 존재이다. 마테오 리치의 능변(能辯)으로도 한국인들을 설득하여 천주교 신앙을 받아들이게 할 수는 없었다."[51] 사실, 천주교의 세계관

---

49) 후안 루이스 데 메디나, 앞의 책, 170면 침조.
50) 한국의 지식인들이 천주교 서적 및 그 언어에 대해 나름의 선입견을 적용했음은 물론이다. 그러나 불교와 유교 서적에 대해서도 이는 마찬가지였다고 할 수 있다. 여하튼, 도널드 베이커(Donald Baker)는 예수회의 서적과 이에 대한 한국인의 다양한 반응을 언어적·문화적 단절의 측면에서 상세히 기술하고 있으며 뛰어난 정보들을 제공해 준다. 도널드 베이커, 『18세기 한국 유교와 천주교의 대결 Confucians Confront Catholicism in Eighteenth-Century Korea』(박사논문, University of Washington, 1983) 참조.
51) 위의 책, 235면 참조.

이 유교적 세계관과 근본적으로 양립 불가능하다고 해서 한국의 지식층이 이를 단호히 거부한 것은 아니었다. 오히려, 이들은 천주교의 여러 가지 주장 및 논증을 낱낱이, 공들여 검토하였다. 유학자로서의 명분이 설명해 주듯, 한국 지식층의 반박은 분명 성리학적 편견에서 비롯된 것이나 이들은 동시에 신중한 독자이자 비판적 사상가이기도 했다. 서구에서 유입된 새로운 서적들과 마찬가지로 성리학의 고전(古典) 또한 한반도 밖에서 유래하였으며, 한국의 성리학자들은 유교 고전을 분석·해석·재해석하는 작업을 마다한 적이 없었다. 이들의 예리한 비판력은 천주교에 대해서도 동일하게 적용되었다. 성리학자들의 질문과 반박 중 다수는 원문에 대한 신중하고 냉철한 논리적 분석에 근거한 것이었으며 오늘날까지도 그 타당성을 인정받는다.[52]

특히 안정복(安鼎福, 1712~1791)과 신후담(愼後聃, 1702~1761)이 서학에 대한 강력하고 예리한 반증을 펼쳤는데, 이들은 예수회 사제들의 신(神)이 보이는 불공정성과 변덕스러움에 이의를 제기하였다. 신후담은 '진정한' 신에게 선민(選民)이 있다는 점을 유독 불쾌하게 받아들였고 따라서 이 점을 부각시켰다. "순결한 자를 의도적으로 벌하는 신, 먼 유대 땅의 소수 오랑캐 부족에게만 우주의 기원과 인간의 도리에 대한 진리를 계시한 신을 경외하는 것"은 불가한 일이었다.[53] '영원한 지옥'의 개념이

---

52) 궁극적으로, 어떤 신앙체계의 옳고 그름, 참과 거짓의 문제에 봉착하면 판단이 불가능해진다. 그러므로 다음 문단에서 제시할 예들이 한국 유학자들의 '자기 정당성'을 주장하는 것처럼 보일지는 모르나, 실은 그렇지 않다. 다만, 본문의 예들은 한국인들이 계속해서 자신들이 옳다고 믿었다는 사실, 종종 간과되고는 하는 이 결정적 사실을 보여줄 따름이다. 그리고 사실, 이러한 믿음이야말로 종교 및 문화적 상대주의에서 가장 중요한 것이다.

53) 위의 책, 208~209면 참조. 이와 정확히 반대되는 의견을 많은 이들이 진실이라고 주장하고 있다는 것은 흥미로운 사실이다(이 점에 대해서는 추후 다시 고찰할 것이다). 한국인들이 어떤 면에서는 기독교의 선민사상(選民思想)을 수용하는 경향이 있으며, 선택된 민족이 한국인 자신일 경우 특히 더 수용적이라는 주장이 존재한다. 그러나 이러한 주장은 일본의 속국이 된 한국이 스스로를 애굽의 노예가 된 유대민족에 비유했던 일제 치하에서야 비로소 제기된 것이었다. 결국, 이러한 주장을 통해 알 수 있는 것

진정으로 '공명정대한 신'이라는 주장과 모순된다는 것 또한 반론자들의 공감대를 형성시켰고, 아담과 이브의 이야기도 몇 가지 측면에서 반대를 샀다. 즉, 하나님은 전지전능한 만물의 창조주이므로 악마가 아담과 이브를 유혹하도록 허락한 장본인도 바로 하나님이다. 더욱이, 아담과 이브가 유혹에 굴복했을 때 하나님이 이들을 낙원으로부터 영원히 추방했다는 부분은 납득할 수 없다. 훌륭한 부친이나 현명한 스승이라면 자신의 후손이나 제자를 유혹하는 대신 적합한 다른 방식으로 이들을 훈육했을 것이다. 반론자들은 하나님이 '모든 선하고 의로운 것의 참된 구현'이라면 어찌하여 자신의 성품을 반영한 동일한 것들을 이 세상에서 이루지 않았는가 하고 반문하였다.

정의(正義)에 대한 안정복의 가치관으로 보았을 때 천주교 교리 중 더더욱 거슬리는 부분은 아담과 이브로부터 시작된 하나님의 징벌이 자손 대대로 물려진다는 것이었다. 예수회 사제들은 현세의 인간들이 태고적 아담과 이브가 저지른 원죄로 말미암아 가난과 질병, 죽음으로 고통 받는다고 가르쳤다. 그렇다면, 어찌하여 고대 중국의 현자들은 죄인의 형벌이 자손에게까지 미쳐서는 안 된다고 하였을까? 이는 천주교의 하나님이 중국의 현자들보다 복수심은 강한 반면 공평성은 부족하다는 뜻인가?[54]

전술한 반론은 한국인의 외국인 혐오(xenophobia)를 지지하는 그 어떠한 주장에 대해서도 강한 반론을 제기한다. 성리학자들의 반론과 동일한 의견이 실제로 서기 4세기 로마제국 전역에서 제기된 바 있기 때문이

은, 한국인들이 한민족(韓民族)을 다른 모든 민족보다 총애하는 멋진 세계가 존재한다는 믿음을 가지게 된 이유가 다름 아닌 일제 강점기의 상황적 절박성이었다는 사실뿐이다. 한국이 독립 국가였을 때에는 영적(靈的) 편애(偏愛)라는 기독교 교리를 맹렬히 반대했었다.
54) 위의 책, 209~210면 참조. 천주교에 대한 성리학적 비평과 관련해 이곳에 수록한 정보는 대부분 도널드 베이커의 박사학위 논문에서 발췌한 것이다. 그러나 이는 천주교의 거의 모든 측면에 관해 한국 지식인들이 제기한 각양각색의 비평들에 대한 베이커의 상세한 분석 가운데 한 가지 사소한 부분을 제시한 것일 뿐이다.

다. 원죄설은 '하나님의 말씀' 어디에도 존재하지 않았으며, 성리학자들의 반론이 지적한 바와 같이 '서구'에서 대두된 이견들을 종식시키기 위해 성 아우구스티누스(Saint Augustine, 354~430)가 특별히 창안한 교리에 불과하다.[55]

성리학과 천주교는 선(善)과 악(惡)의 개념에 있어서도 극과 극을 달리는 상이한 모습을 보였다. 한국인들은 특히 인간에게 선을 행하라고 권장하는 방식에 대해 이의를 제기하였는데, 천국에 대한 약속 및 지옥에 대한 위협 모두 문제가 있다고 보았다. 선의 문제에 있어서는 보상도, 징벌도 개입되어서는 안 되기 때문이다. 영원한 낙원의 약속, 또는 영원한 저주의 위협으로 말미암아 인간이 행선(行善) 하고자 한다면 선행(善行)의 동기가 '사(邪)', 즉 이기심이므로 이러한 방식에는 원천적으로 결함이 있다는 주장이다. 신후담은 천주교의 도덕적 근거와 신성한 기원 모두를 부인하면서 기독교가 가르치는 경배는 "천국의 축복을 기원하고 지옥의 재앙을 피하려는, 인간들의 '이익 추구심'에서 기인한 것"[56]이라고 평했다. 19세기 초엽 순조(純祖, 1790~1834, 재위 1800~1834)가 등극

---

55) 성 아우구스티누스는 현재의 알제리아에 해당되는 곳에서 태어났다. 그는 카르타고, 로마, 밀라노 등지를 여행하며 수학(修學)했고 또 가르쳤다. 기독교에 대한 나름의 회의(懷疑)를 품은 그는 20세 때 기독교를 떠나 여러 종교를 체험했으며 32세가 되어서야 돌아왔다. 그가 원죄설(原罪說)을 창안한 것은, 원죄설을 성립한지 1,400년 후 한국의 성리학자들이 지적한 것과 동일한 논리적·윤리적 모순을 동시대인들이 반박한 것에 따른 나름의 반응에서였다. 성 아우구스티누스는 비평가들의 질문에 종종 성경을 인용하여 답했다. "…… 만일 너희가 믿지 아니하면 정녕히 굳게 서지 못하리라. ……"(「이사야」 7 : 9). 4세기 유럽 및 아프리카에서는 이것이 통했을지 모르나, 18세기 한국인들은 그러한 순환 논법에 반기를 들었다. 어쨌거나 "기독교의 통합을 이룬 성 아우구스티누스의 성공은 기독교로 하여금 중세 유럽을 대표하는 종교가 되게 하였으며, 로마 가톨릭교와 개신교를 포함한 서구 기독교의 기본으로 지금까지 자리를 지켜 온 신학의 한 분파를 성립하였다." http://www.island-of-freedom.com/august.htm 참조. 19세기 말, 개신교 선교사들은 전술한 주장의 대부분을 한국에 도입하게 되며 이에 한국인들은 동일한 다수의 반대 의견을 표명하게 된다.

56) 정재식, 『한국 유교와 현대 세계의 조우—이항로와 서구를 중심으로A Korean Confucian Encounter with the Modern World—Yi Hang-no and the West』(Berkeley : University of California Institute of East Asian Studies, 1995), 32면.

하였을 당시, 많은 한국인들에게 서구를 뜻하는 한자 '서(西)'와 이기심을 뜻하는 '사(邪)'는 이미 동의어가 되어 있었다. 독실한 천주교 신자들조차 스스로의 종교를 가리키는 데 사용했던 용어인 '서학'은 반대파에 의해서 '사학(邪學)' 또는 '이기주의 종교'[57]로 불리며 조롱당하기 일쑤였다. 마찬가지 이유에서 천주교 서적은 종종 사서(邪書)로 불렸다.[58] 성리학적 인식은 행선의 이유를 그것이 단지 의로운 행위이기 때문이라고 설명한다. 그 밖의 어떠한 외부적 동기나 계산은 선을 오염시킬 뿐이다. 한 마디로, 성리학자들은 인간의 본성에 대해 비록 이상화되기는 하였으나 천주교보다 긍정적인 개념을 지니고 있었다. 또한, 성리학은 천주교와 철학적으로 상이하였으며 나름의 인간관과 우주관에 대한 (우월성까지는 아닐지라도) 자부심으로 가득하였다.[59]

전술한 차이점들은 한국과 서구의 조우를 조명하는 데 있어서 지극히 중요한 위치를 차지한다. 이는 서구의 거듭되는 침략에도 불구하고

---

57) '양학(洋學)' 또한 이의 동의어로 사용되었다. 여기서 '양(洋)'은 '서양(西洋)'의 약칭이다. 아시아에서 지속되는 서구의 존재를 한국이 인식하게 된 것도, '양(洋)'이란 단어가 경멸의 어감을 가지게 된 것도 모두 한국이 외세의 압력을 받던 이 시기에 이뤄진 일이다.

58) 순조 01 / 02 / 21; 22; 25; 27.

59) 일부 한국인들이 자신들의 반대 의사를 표명하는 데 지성보다는 행동을 앞세워 접근했던 것이 사실이다. 한국의 정치사(政治史) 및 종교사(宗敎史)의 구석구석에서 주목을 받는 '위정척사(衛正斥邪)', 즉 '유교적 정통을 수호하고 외세를 배척하는 정책'의 주창자들을 그 예로 들 수 있다. 이들 주창자에 대한 강조는 종종 한국이 과거에도, 현 시대에도, '은자의 나라'라는 선험적 가설을 뒷받침하기 위함이다. 그러나 한국에 대한 이러한 수식어구를 지키느라 놓치게 되는 것은 이항로(李恒老, 1792~1868)와 최익현(崔益鉉, 1833~1906) 같은 인물들이 '서학' 자체의 전환을 예고한 바로 그 시점부터 자신의 위정척사 활동을 가장 적극적으로 추신했다는 사실이다. 이는 서양 기술의 탁월성에 대한 은밀하지만 힘 있는 암시로서, 또는 한국인들에게 어느 정도 서양 기술에 대한 수용과 거부의 자유가 있다는 믿음으로부터 시작되었으며, 조만간 무력의 지원을 받게 될, 서양 기술의 탁월성에 대한 강력한 주장으로 급속히 발전되고 있었다. 이항로의 신념과 활동에 대한 자세한 연구는 정재식, 앞의 책을 참조할 것(이 저서는 '은자의 나라'를 고수(固守)한 저자 정재식의 견해가 곳곳에 배어 있는 점을 제외한다면 균형 잡힌 연구물이다. 한국을 '은자의 나라(6면)'로 칭하면서 글을 연 저자는 이로써 비록 부분적으로나마 연구의 틀을 고정시켜 놓았다).

19세기의 상당 기간 동안 대다수의 한국인이 자문화의 영적·지적 측면에 대한 자신감을 보유하고 있었기 때문이다. 천주교를 향한 대단히 실질적이고도 합리적인 대다수의 반론 및 천주교의 정당성에 대한 의구심은 후일 한국에 도입된 개신교에도 고스란히 적용되었다. 따라서 개신교의 초기 포교활동이 거둔 성공은 지극히 제한적일 수밖에 없었고, 이러한 현상은 개신교 선교사들이 천주교가 실패한 두 가지 면에서 성공을 거두기까지 지속되었다. 개신교의 첫 번째 목표는 서구 '문명개화'의 우수성을 한국인들에게 새롭게 인식시키는 것이었는데, 이는 압도적인 기술력 및 군사력이 한국에 도입된 후에야 가능하였다. 개신교의 두 번째 목표는 첫 번째 목표의 성취 후 한국인들이 서구의 '문명개화'를 기독교와 융합하도록 설득하는 것이었다.[60]

---

60) 이 점은 지극히 중요한데도 불구하고 종종 얼버무려 넘겨지고는 한다. 한국사의 전형적 시대 구분에 부분적이나마 그 책임이 있다. 일례로 "천주교 사제들은 외국을 배척하는 '고대' 한국에, 개신교 선교사들은 서구 문물에 수용적인 '근대' 한국에 도착했다"는 식의 시대 구분을 들 수 있다. 사실, 천주교와 개신교 모두가 절대 다수의 한국인들에게 기독교 신앙의 타당성을 확신시키지 못했으며, 서구의 과학과 기술을 기독교 신앙 체계의 핵심으로 제시함으로써 한국인들의 마음을 사고자 하였다. 그러던 것이 19세기의 최말엽부터 20세기 초엽에 이르러 비로소 역사적 정황의 상호작용으로 인해 한국이 기독교와 유사한 관점을 가지게 된 것이다. 예를 들어, 청일전쟁(1894~1895), 을사보호조약(1905), 그리고 마침내 일본의 강압에 의한 한일합병(1910) 등이 한국을 신(新) 사상에 상당히 '수용적인', 일종의 패배주의에 빠뜨리고 말았다. 그러나 이들 사건은 철학이 아닌 권력에 근거한 것이었고, 이 점은 이인직의 『혈의 누』 같은 허구적 산문이나 선교사들의 기록 속에도 잘 나타나 있다. 두 가지 모두 다음 부분에서 고찰할 것이다.

야심과 침략의 부상(浮上)으로 점철된 10년 : 1866~1876

천주교가 처음 도입된 시점부터 1866년까지 천주교에 대한 조선의 정책은 포용에서부터 근절에 이르는 천태만상을 보였다. 유럽인 선교사와 한국인 신도를 포함한 천주교계 전체에 가해진 참혹한 박해는 학술적 자료 및 교회사를 기록한 공식 문서에 자세히 기록되어 있다. 1801년부터 시작된 천주교도의 숙청은 여러 차례에 걸쳐 간헐적으로 실시되었으며 1866년의 피비린내 나는 박해와 더불어 절정에 달하였다. 그러나 박해 사이의 수년간, 또는 수십 년간은 포용의 시간이기도 했다. 심지어 조선의 쇄국과 반(反) 서구주의를 상징하는 흥선대원군(興宣大院君, 1820~1898)조차 한 때 천주교에 대해 포용하는 입장을 취했었다. 대원군은 자신의 처가 천주교에 입문하는 것을 묵인하였으며, 심지어 천주교 신자인 박마르다(朴마르다, ?~1868)가 자신의 아들이자 훗날의 조선 임금인 고종(高宗, 1852~1919, 재위 1863~1907)의 보모가 되는 것도 허락하였다. 또한 프랑스 사제들이 조선을 침략하기 위한 정치적·군사적 음모에 가담하기 전에는 이들과 서신을 왕래하였으며 이들과 협력하기 위한 여러 가지 계획을 세우기도 했다.[61] 천주교에 대한 초기 박해는 종교적 배척이었을 뿐 아니라 국내외의 세력 다툼 및 정치적 계략과도 연관된 사건이었다.[62] 실제 신앙과 상관없이 어떤 이를 '천주교 신자'로 낙인찍는 것은 종종 그를 제거하기 위한 편리한 구실에 불과했다.[63] 그

---

61) 최재건, 앞의 책, 141~147면 참조.
62) 위의 책, 161~200면 참조. 앞선 수백 년간, 한국 내 다른 분야에서의 정치적, 사상적 불화는 결국 당쟁으로 연결되었고, 천주교와 상관없는, 훌륭한 성리학자들에 대한 피의 숙청을 불러일으키고는 했다. 조선왕조를 통틀어 끊임없이 진행된 숙청의 원인을 규명함에 있어서 그 초점을 외국인 혐오에만 좁게 맞출 필요는 없다. 이들 숙청 중 가장 대표적인 사건은 에드워드 와그너(Edward W. Wagner), 『지식계급의 숙청─조선왕조 초기의 정치적 갈등 The Literati Purges─Political Conflict in Early Yi Korea』(Cambridge, MA : East Asian Research Center Havard University, 1974)을 참조할 것.

전형적인 예가 '동학' 교주 최제우(崔濟愚, 1824~1864)이다. 비록 천주교와 친분이 있었고 천주교의 일부 요소들을 동학에 실제로 접목시키기도 하였으나, 지리적으로도, 철학적으로도 '서학(서양의 학문)'에 대적하기 위해 '동학(동양의 학문)'이라는 이름을 선택하였다. 그럼에도 불구하고 조선왕실은 1864년 "로마 천주교 신자라는 죄명으로"[64] 최제우를 처형하였다.

물론 실제 천주교 신자도 많았다. 1866년부터 시작된 천주교 박해가 한국 내 격렬한 반(反) 서구 정서의 급부상(急浮上)에 힘입은 것은 사실이나, 천주교 신자들이 당시의 국제정치 및 제국주의적 세력 팽창에 연루된 데에는 신자들에게도 어느 정도 책임이 있었다.[65] 이와 관련하여 가장 이해하기 힘든 사실은 다음과 같다. 천주교 신자들은 프랑스가 한국에 군함을 보내어 왕실을 무력으로 위협하고 천주교 정책의 변경을 강요하라는 요청을 프랑스 측에 거듭 전달하였다.[66] 1866년, 프랑스는 마침내 이들의 요청에 응했다. 이로써 한국에서의 천주교 선교 활동과 제국주의 세력 간의 공공연하고도 밀접한 연계가 시작되었다. 사실상 아

---

63) 이와 관련하여, 조선 말기의 '천주교 신자'에 대한 통계는 1950년대 남한의 '공산주의자'에 대한 통계 만큼이나 그 신빙성이 떨어진다.

64) 조지 백(L. George Paik), 『한국의 개신교 선교사(宣敎史), 1832~1910 *The History of Protestant Missions in Korea, 1832~1910*』(연세대 출판부, 1971), 172면 참조.

65) 위의 책, 204면 참조. "1866년에 시작되어 6년간 계속되며 8천여 명이 넘는 목숨을 앗아간 병인박해 기간 동안, 천주교 신자들은 외국의 도적떼를 입국시켜 조국을 팔아 넘기고자 외국과 비밀리에 연통 한 자들로 간주되었다. 따라서 조선 정부는 천주교 신자들을 국가적 위협으로 보았고 이들에게 전면적인 박해를 가하였다. 이는 러시아의 교역 요청, 프랑스 군함의 침입, 오페르트의 도굴 및 미국 상선의 침략이 모두 직·간접적으로 천주교와 연관되었기 때문이었다."

66) '은둔'과 '외국인 혐오'라는 수사(修辭)적 문구는 종종 전체주의적이면서도 축소주의적인 효과를 발휘한다. 한국을 크게 오도(誤導)하는 이러한 표현들은 한국의 대응적 보수주의로써 편리하게 설명되고는 한다. 그러나 역사적 맥락과 법적인 사실을 놓고 볼 때, 한국의 많은 천주교 신자들이 선동죄를 지었음을 기억해야 할 것이다. 선동죄는 아직도 '문명화된 세계'의 여러 곳에서 사형으로 다스리는 죄이다. 당시 다수의 프랑스인 신부들이 한국에 불법적으로 체류하며 한국인들의 선동에 공모자로서 가담하였다.

시아를 향한 서구의 일차적 포교활동과 서구의 정치적·경제적 이해관계가 별개의 문제였던 적은 한 번도 없었다. 훗날 일본 및 개신교 선교사들에 의해 '문명개화'로 재포장될 서구의 종교와 기술이 이 시점에서는 한국인들에게 깊은 인상을 심어주지 못했다. 따라서 이제는 군사력에 의지할 차례였다.[67]

1801년, 황사영(黃嗣永, 1775~1801)이 북경의 천주교 주교에게 보낸 서신이 도중에 발각되는 사건이 발생한다. 이른바 악명 높은 '백서(帛書) 사건'이었는데, 이를 계기로 조선왕실은 천주교와 제국주의 간의 관계를 주시하게 되었으며 경계를 늦추지 않았다. 조선의 천주교 신자가 쓴 이 비단 서신에는 유럽의 군함이 조선에 와서 대내적 종교정책의 변경을 강요하라는 요구사항이 담겨 있었다. 물론 서신의 발각은 더욱 혹독한 박해를 불러왔고, 박해는 다시 더욱 빈번한 개입 요청으로 연결되었다. 1866년의 박해 당시 한국내 12명의 프랑스 사제 중 9명이 죽임을 당하였다. 생존자 가운데 한 명이었던 펠릭스 클레어 리델(Félix Clair Ridel) 신부는 중국으로 탈출했고 "조선에 대한 응징적 조치"[68]를 요구하였다. 이에 담당 프랑스 장관은 북경의 미국 영사와 연락을 취하여 양국의 공동 원정을 제안하였다. 불과 한 달 전 평양에서 미국 상선에 대한 공격이 있었음을 몰랐던 미국 영사는 프랑스 측의 제안을 거절하였다. 결국, 프랑스 극동함대의 사령관 피에르 구스타브 로즈(Pierre Gustav Roze) 제독이 전함 세 척을 이끌고 무력을 과시하며 한양이 지척에 보이는 위치까지 진입하였다. 그런 뒤 제독은 중국 산동성의 지푸(Chefoo)로 신속히 귀환, 파리의 극심한 압력하에 일곱 척의 군함과 6백 명의 수군을 대동하

---

67) 이는 중요한 선례를 남겼다. 한국인 대다수는 심지어 19세기와 20세기 초에 가서도 서구의 우월성에 대해, 또 변화에 대한 한국인 스스로의 필요성에 대해 지적으로나 철학적으로나 결코 확신한 적이 없었다. 따라서 지적(知的)인, 그리고 영적(靈的)인 측면에서의 근본적이고도 일반적인 변화가 도래한 것은 군사적으로나 기술적으로나 완전한 패배가 있은 후였다.

68) 이기백, 에드워드 와그너·에드워드 J. 슐츠 역, 앞의 책, 204면 참조.

여 마침내 1866년 10월 13일 강화도에 도착했다.[69] 프랑스군은 강화도 행정관리의 집무실을 점령, 약탈을 자행하는 데 성공했으나 강화도 남단의 요새 및 한양에 도달하는 것은 실패하였다. "결국, 프랑스 함대는 임무를 완수하지 못한 채 철수할 수밖에 없었다."[70]

17세기 네덜란드 상선의 경우와는 달리 한국인들은 앞서 기술한 근래의 사건들을 우연의 일치로도, 바람직한 것으로도 보려 하지 않았다. 이 사건들 중 프랑스와 미국의 관련자들에게 채 알려지지 않은 것은 1866년 8월 말, 불운의 미국 상선 '제너럴 셔먼(General Sherman) 호'가 조선 관하의 허락을 받지 않고 공고도 하지 않은 채 대동강을 따라 항해한 사건이다. 철통같이 무장한 셔먼호에는 미국·영국·중국·말레이시아 등 여러 국적의 선원들이 승선하였고, 선주인 프레스턴(W. B. Preston)과 미국인 선교사 로버트 토마스(Robert Thomas)가 동승하였는데, 토마스 선교사는 배가 대동강을 따라 상류로 진행하는 동안 강가에 성경을 배포했던 장본인이다. 셔먼호의 선주는 분명 조선의 국법을 어겼으며, "텐진의 주점에서 모집된 25명의 선원들은 자신들이 볼 때 **마땅히 주어져야 할 통상권을 조선이 거부할 시 조선의 무덤을 약탈하여 금을 차지하겠다는 계획을 자랑스레 떠벌렸다.**"[71] 선원 중 그 누구도, 심지어는 선교사마저도 한국의 관습을 존중하는 기미가 없었다. 상류를 거슬러 올라가던 배는 평양 부근의 모래톱에 좌초하였고 승선인들의 무례한 행위가 뒤를 이었다. 프레스턴과 선원들은 조선 관하의 허가 없이 민간인들과 교역을 하였으며 닥치는 대로 물과 음식을 약탈했다. 선장의 허락으로

---

69) 프랑스 함대가 근처에 있었던 유일한 이유는 인도차이나의 식민지화에 함대가 동원되었기 때문이다. 서구인들과 한국인 천주교 신자들의 속셈에 대한 한국인들의 우려는 어느 정도 근거가 있었으며 앞선 시대와는 달리, 역사상 이 시점에 국한하여 볼 때 한국을 고립주의 국가로 간주하는 것도 일리가 있다. 그러나 이러한 고립주의 정책은 역사적 긴급 상황에 대한 일시적이고도 사리에 맞는 반응이었을 뿐 영속(永續)되는 국가적 성향은 아니었다.

70) 위의 책.

71) http://www.military.com/Content/MoreContent?file=Prkorea 참조(저자 강조).

토마스 선교사가 상륙하여 포교를 하고 성경을 배포하였을 때 사건은 이미 종국으로 치닫고 있었다. 마침내 선원들이 스스로의 결정에 따라 평양 관리 한 명을 납치하기에 이르자 한국인들의 인내심도 바닥을 드러내고 말았다. 상선은 불탔고 승선인 전원은 죽임을 당하였다.[72]

한편, 우연한 사건 발생이 가뜩이나 팽팽한 긴장상태를 가속화해 조선을 더더욱 방어적 수세로 몰아넣은 것은 불행이 아닐 수 없다. 제너럴셔먼호 사건과 같은 해인 1866년에 프러시아의 탐험가 에른스트 오페르트(Ernst Oppert)가 한국과의 교역을 두 차례 시도했으나 번번이 거절당한 일이 있었다. 그는 1868년 미국인 사업가 프레드릭 젠킨스(Frederick Jenkins)와 프랑스인 선교사 스타니슬라스 페론(Stanislas Feron)을 동반하고 한국을 다시 찾았으며, 이번에는 교역을 성사시키기 위해 흥선대원군 부친의 시신을 발굴하여 교역 인가를 위한 일종의 담보물로 보관하였다.

페론 선교사는 한국에서의 포교 허가를 얻는 데 각별한 관심을 보였다.[73]

대원군 부친의 시신과 관련된 오페르트의 범죄는 그가 한국의 관습에 대해 배운 바가 있음을 보여준다. 그럼에도 불구하고 그 같은 행위를 통해 한국인들이 서구에 좀더 개방적인 태도를 취하도록 설득할 수 있으리라는 오페르트의 계산은 대단한 착오였음이 드러난다.[74] '제너럴셔먼호' 사건이 발생한 지 불과 3년 후인 1871년, 미국인들은 자국 상선

---

72) 위의 자료.
73) 실비아 브래젤(Sylvia Braesel), 「초기 한독(韓獨) 관계(Early Period of German-Korean Relations)」, 『왕립아시아학회 강연』, 왕립아시아학회 한국지회, 괴테연구소, 2002.9.25. 페론(Feron) 선교사가 도굴과 강탈에 연루된 것은 수단이 목적을 정당화할 수 있다는 그 당시 선교 활동의 흐름을 대변하는데, 가뜩이나 경계하는 한국인들이 이를 곱게 보았을 리 만무하다.
74) 해당 시기에 대한 훨씬 상세하고도 탁월한 개관은 송병기·유영익 편, 앞의 책, 11~53면을 참조할 것. 송병기는 대중문학을 증거 자료로 사용하여 1884년의 반(反)외세 정서가 평민을 억압하며 사라져가는 기존체제를 보존하고자 안간힘을 쓰는 보수적 '양반계층'의 전유물이 아니라 모든 한국인에게 팽배한 정서였음을 주장하고 있다(29면).

에 대한 보복을 목적으로 한국에 돌아왔다. 한국인들은 '제너럴 셔먼호'가 미국 상선이라는 사실조차 몰랐었다.[75] 미 해군은 강화도 교전시 다수의 전사자를 냈으나 조선 본토에 도달하지도, 외교협정을 체결하지도 못한 채 떠나야 했다. 이제 흥선대원군의 통치하에 놓인 한국인들은 자신들의 대의가 지닌 정당성과 그 가능성에 대한 새로운 자신감으로 고양(高揚)되었다. 그들의 대의는 다름 아닌 "조국을 수호하고 동아시아의 문명을 구원하는 것"이었다.

1876년의 강화도조약 — 복구, 재정립

한국은 동아시아 세계질서라는 이념과 현실을 굳건히 수호했다. 또한 기존체제에 치명적이라 판단한 외부 세력을 막아냄과 동시에 주변국들의 정세를 상세히 파악하였으며 이를 우려하였다. 일례로, 아편전쟁(1839~1842) 및 매튜 페리(Matthew C. Perry) 제독의 일본에 대한 '포함외교'식 문호개방(1854)은 일찍이 한국의 보수주의를 강화하고 서구에 대한 불신을 조장한 바 있다. 아이러니하게도 한국을 '개국'시킨 선두주자는 서구가 아닌 유신국가 일본이었다. 서구의 강요로 문호를 개방한 지 불과 14년 후인 1868년 일본은 천황의 복위를 기치로 메이지 유신을 단행한다. 이는 일본의 관점에서는 전통으로부터의 단절 및 전통적 동아시아 세계질서로부터의 결별을 상징한다. 이어 서구화와 근대화를 향한 치밀하고 급진적인 변화가 진행되었다. 이와 관련하여 한국은 일본이 제시한 천황의 호칭을 거부하였고, 호칭을 통해 암시된 중국과 일본의

---

75) 위의 책, 31~32면 참조.

동등한 지위를 인정하지 않음으로써 일부 일본인들을 분노케 했다. 한편, 일본의 입장에서 혐오스럽다고 판단된 것은 한국을 포함한 주변 저개발국들의 존재였는데, 다수의 일본인들은 이러한 존재로 말미암아 자국에 부과되는 문화적 오명 및 정치적 위협을 거부하였다. 그리고 1875년 일본은 조치를 취할 준비를 갖추었다.

포함외교를 비롯한 서구화의 모든 측면에서 능수능란한 자질을 갖추었음을 입증한 일본은 1875년 한국의 개국을 강요하였으며, 사전 통고도 없이 군함 운양호를 한국 영해로 파견하였다. 이번에도 강화도 근해였다. 강화도 수군은 전에도 서양 선박과 대치한 적이 있었는데, 1866년과 1871년 각각 프랑스와 미국의 선박으로부터 공격을 받았었다. 일본의 계산대로 한국 수군은 운양호에 지체 없이 발포하였다. "일본 선박이 맡은 바 평화적 임무를 수행하고 있었음에도 불구하고 조선 수군은 무단공격을 감행했다며 일본 정부가 조선 측에 항의하였으나, 실은 일본을 출발하기 전 운양호 함장이 강화에서 일종의 소요사태를 일으키라는 밀지를 받았던 것이다."76) 추후 일본은 1876년의 강화도조약(또는 병자수호조약) 체결을 위해 이 사건을 방편으로 이용한다.

1876년 2월, 조선을 충분히 위협할 만한 수의 군함과 병사를 대동한 구로다 키요타카(黑田淸隆) 일본 특명전권변리대신이 조선의 공식 사과를 수리하고 양국 간 조약을 협상하기 위해 조선에 도착한다.77) 이에 조선은 조약을 체결하였고 일본에 한하여 일부 항구를 개방할 것에 합의하였다. 현 시대의 시각으로 보면, 외세에 의한 무력(武力) 개방이었고 항구도 세 곳만 허용했을 뿐이나, 이 '개항'은 종종 근대 한국의 도래를 알리는 획기적인 사건으로 해석된다. 그러나 강화도조약에 대한 당시 한국인들의 견해는 달랐으니, 이들은 강화도조약을 한일 양국 간의 전

---

76) 이기백, 에드워드 와그너·에드워드 J. 슐츠 역, 앞의 책, 268면 참조.
77) 제임스 팔레(James B. Palais), 『유교적 경국책과 조선의 제도 Politics and Policy in Traditional Korea』(Cambridge, MA and London : Harvard University Press, 1975), 258면 참조.

통적 관계의 회복으로 보았고, 조약의 전문에서도 "양국이 전통적 우호 관계를 갱생하고 강화하려는 열의"[78]라고 표현하였다. '복구'에 대한 한국인들의 정의가 문명에 대한 그들의 정의와 마찬가지로, 일본이 1868년 이후 서구로부터 수입·주창한 혁신적 개념들과는 아무런 상관이 없음을 여기서 명백히 알 수 있다. 비록 일본의 무력에 턱없이 밀리기는 했으나 한국은 흔히 묘사되는 것처럼 순진하기만 한 대상은 아니었다. 일본의 의도를 간파한 한국은 일부 원칙을 위배하지 않으면서도 안전한 거리를 유지하고자 했다. 그 예로, 한국은 강화도조약의 첫 체결본에 대한 개정을 요구하였는데, 이는 일본 천황이라는 용어의 사용을 재차 거부하기 위함이었다. 또한 강화도조약을 일반 '개항'으로 간주하고 실제 기독교 선교사는 물론 '아편과 기독교 서적' 또한 반입금지 항목에 추가하라고 요구했다.[79] 한국 측의 요구가 마르크스주의와 일맥상통함은 우연의 일치였으나 어쨌든 이들 요구를 통해 기독교의 해악에 대한 한국인의 견해가 변하지 않았음을 알 수 있다.

조약을 만족스레 성사시킨 일본이 총구를 내리자 강화도조약을 둘러싼 한국 내 정론(政論)에서 또 한 가지 중요한 국면이 표출되었다. 즉, 보다 낙관적인 시각을 가진 관료들이 일본과의 전통적 주변국 관계의 회복으로 강화도조약을 이해한 반면, 보수파 진영에서는 최근의 사건들로 인해 터득한 선견지명을 가지고 전통적 한일 관계를 거부했으며, 양국 간의 오랜 관계를 재정립하기보다는 새로워진 일본을 재정의하는 데 관심을 표명했다. 최익현(崔益鉉, 1833~1906)은 일본이 서구의 복장을 하고 서구의 총기를 들고 서구의 배를 타고 조선에 도착한 이상 일본 또한 서구 오랑캐로 밝혀진 것이며, 따라서 '위정척사'의 원칙을 일본에게

---

78) 김기혁, 앞의 책, 252면 참조.
79) 제임스 팔레, 앞의 책, 259면 참조. 해당 사실(史實)과 관련하여, 팔레는 타보하시 키요시(Tabohashi Kiyoshi), 『근대의 한일 관계에 대한 연구 *Kindai Nissen kankei no kenkyū*』 (Vol.1, Keijo, 1940), 490~493면 및 『일성록(日省錄)』과 『왜사일기(倭使日記)』의 1876년 2월 5일자 기록을 인용하였다.

도 동일하게 적용해야 한다고 주장했다.80) 이는 일본을 진정한 외국으로 인정하는 최초의 시도로 기록된다. 일본이 완전히 '외국화'된 존재로 인식되기 위해서는 서구화를 먼저 거쳤어야 했다는 사실은 한국이 바라보는 동아시아 세계질서에 있어서 중대한 전환점을 이룬다. 전통적 동아시아의 세계질서에는 항상 오랑캐가 존재했었다. 그러나 이들의 존재는 그 질서의 범위 안에서 알려져 있었고 정의되었으므로 오랑캐는 진정한 외국인이 아니었다. 이들이 정치적 세력을 얻고자 무력을 사용한 적은 있어도 기존 체제와 경쟁 또는 대립하는 종교적·철학적 세계관을 제시한 경우는 대단히 드물었다. '왜(倭)'나 '만주족'처럼 오랑캐들도 동일한 세계질서에 동참하였으며 기존 체제에 유입된 사례도 빈번하였다. 또한 그 수는 상대적으로 적었지만 기존 체제와 어느 정도 양립 가능한 시각을 지닌 서구인들은 한국과의 조우를 통해 동아시아 세계질서로 포용되었었다. 그러나 '북학'과 '서학'의 근본적인 차이가 다수의 한국인들에게서 서구에 대한 의구심을 불러 일으켰고, 이들이 우려하던 최악의 상황이 부정직한 선교사와 불법 교역상, 무력 원정군의 출몰과 같은 일련의 사건들로 재현되어 사실로 확인되었다. 따라서 한국인들의 서양에 대한 의구심은 시간이 흐름에 따라 강화될 수밖에 없었다. 비로소 한국은 내부지향적 국가로 전환하였으며 모든 서구인을 오랑캐로 정의하기 시작하였다. 최익현은 박연과 기타 서구인들의 동아시아 세계질서로의 편입을 허락했던 바로 그 인류 평등주의적 논리를 기묘하게 역전시켜 일본이 동아시아 세계질서에서 제외되어야 한다고 주장하였다. 그는 누가 봐도 인정할 만한 진정한 외국을 발견한 깃이다. 그러나 이러한 발견에도 불구하고 인종에 대한 언급이 전무하다는 사실을 재차 주목할 필요가 있다. 한 때 자국의 세계관을 공유한 이에게는 동서양 출신을 막론하고 문을 열어주었듯이, 한국은 이제 자국의 문

---

80) 송병기·유영익 편, 앞의 책, 40면 참조.

명을 존중하지 않는 모든 오랑캐에게 출신지역을 막론하고 문을 닫았다. 비록 최익현이 자기 나름의 '범세계적' 가치 기준을 그대로 유지하기는 했으나 세계는 이미 그가 관찰하고 분석했던 모습으로부터 급격하게 변화했다. 일본만 하더라도, 인간애와 문명의 범위를 넘어 과거 그 어느 때보다도 더욱 이질적인 나라가 되어 있었다. 19세기 말의 몇 십년 동안 일본은 한국으로부터 점점 더 멀어지기 시작했으며, 한국은 사상 처음으로 진정한 신 세계질서 및 이것이 수반한 진정한 외국성의 압도적인 힘에 직면하게 되었다.81)

최초의 진정한 문호개방 : 1882년

1876년, 일본은 자신들이 한국에게 개국, 중국과의 관계 단절 및 급격한 개혁의 추진을 강요하고 있다고 생각했다. 반면, 다수의 한국인들은 강화도조약을 과거 대일(對日) 조약의 복구, 즉 양국 관계의 정상화로 간주하였으니 이는 일면 한국 측의 순진함에서 비롯된 반응이라 할 수 있

---

81) 고대 한국의 보편주의, 및 일본에 대한 최익현의 시각은 이후의 범(汎)아시아주의와 민족주의 사상에 의해 사장되어 버린 듯하다. 그리고 서구가 외국의 기준이 되어 버렸다. 이는 오늘날에도 언어사용을 통해 표출된다. 즉, '외국사람(外國사람)'이라는 용어는 문자 그대로라면 모든 '외국인'을 가리켜야 하나 거의 대부분의 경우 비(非) 아시아인, 특히 백인을 칭하는 용어로 굳어졌다. 이 한정적인 용어를 사용하여 일본인과 중국인을 가리키는 일은 거의 없다. 이들은 출신 국가의 이름을 사용하여 부르는데, 예를 들어 '일본사람(日本사람)', '중국사람(中國사람)'으로 각각 부른다. 또한, 현 시대에서 남한의 거의 모든 백인 외국인은 '미국사람(美國사람)'으로 불린다. 후자의 경우 그 기원이 무엇인지는 다소 불분명하나 1945년 이후의 독특한 한미(韓美) 관계의 영향을 받은 것만은 확실하다. 그렇지만 미분화(未分化)된 '외국'을 특정 국가인 '미국'과 동일시한 과정의 상당 부분이 19세기 말부터 시작되었음을 이어지는 부분 및 제4장에서 실증하고자 한다.

겠다. 그러나 1882년 한국이 서구 열강과 사상 최초로 조약을 체결했을 당시에는 더 이상의 오해가 존재하지 않았다. 미국은 1880년에 처음으로 한국과 협상을 시도하였으나 일본의 지원을 요청하는 실수를 범하였고 한국은 미국의 협상요구를 거절했다. 미국은 1882년 재차 중국의 지원을 요청했으며, 중국은 한국과 서구 열강과의 조약체결을 주창해 오던 참이라 기꺼이 미국의 지원요청에 응했다. 사실, '조미수호통상조약'은 이홍장(李鴻章, 1823~1901)과 로버트 슈펠트 제독(Commodore Robert W. Shufeldt, 1822~1895)의 손을 거쳐 거의 대부분 중국에서 작성되었으며 한국인들은 이 과정에 참여하지 않았다.[82] 당시를 돌이켜볼 때 다소 아이러니한 사실은, 한국과 최초의 조약을 체결하고자 경합을 벌인 서구 제국(諸國) 가운데 중국이 유독 미국을 선택했다는 것이다. 1876년의 강화도조약 체결로 인해 소원해진 한중 관계를 어느 정도 만회하고자 이홍장은 조약서에서 한국이 중국에 의존한다고 표현했다. 그러나 이를 곧 눈치 챈 슈펠트 제독은 조약 체결은 독립국가와만 가능하다며 체결을 거부하였다가, 같은 해 5월 22일 인천에서 '조미수호통상조약'을 정식으로 체결하였다. 중국의 간섭은 체결 전인 5월 14일까지 계속되었으나 한국이 중국의 조공국이라는 양국 간의 전통적 위상에 대한 명목상의 재확인 외에는 중국 측에 별다른 소득이 없었다. 그리고 조약문에는 "내정과 외교의 두 가지 차원에서 모두" 한국의 독립을 명료하게 표현하였다. 한편, 조약서가 한반도에 도착하자 한국 측에서는 일부 내용의 수정을 요구하였는데, 즉 아편 수입의 엄금과 기독교에 대한 일체의 언급 불허를 요구하였다.[83] 이로써 한국은 관련국의 감정을 불필요하게 거스르지 않고도 기독교를 금지하였으며 기존의 국책을 유지할 수 있었던 것이다.

조미수호통상조약의 체결을 계기로 한국은 같은 해인 1882년 영국

---

82) 마르티나 도이힐러, 앞의 책, 114면 참조.
83) 위의 책, 114~122면 참조.

및 독일과 유사한 조약을 맺게 되었고, 곧 러시아와 프랑스에서도 조약 체결을 요청해 왔다. 한국은 이 모든 조약에서 기독교를 계속 제외시키는 데 성공하였다. 그리고 특히 이 점에 대해 유감을 표명한 프랑스는 한·중 양국에 재고를 거듭 요청했으나 거절당했다. 한국은 이제 근대 서구 제국(諸國)의 외교절차에 적응할 필요성을 파악하였다. 그러나 이것이 서구의 우월성에 대한 묵인을 의미하지는 않았으니 한국인에게는 철학과 방법론이 여전히 별개의 범주에 속했기 때문이다. 외세의 압력으로 문호를 개방한 것은 사실이지만 한국은 그 과정에서 적어도 일부분이나마 나름의 방식을 관철시켰다. 이후 수십 년간은 중국과 일본, 서구 제국(諸國) 및 이들과 제휴한 여러 한국인이 한반도에서의 우위를 노리고 앞 다투어 경쟁에 뛰어든다. 정치적 우위는 결국 일본이 차지하였으나 미국도 패권을 손에 넣었다. 이 연구는 이제 미국에 대한 한국의 인식 및 이러한 인식을 형성한 인물과 사건에 초점을 맞추고자 한다.

한국의 입장에서 볼 때 재정립(再定立)과 재정의(再定儀)의 어느 쪽을 통해서든 일본과의 조약이 '구(舊) 질서'를 확인하는 것이었다면, 미국과의 조약은 비록 우려와 의혹을 동반하기는 했어도 구체제로부터의 실질적 결별이 시작되었음을 상징한다. 역사학자 비판 찬드라(Vipan Chandra)는 미국과 체결한 최초의 조약 이후 전개된 여러 사건을 다음과 같이 간단명료하게 요약하고 있다.

> 힘과 번영은 서구로부터 배울 때만 가질 수 있다. 이러한 관점에서 보았을 때 미합중국은 직·간접적으로 그 영향력이 크게 인식되었다. 사실, 한국에 체류한 모든 서구인들 가운데 미국인의 수가 가장 컸다. 유학이나 견문을 목적으로 서구를 찾는 한국인 가운데 많은 이들이 미국에 왔으며 다른 어느 곳보다도 여기서 오래 머물렀다. 일본에서조차, 법과 국방을 제외한 모든 분야의 서구화가 대단히 미국적인 것이 특징이다. …… 오로지 일본의 눈을 통해 서구를 바라 본 한국인들은 의식적, 무의식적으로 미국의 사상과 가치를 흡수하였다. 이들 사상과 가치는 한국인들이 한국에 거주하고 일하는 많은 미국인들과 접

촉합으로써 강화되었다.[84]

위에서 언급된 현상은 후일 계몽으로 알려진 운동으로 구체화되었고, 한국에서는 이것이 '문명개화'라는 슬로건 하에 진행되었다. '문명개화' 는 일본의 후쿠자와 유키치(福澤諭吉, 1835~1901)가 처음 고안하였으나[85] 개혁 그 자체의 "기원과 형성은 미국의 영향이 지배적이었다."[86]

초창기 외교와 교육

한국은 1866년과 1871년의 사건에도 불구하고 1882년 이전에는 미국 에 대해 거의 아는 바가 없었던 것으로 보인다. 앞서 언급했듯이, 한국 인의 입장에서 개별적 주체로서의 국가의 개념과 민족의 개념은 여전 히 이질적인 것이었다. 그리고 강요와 무력으로 한국의 개국을 시도했 던 서구 '오랑캐들'은 구분되지 않은 집단으로서 존재할 따름이었다. 1871년 고종이 미국의 위치를 하문했을 때 김기수(金綺秀, 1832~?)는 "동 양의 동쪽이며 서양의 서쪽"[87]이라고 답했다. 사실, 미국에 대한 한국

---

84) 비판 찬드라(Vipan Chandra), 「한국의 계몽—재 고찰(The Korean Enlightenment—A Re-examination)」, 『코리아 저널 *Korea Journal*』(Vol.9, No.7, 1969.7), 15~16면 참조.
85) 후쿠자와 유키치(福澤諭吉)는 태동기의 한국 개혁(개화) 운동에 지대한 영향을 끼쳤 다. 윤치호(尹致昊, 1865~1945)와 유길준(兪吉濬, 1856~1914) 모두 후쿠자와 유키치가 설립한 경응의숙(慶應義塾)에 유학, 공부를 시작했고 이 둘은 후에 미국으로 유학을 간다. 김옥균(金玉均, 1851~1894) 또한 후쿠자와 유키치의 집에 유숙객으로 6개월 이 상 머물렀다. 마이클 와이너(Michael Weiner), 『일본 한인사회의 기원, 1910~1923 *The Origins of the Korean Community in Japan, 1910~1923*』(Atlantic Highlands, NJ : Humanities Press International Inc., 1989), 11~16면 참조.
86) 위의 책, 16면 참조.
87) 고병익, 「한미 관계 100년사(A Century of Korean-American Relations)」, 『한미 관계 100년

의 견해가 그다지 부정적이지 않았고 미국의 구체적 정체성이 아직 형성되지 않았다는 것이 미국에게는 유리하게 작용하였다. 그리고 미국의 상인과 선교사·해군이 연루되었던 불미스러운 사건들은 종종 폭력을 수반하고는 했으나 한국인의 시각에서는 그 사건들이 어느 특정 국가와 연관되었다기보다는 양요(洋擾), 즉 '서양인의 소동'88)이라는 초국가적 범주에 포함될 뿐이었다. 한국에서 계속 영향력을 행사하던 중국은 "공명정대함과 정의를 추구하며 동아시아에서의 영역 확장을 꿈꾸지 않는 국가"89)로 미국을 소개하면서 한미 양국 간의 조약을 성사시키는 데 일조하였다. 중국의 이러한 개입도 미국에 대한 초창기의 긍정적 인식을 형성했고, 미국이 과거와 현재를 통틀어 호시탐탐 한국의 영토를 엿보는 일본과는 구분된 국가라는 개념을 조성하는 데 한몫을 하였다.

중국이 조미수호통상조약의 현실화에 공헌한 것은 사실이다. 그러나 고종의 입장에서는 그 사실 자체가 급변하는 세계정세 속에서의 중국의 역할과 입지에 대한 중국인 스스로의 의구심을 표출하는 계기였다. 이후에도 중국의 간섭은 계속되었으나 고종은 때에 따라 군주로서의 결단력

숙고(熟考) *Reflections on a Century of United States-Korean Relations*』(Washington D.C. : Wilson Center, 1983), 30면 참조. 김기수(金綺秀, 1832~?)는 1876년 당시 보다 많은 정보를 접한 사람들 중 한 명이었다. 근대 한국 최초의 외교관 중 한 사람이었던 그의 직함은 '수신사(修信使)'였다. 이는 과거의 '통신사(通信使)'에 해당되는 신조어(新造語)였다. 그는 강화도조약 후 최초로 76인의 관리들을 이끌고 외교사절단을 대표하여 일본에 갔으며 그곳에서 미국인들과 접촉하였다. 그는 자신의 일본행을 두 권의 저서로 펴냈는데, 『일동기유(日東記遊)』와 『수신사일기(修信使日記)』가 그것이다. 그의 여행과 견문은 일본에 대한 고종과 명성황후의 의구심을 상당히 완화하였고 한국사회의 일부분을 개방시켰으며 김홍집(金弘集, 1842~1896)의 1880년 일본행과 1881년 신사유람단(紳士遊覽團)을 위한 길을 닦아 놓았다. 김홍집이 중국 외교관들을 만나 황쭌셴(黃遵憲)의 『조선책략(朝鮮策略)』을 받은 것도 일본에서였는데, 『조선책략(朝鮮策略)』에는 미국과의 조약체결에 대한 중국의 지원이 약술(略述)되어 있었다. 따라서 구체적인 지식이 없었음에도 불구하고 김기수는 근대 한미 관계에서 부지불식간 중요한 역할을 했던 셈이다.
88) '양요'는 관련국의 이름이 아닌 발발 연도로 명명(命名)되었다. 예를 들어, 강화도에 대한 프랑스인들의 공격은 1866년의 '병인양요(丙寅洋擾)'로, 5년 후 미국인들의 공격은 1871년의 '신미양요(辛未洋擾)'로 불려졌다.
89) 위의 책, 31면 참조.

을 보여주었다. 조약 체결 불과 1년 후인 1883년, 고종은 외교사절단을 미국으로 파견하였고 이에 대해 중국의 허가를 구하기는커녕 통보조차 하지 않았다.[90] 비록 고종의 이 같은 처사가 한국의 국정에 대한 중국의 영향과 간섭을 종식시키지는 못했으나 슈펠트 제독에 의해 부지불식간에 시작된, 한국의 자주수호에 대한 미국의 개입이라는 관행만은 분명 지속시켰고, 또 강화하였다.[91] 악명 높은 위안 스카이(袁世凱, 1859~1916)와 이홍장(李鴻章, 1823~1901)은 한반도와 미국 땅에서 한국에 대한 중국의 종주권을 계속해서 강하게 옹호하였으나 중국 측의 고압적 자세는 미국의 반대를 강화시킬 뿐이었다. 오웬 데니(Owen N. Denny)가 이와 관련하여 완벽한 실례를 제공한다. 그는 고향인 미국의 오레건주(州)에서 변호사 및 판사로 일했으며 중국의 톈진과 상하이에서 미국 총영사로 근무하였고, 이홍장과 친분을 쌓았다. 한국 주재 외국인 가운데 중국 정책의 옹호자를 물색중이던 이홍장은 조선주재총리의 통상사보(補) 및 외아문당상(外衙門堂上)직을 놓고 데니를 손수 발탁하였다.

그러나 중국의 내정간섭, 위안 스카이의 독단적 행동 및 미국측 고문이 한국에서 위안 스카이의 명을 받도록 하려는 중국의 시도로 말미암아 데니는 그가 '밀수업자, 음모자, 저질 외교관'으로 표현한 위안 스카이에 정면 대결하였고 한국의 독립이라는 대의에 참여하게 되었다.[92]

---

90) 이율복, 「미국 내 한국공사의 설치, 1887~1890 – 유교적 세계질서와 근대 국제 관계의 충돌에 관한 연구(Establishment of a Korean Legation in the United States, 1887~1890 – A Study of Conflict between Confucian World Order and Modern International Relations)」, 『일리노이 아시아연구지 Illinois Papers in Asian Studies』 제3권(Urbana, IL : University of Illinois Center for Asian Studies, 1983), 4면 참조.

91) 다소 무간섭주의로 일관한 미국의 대한(對韓) 정책은 그 동기가 공평무사와 무관심 중 어느 것이었던 간에 장기적으로는 미국에게 유리하게 작용하였다. 이는 중국의 정책, 그리고 이후 일본의 정책과도 대조를 이루었기 때문이다. 일본은 중국이 한반도에서 더 이상 세력을 행사하지 못하게 된 이후에도 계속해서 한국의 정치에 간섭했으며 종종 무력을 동원하였다. 이에 비교하면 미국인들은 호의적인 국가로 비춰졌다.

92) 위의 책, 4~5면 참조. 위 인용구에서 이율복은 오웬 데니(O. N. Denny), 『중국과 한국 China and Korea』(Shanghai : Kelly & Walsh, 1888)을 인용했다.

휴 딘스모어(Hugh Dinsmore), 조지 폴크(George Foulk), 호레이스 알렌(Horace Allen) 등 기타 초창기 미국 외교관들도 대체로 데니와 비슷한 견해를 가지고 있었으며 종종 한국의 자주독립을 위해 공조하였다.[93] 한국은 여전히 서구를 경계하였으나 한편으로는 중국의 간섭에 염증을 느끼고 있었다. 아니러니 하게도 미국의 이러한 지원은 중국이 주입해 놓은 미국의 긍정적 이미지를 강화하는 데 분명 도움이 되었다.

이제 한미 간의 외교 관계가 성립되자 교육의 기회가 자연스럽게 뒤를 이었다. 메이지 시대 이후인 1881년 최초의 한국인 일본 유학생으로 주목 받은 바 있는 유길준(兪吉濬, 1856~1914)이 1883년 민영익(閔泳翊, 1860~1914)을 동반하고 미국 여행길에 올랐다. 유길준은 일본유학 시절의 스승이었던 사무엘 모르스(Samuel Morse)와 미국에서 재회한다. 그리고 민영익이 귀국한 후에도 뒤에 남아 공부를 계속하기로 하여 1884년에는 메사추세츠주 살렘에 있는 거버너 더머 아카데미(Governor Dummer Academy)에서 수학하였으며, 한국인으로서는 최초의 미국 유학생이 되었다. 한국 내 정치적 소요로 인해 1885년 12월 귀국길에 오를 수밖에 없었으나 그 전에 몇몇 유럽 국가를 방문하였다. 그리고 이 여행을 기초로 『서유견문(西遊見聞)』을 집필하였다. 이는 아마도 당시 한국인들에게 미국과 서구를 소개한 저술 중 가장 영향력 있는 작품이었을 것이다.[94] 그는 서문에서 다음과 같이 기록하였다.

> 저자가 일본에 건너가 열심히 공부하고 듣고 보고 읽은 결과, 메이지 유신 후 일본의 발전상이 열 가지 중 아홉은 서구문명의 모방이었다는 사실을 깨달았다.[95]

---

93) 알렌은 한국 내 선교, 외교, 교역 분야의 활동에서 중요한 연결고리로 작용했다. 이는 다음 부분에서 좀더 논하고자 한다.
94) 『서유견문』에서 유길준은 대단히 방대한 분야의 주제를 다뤘다. 최근에 출판된 본(本)은 『서유견문』 본문과 용어색인의 두 권으로 구성되어 있다. 유길준, 『서유견문연구시리즈』 1, 총2권(박이정출판사, 2000) 참조.

유길준이 이 사실을 일본 체류 당시에 깨달았는지의 여부는 알 수 없으나 이를 확실히 표명한 것은 미국에서 귀국한 후였다. 분명 미국유학과 이에 수반된 체험의 기회를 통해 '모방'이 아닌 '진정한' 서구문명을 경험한 것이 일본식 '문명개화'의 허상을 폭로하는 과정으로 연결되었다.

미국으로의 첫 파견 이후 외교사절단의 파견은 계속되었다. 박정양(朴定陽, 1841~1904)이 호레이스 알렌과 같이 1887년 미국 여행길에 올랐으며, 그곳에서 그로버 클리블랜드(Grover Cleveland, 1837~1908) 대통령을 접견했고 한국 최초의 주미공사관을 설치하였다. 점차 개방되는 외교적 분위기 속에서 한미 양국의 관계는 호전되었으며 기대치 또한 높아졌다. 고종황제는 한국의 미래에서 미국을 최고의 희망으로 간주하였는데 이는 알렌과의 개인적 친분이 상당 부분 그 원인으로 작용하였기 때문이다.[96] 그러나 중국 입장에서 한국의 완전 독립을 시인한다는 것은 여전히 못마땅한 일이었다. 일례로, 위안 스카이는 워싱턴에서 중국의 의례를 따르지 않았다는 이유를 들어 박정양의 처벌을 요구했다.[97] 이에 중국의 대한(對韓) 정책과 관련된 개별 미국인들의 반론이 계속 제기되었으나 한미 양국 정부는 주저하기만 하였다. 중국은 또한 반대파 중 다수를 미국으로 소환시키는 데 성공하였고, 한국 내 정치적 사건들과 결합된 중국의 지속적인 음모를 바탕으로 1884년부터 1894년까지 10년 동안 한반도에서 득세했다. 1884년, 유길준이 유학 도중 귀국을 결심한 결정적 원인이 되었던 갑신정변(甲申政變)이 발발하였다. 정변은 결국 실

---

95) 유동준, 『유길준전』(일조각, 1987), 61면 참조.
96) 알렌은 비록 선교사로서 출발했으나 외교관으로서의 자신의 역할을 감추려 하지 않았다. "알렌은 한국이 반대파 중국인들에 대한 방편으로 공사관을 영구 설치함으로써 자주권 확립에 성공하였으며 이러한 성공의 상당 부분이 자신의 노력 때문이었다는 점을 역설했다." 이율복, 앞의 책, 20면 참조. 이율복은 뉴욕공립도서관 소장 호레이스 알렌의 사본 중 알렌이 딘스모어(Dinsmore)에게 보낸 1888년 11월 21일자 서신을 인용했다.
97) 위의 책, 7, 20, 22~25면 참조.

패로 끝났으며 일본의 인기는 땅에 떨어지고 말았다. 그러나 일시적 우세가 부른 오만이 결국 중국의 영락(零落)을 초래하는 원인이 되었으며, 중국의 운명은 청일전쟁(1894~1895)에 의해 결정되고 말았다. 전패한 중국은 약점을 노출 당하였고, 한국의 개혁가들은 진정한 신세계질서에 영합하고자 일본과 미국을 모델로 삼고 점점 더 그쪽으로 눈을 돌렸다. 앙드레 슈미트(Andre Schmid)는 당시의 과정을 "중화 왕국의 탈중심화(脫中心化)"로 표현하였다.[98] 그는 중국이 수세기의 영화(榮華) 끝에 비로소, 현존하는 정치체제 및 이상화된 동아시아 문명의 위상에서 실추된(심지어는 '강등되었다'고도 표현할 수 있을) 과정을 탐구하였으며, 급격한 정치판도 변화의 원인으로 다음을 제시하였다.

> 민족주의 언론은 향후 15년 동안 이러한 정세 변화가 조선에 가져온 결과를 탐구하였다. 비록 해당 시기의 여러 신문들 간에는 차이점이 많이 존재하였으나, 일본에 대한 중국의 군사적 패배가 (이들의 표현에 따르면) '낡은 지식'이 '새로운 지식'에 굴복했음을 상징한다는 점에서는 의견이 일치하였다. 즉, 일본의 개혁정책의 근간을 이룬 서구의 학문이 일본의 승리를 가능케 했다는 점에 대해 모든 신문이 동의한 것이다. 그리고 이러한 결론이 반영하는 것은, 이들 신문 스스로가 정의한 사명(使命)의 근간을 이루는 문명의 정의(定義)가 수정되었다는 사실이다. 즉, 문명의 정의가 지리상 중국을 기점으로 한 단일 지배권의 체제로부터 서구에 중점을 둔 새로운 체제로 전환되었음을 반영한다.[99]

서양이 수백 년 동안 시도해도 이룰 수 없었던 것을 일본은 설득력 있는 군사력으로 하루 만에 성취하였다. 그렇다면 그 근원적인 차이는 무엇이었는가? 이제 논쟁의 중심은 철학이나 종교가 아니었고 '신학(新學)'과 '문명' 같은 용어들도 강요를 통한 재정의를 거쳤다.[100] 일본의

---

98) 앙드레 슈미트, 앞의 책, 55~100면 참조.
99) 위의 책, 57면 참조.

뛰어난 군사력을 목격한 한국인들은 서구 '문명'의 우월성을 만장일치로 인정하게 되었고, 궁극적으로는 기독교 또한 서구 '문명'의 범주 안에 포함되었다. 경우를 막론하고, 이제는 기독교를 막강한 군사력과 분리하여 생각할 수 없게 되었다.[101] 전술한 앙드레 슈미트의 연구에서 중국의 탈중심화(脫中心化)와 관련하여 명백히 표현되지 않은 사실이 있다. 즉, 철학과 종교는 중국의 영락(零落)과 거의 아무런 관계도 없었으며, 오로지 폭력과 죽음이 가득했다는 것이다. 비록 중국이 자국의 영락에 대해 상당 부분 비난받아 마땅하나 이는 한국인들이 '살아 있는' 중국을 의식적으로, 또 의도적으로 중심의 자리에서 밀어냈다기보다는 '주검이 된' 중국을 중심에서 변방으로 끌어내리고 중국을 대체할 다른 대상을 찾았다고 해야 할 것이다. 물론, 이 과정에는 한국인들의 죽음도 연루되었다. 1895년 10월 8일의 극악무도한 명성황후 시해 사건은 다수

---

100) 이와 동시에 고찰할 점은, 새로운 지식을 뜻하는 '신학(新學)'과 신을 연구하는 학문을 뜻하는 '신학(神學)'이 한국어 상에서 표기와 발음이 동일하다는 사실이다. 20세기 여명기의 한국에서는 신학(新學)·신학(神學)·문명(文明)의 세 가지 카테고리가 불가분이 되었다.

101) 이광수(李光洙, 1892~1950)의 정신적 지도자이자 미국에서 다년간 거주한 저명한 민족주의 지식인 안창호(安昌浩, 1878~1938) 자신은 '기독교 사상'을 "과학 문명"으로 정의했다. 즉, 그에게 있어서 기독교는 종교와 아무런 상관이 없었다. 미국 유학의 결심을 발표했을 때에도 그는 "힘 때문이요 나는 힘을 키워야만 하오"라고 말했다. 주요한, 『안도산전서(상)-전기편』(범양사, 1990), 25면 참조

근대 한국의 허구적 산문은 전술한 모든 사상들과 떼려야 뗄 수 없는 관계에 있었다. 앞서 인용한 안창호의 말은 청일전쟁의 여파로 인한 것이었으며, 그는 자신이 새로 발견한 신념을 힘의 갈등에 대한 '교훈(敎訓)'이라고 구체적으로 명시했다. 이인직의 『혈의 누』에는 주인공 김관일이 안창호의 발언과 거의 동일한 대사를 하는 장면이 나오는데, 이 또한 청일전쟁 당시 한국인이 겪어야 했던 고난을 뒤이은 것이었다(본서의 마지막 장에서 다시 논할 것이다). 또한 이광수는 본서의 결론 부분에서 간략히 다룰 것인데, 그는 도쿄의 기독교 선교사계 교육기관인 메이지(明治)학원에서 안창호와 처음 조우하였고, 젊고 총명한 그에게서 큰 인상을 받아 이후로는 안창호를 내내 자신의 스승으로 여겼다. 작품 『무정』을 발표한지 2년 후인 1919년, 이번에는 안창호가 이광수를 그의 가장 뛰어난 제자로 인정하였다. 1922년 잡지 『개벽(開闢)』에 기재된 「민족개조론(民族改造論)」은 이광수가 상하이에서 귀국한 직후 발표되었으며 대부분의 내용이 사실상 안창호의 점진주의 사상에 바탕을 두고 있다. 김윤식, 『이광수와 그의 시대 1』(한길사, 1986), 288면 참조

의 수구파 및 온건파 한국인이 일본에 등을 돌리는 계기가 되었다.[102] 일본은 시해를 저지름으로써 미국을 부지불식간에 이롭게 하고 말았는 데, 두 가지 중요한 차원에서 그러했다. 첫째, 가장 열성적인 개혁파를 제외한 그 밖의 한국인들을 일본으로부터 멀어지게 하였다. 둘째, 명성황후 시해를 계기로 한국인들은 '문명'의 개념을 재정립하게 되었다. 이는 과거 일본이 시도했으나 성취하지 못했던 것으로 미국에게 유리한 방향으로 진행되었다.[103] 결국 일본은 총(銃)으로 한국을 '개국'시켰듯이 총(銃)으로 한국을 '문명화'시킨 것이다. 그리고 이러한 '문명화된 패배'가 진행됨에 따라 한국인들은 더욱 더 수용적이 되어 마침내 기술적 우월성과 문명을 하나로 융합하게 되었다. 이 과정에서 낡은 지식이 전도(顚倒)되었으니 이는 실로 "완전한 반전(反轉)"[104]이었다. 그러나 기본적인 구조는 부정적인 이미지로나마 남아있었으니[105] 한국은 아직도 중심에 배치할 "중원(中原)의 왕국"을 찾고 있었기 때문이다.[106] 이제 미

---

102) 고종이 명성황후 시해로 말미암아 불명예스럽게도 러시아 공사관에 피신한 아관파천(俄館播遷)은 한국의 위신과 러시아의 이미지 차원에서 모두 도움이 되지 않았다. 그러나 미국의 이미지는 상대적으로 크게 향상시켰다. 이는 1905년에 그 반향을 남긴다. 즉, 을사보호조약의 체결, 및 호레이스 알렌의 출국 후에도 고종은 여전히 미국인들을 기억했으며, 신뢰했다. 워싱턴에 한국 측의 공식 의사를 전할 인물을 찾던 중, 호머 헐버트(Homer Hulbert) 박사의 이름이 거론되었다. 고종은 다음과 같이 회상한다. "헐버트라는 이름이 기억나오. 짐을 처음 알현하러 다들 찾아왔을 때 보았소. 얼굴도 기억이 나오. 황후가 시해된 후 짐을 호위하러 온 미국 사람 세 명 중에 있었소" 「한인자유대회(Korean Liberty Conference)」, 『재미한족연합위원회 *United Korean Committee in America*』(Philadelphia, 1942), 101~102면 참조. 도널드 턱스베리(Donald G. Tewksbury) 편, 『한국의 정치와 사상—자료집 *Source Materials on Korean Politics and Ideologies*』(New York : Institute of Pacific Relations, 1950), 20면에서 재인용.

103) 이는 제2장 초반에서 살펴 본, 시간의 경과에 따른 '소설'이라는 용어 사용의 탐구에 필적하는 현상이다. '소설'이라는 용어는 그 글자만 같을 뿐 의미하는 바가 완전히 달라졌다. '문명'에 대해 논할 때도 우리는 동일한 현상에 주목해야 한다.

104) 앙드레 슈미트, 앞의 책.

105) 이와 같은 연속성(連續性)은 문학작품에도 존재한다. 격변의 사건들은 급진적인 방향 재정립 또는 정책 변경을 야기시키지만, 연속성은 심층 구조와 지속적 주제의 두 가지 차원에서 흔히 존속되고는 한다.

106) 앙드레 슈미트는 한국이 '서구를 중심으로 한' 새로운 '지배체제'로 전환했음을 정

국이 '중심에 자리 잡는 것'을 방해할 요인은 찾아보기 힘들어졌다. 한국인들이 생각하는 신(新)문명이 일본이 아닌 미국과 가장 밀접한 관련을 가진데다[107] 일본이 침략과 위선의 본 모습을 점점 더 드러냄으로써 한국인들의 생각을 더욱 강화하였기 때문이다. 이후로 한국은 미국의 기독교와 서구의 '문명개화'를 동일한 것으로 간주하게 되고, 미국 개신교 선교사들의 활동은 바로 이러한 환영(幻影)을 만들어내는 역할을 담당하게 된다.

확하게 지적하였다. 그러나 슈미트의 연구는 한국 내 제반 문제들에 보다 치중하고 있다. 따라서 당시 '서구'의 대변자였던 일본을 포함한 여러 경쟁자를 제치고 미국이 급부상(急浮上)한 현상은 탐구되지 않았다.

107) 카터 에커트(Carter Eckert) 교수는 1910년 한일합병 직전까지 친일파 일진회(一進會)의 인기가 지속된 것에 대한 설명으로 이와 유사한 가능성을 제시하였다. 일진회의 주요 권력 기반 중 하나가 일본에 의한 한일합병이라는 사실에도 불구하고, 일진회는 당시 한국에서 가장 많은 수의 회원을 확보했으며 가장 뛰어난 조직력을 선보였던 정치단체였다. 일진회 회원 중 상당수가 한 때 동학교도였고, 또 회원 다수는 중국이 이상화(理想化)된 중심이자 정치적 방패로서의 역할을 하던 세상에서 성년(成年)을 맞이하였다. 당시 한국은 중국의 간섭과 방해로부터 대체로 자유로운 편이었다. 그러나 청일전쟁 이후 한국인들은 일본을 동아시아의 새로운 지배세력으로 확신하게 되었다. 그렇다면 서구에 대한 견해는? 만일 서구가 일본을 진압할 수만 있다면 일본을 조급하게 권력의 중심에 놓을 이유가 없다. 하지만 러일전쟁으로 인해 다수의 한국인들과 세계 대부분의 국가들이 일본의 힘을 믿게 되었다. 그 결과 대두된 범(汎)아시아주의는 일진회를 통해 가장 분명히 구현되었으며 과거 동아시아 세계질서의 한 형태를 유지하고자 하는 열의를 반영하였다. 물론, 문명의 정의는 완전히 바뀌었지만 말이다. 일본의 기술적·군사적 힘은 새로운 문명의 전형(典型)과 외국 '오랑캐' 세력으로부터의 방어를 제공해줄 터였으며 이것이야말로 한국인들이 추구하던 바였다. 일진회는 종종 친일파 매국노 단체로만 조명되고는 한다. 그러나 위에서 제시한 설명과, 1910년 한일합병 후 일본 식민통치자들이 일진회를 즉각 해산시켰다는 사실을 종합해 본다면, 일진회 및 당시의 시대적 상황을 총체적으로 고찰하는 보다 중립적인 주장이 형성된다. 카터 에커트(Carter J. Eckert), 〈사학연구 A75 – 남한과 북한(Historical Study A75 – The Two Koreas)〉, 강의자료, Havard University, 2003년 3월 19일.

개신교 선교사들의 활동

윌리엄 프랭클린 샌즈(William Franklin Sands)는 미국의 선교 활동이 다수의 한국인들에게 미친 영향을 다음과 같이 요약하였다.

조선을 여행하는 사람들은 의료 선교사들이 미국인을 난처하게 만드는 생각의 틀을 조선 사람에게 심어 놓았음을 알게 된다. 왜냐하면, 이 후진국에서 미국인들은 능력 있는 의사로 간주되고 있기 때문이다.
......
어느 날 저녁 나는 검역을 끝내고 돌아오는 길에 묘지가 늘어져 있는 언덕으로부터 여인의 흐느끼는 소리를 들었다. 짚가마니의 덮개 밑에 콜레라로 죽은 남편이 누워 있었다. 그는 우리의 발 앞으로 와서 자기 남편을 치료해 달라고 사정했다.
「그러나 그는 며칠 전에 죽었어요」
내가 대답했다.
「맞습니다. 선생님! 일주일 이상이 되었습니다. 그러나 그 때에는 미국인이 없었지만 지금은 당신이 오셨으니 내 남편을 나에게 돌아오게 할 수 있을 것입니다.」[108]

미국인의 힘에 대한 믿음은 우연의 일치가 아닌, 선교사들의 의료 활동을 통해 구축된 것이었으며, 이는 한국인의 마음속에 각인되었다. 이에는 미국인 의사들과 그들이 행한 마술과 같아 보이는 힘이 결정적인 역할을 했으며, 모든 것이 선교를 목적으로 한 전략에서 비롯되었다. 이러한 전략을 고안한 장본인은 "자비와 인류애의 실천, 병자의 치료, 죽은 자의 회생, 고통 받는 자의 위로"[109]의 중요성에 대해 기록한

---

108) 윌리엄 프랭클린 샌즈, 앞의 책, 181, 187면 참조; 윌리엄 프랭클린 샌즈, 신복룡 역주, 앞의 책, 189, 195~196면 참조.
109) 존 네비우스(John R. Nevius), 『중국 그리고 중국인 China and the Chinese』, 356면. 찰스

바 있다.

　미국 선교사들은 맨 처음부터 (때로는 선택에 의한 것이 아니기도 했으나) 한국인이 기독교를 '문명개화'의 동의어로 연상하게 할 만한 활동에 종사하였다. 물론 공식 외교와 교육 및 이로 인한 여행의 기회가 미국에 대한 한국의 인식에 상당히 큰 영향력을 행사한 것은 사실이다. 그러나 결국에는 대다수 미국인이었던 개신교 선교사들의 활동이 전술한 요인들보다 훨씬 더 영향력 있는 것으로 판명되었다.[110] 한국이 서구 열강과 조약을 맺기는 했으나 그렇다고 해서 선교 활동의 법적 위상이 바뀐 것은 아니었다. 그러나 열악한 현실로 인해 천주교 선교 활동이 멈춘 적은 결코 없었으며 개신교의 활동 또한 그럴 리 없었다. 천주교의 선교에 대해서는 일부분이나마 이미 앞에서 상세히 논한 바 있는데, 이는 천주교에 이은 개신교를 조명하는 데 있어서 시대적 맥락을 제시하기 위함이다. 천주교 사제들과 마찬가지로 개신교 선교사들 또한 철학적·법적 차원에서 근본적이고 양립불가능한 장애에 직면하였다. 그러나 적어도 무력을 사용한 설득에 호소하지 않았으며, 상황이 상황이었으니 만큼 한국인들을 기독교 신앙으로 서서히 조심스레 인도하려는 바람을 가지고 간접적인 선교활동부터 시작하였다. 초창기 사역은 고통스러울 만큼 느리고 비생산적인 것이었으나 선교사들이 채택한 전략은 크나큰 결실을 가져왔다. 결국 개신교의 한국 선교에서 중추적인 역할을 한 것은 선교 그 자체가 아니라 개별 선교사들을 통한 활동이었다. 개신교의 활동은 의료·교육·교역·외교 분야 등의 보다 세속적인 분야에서 이루어졌고, 이것이(관점에 따라서는 '운 좋은') 일련의 사건들과 결합되어 '기독교'·'문명'·'미국'이라는 세 가지 개념 간의 경계선을

　알렌 클라크(Charles Allen Clark), 『한국교회와 네비우스 선교정책 *Korean Church and the Nevius Methods*』(New York : Fleming H. Revell Company, 1930), 30면에서 인용.
110) 사실, 이 두 가지 카테고리는 상호 분리하기가 어렵다. 개신교회는 다른 여러 가지 중에서도 특히 전에 없던 미국으로의 여행과 그 곳에서의 교육 기회를 제공해 주었다.

모호하게 하였다. 이와 동시에 세 가지 개념을 한 때 중국이 존재했던 문명의 중심으로 끌어당기는 작용을 하였다.

호레이스 알렌 박사

저자는 역사를 영웅의 관점에서 조명하는 것에 동의하지 않는다. 이러한 저자의 의견에도 불구하고, 때로는 개별 인물들이 불굴의 의지나 불가사의한 운(運)으로 중대한 역사적 변화를 초래하는 것이 사실이다. 의지와 행운의 인물인 호레이스 알렌(Horace N. Allen, 1858~1932)은 한국이 20세기로 진입을 준비하는 과정에서 수많은 중대 사건들의 촉매제 겸 가도(街道)의 역할을 담당하였다. 제목을 『하나님, 재신(財神) 그리고 일본인(God, Mammon, and the Japanese)』이라고 한 알렌의 한 전기를 보면 한국에 대한 알렌의 다방면에 걸친 관심뿐 아니라 그의 '선교 활동'의 영역이 어디까지였는지도 알 수가 있다. 전기의 부제에는 "한미 관계, 1884~1905"라는 표현이 들어가는데, 이는 관심사가 같다면 개인적 차원의 선교와 국가적 차원의 선교가 서로 중복될 수 있다는 사실을 시사한다.111) 알렌이 한국에 체류하게 된 경위는 그의 선구자인 천주교 사제들과 크게 다르지 않

---

111) 해링턴은 해당 저서의 서문을 다음 두 문장으로 시작하였다. "본서는 하나님과 재신(財神), 그리고 일본인에 대한 이야기로서 선교 활동과 기업심, 그리고 정치적 음모를 기술(記述)한 것이다. 또한, 한국(조선)과 미국의 관계를 그 내용으로 하며 호레이스 알렌(Horace N. Allen) 박사의 경력에 초점을 맞추었다." 프레드 해링턴(Fred H. Harrington), 『하나님, 재신(財神) 그리고 일본인─알렌박사와 한미 관계, 1884~1905 God, Mammon, and the Japanese─Dr. Horace N. Allen and Korean-American Relations, 1884~1905』(Medison, WI : Wisconsin University Press, 1944), vii면 참조. 해링턴 저서의 기존 한국어 번역본은 이광린 역, 『개화기의 한미 관계─알렌 박사의 활동을 중심으로』(일조각, 1973) 참조(저자 주).

앞으니 그는 이를 다음과 같이 표현하였다.

나는 편법을 통해 은밀히 입국했다.[112]

바로 그렇게, 한국의 개신교 선교는 시작된 것이다.[113]
알렌은 의과대학 졸업 후 중국에서 그의 첫 선교 활동을 시작하였다. 그러나 실패가 거듭되자 곧 한국으로의 전역을 요청하였고, 바람대로 승인이 떨어져 1884년 서울에 파견되었다. 중국과 비교했을 때 "말할 수 없이 게으르고 지저분하다"[114]는 점에도 불구하고 알렌은 서울에 호감을 느꼈다. 그러나 서울에 채 도착하기도 전에 운명은 그의 미래의 역할, 즉 미국을 한국으로, 또 한국을 미국으로 인도하는 역할로 그를 이끌기 시작했다. 알렌은 상하이를 출발한 배에서 이하영(李夏榮, 1858~1919)과 조우하였는데, 이하영은 서울에서 알렌의 첫 한국어 선생이 되었을 뿐 아니라 후일 워싱턴 DC 주재 한국대리공사(재임 1887~1889)가 된 인물이다.[115] 프랑스인들이 과거 한국에서 겪었던 고충을 알고 있었던 알렌은 서울에 도착하는 즉시 미국 공사 루시우스 푸트(Lucius Foote) 장군을 방문

---

112) 위의 책, 2면 참조.
113) 민경배, 『알렌의 선교와 근대한미외교』(연세대 출판부, 1991), 3면 참조. 저자 민경배는 알렌의 해당 일기가 기록된 정확한 날짜를 1884년 9월 20일로 제시하고 있으며, 또한 알렌이 한국에 입국한 최초의 선교사였다고 주장하고 있다. 이러한 주장은 두 가지 측면에서 문제가 있다. 첫째, 개신교 이전의 천주교 선교를 별도의 활동으로 인정하지 않음으로써 개신교적 편견을 반영한다. 민경배는 이어지는 문장에서 "한국 기독교회의 역사는 바로 그 날(알렌이 도착한 날) 시작되었다"라고 주장함으로써 편파적 인상을 강화하고 있다. 둘째, '제너럴 셔먼호'에 승선했던 로버트 토마스(Robert Thomas) 등 개신교 순회(巡廻) 선교사들이 알렌보다 먼저 한국에 입국했었다는 사실을 간과하고 있다. 그러나 해링턴(4면)이 지적하였듯이, 알렌은 실로 "조선왕국에서 주거를 정하고 체류한 최초의 개신교 선교사"였다.
114) 알렌(H. N. Allen), 『알렌의 일기 Allen Diary』, 1884년 9월 12일, 20일, 22일자 참조. 또한 알렌, 「한국에서 보내는 첫 서신(Our First Letter from Korea)」, 『선교잡지 Foreign Missionary』 43, 1884, 302~303면 참조.
115) 조지 백, 앞의 책, 99면 참조. 앞서 언급한 바와 같이 이하영은 박정양과 알렌이 이끄는 최초의 공식 외교사절단의 일원으로서 동행하였다.

했다. 알렌은 "동양에서는 정치와 종교가 하나이므로 선교 활동이 조금이라도 성공을 거두려면 외교 차원의 면책특권이 필수적이라는 사실"[116]을 주지하고 있었다. 푸트 장군의 생각도 그와 일치했다.

> 그의 관찰에 의하면, 알렌에게는 기독교 금지령으로부터의 보호가 필요했다. ……. 위장을 굳이 피해야 할 필요가 있겠는가? 프랑스 천주교 사제들도 그렇게 했다. 푸트 장군은 외국인 천주교 사제들이 한국인 조객(弔客)의 복장을 한 모습을 본 적이 있다. 알렌은 그보다 더 감쪽같이 할 수 있었다. 의사이므로 미공사관 공의(公醫)로 서울에 올 수 있지 않는가. 비록 보수는 없지만 '곧 시작될 사역에의 길을 닦는' 동안 박해를 피할 수 있는 기회를 얻는 것이다. 이러한 책략이 선교 활동의 윤리강령하에서 허용 가능한 것인가? 알렌은 그렇다고 생각했다. 사실, 그는 이러한 책략과, 푸트 장군이 이를 관철시키는 방식을 보며 크게 만족하였다.[117]

미국과의 조약 체결 2년 후인 1884년, 기독교를 금지하는 한국의 법은 그대로였으나 마찬가지로 이를 교묘하게 우회하는 선교 전략에도 변화가 없었다. 그 외에도 종교와 정치의 결탁은 계속되고 있었으며 부적절한 세속적 수단들에 대한 정당화가 자행되고 있었다. 사실상 이들 수단은 종교와 별 관련이 없었다. 그리고 알렌과 푸트 장군이 스스로의 책략에 만족해하는 사이 서울의 많은 이들은 이들 미국인의 계략을 즉시 간파하였다. 흥선대원군과 명성황후, 심지어 미국여행 전력이 있는 민영익조차 여전히 수구세력이었으며 반(反)서구적 성향이 다분했다. 국내의 중국인들과 러시아인들마저도 미국인들을 탐탁지 않게 여겼으니 미국인 선교사들을 싫어했음은 더 말할 필요도 없다. 그러나 고종은 비록 일시적이기는 했으나 김옥균(金玉均, 1851~1894)을 비롯한 개화파의 영향을 받고 있었다. 김옥균과 친일파는 미국의 "선교활동이 '문명화' 세

---

116) 해링턴, 앞의 책, 10면 참조.
117) 위의 책, 11~12면 참조.

력으로서, 한국으로 하여금 서구의 문화로 나아가게끔 할 것이고 결국 서구의 방식을 급속히 받아들이고 있는 새로운 일본의 문화로 나아가게끔 할 것"118)이라 믿었다. 사실상 기독교는 이미 종교라기보다 서구 문명으로 간주되는 조짐을 보이고 있었으므로 알렌은 천주교 사제들이 겪어야 했던 처참한 고난을 당할 필요가 없었다.119) 바로 이 만족스러운 융합 덕분에 알렌은 한국에 남을 수 있었다.

결국 진보파의 영향으로 알렌이 한국에 남았다면 이번에는 수구파가 그의 위상을 높이는 격이 되고 말았다. 물론, 이는 수구파의 의도가 아니었으며 알렌의 득세를 반대하는 입김도 만만치 않았다. 당시 알렌은 나름의 혁명을 준비하며 조용히 끈기 있게 일을 추진하고 있었다. 그러나 일본에 가세한 젊은 급진파는 보다 즉각적인 유혈(流血) 거사를 꾀하고 있었다.120) 중국과 러시아의 영향과 간섭이 급증하는 가운데 이를 견디지 못한 김옥균 및 진보세력은 갑신정변(1884)으로 정권 장악을 도모하였으나 실패하고 만다. 잔혹한 정변이 낳은 최초의 희생자들 가운데 다름 아닌 민영익이 포함되었으니, 그는 알렌의 적수인 동시에 장군이었으며 명성황후의 조카인 황족이었다. 또한 세도 있는 민씨 일파의 수장이기도 하였는데121) 정변 당시 기습을 당해 목숨이 위태로웠다. 알

---

118) 위의 책, 13면 참조. 또한, 해링턴은 영국과 독일이 중국의 종주권을 부분적으로 묵인한 반면, 미국은 고위 외교관을 한국에 공식 파견함으로써 중국의 종주권을 견제하는 데 핵심적 역할을 했다는 사실을 강조하고 있다. 그러나 당시 미국은, 한국보다는 일본의 이익을 위해 움직임을 취하고 있었을 가능성이 있다. "이는 거기서 그치지 않았다. 한국 내 미국인들은 섬나라 일본을 선호하였으며 일본의 외교관과 하인, 정부(情婦)를 중국의 깃보다 더 좋아하였다."(15면) 한국은 한국을 제외한 모든 나라들에게 뒷전이었던 것 같다. 이는 10년 후 발발한 청일전쟁에서도 잘 나타난다.

119) 이 시기에 이르면 (특히 개혁파들에게 있어서) '문명'은 전혀 다른 의미로 사용되기 시작한다. 즉, 전통적 동아시아 철학을 가리키던 뜻은 완전히 사라지고 대신 근대 서구의 기술과 제도를 의미하는 용어로 자리 잡게 된다.

120) 조지 백, 앞의 책, 99면 참조.

121) 해당 사건에 대한 상세한 연구는 해롤드 쿡(Harold F. Cook), 『갑신정변(1884) — 그 배경과 김옥균의 허상 Korea's 1884 Incident — Its Background and Kim Ok-kyun's Elusive Dream』(대원출판사, 1972) 참조.

렌은 부름에 즉각 응했다. 민영익은 적어도 일곱 군데의 자상(刺傷)을 입고 "몹시 위독했으며 '끔찍한 피투성이'였으나 기적적으로 소생했다. 자상으로 그의 머리가죽이 일부 벗겨졌고 눈에서 등뼈까지 베였으며 양 팔의 뼈가 세 군데나 드러났다."122) 알렌은 민영익의 치료에 밤을 지새웠으며 봉합을 27군데나 했다. 한편, 밖에서는 정변을 주동한 한국인들과 그들의 일본인·중국인 지지자들이 계속해서 학살을 자행했고, 서울의 거의 모든 서양인들이 생명의 위협을 느껴 피신했다. 그러나 알렌은 서울에 남았고, 일기에 "우리는 남아서 모든 것을 하나님께 맡기기로 결심했다"라고 썼고, 이에 해링턴은 "또한 민영익의 목숨을 구한 것에 대한 중국인과 한국인의 감사에 모든 것을 맡겼을 터였다"123)라고 덧붙였다.

그후 석 달간 민영익은 집중적인 치료를 받았다. 알렌은 그의 상태가 위독했으므로 치료를 받다 사망할 경우 자신의 목숨이 위태로워질 것을 두려워했다.124) 그러나 민영익은 소생하였고 알렌은 후한 상을 받았으며, 갑신정변에 가담했던 일본은 추후 보다 유리한 시기에 중국을 다시 상대할 요량으로 철수하였다. 전술한 두 사건은 우연히, 또 매우 다른 방식으로 전개되었으나 한국을 중국과 일본으로부터 멀어지게 하고 미국과 좀더 가깝게 하는 계기가 되었다. 한때 수구파로 서구를 배척했던 민영익이 이제는 알렌을 형제라고 불렀으며, 고종과 명성황후도 그를 황실 어의로 임명하였다. 외국태생의 평민은 황족과 한 자리를 할 수 없었으므로 알렌에게는 한국의 양반 신분이 주어져야만 했다. 심지어 유폐생활을 마치고 1885년 귀국한 흥선대원군조차 알렌을 불러들였고,125) 다수의 수구파 세력도 계속되는 교류 및 이로 인한 신뢰를 바탕

---

122) 해링턴, 앞의 책, 24면 참조.
123) 위의 책, 33면 참조.
124) 조지 백, 앞의 책, 102면 참조.
125) 해링턴, 앞의 책, 41~43면 참조.

으로 특별히 알렌과 미국을 예외로 취급하였다. 조지 백은 이들에 대한 특별대우, 서구의 기술, 기독교의 수용이라는 요인들 간에 존재하는 불가분의 관계를 상당히 솔직하게 기술하였다. "알렌이 받은 보상은 흡족한 것이었다. 서구의 눈부신 의술을 보여줌으로써 조선황실의 신임을 얻었고 공공연한 선교 활동의 길도 닦을 수 있었으니 말이다."[126) 김옥균과 민영익이 정적(政敵)이었음에도 불구하고 그들의 충돌이 결국 동일한 결과를 초래했다는 사실은 아이러니하기만 하다. 즉, 수구파와 친일파의 대결로 인해 알렌과 기독교가 권력의 핵심으로 이동하는 과정이 마침내 시작되었던 것이다.

한편, 급진파 진영에서는 갑신정변을 마무리하려는 일본의 의지가 없음을 깨닫고 이를 경멸하는 움직임이 있었다. 서재필(徐載弼, 1864~1951)을 비롯한 개혁파는 '문명'에 대한 그들 나름의 개념을 가지고 있었으며, 그러한 개념의 근원에 절대적 권력을 부여하였다. 서재필은 자신이 동아시아 세계질서로부터 일본으로 눈을 돌리게 된 계기를 다음과 같이 설명한다.

> 중국과 마찬가지로 조선에서도, 거품은 창으로 건드리자마자 터져 버렸다. 일본의 공격에 의한 이들 전통 유교 국가의 붕괴는 소위 유교 교육이라는 것의 허상과 무가치함을 천하에 폭로하고 말았다. ·······.[127)

그러나 서재필 자신의 개인적 야심을 위해 일본이 무력을 행사할 의향이 없음을 확인하자 일본의 신실성을 의심하기 시작한다. 따라서 갑신정변 공모자의 다수가 일본망명을 선택한 반면 서재필은 미국행을 선택하였고, 그 후 10년 이상을 미국에서 체류하게 된다. 한편, 미국으로 전향한 것은 서재필만이 아니었다. 황족인 박영효(朴泳孝, 1861~1939)

---

126) 조지 백, 앞의 책, 102면 참조.
127) 서재필, 『독립신문 The Independent』, 1896년 6월 6일자 및 8월 6일자. 비판 찬드라, 앞의 책에서 인용.

와 서광범(徐光範, 1859~1897)을 비롯한 보다 젊은 개혁파 인물들이 서재필의 뒤를 따랐다. 이리하여 한 때 친일 성향을 띠었던 개혁파 가운데에서도 일본의 목표를 의심하는 무리가 생겨났으며, 진정한 '문명개화'를 미국에서 찾고자 하는 움직임이 시작되었다. '문명개화'의 추구는 이후 한국 역사와 문학에서 자주 표출되는 주제가 된다.128)

어의(御醫)로서 이제 알렌은 왕의 총애와 신망을 얻었다. 그러나 개종에 대한 금지는 아직도 철폐되지 않았다. 여하튼 알렌은 대부분의 시간을 궁에서 보냈고 선교활동에는 최소한의 시간 밖에 할애할 수가 없었다. 주어진 최소한의 시간에 알렌은 비종교적 활동에 치중한다는 자신의 전략을 견지했다. 1884년 갑신정변 이후의 팽팽한 긴장 속에서는 그와 같은 간접적인 방식이 가장 효과적일 터였다. 알렌은 윌리엄 B. 스크랜튼 박사, 호레이스 G. 언더우드, 헨리 아펜젤러와 같은 유력한 선교사 몇 사람을 '편법을 통해 은밀히 입국'하도록 하였고 이들을 의사나 교사로 선전하여 한국 정부 안에 일자리를 마련해주었다.129) 직접적으로 본래 목적을 추구할 수 없었던 이들 및 이들과 관련 있는 여성들(모두 미국인이었다)은 한국에서 서양 의술과 교육의 선봉자가 되었다. 이들의 본래 목적에는 별 관심이 없었으나 문명개화의 신 버전을 습득하는 데는 열성이었던 한국인들은 미국에 한층 가까워졌다.

갑신정변 이후 10년이 흘러 중국의 영향력은 절정에 달했다. 미국의

---

128) 이후 서재필은 다음과 같이 회고한다. "일본인들은 말과 약속에 있어서 진실되거나 신실한 경우가 드물다. 그러니 일본과 같은 나라를 신뢰한다는 것은 바보나 하는 짓이다. 1884년 한국의 젊은 개혁파는 너무도 미숙했고 세상물정을 몰랐기에 일본의 감언(甘言)을 곧이곧대로 받아들이는 실수를 저질렀으며 그 대가를 톡톡히 치렀다." 그의 회고는 계속된다. "나는 동료 한국인들에게 염증을 느꼈으며 일본의 배신행위에도 이에 못지않게 실망했다. 그래서 아예 동양을 아예 등지고 미국에서 새로운 삶을 찾기로 결심하였다. 조선 황족 박영효, 및 서광범도 나와 같이 미국행을 하였고 ……" 필립 제이슨(서재필), 홍순표 편, 『서재필 영문회고록 My Days in Korea and Other Essays』(연세대 출판부, 1999), 22~23면 참조.
129) 해링턴, 앞의 책, 49면 참조.

영향력은 상대적으로 약했으나 점차 확대되어 가고 있음은 분명했다. 1887년에 이르러 선교사는 비록 교육과 의술 분야에서 간접적으로 활동하기는 하였으나 그 수가 스무 명이 넘었다. 앞서 언급했다시피 고종이 알렌의 도움으로 서양에 한국 최초의 공사관을 설치하기 위해 워싱턴 D.C.에 사절을 파견한 것도 1887년이었다. 그러나 한국에서 미국 정부의 관심은 소수의 사업 투자와 군 교관 양성에 국한되어 있었다. 미국 정부는 나름대로, 또 자신의 이익을 위해, 중국의 지배를 견제하려 했다. 고종은 미국이 오직 말로만 한국의 독립을 위해 싸워줄 '중립적 세력'임을 알고 있었다.130) 1882년 조미수호통상조약(朝美修好通商條約)의 낙관적인 문구에도 불구하고 20세기 초 미국의 배신이 있기 한참 전부터 고종은 이미 미국에 의지하는 데는 한계가 있음을 예감했던 것이다. 그러나 미국인 개개인은 별개의 문제였다.

이 시기의 한국 역사는 십 년 단위로 맞아떨어지는 듯하다. 20년간 한미 관계의 양측은 서로에게 흥미를 느끼지 못한다. 갑신정변이 있은 지 정확히 10년 후 청일전쟁(1894~1895)이 발발한다. 청일전쟁이라는 명칭은 사실을 왜곡하는 측면이 있다. 이는 한국에서의 헤게모니를 위해 한국 땅에서 벌어진 전쟁이었기 때문이다. 그로버 클리블랜드(Grover Cleveland) 대통령을 비롯한 미국 일각에서는 엄격한 중립이라는 기존의 정책에서 탈피하여 조미수호통상조약에 의거하여 침략시 '필수상조(必須相助)'라는 약조를 지키고자 노력하기도 했다.131) 그러나 결과는 의도를 따라주지 못했다. 1895년에 일본은 1884년에 잃었던 것을 요구했고 미국의 도움은 결코 실현되지 않았다. 1884년에 죄인으로서, 역적으로서 망명길에 올랐던 개화파 다수는 귀국하여 고종과 함께 더 늘어난 일본의 간섭 아래, 이후 10년간 나라를 이끌게 된다.132) 그러나 앞에서 언급했다시피

---

130) 채종석, 『비대칭 외교—1910년까지의 한미 관계 Diplomacy of Asymmetry—Korean-American Relations to 1910』(Honolulu : Hawaii University Press, 1990), 77, 89면 참조.
131) 위의 책, 97면 참조.

이들 개화파 중 다수는 비록 일본의 정치 및 군사력을 이용하기는 했으나 미국 쪽으로 기울어 있었다.

1904년에는 또 한 번의 전쟁, 러일전쟁(1904~1905)이 발발했다. 한국은 다시 한 번 풍전등화의 운명에 놓이게 된다. 러일전쟁에서 일본의 압도적인 승리는 테오도르 루즈벨트(Theodore Roosevelt) 대통령의 뇌리에 깊은 인상을 남겼고, 이에 미국의 대한(對韓) 정책과 독립을 향한 한국의 염원은 한국을 식민지화하려는 일본의 열망 가운데 증발하고 말았다. 미국 내 친일 감정은 최고조에 달했다. 20세기 들어 처음 10년간 미국의 인사들은 한국을 방문해, 증가 일로에 있는 일본의 한반도 점령에 대한 일본 측 최악의 논리를 대변했다. 한국이 일본의 식민지가 되기 불과 한 달 전 조지 케넌(George Kennan)은 이렇게 썼다.

한국인들에게 아무런 정신적 호기심도 느끼지 못하는 서양인에 비친 한국인들은 매력 없고 불쾌할 뿐만 아니라, 보면 볼수록 게으르고, 지저분하고, 파렴치하고, 부정직하며, 상상을 초월할 만큼 무식하고, 개인의 힘과 가치를 자각하는 데서 오는 자존감이 완전히 결여되어 있다. 이들은 미개한 야만인 정도가 아니라, 쇠락한 동양 문명의 부패한 산물이다.[133]

기사는 널리 읽혔고 한국에서의 그 어떤 선교활동보다도 미국인들에게 더 효과적으로 깊은 영향을 주었다. 루즈벨트를 선두로 조금이나마 한국에 대한 관심 내지는 지식이 있는 미국인 거의 모두가 한국에서 손을 떼었다. 이로써, 남아 있는 미국의 이미지와 미국에 대한 통로를 제

---

132) 일부는 돌아오지 못했다. 예를 들어, 김옥균은 외국에 거주하던 중 명성황후의 수구파 홍종우에 의해 암살되었다. "김옥균은 조국을 결코 다시 보지 못했다. 그는 다음 10년간을 여러 곳(도쿄·요코하마·보닌 제도·홋카이도, 그리고 또 다시 도쿄)을 전전하며 불안한 망명생활로 보냈다. 1894년 3월 28일 상하이에서 암살자의 총탄에, 결국 그는 비극적 생애를 마감하였다." 해롤드 F. 쿡, 앞의 책, 220면 참조.
133) 조지 케넌(Gorge Kennan), 「한국 민족(The Korean People)」, 『아웃룩 The Outlook』 제81권, 1905.10.21, 409~410면. 조지 백, 앞의 책, 11면에서 인용.

공하는 것은 한국주재 선교사들의 몫으로 남겨지게 될 것이었다. 1905년 7월 29일 윌리엄 H. 태프트(William H. Taft) 미 육군성 장관과 가쓰라 타로(桂太郞) 일본 수상 간에 밀약이 체결되었다. 밀약은 한국에 대한 일본의, 필리핀에 대한 미국의 중차대한 이권을 상호 묵인하는 거래였다. 불과 4개월 후인 11월 17일 을사조약이 강제로 체결된다. 그렇지 않아도 한미 외교는 이미 상당 부분 정부보다는 한국에 있는 미국인 개인에 의해 수행되어오고 있었다. 1905년부터는 전적으로 이와 같은 상황이 된다. 거의 모든 외국 열강이 미국에 합류해 정부기관과 사업을 한국으로부터 완전히 철수했다. 이제는 기독교 선교사나 한국의 관리라기보다는 미국의 외교관에 가까웠던 호레이스 알렌 또한 한국을 떠났다. 그러나 그의 성과는 오래 전에 다져진 것이었다. 일본은 선교사 외에는 어떠한 서양인도 한국에 남지 않도록 했고, 알렌의 오랜 노력 덕분에 미국인은 이들 중 수적으로나 영향력으로나 가장 강력한 세력이 될 수 있었다.

청일전쟁은 중국이 중심에서 밀려나는 데 결정적인 역할을 하고, 명성황후의 시해로 미국은 중심에 가장 가깝게 된다. 10년 후 러일전쟁의 발발과 범아시아주의의 확대로 일본은 다시 논쟁의 대상이 된다. 한국의 친미주의자와 친일주의자는 동일한 주제의 각기 다른 변주곡을 주창하고 있었다. 양측 다 문명개화를 지지했다. 단지 그 중심축으로 다소 다른 국가적 모델을 추구했을 뿐이다. 모두가 미국이 이 새로운 문명개화를 위한 '진정한' 모델임을 알고 있었다. 그러나 일부 한국인에게는 일본 또한 그에 못지않은 대안이었다. 미국이 아닌 일본만이 중국과 러시아를 격퇴한 나라였다. 미국이 아닌 일본이야말로 '쇄국적'인 일개 동아시아 국가에서 30년 만에 세계열강으로 탈바꿈한 나라였다. 마지막으로, 일본이야말로 유일하게 대동아 공영이라는 비전을 제시했다. 솔깃한 주장이 아닐 수 없었다. 그러나 임진왜란, 강화도조약, 명성황후의 시해라는 역사적·경험적 기억에서 비롯된 일본의 본심에 대한 의구심이 여전히 존재하고 있었다. 1898년, 이러한 의구심을 의식한 이토 히로 부미는 한국인에 장담했다. "오늘날 한국은 자주독립 국가이다. 이제부터 한국의 독립성이 보다 강화되고 굳건해지는 것은 일본의 바람이 될 것이다. 이 나라에 대해 일본이 행하는 어떠한 일에도 다른 의도가 없을 것이다. 지금 한국인은 일말의 의구심도 가질 필요가 없다. 한국은 일본 측에 어떠한 악의도 없다는 것에 안심해도 좋다."[134] 그러나 1905년에 이토 히로부미는 고종으로 하여금 조국의 독립을 앗아갈 조약에 강제로 서명하게 한다. 그는 또한 일본의 신식민지의 초대 통감이 된다. 1905년, 일본의 배신과 주권 강탈로 상황은 분명해졌다. 중심과 변방간의 진정한 수평적 교류는 오직 독립된 한국으로서나 가능한 것이었다. 상황은 갑자기 수직적으로 변했다. 일본은 악한(惡漢)으로 드러났다. 그리고 한국의 몰락은 곧 미국의 부상을 의미했다.[135]

한국의 몰락(沒落), 미국의 부상(浮上)

1905년, 미국 공사관이 처음으로 한국을 떠나고 다른 외국 정부 사절들도 곧 뒤를 따른다. 그러나 미국 선교사들은 그대로 머문다. 청일전쟁은 한국인들을 피폐하게 만들었으나 선교사들에게는 하늘이 내린 기회

---

134) 라드(G. T. Ladd), 『이토 후작 하의 한국에서 In Korea with Marquis Ito』, New York, 1908. 도널드 턱스베리 편, 앞의 책, 18면에서 인용.
135) 이는 모든 것이 순식간에 변했다는 의미는 아니다. 결코 그런 경우는 없다. 일부 개인과 단체(일진회가 가장 대표적이다)는 1910년 한일합방 때까지도 일본의 약속에 미련을 버리지 못했다. 그러나 대다수 조선인들에게 1905년은 환멸을 의미했다. 이러한 역사적 환멸은 거의 즉각적으로 소설에서, 또 이인직의 『혈의 누』(1907)에서 보이듯 심지어는 친일주의자로 알려진 작가의 작품에서도 등장하기 시작했다. 이는 모두 다음 장에서 논의될 것이다.

라 할 수 있었다. 불안의 확산으로 기록적인 수의 한국인들이 교회로 향했다. 선교사들도 이를 잘 알고 있었고 또 이에 대해 거리낌 없이 논하였다. 1900년 뉴욕세계공의회회의(Ecumenical Council of New York)에서 점점 불어나는 한국의 교회 수를 논하면서 에윙이라는 박사는 다음과 같이 평했다. "저는 한국에서의 성과가 선교 방식 덕분이라고는 보지 않습니다. 청일전쟁이 그 요인이었지요. 전쟁 이전에 100여 명에 불과하던 기독교인의 수가 청일전쟁 직후에 급증했습니다."[136] 당시 저명한 장로교 선교사였던 찰스 알렌 클라크는 이에 대해 부분적인 반박을 시도했다. 그러나 그 과정에서 오히려 그는 종교 자체의 가치가 아닌 한국인의 방향성 상실과 패배주의가 한국인이 기독교를 받아들이게 된 주된 요인이라는 주장에 힘을 실어주었다.

비단 전쟁뿐만 아니라 1876년에서 1894년까지 발생한 이 모든 격변적 사건들이 나라 전체에서 사고방식의 변화와 가치의 재평가를 야기했을 것이다. 민중은 일본이 일부 수용한 이 서양 문명에 고려해볼 가치가 있는 무언가가 있다고 생각하지 않을 수 없었다. 서구 세계의 유일한 흔적이자 이와 접할 수 있는 유일한 창구나 다름없었던 선교사를 곁에 둔 이들이 선교사들이 가진 물질(物質)이라면 무엇이든 관심을 갖게 되리라는 것은 당연한 일이었다.[137]

1880년대의 서재필의 경우에도 그러했듯이 유교의 포기와 기독교의 수용은 모두 두 체제의 철학적 가치에 대한 객관적 평가가 아닌 서구 '물질'의 군사적·기술적 우수성의 목도(目睹)에서 비롯되었다. 클라크

---

136) 『뉴욕 세계공의회 의사록 Minutes of the Ecumenical Council of New York』(1900), 308면. 찰스 알렌 클라크, 앞의 책, 228면에서 인용. 에윙 박사만이 아니었다. 1902년에 브라운 박사는 성공적인 선교에 대해 다음과 같이 설명했다. "1894년 청일전쟁 당시 자신의 논밭과 집을 폐허로 만들며 자신의 고향에서 전투를 벌이는 적군을 목격했을 때의 무력한 조선인의 공포 이들은 우호적인 선교사에게 의지하기 시작했다." 브라운(A. J. Brown), 『한국 방문 보고서 Report of a Visit to Korea』(1902), 12면; 찰스 알렌 클라크, 앞의 책, 230면에서 인용.
137) 위의 책, 229면 참조.

는 기독교를 언급조차 하지 않았다. 오히려 그는 한국인이 좋은 것이 "서양의 문물"이었음을 인정하고 있다. 그리고 미국인 선교사들은 그러한 서양 문물의 유능한 공급책이었다. 1905년, 마침내 이들에게 '독점권'이 주어진다.

그러나 이들에게 주어진 독점권만으로 20세기의 처음 10년간 기독교가 누린 그와 같은 장대한 발전이 저절로 이루어진 것은 아니었다. 클라크 또한 이렇게 썼다. "교회란 사회적 환경 속에서 성장하는 사회 조직이며, 교회의 발전을 설명하는 데 있어서는 여러 사회적 요소가 고려되어야 한다."[138] 1900년에 클라크는 한국에서 선교사는 "서구 세계의 유일한 흔적이자 이와 접할 수 있는 유일한 창구나 다름없다"고 평가했다. 기독교에 대한 금지령은 1898년에 와서야 공식적으로 철폐되었으나 1894~1895년의 비극 이후 미국과 개신교 세력은 급부상하게 된다. 청일전쟁 이전에도 미국인들은 속세에서 자신들의 영향력을 확고히 하기 위해 많은 노력을 기울였다. 알렌과 스크랜튼은 병원을 설립했고, 스크랜튼의 어머니는 이화여자대학교의 전신인 이화여전을 설립했다. 아펜젤러는 배재학당을 설립했고 『독립신문』의 주필로 활동했다. 언더우드도 신문을 발행했으며 후에 연세대학교가 된 연희전문학교를 설립했다. 애초에 학생들은 종교에 대해서는 별 의욕이 없었고, 이러한 사실을 선교사들은 놓치지 않았다. 언더우드와 아펜젤러는 영어 교육을 택했다. 영어는 국내에서의 권력과 외국에 대한 지식을 얻기 위한 핵심요소로 급부상하고 있었다. 1886년에 이미 아펜젤러는 이렇게 쓴 바 있다. "한국인들 사이에서 영어를 배우려는 열의는 언제나 대단했다. 새로운 언어에 대한 지식은 예전에도 그랬고 또 지금도 여전히 보다 높은 곳으로 올라서기 위한 발판이다. 한국인에게 '왜 영어를 배우려고 합니까?' 하고 물어보면 십중팔구 '출세하기 위해서'라고 답할 것이다."[139]

---

138) 위의 책, 228면 참조.
139) 『1886년 M. E. 노스 리포트 *M. E. North Report for 1886*』, 조지 백, 앞의 책, 129면 인용.

한국에서 기독교는 서구 문명과 권력의 대명사가 되었고, 영어라는 언어는 그러한 권력에 도달하기 위한 직접적인 통로였다.140) 아마도 자신들의 종교가 지닌 매력을 과신한 탓이었는지 미국인들은 종종 기독교와 영어를 구분하려 시도했다. 그러나 신학교에서조차도 미국인 선교사가 영어 수업을 폐지하기로 결정할 때마다 학생들 대다수가 종교 수업을 거부했다. 드레이크(H. B. Drake)는 전반적인 상황을 다음과 같이 요약했다.

당시 평범한 한국인들에게 기독교는 서구주의와 거의 동일시되었음이 분명하다. 기독교는 큰 벽돌집, 하인, 사회적 지위, 한마디로 천박한 퇴보에 대비되는 부와 성공을 의미한다. 교육을 통해 달성될 수 있는 부와 성공 말이다. 이 때문에 한국인들은 선교학교로 몰려드는 것이라고 개중 현명하거나, 혹은 대담한 선교사들은 고백할 것이다. 내가 거주하고 있는 지구(地區)에서 감리교 신학교를 볼 수 있을 것이다. 여기 학생들은……목사가 되기 위해 준비하고 있었다. 이들의 교과과정에는 일주일에 여덟 시간의 영어 수업이 있었다. 마을 목사에게 영어는 아무 쓸모가 없을 것이므로 이는 순전히 시간 낭비라는 지적이 있자 그에 따라 영어를 교과과정에서 폐지하자는 제의가 나왔다. 학생들은 영어 수업이 부활되지 않는다면 동반 자퇴하겠다고 으름장을 놓으며 당장에 수업거부에 돌입했다. 영어가 얼마나 중요한 지 확실히 보여주는 대목이다. 한국인에게……영어는 옳든 그르든 사회적 성공을 위한 '열려라 참깨' 주문이다. 전차에서, 기차에서, 어디에서건 영어를 배우려는 열의에 찬 적극적인 청년으로부터 성가신 질문을 받아본 사람이라면 알 것이다. "영어 좀 가르쳐주실 수 있습니까" 하고 이들은 말을 건다. ……수업료 얘기를 꺼내면 이들은 포기할 것이다 이에 대응하기 위해, 보다 영악한 부류라면 종교 수업이라면 기꺼이 공짜로 해주리라고 기대하며, '성경'을 가르쳐달라고 할 것이다. 그러나 선

---

140) 영어에 대한 이러한 인식은 근대소설에서도 나타난다. 을사조약이 체결된 지 불과 1년 후인 1906년에 쓰여진 이인직의 『혈의 누』에서, 영어는 주인공의 일본에서 미국으로의 물적·심리적 이동을 유발하는 매개적 역할을 하고 있다. 1917년 이광수의 『무정』에 오면 일본은 언급조차 되지 않으며 영어는 주인공의 사회적 성공, 결혼 및 궁극적으로 미국으로의 유학을 촉진하는 데 유일한 기준이 된다.

교 학교를 권해보면 이들의 저의가 간단히 드러난다. 그러면 이들은 고개를 가로저으며 말할 것이다. "하지만 거기서는 한국말로 성경을 가르쳐요. 저는 영어로 성경을 읽고 싶습니다." 감이 오지 않는가. 영어 수업을 받을 수 없게 된다면 신학교를 떠나겠다고 으름장을 놓은 이들 신학도는 일평생을 마을 목사로 지낼 의사가 전혀 없었다. 저자에게 이들 모두가 원하는 것은 신학 교육을 이용해 공직에 임명될 자격을 얻는 것이라고 시인한 사람은 다름 아닌, 저자가 만난 가장 진실되며 인내심 있고 성실한 선교사 중 한 명인 저자의 하숙집 주인이었다. 그러나 저자가 보기에 이는 이들이 다른 사람보다 특히 파렴치해서라기보다는 선교사들이 이들에게 기독교와 서구의 물질적 진보를 구분해주지 못했기 때문이다.141)

상황을 파악하기는 어렵지 않다. 선교사들은 애초부터 양날의 검을 썼던 것이다. 이들은 기독교를 서구 문명의 물질적 혜택과 이를 가져다줄 수 있는 영어의 힘을 결합함으로써 기독교인의 수를 크게 늘릴 수 있었다. 그러나 한편으로는 이 때문에 이들은 기독교의 종교적 측면 내지는 기독교의 실천에 전념할 것을 요구할 때마다 엄청난 저항에 부딪혀야 했다.

1905년의, 그리고 특히 1910년의 사태는 어떠한 수준의 경영 수완으로도 달성할 수 없을 만큼 큰 성공을 미국인 선교사에게 안겨주었다. 한국은 나라의 독립을 잃고 만다. 끝내 결정적으로 한국은 쓰러진다. 한국인 대다수는 주권의 상실에 망연자실했다. 애초에 선교사들은 종교와 기술의 매력적인 결합으로서 기독교를 제시하고자 했으나 당혹스럽게도 대부분의 한국인들은 오로지 후자만을 택했다. 그러나 1910년 이전

---

141) 드레이크(H. B. Drake), 『일본인의 한국 *Korea of the Japanese*』(London : John Lane & Bodley Head Ltd., 1930), 166~168면 참조. 드레이크의 「미국의 선교활동(The American Missions)」이라는 제목의 장에는 기독교와 서양의 물질적 진보의 결합에 대한 보다 흥미로운 정보가 담겨져 있다. 한국에 있는 미국인 선교사는 이러한 난제로부터 아직 벗어나지 못했다. 오늘날까지도 무료 영어 강습은 여전히 기독교 신자를 모집하기 위한 흔하디흔한 방식이다.

에는 일본 또한 근대화를 달성하고 힘을 기르기 위한 모델로서 여전히 대안으로 존재했고, 1909년까지만 해도 유학자들 또한 비록 기독교 선교사들이 들여온 기술과 수단을 통해서이기는 하나 과거의 지위를 되찾기 위해 벼르고 있었다. 1909년에 박은식은 "유교는 …… 여러 나라를 돌아다니면서 세계의 주의를 바꾸려는 생각을 강론하지 아니하고, 내가 동몽을 찾는 것이 아니라 동몽이 나를 찾는 주의를 지킴이오."라고 했다.142) 아이러니하게도 박은식이 이와 같이 말한 것은 전통적 유교를 비판함으로써 발전을 촉구하고자 함이었다. 박은식이 반제국주의적 태도를 유교의 '3대 문제' 중 하나로 지적한 것은 당시 한국의 지식인층 (남아 있던 유학자조차도)이 팽창, 복음주의, 경쟁에 대한 서구적 사고방식에 얼마나 물들어 있었는지를 보여준다. 그러나 설사 방법론에서 유학자들이 선교사들에 필적할 만했다 할지라도 이들은 내세(來世)를 보장해주지 못했다. 핍박 받는 민족에게는 구원의 약속이야말로 가장 달콤한 유혹이었다.

1910년, 일본이 범아시아주의에 대한 미련과 독립을 향한 한국인의 희망에 최후의 일격을 가하면서 결정적 계기가 찾아온다. 이제 한국인은 그 어느 때보다도 미국과 기독교를 절실히 필요로 했다. 한국은 일본의 식민지가 되었고, 이제 선교학교는 국내외적으로 교육을 위한 유일한 대안이 되었다. 그러나 미국 교육을 접할 수 있는 자들에게조차도 한 때 미국 교육으로 대변되던 힘을 얻을 수 있으리라는 희망은 거의 없었다. 졸지에 한국인들은 자신의 운명을 스스로 결정할 능력이 없는 자들로 전락했다. 그리하여 기록적인 수의 한국인들이 내세에, 영혼의 구원이라는 약속에 의지하기 시작했다. 미국인 선교사들이 줄곧 제시해

---

142) 박은식, 「유교구신론(儒敎求新論」, 『서북학회 월보 I : 10』(1909.3.1); 피터 리 편, 『한국문명사료집 Ⅱ-17세기부터 현대까지 Sourcebook of Korean Civilization Volume 2—From the Seventeenth Century to the Modern Period』(New York : Columbia University Press, 1996), 427면 인용.

왔던 약속을 한국인들은 이제야 기꺼이 받아들이게 된 것이었다.

수십 년 전 가톨릭교회가 자부심에 찬 당당한 한국을 마주한 반면, 1910년 개신교 선교사들은 만신창이의 나라를 떠안게 된다. 클라크가 언급했던 "사회적 요소"로 인해 한국인 상당수가 그야말로 절망에 빠지게 된다. 이로 인해 선교사들은 묘한 입장에 처하게 된다. 1898년까지 계속되었던 선교활동에 가해진 제약은 이제 훨씬 줄었지만, 한편으로 이들은 절망에 빠진 민족 전체를 맡게 된 것이었다. 1905년부터 1910년까지 한일합방을 위해 적극적으로 노력했던 일진회조차도 제국 당국에 의해 해체되었다.143) 메시지는 분명했다. 이제 일본은 완전히 한국을 지배하게 되었고 그 어떠한 한국의 독자적인 참여도 원치 않았다. 이후 10년간은 한국말로 '암흑기(暗黑期)'로 일컬어지는데 이는 당시의 절망과 실의를 보여준다. 나라 전체의 이러한 상황은 마테오 리치(Matteo Ricci)가 자신의 첫 개종자에 대해 한 말의 연장선상에 있다.

> 중국에서 최초로 공개적인 기독교 신앙고백을 한 자는 최하층민에서 나왔다. 하나님은 더 거대한 것을 파괴하기 위해 더 하찮은 것을 선택하셨음이 분명하다. 이 사내는 불치병을 앓고 있었는데, 의사가 나을 가망이 없다고 선언하자, 더 이상 사내를 돌볼 수 없는 가족들은 무정하게도 사내를 집 밖으로 버리고 만다. 사내는 길 위에 버려져 누워 있었다. 이 일을 전해들은 신부들은 밖으로 나가 사내를 찾는다. 사내에게 육신의 병을 치유할 가망은 없을지라도 영혼을 달래고, 구원과 영원한 행복으로 인도할 방도는 있다고 얘기해 주었다. 사내의 반응은 기쁘다 못해 대담한 것이었으며, 따르는 자에게 그런 자비를 베풀어 주는 법도라면 뭐든지 받아들이겠다고 답했다.144)

---

143) 1910년에 해체되기 전까지 일진회의 일원은 절반이 북서 지방 출신이었다. 이는 기독교가 가장 열광적으로 받아들여지고 실천된 지역과 정확히 일치한다. 직접적인 인과 관계를 증명하기는 어려우나 일진회와 기독교가 상당히 관련이 있다고 주장하고 싶다. 첫째, 일진회는 일본의 꼭두각시가 아니라 변화를 원하는 한국인들이었다. 이들은 일본이 내세우는 범아시아주의라는 논리를 믿는 오류를 범하였을 뿐이다. 1910년, 속았음을 깨닫자 이들에게는 각성(覺醒)이 일어났을 것이다. 이제 미국이 이들의 유일한 대안이었다. 또한 선교사들은 한국에 존재하는 유일한 미국인이었다.

1910년 미국인 선교사들은 이 사내의 처지에 처한 나라 전체를 맡게 된 것이다. 한국이라는 육신은 잃었을지라도 정신은 구원받을 수 있을지도 몰랐다. 알렌·언더우드·아펜젤러를 비롯한 초창기 미국인 선교사들은 부단히 노력했고 그에 따른 합당한 결과를 얻었다. 그러나 이들의 노력은 주로 교육과 의료부문에서 성과를 거둔 것이지 엄밀히 말해 종교 자체에서 거둔 것은 아니었다. 1910년 이전까지 한국인들은 기독교 교리의 철학적 가치를 납득하지 못했고 선교사들의 그 어떠한 노력으로도 이를 바꾸지는 못한 듯하다. 그러나 일본의 경우는 달랐다. 한일합방으로 일본은 한국인의 희망을 짓밟은 동시에 개화의 원동력으로서의 역할을 상실했다. 이제 미국인 선교사들만이 현세에서는 서양의 물질적 진보를, 내세에서는 구원을 대변하는 유일한 존재였다. 한국인 대다수가 처한 이러한 참담한 상황은 이들로 하여금 기독교의 약속을 받아들이지 않을 수 없도록 만들었다. 선교사들은 이를 잘 알고 있었고, 또 이를 십분 활용했다.

그러한 격변으로 인해 한국에서 각별한 노력이 요구된다. "백 만인의 영혼"이라는 표어는 전 국가적인 절망의 시기에 울려 퍼진다. 스스로의 실패로 인해 파멸하고 굴욕 당한, 자결과 자치의 능력이 없는 이 나라는 전 세계의 멸시를 받을 처지로 전락했다. 더 이상 권위는 없고, 재정은 통제 불능이고, 부정부패의 세상은 사라지고, 이제 박탈되고, 정죄 받고, 몰락하여, 이 나라는 구세주를 찾고 있다. 지금이 바로 중대한 시기이다. 미래에 기대를 걸거나 앞을 내다볼 수 없다. 지금이 때이며, 바로 여기에 있다. 활짝 열린 문, 짓밟힌 민족, 간절한 마음 …… 선교사들은 지금이 한국에서 위기 상황임을 확신한다.[145]

---

144) 마테오 리치, 루이스 갤러거 역, 앞의 책, 156면 참조.

145) 제임스 S. 게일(James S. Gale), 『선교사 *The Missionary*』, 제43권 제5호(1910.5), 213면 참조; 조지 백, 앞의 책, 385면 인용(저자 강조). 게일은 캐나다인이었으나 그가 언급한 "선교사들"은 주로 당시 대다수를 차지한 미국인 선교사를 지칭하는 것이었다. 그의 탄원이 미국 장로교 기관지 『선교사 *The Missionary*』에 게재되었다는 사실이 이를 증명한다. 더구나 각 해의 5월호에는 해외선교단 집행위원회(Executive Committee of Foreign

위 글은 데라우치 마사타케(寺內正毅, 1852~1919) 통감이 총독으로 임명된 달인 1910년 5월, 제임스 S. 게일(James S. Gale)이 쓴 것이다. 그는 한국의 몰락이 기독교의 부상을 의미하며, 기독교는 곧 미국임을 알고 있었다. 그의 기쁨과 기대는 명백하다. 한국이 공식적으로 일본에 의해 합방되기 까지는 3달이 남아 있었지만 벽보는 이미 게시되어 있었다. 이를 본 게일과 다른 이들은 백만 명의 새로운 신도를 모은다는 당시로서는 최대의 계획을 추진한다. 도심지에 있는 선교사들은 지방에 있는 평범한 한국인들보다 대외 문제에 관해 훨씬 잘 알고 있었다. 그럼에도 불구하고 선교사들은 그러한 슬픈 소식을 알고 '선한 말씀'을 받아들일 준비가 된 한국인의 수를 백만으로 잡았다. 1910년 8월 22일 공식적인 합방이 있은 후에 거의 전 국민이 상황을 알게 된다. 게일의 예측이 이제 훨씬 많은 수의 한국인에 해당되게 되었으리라는 것에는 의심의 여지가 없었다.

게일만이 일본의 한국 지배로 인한 그와 같은 결과를 예상했던 것은 아니다. 한국인들 또한 군사적 패배와 정신적 묵종 간의 관계를 인식했다. 조지 백(L. George Paik)은 기쁨은 덜 하지만 게일과 같은 결론에 도달한다. "구질서의 종말과 외세의 지배로 인해 한국인들은 참담했다. 이러한 정신적 상태에서 한국인들은 정신적 지주(支柱)를 찾아 기독교로, 친교와 가르침을 찾아 교회로 향하기 시작했으며, 이는 독립적이고 가치 있는 민족으로서의 정체성을 주장하기 위한 절박한 시도였다."[146] 그는 독실한 기독교 옹호자였으나, 한국에서 기독교가 뿌리내리게 된 과정을 명확히 이해했다. 그의 저서의 결론에는 신도들의 부정적 유인(誘因)에

Missions)의 보고서가 실리기도 했다. 게일 자신의 작품 또한 미국의 지배적인 위치를 보여주고 있다. 미국 및 캐나다 청년선교운동(Young People's Missionary Movement of the Unitied States and Canada)에 의해 1910년 뉴욕에서 출판된 그의 책『과도기에 있는 한국 Korea in Transition』에서 그는 한국에 대해 이렇게 쓰고 있다. "이 나라는 정치적으로는 거의 존재하지 않지만, 선교사회에 있어서는 최고의 권력자이다."

146) 조지 백, 앞의 책, 417면 참조.

관해 여러 차례 언급되어 있다. "이 세상에는 어떤 희망도 없어 보인다. 따라서 기독교인들은 자신의 희망을 미래에 걸었다. …… 이들은 '보물을 하늘에 쌓아'두는 것일지 모른다(「마태복음」, 6 : 20)는 희망으로 자신의 육신을 바쳤다."[147] 1910년 이후의 절망적 상황에 대해 그는 계속하여 말한다. "많은 이들도 보다 나은 것을 향한 점진적 변화를 단념하고 많은 선교사들의 전천년설로부터 힘을 얻어 신에 의한 격변을 통해 더 나은 날이 오리라 기대했다."[148] 한국은 몰락했고 절망 속에서 기독교에 의지했다. 서구 물질문명에 대한 제일의 공급자로서 자리 잡은 지 오래인 미국인 선교사들은 이제 현세와 내세에서의 성취를 위한 열쇠를 쥐고 있었다. 기독교를 통해 한국인들은 내세로 눈을 돌렸고, 현세에서는 미국이 약속의 땅이 되었다.

---

147) 위의 책, 425면 참조. 19세기 후반 많은 한국인들을 기독교로 이끈 명백한 물질적 부에 대한 강조는 1910년에도 사라지지 않았다. 그러나 이는 종종 위와 같은 종교적 은유로 표현되었다. 이러한 현상의 또 다른 예시는 윌리엄 뉴튼 블레어(William Newton Blair), 『정금 같은 신앙 Gold in Korea』(New York : Central Distributing Department of the Presbyterian Church of the USA, 1946) 참조. 블레어는 이 저서의 대부분을 1910년에 저술했다. 그는 첫 장의 상당 부분을 할애해 실제로 한국의 풍부한 광물에 대해 언급한 뒤, 한국의 "정신적 금", 즉 "겸허한 마음의 금"에 대해 논하고 있다. 블레어는 또한 "하나님은 불과 고통이라는 수많은 시험을 통해 (…중략…) 한국의 금을 정제하고 정련하려 한다"는 사실에 대해 매우 흡족해 한다. 물론 한국인들에게 그러한 시험이 블레어만큼 흡족했을 리는 없다.

148) 위의 책, 426면 참조(저자 강조). 한국을 또 다른 이스라엘로, 한국인을 또 다른 선민(選民)으로 보는 사상은 한국의 패배 이후 널리 퍼지게 된다. 조선왕조의 학자들은 하느님이 특정 민족을 편애한다는 사상은 절대 용납될 수 없는 것으로 보았다.

제4장
서구와의 조우—문학적 영향

초기 영향

17세기 초 이래로 서양인들이 한국에 거주해왔음에도 불구하고 당시 허구적 산문과 운문[1]을 막론한 한국문학에는 박연, 헨드릭 하멜, 혹은 그 외 어떠한 서양인에 대해서도 전혀 언급되어 있지 않다. 이들 인물은 정재륜과 같은 문인의 잡문을 비롯한 일부 개인적 형식의 비허구 산문에 등장하기는 하나 서양의 오랑캐가 아닌 귀화한 한국인으로서 연

---

1) 여기서 '운문'이라는 용어는 가사와 기타 운문 형식과, 상당히 형식적이고 지엽적인 정의에 따른 범주인 시(詩)를 구별하기 위해 사용되었다. 오늘날에는 시가 영어의 "poetry"와 동일한 개념으로 쓰이지만 고대에는 그렇지 않았다. 이 연구의 범위를 벗어나기는 하나, 현대의 학자들은 시라는 용어를 무비판적이며 시대착오적으로 사용하고 있는데, 이는 소설이라는 용어에 대하여 간략히 살펴본 바와 같은 일련의 유사한 문제를 야기한다. 여러 형식의 고대 운문(이들 중 어떠한 작품도 창작 당시 시로 불리지 않았다)은 데이빗 맥캔(David R. McCann)의 『한국 시의 형식 및 자유 Form and Freedom in Korean Poetry』(Leiden : E. J. Brill, 1988)에 잘 설명되어 있다.

대순으로 기록되어 있다.[2] 『홍길동전』에는 괴물이 등장하고, 『구운몽』에는 선녀가 등장하나 그 어디에서도 서양인은 찾아볼 수 없다. 아마도 이들을 사실적·전기적으로 기록하는 것만으로도 충분했을지 모른다. 그 수로 보나 목적으로 보나 이들은 한국의 문학적 상상에 편입될 만한 가치가 없었다. 19세기 중반 이전까지만 해도 서양인들은 위협적인 존재가 아니었고 한국 또한 '은자(隱者)'가 아니었다.

당시 국가를 초월한 동아시아 세계 질서의 성격을 고려할 때, 한국이 직접적인 침략을 받기 이전에 문학에서 서양이 최초로 언급되었다는 사실은 의외가 아니다. 서양인에게는 한국이 은자의 나라처럼 비쳤을지 모르나 한국인들은 나름대로 서양의 침략에 대해 잘 인식하고 있었고 또 우려하고 있었다. 1860년 8월 베이징이 영국과 프랑스군에 의해 함락되자 동학의 창시자인 최제우(崔濟愚, 1824~1864)는 「권학가(勸學歌)」라는 가사(歌辭)[3]를 짓는다. 「권학가」에서 최제우는 역사적 사건에 대해 명시적으로 언급한다.[4]

> 하원갑 경신년에 전해오는 세상말이
> 요망한 서양적이 중국을 침범해서
> 천주당 높이세워 거소위 하는도를
> 천하에 편만하니 가소절창 아닐런가[5]

---

2) 자신의 작품에서 이들 네덜란드인을 언급한 작가는 그 외 윤행임(尹行恁, 1762~1801)과 성해응(成海應, 1760~1839)이 있다. 게리 레드야드, 앞의 책, 27~37면 참조.

3) 가사의 정의에 대해서는, 데이빗 맥캔, 앞의 책, 24~46면 참조.

4) 최제우의 작품에는 처음부터 서학이 자주 등장했으나, 실제 역사적 사건과 서학의 배후에 있는 자들이 구체적으로 언급된 것은 『권학가』가 최초였다.

5) 최제우, 최동희 편, 『동학경전』(고우당, 1961), 107면. 민병수·조동일·이재선, 『개화기의 우국 문학』(신구문화사, 1974), 74면 인용.
   위 가사는 『용담유사(龍潭遺詞)』라는 작품집에 담겨 있다. 최제우는 이 작품에서 모든 가사를 자국어로 썼다. 그의 다른 작품집인 『동경대전(東經大全)』은 한문으로 쓰여졌다. 이 두 작품은 동학의 기본경전을 이루며, 양반과 평민 모두가 동학을 접할 수 있도록(물론 꼭 이를 받아들였다는 의미는 아니다) 했다. 현재 두 작품집의 주석판 및 『동경대전』의 현대 한국어판이 시판되어 있다.

1860년에 득도했다고 주장한 최제우는 1862년에 「권학가」를 지었고 1864년에 사형에 처해졌다. 그는 위 가사에서 우국의 심정을 표현하고 있으나, 후반부에 가서는 세상의 종말이 멀지 않았으며 서양에 대한 동양의 승리를 통해 세상이 재건되리라는 자신의 후천개벽사상에 기대어 중국의 상황을 조롱하기까지 한다. 그리하여 최제우는 중국에서 서양이 득세한 상황에 대한 자신의 우려를 글의 흐름에 어긋나다시피 하는 "가소절창 아닐런가!"라는 수사 의문문으로 마치고 있다.6) 1866년 이전에 그의 작품이 얼마나 널리 읽혔는지는 알 수 없으나 이를 읽은 사람들에게 그의 작품은 경각심을 일깨우기보다는 두려움을 완화하는 역할을 했을 것이다. 최제우는 서양의 침략에 대해 머리로는 이해했지만 시간적 및 공간적 거리로 인해 직접적인 경험은 할 수 없었다.

1862년에 평범한 한국인이 최제우의 지식이나 확신에 어느 정도 공감했는지 가늠하기는 어렵다. 그러나 1866년과 1871년에 들어 서양의 군사력을 직접 경험하게 되면서 최제우의 우려는 급속도로 토착화되는 동시에 보편화되었다. 한국 땅에서 벌어진 죽음은 작품에 구체성과 실감을 부여했다. 1866년과 1871년의 양요 직후에 한국 땅에 발 디딘 서양인이 최초로 문학에서 언급된 것은 당연하다 할 수 있다. 그러한 군사적 공격이 적어도 한국의 입장에서는 정당한 이유 없이 자행되었음을 고려해볼 때, 서양의 침략이 극도로 부정적으로 그려지고 있다는 점

---

6) 원문에는 한문이 없으나, 조동일은 이 구절이 한문 '可笑絶腸'을 말하는 것으로 해석한다.* 첫 두 자는 의심할 여지없이 '우스운' 혹은 '어처구니없는' 이라는 뜻이다. 뒤의 누 자는 식역하면 '징(腸)을 갈라내다'라는 뜻이다. 그러나 이는 두 가지로 해석될 수 있다. 첫 번째 해석은, 문자 그대로 '내장이 터질 때까지(영어에서 구어로 'bust a gut'에 가깝다)'라는 정도를 나타낸다고 보는 것이다. 두 번째 해석은 이 네 자를 두 자씩 각각 '어처구니없고 개탄스러운'을 뜻하는 수식어의 대구(對句)로 보는 것이다. 뒤의 두 자의 파생적인 의미는 '극도로 슬픈(영어에서 구어로 '창자가 뒤틀리는(gut-wrenching)'에 가깝다)'이다. 문맥상 저자는 전자의 해석이 옳다고 본다.

＊마지막 자는 원래 '창'으로 읽혔으나 오늘날에는 '장'으로 읽힌다. 여하튼 조동일은 글자의 구체적인 해석은 제시하지 않고, 중국에서의 사태에 대한 최제우의 일축과 침략자를 물리칠 수 있다는 그의 믿음에 관해서만 언급하고 있다.

역시 의외가 아니다. 그러나 이는 한국의 민중이 급진적 변화와 서구식 혁명을 열망했다(적어도 군사적·기술적으로 완전히 정복되기 이전에는)는 통설에는 모순되는 것이 사실이다. 무려 30년 뒤 청일전쟁 직전의 동학농민군은 이에 대한 가장 적절한 예시이다. 이들의 명칭에서 '동(東)'은 서양에 대한 반발을 나타내며 이들의 관심은 기본적으로 혁명이 아닌 기존 유교제의 개혁과 완성에 있었다.[7] 허구적 산문 『홍길동전』은 또 다른 예시이다. 현대의 수정주의에도 불구하고 홍길동은 혁명주의자와는 거리가 멀었다. 홍길동은 사회 자체가 아니라 그 사회로부터 자신이 소외되었다는 사실에 항거한 것이었다. 프랑스와 미국의 침략 이후 민중들 사이에 회자된 가사들은 조선 사회에 대해 이와 비슷한 긍정적 태도를 반영하고 있다.

> 괘심하다 서양되놈
> 무군무부(無君無父) 천주학(天主學)을
> 네 나라나 할 것이지
>
> 단군 기자 동방국의
> 충효 윤리 밝았나니
> 어희 감히 여어 보자
> 흥병가해(價兵加海) 나왔다가
> 방수성(防水城) 불에 타고
> 정족산성(鼎足山城) 총에 죽고
> 남은 목숨 도생하자
> 바삐바삐 도망한다[8]

---

7) 유영익, 「1894년 동학 농민 봉기의 보수적 성격 – 전봉준의 배경 및 동기를 중심으로 한 재평가」, 『한국연구저널』 제7권, 1990년, 149~180면 참조.
8) 강한영 편, 『신재효 판소리 전집』(연세대 인문과학연구소, 1966), 가-2면; 민병수·조동일·이재선, 앞의 책, 82면 인용.

「괴심하다 서양되놈」9)이라는 적절한 제목의 위 가사는 신재효(申在孝, 1812~1884)가 지은 것이다.10) 신재효는 판소리11)에 대한 후원으로 가장 잘 알려졌는데 위와 같은 30여 편의 단가(單歌)를 짓기도 하였다. 신재효는 아전(衙前) 출신으로, 양반의 지위와 특권으로부터 배제되었다.12) 이 가사를 널리 부른 민중들 역시 그러했다. 이들이 신 유교적 질서와 그 속에서의 조선의 위치를 고수하고 옹호했다는 점은 조선시대 말기 사회적 계급의 '불가피한' 붕괴에 관한 목적론적 이론(teleological theory)과 배치된다.13) 서양과 일본의 군대로부터 자신의 문명을 수호할 수 있으리라는 그와 같은 자신감은 일련의 역사적 사건을 통해 허황된 것이었음이 드러난다. 그러나 자신의 문명을 수호하려는 이들의 확고한 의지야말로 이 연구의 현 단계에서 가장 의미 있는 것이라 하겠다. 위 가사는 천주

---

9) 원제목 「괴심하다 서양되놈」에서 "서양되놈"은 최익현을 비롯한 작가가 한문학에서 사용한 '양이(洋夷)'를 한글로 옮긴 것이다. '되놈'은 처음에는 만주족만을 지칭하는 표현이었으나 후일 청이 '멸망'한 뒤에는 중국인 모두를 지칭하게 되었다. 이는 부정적 의미의 '오랑캐'보다도 훨씬 더 경멸적인 표현에 해당한다.

10) 신재효는 전라도 고창에서 출생했다. 지방의 아전(衙前) 집안 출신의 신재효는 부유한 상인으로 성공했으며, 치부(致富)와 판소리의 보전에 전념했다. 판소리 명창을 후원하고 교육하는 한편, 판소리 가사를 수정 / 개사하는 등, 판소리를 예술의 한 형태로 인정받도록 하기 위해 부단히 노력했다. 신재효의 생애와 활동에 관해서는 서종문, 정병헌의 『신재효 연구』(태학사, 1997) 참조.

11) 영어로 쓰인, 판소리에 대한 정의 및 구체적인 연구는 마샬 필(Marshall R. Pihl)의 『한국의 판소리꾼 The Korean Singer of Tales』(Cambridge, MA : Council on East Asian Studies, Harvard University Press, 1994) 참조.

12) 아전은 말단 관리의 범주를 지칭하는 포괄적인 용어이다. 지역(수도 대 지방)과 지위의 형태(능력 대 세습) 같은 요인에 따라 아전의 지위와 보수에는 차이가 있기는 했지만, 이들 모두가 양반 바로 아래인 중인(中人) 계층에 속했다. 왕조가 발전하면서, 이들의 출세에 대한 제약은 늘어났고, 반면에 이들에 대한 보상은 줄었다. 이 원칙에도 예외는 있었다. 말년에 신재효는 실제로 양반에만 허용된 관직에 등용되었다. 그러나 이는 1876년 조선의 강제 개국과 대원군과의 개인적 친분이라는 결정적인 두 핵심 요인으로 말미암은 것이었다. 따라서 1866년 병인양요 이후 이 가사를 지을 당시 신재효는 아직 중인이었다.

13) 1866년 평안도의 사건 보고서에 대한 김선주의 최근 연구에 따르면 당시 전통 사회의 붕괴와 관련한 통념과는 달리 정부 기능은 놀라울 만큼 안정적이고 효율적이었다. 개인적 서신. 2003년 4월 22일.

교가 한국에 강요되지 않는 한, 천주교의 완전한 근절을 요구하지는 않는다. "네 나라나 할 것이지"는 맥락 속에서 살펴볼 필요가 있다. 조선의 신 유교주의자들에게 개종이라는 발상은 혐오의 대상이었다. 적어도 이론상으로는 '중국' 문화와 문물의 본래적 우월성만으로도 미개인을 개화하기에 충분했다. 스스로 이러한 결론에 도달할 만큼 현명하지 못한 자들은 논의할 가치조차 없었다.14) 박은식(朴殷植, 1859~1925)도 이렇게 썼다. "유교는 (…중략…) 여러 나라를 돌아다니면서 세계의 주의를 바꾸려는 생각을 강론하지 아니하고, 내가 동몽을 찾는 것이 아니라 동몽이 나를 찾는 주의를 지킴이오."15)

둘째 연에서 "단군과 기자"가 언급된 것은 두 가지 목적에서다. 표면적으로 이는 현 왕조를 지탱하는 유구한 전통을 나타낸다. 그러나 더 중요한 것은 이것이 당시 한국인에게는 지극히 당연했으나 후일의 국수주의자에게는 이해 불가능한 혐오의 대상이 된 자아 정체성을 나타내고 있다는 점이다. 천제의 아들 환웅과 웅녀 사이에 태어난 단군은 건국 신화에 따른 한국인의 시조이다. 제1장에서 언급되었다시피 기자는 한국에 정착하여 기자조선의 왕이 된 중국의 현자이다. 이 두 인물과의 동일시는 단일민족에 대한 언급을 배제하는 동시에 19세기 말에 표면화된 종족적 민족주의의 주장과도 배치된다.16) 이러한 비민족주의

---

14) 예를 들어 1868년 메이지유신 이전에 일본은 한국으로부터 유교를 배우기 위해 많은 노력을 기울였다. "도쿠가와 막부는 한국의 사절로부터 유교 문화를 배우기 위해 엄청난 투자를 하였음이 분명하다. 고위급 사절들은 일본 하인이 드는 가마를 타고 '조선인 전용 도로'를 오가며, 서예 표본을 쓰거나 일본의 지도층 인사를 위해 시를 지어주는 등 항시 분주했다." 손보기, 「한국의 개국─전통의 대립(The Opening of Korea─A Conflict of Traditions)」, 『왕립(영국) 아시아 학회 논문집 Transactions of the Korea Branch of the Royal Asiatic Society』 제36권(왕립아시아학회, 1960), 106면.

15) 그러나 아이러니하게도, 제3장에서도 언급되었다시피, 1909년에 박은식이 이와 같이 말한 것은 전통적 유교를 비판함으로써 발전을 촉구하고자 함에서였다. 그러나 이러한 사실이 유교에 대한 그의 주장의 진실성을 훼손하지는 않는다.

16) 이는 1905년에 다시 대두된다. 을사조약이 체결된 이후, 장지연은 「시일야방성대곡」이라는 제목의 논설을 쓴다. 「시일야방성대곡」에서 그는 이렇게 개탄하고 있다. "아!

적 자아개념은 국가를 초월한 유교 덕목인 충(忠)[17] · 효(孝) · 윤리(倫理)[18]에 의해 뒷받침된다. 당시 자명한 것으로 생각되었던 이들 덕목은 서양과의 접촉 이전에 인성이 어떻게 규정되었으며 문학적 전통은 어떠했는지를 보여준다. 이같은 인식은 한국의 고대 허구적 산문에도 나타난다. 홍길동의 이복형인 인형은 말한다.

> 사람이 세상에 남에, 오륜이 으뜸이요, 오륜이 있음으로써 인의예지가 분명하거늘, 이를 알지 못하고 임금과 부모의 명을 거역해 **불충불효**가 되면 어찌 세상에 용납하리요. 우리 아우 길동은 이런 일을 알 것이니 **스스로** 형을 찾아와 사로잡히라.[19]

신재효가 지은 위 가사가 직접적으로 『홍길동전』의 영향을 받은 것 같지는 않으나, 이들 모두 인성과 문화에 대해 오랫동안 이어져 온 공통적 정의의 문학적 표현이라는 전통을 나타낸다.[20]

원통한지고, 아! 분한지고 우리 2천만 동포여, 노예된 동포여! 살았는가, 죽었는가? 단군, 기자 이래 4천년 국민정신이 하룻밤 사이에 홀연 망하고 말 것인가. 원통하고 원통하다. 동포여! 동포여!"『황성신문』1905년 11월 20일. 최영호 외, 피터 리 · 테오도르드 배리 편역, 『한국전통의 근원 II−16세기에서 20세기까지 Sources of Korean Tradition Volume Two—From the Sixteenth to the Twentieth Centuries』(New York : Columbia University Press, 2000), 313면에서 인용.

17) 초국가적, 선험적 개념인 충(忠)에 대해서는 제1장에서 김충선이라는 인물 및 그의 이름과 관련하여 논의되었다.

18) 윤리(倫理)는 오늘날 서양에서 도입된 개념이자 용어인 'ethics'의 번역어로 쓰인다. 고대 및 근대 모두에 등장하기는 하나 그 의미와 쓰임이 상이하고 다양했다는 점에서, 이는 '소설'이나 '문명'과 같은 용어와 유사하다고 할 수 있다. 이들 용어는 역사적 시기에 따라 달리 성의 및 이해되어야 한다. 여기서 윤리란 대인 관계를 규정짓는 합당한 원칙을 가리킨다. 첫 자인 '윤(倫)'은 부자 · 군신 · 부부 · 장유 · 붕우 간의 관계를 규정하는 다섯 가지 덕목을 일컫는 오륜(五倫)과 같은 단어에서도 쓰인다. '이(理)'는 '원칙'을 의미한다. 따라서 20세기 이전에, 이 둘의 복합어인 '윤리(倫理)'는 추상적인 학문이나 윤리 규범이라기보다는 대인 관계를 규율하는, 상황적이기는 하나 구체적인 일련의 원칙을 의미하는 것이었다.

19) 허균, 『홍길동전』, 앞의 책, 136면 참조(강조는 저자).

20) 독창성을 추구하면서 개별적인 작가가 느끼는 '영향에 대한 불안'에 관한 개념화는, 고대 동아시아에서는 적용되지 않는다. 오히려, 익숙한 전통 안에서, 확립된 주제와 상

마지막 연에서, "흥병가해"에 담긴 멸시는 직접적으로 명백하지 않을지도 모른다. 복음을 위한 원정에 해당하는 "가해"는 바로 박은식이 유학자가 행하지 못함을 지적했던 것이다. "흥병"은 심지어 이보다 더 경멸할 만한 것이다. 유교 전반과 특히 조선시대의 한국은 '문'을 숭상하고 '무'를 천대하는 정책을 신봉했다.[21] 전체적으로 볼 때 두 세계와 사상은 판이하게 달랐다.

근대적 매체, 근대적 주제

신학(新學)과 문명개화, 더 나아가 서양과 일본을 찬양하는 운문과 산문 형식이 유행하게 된 것이 청일전쟁 이후라는 사실은 놀랍지 않다.[22] 신재효를 비롯한 보다 전통적인 작가와 마찬가지로, 새로이 정의된 문명개화를 주창하는 자들은 주로 자신의 사상을 표현하는 형식으로서 단가를 택했다. 그러나 그 매체와 주제는 급격하게 변화했다. 민족주의와 인쇄 자본주의의 관계에 대한 베네딕트 앤더슨(Benedict Anderson)의 글은 한국의 경우에도 잘 들어맞는다.[23] 국가와 민족주의는 신문이라는

징을 통해 표현된 문학이 인정받았다. 해럴드 블룸(Harold Bloom), 『시적 영향에 대한 불안 The Anxiety of Influence—A Theory of Poetry』(New York : Oxford University Press, 1973).
21) 자신들의 신식 무기에 대한 서구 열강과 일본의 극단적 자부심과 맹목에 가까운 숭배에 대해서는 한국인들도 인식하고 있었다. 이들은 평시에조차 한국에 최신 군함을 과시할 기회를 놓치지 않았다. 손보기, 앞의 책, 106~128면 참조.
22) 이러한 점은 광범위한 '근대적' 정부 개혁의 시행과 개신교의 대중적 부상에 대해서도 그대로 적용되는데, 이는 결코 우연이 아니다.
23) 베네딕트 앤더슨(Benedict Anderson), 『상상의 공동체—민족주의의 기원과 전파에 대한 고찰 Imagined Communities—Reflections on the Origin and Spread of Nationalism』(London : Verso, 1983). 그러나 한국의 경우에는 결정적 차이가 존재하는데, 때에 따라 한국인을 대신해 한국성과 외국성을 정의한 것은 미국인 선교사였다.

새로운 매체의 지면상에서 동시에 창조 · 정의 및 논쟁되었다.24) 이러한 자국어로 쓰여진 단가는 대중적인 형식으로 드러났다. 이들은 독자의 참여를 독려하고, 쉽게 기억되며, 빠르게 낭송될뿐더러 지면의 공간도 덜 차지했다.

『독립신문』은 미국에서 거주하고 유학한 서재필25)과 윤치호(尹致昊, 1865~1945)에 의해 1896년에 창설된 독립협회의 기관지였다.26) 『독립신문』은 정치적 의사표시로서, 또 광범위한 독자층을 확보하기 위한 목적에서 당시 언문(諺文)27)이라 일컬어진 순 한글로 발간되었다.28) 『독립신문』은 그 이름에 걸맞게 '조선인을 위한 조선'이라는 기치 아래 여러 논설 및 기사를 게재하였다. 이들 대부분은 서재필과 윤치호의 나름 국제적인 경험을 반영했는데 상당히 정보가 풍부하고 논리 정연했다. 이에 비하면 대부분의 단가는 극히 단순했다. 이는 신문을 자국어로 출판한 두 번째 이유, 즉 민중 계층의 독자 확보와도 관련이 있었을 것이다. 평등주의라는 개념을 잘 이해하고 있었던 서재필과 윤치호였지만, 이들의 엘리트적인 배경과 성향은 자주 드러났다.29) 『독립신문』에 게재된

---

24) 정진석은 근대 초기의 한국 신문의 발전과 내용에 대해 많은 연구를 했다. 이영필의 『조선 신문 백년사』(나남, 1993)에 관한 정진석의 해설과 정진석의 『한국언론사』(나남, 1990) 및 『대한매일신보와 배설 ─ 한국문제에 대한 영일외교와 민족언론의 항일』(나남, 1987) 참조.

25) 실제로 서재필은 미국 시민이 되었고, 미국 여성과 결혼했으며, 공식적으로 필립 제이슨(Philip Jaisohn)이라 개명했다.

26) 독립협회, 그 회원, 독립신문을 비롯한 활동에 관해서는 비판 찬드라(Vipan Chandra), 『19세기말 한국에서의 제국주의, 항거, 개혁 ─ 계몽과 독립협회 *Imperialism, Resistance and Reform in Late Nineteenth-Century Korea ─ Enlightenment and the Independence Club*』(Berkley : Institute of East Asian Studies, California University, 1988) 참조.

27) 오늘날 남한에서 쓰이는 '한글'이라는 용어가 아직 쓰이기 전이다.

28) 영어판인 『인디펜던트 *The Independent*』 또한 발간되었으며, 그 내용은 외국인 독자에 맞도록 수정되었다.

29) 이런 점은 『독립신문』의 논설 상당수에서 드러난다. 1897년 5월 25일자 논설은 나라 전체에 관한 관념주의적인 문구로 시작하나 곧 비엘리트 계층에 대한 편집자의 본심을 무심코 드러낸다. "무식하고 어리석고 미개화 하나마 죠선 사람들을 잘 갈아쳐 그 사람들을 다리고 그 사람들을 밋고 그 사람들을 의지하야 ……"(『독립신문』, 1897년 5월 25

단가는 대부분 자유 기고가에 의해 쓰여졌지만 어떤 기고문을 실을 것인지에 대한 최종 선택은 편집진의 몫이었다. 아래는 편집진에 의해 선정된 기고문 일부이다.

'애국가(愛國歌)'라는 제목의 가사는 이들 단가의 초기 구성 및 성격을 말해준다.[30]

아메리가 후한풍욕 영길리국 부강한법
나라위해 극역하면 세계상에 웃듬되리[31]

위 가사는 극히 간단하고 단순해 보인다. 위 가사에 그려진 서구 국가와 바깥 세상에 대한 추상적이고 이상주의적인 이미지 또한 그러하다. 한국이 뒷전에 떠오른 생각임을 고려할 때, 제목의 선정은 다소 아이러니하다. 1896년도에 이르러 보다 많은 사람들에게 '애국'의 길은 더 이상 옛 방식을 고수하는 것이 아니라 한국을 근본적으로 또한 서구의 이미지로 개조(改造)하는 것이었다.[32] 단가, 그리고 한국인의 머릿속에

일자). 피터 리 편, 앞의 책, 1996, 391~391면에서 인용. 영문판에도 그와 같은 발언이 등장한다. 윤치호가 『독립신문』을 떠나기 전 마지막 영문판에 실린 기사 「이 대중 운동(This Popular movements(sic))」에서 글쓴이는 한국의 "현명하기도 하고 그렇지 못하기도 한 대중 선동"에 대해 언급한다. 그는 한국이 한 때 "은자의 나라"였으나 "이상한 사상을 담은 신문과 책이 …… 대중의 사고(思考)(한국에서 잊혀지다시피 한 기술이었던)를 촉발했다." 그러나 무지한 민중에게 이는 꼭 좋다고는 할 수 없다. 그는 결론을 다음과 같은 온정주의적 주장으로 접근한다. "독립 협회의 조직적 통제를 벗어나, 대중 선동은 큰 실책을 범했다. 현 상태의 대중 집회의 유용성은 의심스럽다." 그러한 주장을 독립 협회가 내세운 '조선인을 위한 조선'에 부합하는 것으로 보기는 어렵다. 『인디펜던스 The Independence』, 1898.12.29(강조는 저자).

30) 오늘날 애국가는 남한의 국가를 칭하는 고유명사이나, 당시에는 그렇지 않았다. 국가에 대한 애정을 뜻하는 '애국'이란 제목을 가진 노래는 많았다.

31) 박기럼, 「애국가」, 『독립신문』, 1896.8.1.

32) 어떤 면에서, '개조'라는 말은 너무 관대한 것일지도 모른다. 오늘날 '본질적으로 한국적'이라 생각되는 대부분이 이 시기에 날조(捏造)된 것이다. 신채호는 비록 과거의 위대한 인물과 사건에 의지하기는 했으나, 개조의 근간이 될 한국이라는 나라도, 민족

미국이 영국을 압도하고 있었다는 점 또한 마찬가지로 필히 주목해야할 부분이다. 일본은 거의 언급조차 되지 않는다.[33]

다른 가사들은 근대화의 과정에 대해 심지어 한층 더 비현실적인 사상과 아이러니한 제목을 담고 있다. 「성몽가」라는 제목의 가사는 한국의 미래를 다음과 같이 그리고 있다.

> 전국인민 합심하여 애국지심 단단하면
> 부국강병 절로되고 문명개화 절로되고
> 상등국이 절로되고 상등백성 절로되네.[34]

한국인의 '개화'란 뜻으로 쓰여진 표현 거의가 한국 역사에 대한 폄하를 내포하고 있다고 해도 과언이 아니다. 꿈에서 깨어난다는 뜻의

주의도 민족적 단일성도 없다는 사실에 종종 개탄하였다. 그리하여 신채호는 이 셋 모두를 만들어내기 위한 작업에 착수한다. 신채호의 「역사 읽기에 관한 새로운 담론(A New Discourse on Reading History)」의 서문은 오늘날까지도 계속되는 억지스럽고 다소 동어반복적인 나라와 국가의 혼동으로 시작된다. 그리고 나서 신채호는 한국의 인구를 구성하는 서로 다른 민족 및 종족 계통 일부(예를 들어 그는 네덜란드인은 빼놓는다)에 대해 기술한다. 그러나 한국의 실체는 신채호가 원하는 모습과는 들어맞지 않는다. 아직 민족주의가 대두하기 전이었던 만큼, 민족의 단일성을 납득시키기에는 너무 이르다는 것을 신채호는 알고 있었다. 따라서 "한국의 주요한 민족 집단인 단군 자손의 실질적인 업적은 분명하다"는 점을 입증하는 것으로 만족한다. 그러나 단군은 한국인으로서 태어나지도, 또 인간으로서 태어나지도 않은 두 존재 사이에서 출생한 신화적 인물임은 더 말할 필요가 없을 것이다. 그러나 결국 신채호는 궤변을 단념하고 자신의 창조 작업의 본 목적을 드러낸다. 그는 "오직 승자만이 살아남고 패자는 사라지는 생존 경쟁에서 다른 나라와 동등한 조건으로 경쟁할 수 있도록 이 땅의 젊은이들에게 민족주의와 민족의식을 심어"주고 있는 것이었다. 이를 위해 "역사는 필수적인 도구"였다. 오늘날 한국의 인종·국적·민족에 대한 논의에서 사라지기는 했지만, 신채호의 솔직함은 신선하다. 신채호, 「역사 읽기에 관한 새로운 담론(A New Discourse on Reading History)」, 『코리아 데일리 뉴스 *Korea Daily News*』, 1908년 8월 27일. 피터 리 편, 앞의 책, 423~425면에서 인용.

33) 문학에서의 이러한 미국으로의 중심 이동은 이들 신문의 칼럼 기사에도 유사한 과정으로 반영되었다. 1897년 1월 26일자 『독립신문』의 정기 칼럼 「외국 통신」은 개신교와 미국의 물질적 진보 및 한국인에 대한 박애주의가 융합된 수많은 보도 중 하나다.

34) 문경호, 「성몽가」, 『독립신문』, 1897.9.14; 민병수·조동일·이재선, 앞의 책, 89면 인용.

"성몽(醒夢)" 또한 예외가 아니다.[35] 위 가사에 그려진 진보의 개념이 극히 단순하고 희망적임을 고려할 때, 작사자가 전근대적인 한국이 하나의 긴 꿈이라고 시사하며 적당량의 현실감을 부여해주고 있다는 것은 특히 아이러니가 아닐 수 없다. 제목과 내용의 괴리(乖離)가 가히 희극에 가까운 수준이다. 그럼에도 불구하고, 웃음거리로 치부될 수 없는 문제는 위 가사의 궁극의 목적이 부와 군사력 그리고 국가와 민족의 수직적 위계를 강조하고 있다는 점이다.

물론 당시 한국에는 어느 정도 의견의 다양성이 존재한 것이 사실이며, 1860년대부터 20세기의 처음 10년까지 쓰여진 시와 가사는 여러 사회적 · 정치적 · 종교적 입장을 반영한다.[36] 그러나 위 가사에서, 또 후일 해외 종교적 원정에 대한 박은식의 새로운 이해에서 드러나듯이, 대다수 한국인이 확장과 정복을 높이 사는 세계관을 내재화하게 되었다. "부국강병"의 존재 이유(raison d'etre)는 군사력이 미약한 약소국의 정복이

---

35) 가장 널리 쓰이는 두 표현은 개화와 계몽이다. 둘 모두 그 이전에 있었던 모든 것(19세기 말 이전의 한국 역사 전체)을 자동적으로 미개하거나 무지한 것으로 규정한다는 점에서 비하적이다. '닫힌 것을 열어 개혁하다'는 뜻의 '개화(開化)'는 한국이 수천 년간 폐쇄되고 침체된 나라라는 그릇된 인상을 준다. '어둠을 밝히다' 혹은 '무지한 자를 가르치다'는 뜻의 '계몽(啓蒙)' 역시 부정적인 의미를 내포한다. 더구나 이는 어린 아이에게 초기 교육을 시킬 때 자주 쓰인 표현이라는 점에서, 한국에 대한 '유아화 효과'를 야기하기도 한다. 북한에서는 동일한 시기와 활동을 일컫는 데 '애국 계몽'이라는 표현을 사용하나 이 또한 나을 것이 없다. 이는 계몽이 지닌 부정적 의미를 고스란히 함축하는 동시에, 애국적이라 평가될 수 있는 행위의 범주를 한정한다. 외국으로부터 차용된 이러한 표현은 남북한에서 다소 무비판적으로 쓰이고 있다. 일찍이 임화는 그러한 규정에 대해 반박한 바 있으나, 오늘날 임화를 이은 저명한 학자 혹은 비평가는 설성경이 거의 유일하다고 볼 수 있다. 설성경은 '근대전환기(近代轉換期)'라는 용어를 만들었다. 그 시기에 일어난 활동의 가치보다는 시기 자체를 칭함으로써 설성경은 근대라는 용어를 질적인 의미보다는 연대적인 의미에서 사용할 수 있었다. 설성경의 관심이 고대 '계몽'에 관한 시각을 제시하는 고대 문학에 있다는 것은 놀랍지 않다. 김영민은 통상적으로 쓰이는 이들 용어가 다소 불만스러움을 인정하나, 이들이 바로 당시 작가가 썼던 표현이라는 점에서 그대로 쓰고 있다. 이 연구에서는 김영민의 방식을 따랐다. 김교봉 외, 『근대 전환기 시가 연구』(국학자료원, 1996) 참조.
36) 이들 여러 입장에 대한 종합적인 고찰과 탐구는 임종찬, 『개화기시가론』(국학자료원, 1993) 참조.

었다. 약소국의 정복은 비록 강제적이기는 하나 "문명개화"가 한층 확대되는 결과를 가져오고, 이는 다시 정복자의 지위를 "상등국"과 "상등백성"으로 규정하는 근거가 된다. 따라서 일부 작가들에게 있어서는 한국이 중국이라는 종주국으로부터, 혹은 일본의 간섭으로부터 해방되는 것만으로는 충분하지 않았다(전자는 독립협회의 원래 목적이기도 했다). 한국은 이제 제국주의 열강이 되어야만 했다. 1897년 8월 12일 대한제국(大韓帝國)으로 국호가 변경된다. 고종은 왕에서 황제가 된다. 역사적으로, 이러한 조치는 대체로 순전히 상징적인 동시에 지극히 무익한 것으로 평가된다. 아마도 그랬을지도 모른다. 그러나 이러한 움직임이 얼마나 비현실적이었던 간에, 그것이 당시의 특정한 사회 감정을 반영하지 못했다는 의미는 아니다. 독립의 수호에서 제국적 팽창으로의 초점 이동은 거의 즉각적으로 일어났다. 다음은 1896년의 한 단가의 일부이다.

부국강병 된 연후에 태극기[37]를 높이 달아
일청국을 압제하고 오대주를 횡행하면 독립문이 빛이 나고[38]

흥미롭게도 위 가사의 제목도 「애국가」이다. 애국은 더 이상 국내 문제가 아니었다. 위 가사는 대다수 한국인의 세계관에 일어나고 있는 급격하고 전체적인 혁명적 변화를 표현한다. 신재효가 "흥병가해 나왔다가"라는 구절을 비난과 규탄의 뜻으로 쓴 것이 불과 20년 전의 일이었다. 이제 유학자들은 해외 포교를 추구하고 있었고 대중들은 제국적 팽창을 노래하고 있었다.

여러 원천으로부터 유입된 사회진화론 이론들은 1896년 이후 한국에서 거의 즉각적으로 수용된다.[39] 이들 이론은 기존의 제국적 지위에 관

---

37) 태극기(太極旗)는 현재 대한민국의 국기이다. 태극기는 일본 및 서양과의 교류가 확대되고 이에 따라 국기의 필요성이 대두되자 1883년에 조선정부에 의해 공식적으로 국기로 채택되었다.
38) 김철영, 「애국가」, 『독립신문』, 1896.9.15; 민병수·조동일·이재선, 앞의 책, 88면 인용.

한 사상과 결합하여 단순한 생존이나 독립만으로는 충분치 않다는 사상을 낳는다. 진화론 본래의 다원적인 '적자생존'의 법칙 대신 보다 극단적이고 제한적인 해석이 선호되었다. '약육강식'은 이러한 사상의 대표적인 슬로건이 되었다.[40] 동물의 세계에서 파생된 이 이론은 인간 세계에 다소 무비판적으로 적용되었다. 이는 각기 다른 민족을 완전히 다른 종으로 보지 않는 한 인간 세계에는 적용될 수 없다. 만약 그러한 경우라면, 이 이론은 인간 세계에도 적용될 수 있다. 그러나 이는 동시에 힘을 적응의 필수조건으로서 전제하며, 우생학 이론 및 다른 민족을 '삼키는' 행위에 대한 정당성을 제공한다. 그 논리적 귀결은 끔찍하다. 즉 하나의 주인 종족이 모든 다른 민족을 집어 삼키거나 정복하는 것이다.[41] 적어도 한국에서 그러한 제국주의적 야심은 곧 무의미해지고 만

---

39) 사회적 진화론은 유길준과 같은 개인에 의해 처음으로 한국에 도입되었다. 유길준은 일본과 미국에서 허버트 스펜서(Herbert Spencer)와 토마스 헉슬리(Thomas Huxley)의 연구를 접하고 귀국하여 이에 대해 저술하였다. 이 주제에 관하여 서양 및 중국어 자료에 대한 한국어 번역본도 있었다. 임종찬, 앞의 책, 18~24면과 황정현의 『신소설 연구』(집문당, 1997) 37~44면 참조.

40) '약자라는 고기를 강자가 먹는다'는 뜻의 '약육강식(弱肉强食)'은 '강자가 승리하고 약자가 패한다'는 뜻의 '우승열패(優勝劣敗)'와 함께 당시 신문에 실린 가사와 시에 가장 자주 등장한 표현이었다. 보다 객관적인 만큼 선동성이 덜한 표현인 '적자생존(適者生存)'은 등장하는 빈도가 훨씬 적었다. '적자'는 '적응한 자' 혹은 '잘 맞는 자'라는 뜻이고, '생존'은 '살아남다'라는 뜻이다. 적자생존은 제로섬 게임을 의미하지 않는다. 이는 극히 지엽적이고 맥락을 무시한 해석인 약육강식에는 적용되지 않는다. 본래의 맥락인 동물의 세계에서라면 이는 들어맞는다. 동물의 세계에는 먹이 사슬이 있으나 동시에 복수의 종이 존재한다. 이들 각각은 자신의 환경에 이상적인 방식으로 적응하며 공생한다. 또한 먹이사슬은 최하층이 궁극적으로 그 위 모두를 먹여 살리는 순환체계이며, 체계가 반복되면서 상호 의존성이 보장된다. 안타깝게도 그러한 재생적인 순환체계가 인간과 같은 단일 종에게는 존재하지 않는다.

41) 물론 이는 히틀러 체제 하에서, 또 그보다 정도는 덜하지만, 일본 제국에서 나타나기 시작한 현상과 일치한다. 잔혹하기는 하나 이와 관련된 예시 하나는 일본군이 제1차 세계 대전 당시 식인행위를 자행했다는 수많은 증언이 있다는 것이다. 유키 다나카, 『숨겨진 참사—제1차 세계대전 당시 일본의 전쟁 범죄 Hidden Horrors—Japanese War Crimes in World War II』(Boulder, CO: Westview Press, 1996)(한 장 전체를 식인행위 사례에 할애하고 있다) 및 오티스 캐리(Otis Cary) 편, 『역사의 목격자—전쟁 후 아시아에서의 최초의 미국인 Eyewitness to History—The First Americans in Postwar Asia』(Tokyo, New

다. 1905년에 다시금 한국은 제국이 아닌 독립을 꿈꿔야 하는 상황에 처하게 된 것이다.

신문 논설

보수에서부터 국제주의에 이르기까지 이들 모든 견해는 신문 논설에도 표명되었다. 그중 문학과 직접적인 연관성이 있는 논설은 일부에 불과했고 또 그와 같은 논설 대부분은 근대화의 힘을 빌어 활자화되었다. 그러한 논설은 또한 미국과 기독교와 직접적인 연관성이 있었다. 김영민은 초기 근대 허구적 산문의 발전이 19세기 말과 20세기 초 신문에서 유행한 단형 서사의 형식과 직접적인 연관성이 있다고 보았다. 김영민은 대표적인 두 가지 형식을 제시하는데, 서사적 논설(敍事的 論說)과 논설적 서사(論說的 敍事)가 바로 그것이다.42) '서사적 논설'과 '논설적 서사' 모두 여러 명칭으로 등장했으며 심지어는 소설(小說)(당시 새로운 한국어 표기법으로는 '쇼셜')로 불릴 때도 있었다. 이들 중 어떤 형식이나 명칭도 오늘날 '소설'이란 용어가 지칭하는 개념에 해당되지 않았다. 그 표기 및 정의는 적어도 20년이 지나서야 정립되게 될 것이었다. 해가 갈수록 소설이라는 개념이 점차로 자리를 잡아가고 그 중요성을 더해가면서 소설 속에 나타난 미국의 위치와 역할 또한 증대되었다.

서사적 논설의 첫 예시로 제시된 것은 「코기리와 원승이의 니야기」

York, London : Kodansha International, 1995) 참조.
42) 김영민은 서사적 논설을 초기 근대 서사 형식의 기원으로, 논설적 서사를 그러한 서사 형식이 초기 근대 허구적 산문으로 발전하는 최초의 전환점으로 보고 있다. 김영민, 『한국근대소설사』(솔, 1997) 참조.

이다. 이 이야기는 기본적으로 개개인의 재능과 상호 협력이 똑같이 중요하다는 교훈을 강조하는 우화로 볼 수 있는데, 1897년 5월 27일자 『그리스도 신문』에 논설로 게재되었다. 흥미로운 점은 신문이 한국인이 아닌 두 미국인 선교사에 의해 발간되었다는 것이다. 호레이스 언더우드가 집필을, 빈튼(C. C. Vinton)[43])이 발행과 경영을 맡았다.[44]) 초기 근대 허구적 산문의 기원과 관련하여 그 다음으로 다루어진 신문은 『독립신문』이다. 1898년 2월 5일자 논설의 경우, 내용은 그다지 평화롭다고 할 수 없으나 마찬가지로 우화의 형식을 하고 있다. 작은 연못에 물고기 몇 마리가 살고 있었다. 이들은 순진했고 바깥 세상에 대해 무지했다. 백로 한 마리가 실상은 이들을 하나 둘 잡아먹으면서 이들을 꾀어 자신을 보호자로 믿도록 만들었다. 절반이 이 백로에게 잡아먹히고 나서야 이들은 속았다는 것을 깨닫고, 달려들어 백로를 죽인다. 그리고 나서 이들은 어린 물고기들이 후에 친구의 탈을 쓴 자들에 의해 상처 받지 않도록 바깥세상의 방식을 가르칠 교사를 정한다.[45]) 이야기는 설명이 필요 없을 만큼 명백하다. 탐구해볼 가치가 있는 것은 이와 미국 및 기독교와의 관계이다. 『독립신문』 논설의 집필자들은 모두 미국의 선교 활동과 매우 직접적으로 관련되어 있었다. 신문의 창설자는 둘 다 한국에서 선교사들에 의해 교육받고 후에 미국에서 수학한 개신교도였으며, 부 편집장은 미국인 개신교 선교사였다.[46])

『매일신문』은 이들 신문과 근대 허구적 산문의 이러한 태동(胎動)과

---

43) 빈튼은 무엇보다도 북장로교 선교회(Northern Presbyterian Mission)의 선교사였다. 한국에 처음 도착했을 당시 법적으로 금지되어 있었던 선교활동을 펼치기 위하여 그는 의사로서 자신이 받은 교육을 활용했고 출판 분야에서 활동했다. 빈튼은 우선순위에서 매우 분명했다. 1890년에 빈튼은 정부 병원을 인수했으나 "병원에서의 종교적 활동이 제한되어 있어 자기 집 방 한 칸에 무료 진료소를 차렸다." 『1892년도 M. P. 보고서 M. P. Report for 1892』, 177면. 조지 백, 앞의 책, 239면 인용.
44) 김영민, 앞의 책, 23~24면 참조.
45) 위의 책, 25~27면 참조.
46) 헨리 아펜젤러와, 그와 『독립신문』과의 관계에 대해서는 후에 살펴볼 것이다.

미국 개신교 간의 상관관계를 보여주는 또 다른 예시이다. 또 다른 명백한 이야기인 1898년 4월 20일자 『매일신문』의 논설은 서울로 대변되는 개화된 서구 내지는 서쪽을 상징하는 한 서생이 동부 지방의 외딴 산골 마을 주민으로 상징되는 구시대적인 동포를 대하며 직면하는 좌절을 그리고 있다. 오로지 네다섯 살박이 아이들만 '정상적'인 것으로 그려진다.47) 서생은 나머지 사람은 전부 제정신이 아니라고 생각하고, 이들도 서생에 대해 같은 생각을 한다. 서생은 금으로 마을 사람 다섯을 꾀어 산으로 데려가고, 수 개월간의 치료 끝에 이들은 '치유'된다. 그러나 결국 설득된 사람이 고작 이들 다섯뿐이자 서생은 포기하고 마을을 떠난다. 이들 다섯은 이웃사람들을 개종시키려 끈질기게 노력하나 맹렬한 저항에 부딪힌다. 심지어 속임수와 폭력까지 동원해보지만 아무런 소용이 없다. 결국 이들은 아무리 애써봐도 소용이 없음을 깨닫고 서생을 찾아 마을을 떠난다.48) 여기서도 그 상징적 의미(상징이라 부를 가치가 있는지는 의문이나)는 명백하다. 그러나 이야기 속의 아이러니를 작자들은 놓친 듯하다. 작자들은 그 수단의 미심쩍음은 말할 것도 없고, 자신들이 추구하는 목적이 인위적이며 설득력 없음을 사실상 시인하고 있다. 1905년 이전까지 위 이야기는 소수의 도시 엘리트가 자신의 신념을 그 신념의 가치에 대해 아직 납득하지 못하는 대중에 억지로 강요하는 종류의 이야기에 속했다. 또한 매우 어린 아이들만이 정상적인 것으로 간주되고

---

47) '은자의 나라'라는 오칭을 만든 윌리엄 E. 그리피스(William E. Griffis)도 그와 같은 견해를 드러내고 있다. 그의 저서 『한국, 그 안과 밖』이 헌사에는 다음과 같이 쓰여 있다. "이들 생전에, 또 이들 세대에, 한 때 '은자의 나라'가 개화되고 사회적이며 기독교화된 한국으로 변모함을 볼 수 있기를 기원하며, L. A. G.와 한국의 어린이들에게"(윌리엄 E. 그리피스, 『한국, 그 안과 밖 *Corea, Without and Within*』(Philadelphia : Presbyterian Board of Publication, 1885) 참조.
　　20세기 초에 이르러 이들 "한국의 어린이들"은 청년으로 성장했다. 최남선과 이광수와 같은 작가들은 문학잡지 및 시의 제목과 내용을 통해 계속해서 이들을 이상화하고 또 이들에 호소하였다.
48) 김영민, 앞의 책, 27~29면 참조.

있는데 이는 계몽이라는 논리의 유아화 효과와 일맥상통한다. 계몽되기 이전에 성인이 배운 것이라면 모조리 제거되어야 한다. 성인은 유아화 되어야 하고 그렇지 못하면 제정신이 아닌 채로 살아야 하는 것이다. 끝으로, 논설에 표출된 분개는 대다수가 지닌 변화에 대한 저항을 향한 것이었다. 결국 제정신이 아니었던 것은 서양이 아닌 자신들임을 증명한 것은 철학이나 종교가 아닌 군사적 완패였다. 위 두 신문과 마찬가지로 『매일신문』도 미국 및 개신교와 밀접한 관계가 있다. 『매일신문』은 배재학당의 학생이 발간한 주간지로부터 출발했다.49) 배재학당은 후에 『독립신문』의 경영을 맡은 미국인 감리교 선교사 헨리 아펜젤러가 설립한 학교이며, 『매일신문』의 집필진에는 미국에서 수학한 기독교도이자 후에 서양에 한국의 초대 대통령으로서 'Syngman Rhee'로 알려지게 되는 이승만 등이 있었다.

시간이 흐르면서 이들 서사적 논설은 일부 서사적 문학의 요소를 취하게 된다. 이들은 장문화·연재화되고 제목이 붙여진다. 그러나 이들 또한 그 전신과 마찬가지로 논설적 어조로부터 자유롭지 못했으며, 논설적 어조는 편집자의 머리말이나 맺음말의 형식을 취했다. 김영민은 이러한 노골적인 편집자적 목소리의 소실이 논설적 서사의 등장을 신호하는 것으로 규정한다.50) 그는 나아가 이러한 형식의 몇 가지 예시를 들고 있는데 이들은 모두 신문에 실린 것들이다. 그러나 그와 동시에, 김영민은 이들이 외형에 있어서는 논설에서 벗어났지만 내용과 주제 면에서는 여전히 논설적 성격을 유지하고 있음을 지적하고 있다. 이들의 한계를 인정하면서도 김영민은 이들이 고대 허구적 산문에서 초기

---

49) 정진석 편, 「협성회 회보」, 『매일신문』(한국신문연구소, 1977), 4면; 김영민, 앞의 책, 27면 인용.
50) 김영민이 사용한 표현은 '편집자적 목소리'이다. 현대 한국 허구적 산문조차도 아직 이러한 잔재를 완전히 떨쳐버리지 못했기에 저자는 '노골적'이라는 수식어를 덧붙였다. 전지적 화자나 현학적 주인공을 통해 작가들은 개입, 해석, 사건의 장황한 설명에 나서고는 하는데, 그 정도가 강압적일 때가 많다.

근대 허구적 산문으로의 가교역할을 수행했다는 점에서 그 중요성을 찾고 있다.[51] 임화(林和, 1908~1953)를 필두로 하여 많은 학자들은 한국의 초기 근대 허구적 산문이 서양으로부터 건너와 일본을 통해 송두리째 이식된 문학 형태라고 주장해왔다.[52] 이러한 시각은 20세기 한국문학과 그 이전에 쓰여진 모든 작품이 근본적으로 단절되며 상관성이 결여되었다고 단정한다. 일각에서는 이러한 시각에 반박하여 한국의 고대와 근대문학 간의 연속성을 주장하기도 한다.[53] 그러나 양측 모두 이를 '이분법적' 명제 내지는 또 하나의 제로섬 게임으로 간주하고 있다. 서사적 논설과 논설적 서사를 통해, 또한 근대 소설 이전에, 또 근대 소설과는 별개로 한국이 직면한 문제를 이들이 어떻게 서사적으로 접근하고 있으며 또 어떻게 풀어 가는지를 구체적으로 제시함으로써 김영민은 보다 객관적이며 자료에 입각한 연속성 이론을 주장하고 있다. 그러나 궁극적으로 근대 한국의 허구적 산문은 모든 그러한 환원주의적 시도에 저항한다. 이 시기의 허구적 산문은, 이를 쓴 사람도 그러했듯이,

---

51) 김영민, 앞의 책, 51~80면 참조.

52) 지난 60년간 임화의 이론에 긍정적인 방향으로 수정과 변형이 가해지기는 했지만 이를 표현하는 그의 솔직함은 신선하다. 그의 관심은 국가에 대한 자부심보다는 역사에 있었으며, 그의 이론의 상당 부분은 민족주의 문학 역사관에 정면으로 배치되는 것이었다. 서문에서 그는 한국의 문학을 "근대적"인 것이 아닌 "새로운" 것이라 칭하고 있다. 그는 이러한 신문학(新文學)(그는 이를 "이식과 모방"의 문학이라 칭한다)의 역사를 30년 쯤으로 보고, '근대'라는 명칭에 걸맞기 위해서는 앞으로 100년은 더 걸릴 것이라 말한다. 일본의 식민지 압제가 절정에 달했던 1930년대 후반과 1940년대 초반에 이를 썼다는 사실로 인해 임화의 주장은 더욱 문제시되었다. 그러나 그를 친일파로 보기는 어렵다. 그가 위 기간을 100년으로 잡은 것이 일본 문학을 보고 같은 결론을 내렸기 때문이라고 밝히고 있기 때문이다. 결국 '새로운'이나 '근대'라는 용어는 보편적인 것이 아니며(임화는 사실 자신의 판단을 위해 서양의 기준을 이식 및 모방하고 있었다), 드러내는 것만큼 가리는 것이 많다. 그의 글은 원래 신문과 잡지에 기사로 실렸으나, 후에 이를 엮은 문학사가 간행되기에 이른다. 임화·임규찬·한진일 편, 『신문학사』(한길사, 1993) 참조.

53) 조동일과 김흥규는 한국의 고대문학과 근대문학 간의 연속성을 주장하였으며, 김흥규는 이를 '문제적 연속성'이라 칭했다. 조동일, 『한국문학통사 4』(지식산업사, 1989) 및 김흥규, 『한국문학의 이해』(민음사, 1986) 참조.

두 개의 판이한 세계에 걸쳐 있으며 혼성성으로 특징지워진다.[54]

이 연구에서 '순종성'이나 '근대성'의 문제보다 더욱 중요한 것은 세계와 인류에 대한 한국의 시각 변화가 어떻게 서사적으로 재현되었는가 하는 점이다. 외형적 형식에 있어서는 논설적 서사가 허구적 산문에 더욱 근접했으나, 진정한 타자(他者)와의 문학적 및 언어적 만남이 표현된 것은 서사적 논설에서였다. 고대 허구적 산문에서 언어적 및 문화적 이질성이 거론된 바는 거의 전무하다. 홍길동은 외지 사람이나 괴물과 아무런 제약 없이 의사소통을 한다. 홍길동은 '외국' 여성 둘과 결혼을 하고 '외국'을 다스린다. 언어적 혹은 문화적 단절에 대한 언급은 어디에도 없다. 허구적 산문 바깥에서도 마찬가지다. 네덜란드 태생인 박연에 대한 글에서는 그의 출신지가 잠깐 언급된 뒤, 곧 그는 '외국사람'이 아닌 '사내대장부'로 불린다. 글은 사내대장부로서의 박연에 대해 총명하고 진지하며, 세상 물리에 대해 논할 때는 항상 탁월한 이들과 어깨를 나란히 하였으며, 한국 여성과 혼인하여 아들과 딸을 하나씩 두었다고 쓰고 있다. 그는 외국 사람이 아닌 사내대장부이며, 혹은 그와 같이 취급된다. 그러나 문명이 새로이 정의되면서 인류라는 개념도 새로이 정립되었다. 인간은 이제 민족에 따라 구분되어야 했다. 이러한 새로운 정의에는 국가와 언어에 대한 새롭고 배타적인 개념도 포함되었다. 이제 서양에서 온 외국인은 '외국(外國) 사람'으로 불리게 되었다.[55] 외국

---

54) 저자는 신문학이 '이식과 모방'의 일종이라는 임화의 규정에 반대한다. 임화의 식물학적 비유를 빌리자면, 저자는 근대문학의 형식과 개념이 기존의 그것에 접목되었다고 주장하고 싶다. 그 결과인 잡종이 한국의 초기 근대문학이었던 것이다. 한국문학사의 이러한 측면에 관한 자세한 규명은 아쉽게도 본 연구의 범위를 벗어난다. 저자의 다음 연구는 19세기 후반에서 시작하여 한국의 초기 근대문학에 내재된 혼성성과 관련한 문제를 주로 다룰 것이다. 오늘날 이러한 문제는 다소 양극화되어 있지만, 초기 한국문학 평론가 중에는 이러한 초기 근대 허구적 산문의 혼성성을 지적한 사람도 있었다. 1939년에 김태준은 '근대'소설을 "과도기적 혼혈아(過渡期的 混血兒)"로 규정했다(한자를 보면 '혼혈'이라는 의미가 극명하게 드러난다). 그러나 해방 이후 남북한에서는 민족적 및 문화적 단일성에 대한 신화가 이러한 논의를 묵살하는 역할을 하게 된다. 김태준, 『증보 조선소설사』(학예사, 1939), 247~248면 참조.

사람의 등장과 이들과의 만남이 이루어지면서 상호 배타적이며 종종 난해한 문화와 언어와 인종에 대한 서사적 표현이 대두되기 시작했다. 한국에서 최초로 진정한 외국성에 대해 문학적 탐구(물론 이는 한국성을 정의하려는 최초의 시도이기도 했다)가 이루어진 것은 이러한 만남을 통해서 였다. 그러나 외국성이라는 이러한 개념은 서양으로부터 수입된 것이었고, 이를 한국말로 또 한국의 지면에 옮긴 이에는 한국 사람 못지 않게 외국 사람이 많았다.

서재필은 『독립신문』이 창간된 1896년 4월부터 1898년 5월까지 『독립신문』을 운영했다. 『독립신문』은 대부분의 정부 관리를 보수적이고 부패한 세력으로 보았고 이들에 대해 극도로 비판적이었다. 또한 『독립신문』은 한국 정부와 주한 외국 정부 사절들의 부적절한 행실에 대해서도 발 빠르게 지적했다. 미국 시민이 된 서재필은 문제인사로 간주되어 추방된다. 그러나 1898년 5월부터 『독립신문』을 넘겨받은 윤치호는 서재필보다도 지칠 줄 모르는 비판자로 드러났다. 독립협회는 1899년 초에 해산되고, 1899년 1월 7일 윤치호는 하급 공직을 맡아 지방으로 보내진다. 이때부터 1899년 6월 1일까지 미국인 선교사인 헨리 아펜젤러가 『독립신문』을 맡게 된다(6월 1일부터 『독립신문』이 폐간된 1899년 12월 4일까지는 영국인 선교사인 엠벌리가 주필을 맡았다). 「외국 사람과 문답」[56]이라는 제목의 논설은 1899년 1월 31일자 『독립신문』에 게재된 것이다. 따라서 이 서사적 논설이 쓰여졌을 때는 아펜젤러가 『독립신문』의 주필이었다('조선인을 위한 조선!'을 부르짖은 협회의 기관지였음을 상기하면 이는 아이

---

55) 일본인과 중국인은 예전이나 지금이나 보다 구체적인 표현으로 지칭된다. 범아시아 주의의 산물이건 혹은 단순히 근접성의 산물이건 간에, '외국 사람'은 당시나 지금이나 거의 백인 외국 사람에 한해 쓰인다. 아프리카나 인도 같은 다른 지역 출신의 외국 사람은 해당 대륙이나 나라명을 사용하여 지칭된다.

56) 김영민(32면)은 '대화체 논설'로 이름 붙인 형식의 예시로서 간략한 발췌문을 싣고 있다. 김영민의 관심은 그 내용보다는 형식에 있었고, 내용에 대해서는 아무런 언급을 하지 않았다. 저자는 그 내용이 훨씬 흥미로웠고, 또 이 연구에 있어서도 더 중요하다고 본다.

러니이다).57) 이 논설이 실제로 아펜젤러가 직접 쓴 것인지 확인할 길은 없으나, 서재필과 윤치호가 같은 자리에 있을 당시 그와 같은 논설의 태반을 이들이 썼다는 것은 알려진 사실이다. 이러한 사실과, 또 다른 미국인 선교사인 호레이스 언더우드가 『그리스도 신문』을 운영하고 있을 당시 직접 한국어로 된 논설을 썼다는 점을 취합해 보면 아펜젤러가 「외국사람과 문답」의 저자일 가능성이 매우 높다. 설사 한국인이 초안을 썼을지라도 최종 편집 권한은 아펜젤러에 있었을 것이다. 따라서 그가 직접 썼든 아니든 논설은 그의 서명이 날인된 것이다. 이 논설 하나에, 오늘날까지도 존재하는 외국인에 대한 한국인의, 한국인에 대한 외국인의 인식을 전형적으로 보여주는 고정관념이 많이 담겨 있다. 20세기 초 미국인은 신소설에 단순히 등장하기만 한 것이 아니다. 오히려, 19세기 말부터 미국인 선교사들은 스스로를 마땅히 선구자로 칭하며 서사적 한글 문학의 창작에, 또 자신과 미국의 정의에, 또 그와 동시에 외국·미국 및 심지어 한국을 재정의하는 데 적극적으로 참여했다. 아펜젤러의 휘하에서 『독립신문』은 본래의 원칙과 입장을 견지했으나, 이들은 보다 완곡한 방식으로 표현되었다. 정부 정책을 직접적으로 비판하는 대신 『독립신문』은 대중의 '교육과 계몽'을 위해 보다 많은 노력을 기울였다.58) 이러한 새로운 교육과 계몽의 수단으로서 문제의 서사는 완전한 번역과 해설을 할애할 가치가 있다.

---

57) 마찬가지로 아이러니한 것은, 서재필은 미국 시민이 되었고 윤치호는 미국을 "내 출생을 제외한 모든 것을 베풀어준 나라"로 추앙했다는 점이다. 『윤치호 일기 6』(국사편찬위원회, 1971), 50면 참조.
58) 『고종실록』 36/01/07; 이현재 외 편, 『한국민족문화대백과사전』 제7권(한국정신문화연구원, 1991), 63~67면; 피터 리 편, 앞의 책, 1996, 386~400면 참조.

외국사람과 문답

외국 사람이 대한 말을 겨오 통하난 고로 그 문답에 우슈은 말이 만흐나 이 샹하기에 드른 대로 기재하노라.

1. 외국 사람 : 자네 평안하시오닛가

2. 대한 사람 : 당신을 오래 못보앗쇼

3. 외국 : 당신이라난 말 무삼말

4. 대한 : 당신 그대 너 쟈네 공지댁 임쟈 노형 다 남을 대하야 하난 말이오

5. 외국 : 오 귀국 말 만히 어렵쇼 영감님도 쟈네라 하난 말 아니오 그러면 엇 던 말이 그 중 좃소

6. 대한 : 타국 사람이 말하기난 당신이라거나 공이라는 것이 그 중 편하지오

7. 외국 : 예 그럿쇼 우리가 죠선 말 배오기 매오 어렵쇼 한가지 말이 여러 말 이오 나라 일홈도 한 죠선 대한 고려 이럿케 여러 말이오

8. 대한 : 그뿐 아니지오 쇼중화(小中華) 예의지방이라고도 하지오

9. 외국 : 아 예의지방이 무삼 쇼래오

10. 대한 : 예의지방이라난 말은 우리나라가 요슌 우탕 문무 쥬공 공자 맹자 정자 쥬자 여러 셩현의 교훈을 잘 직히여 사람마다 인의예지 효뎨츙신하야 올 흔 일만 한다난 말이지오마난 당신은 외국 사람이라 엇지 그 깁흔 뜻을 다 아 시겟쇼

11. 외국 : 아 참말 그럿쇼마난 내 집에 하인을 몃칠 두난대 날마다 나를 쇠 키기만 하고 죠혼 말노 돈도 주고 혹 꾸짓기도 하되 다 쓸 대 업쇼 날마다 무 엇이던지 훔치기만 생각하오 훔치지 못하게 하면 날다려 낫분 사람이라 하오 전에 나가서 무엇을 사랴면 한량 자리를 열량 혹 스무량 달나 하오 목슈와 혹 미쟝이하고 약됴하고 무삼 일좀 하랴면 약됴대로도 안코 모도 쇠키오 내가 시 골노 만히 왓다 갓다 하오 원님 관찰사님들이 백성의 돈을 몹시 쌔셔 먹쇼 백 성들 사난 것은 개나 도야지 갓쇼 학교도 업쇼 지각도 업쇼 신문도 업쇼 셔울 은 남대문 종로 갓흔 대 경무청 한성부 내부 롱샹공부 방이며 고시며 훈령 만 히 붓텃쇼 말이 모도 좃쇼 시행 한 가지 업쇼 백성들이 밋지 안쇼 우리 외국 사람들은 대한 사람의 말 하인의 말이던지 놉흔 량반의 말이던지 밋기 매오 어렵쇼 이것이 예의지방 무삼 말이오

12. 대한 : 우리나라 말에 의식이 죡하여야 예의를 안다 하엿쇼 그런 고로 당 신의 하인이 돈을 훔치던지 원님과 관찰사님이 백성의 재물을 쌔앗던지 목슈 와 미쟝이가 약됴를 억이고 돈만 먹던지 쟝사가 거짓말노 물가를 올니던지 다 의식을 넉넉히 하야 가지고 예의를 행하쟈난 쥬의인즉 죠곰도 예외에 무방하 오

13. 외국 : 당신 말은 화륜거 박휘쳐럼 잘 도라 다니오 우리 외국에난 벼살하 랴면 그 사무에 젹당한 졸업이 잇쇼 업스면 못 하오 내가 드르니 귀국 사람은 벼살하랴면 과거를 보아 쓸 대 업난 골을 짓던지 혹 놉흔 량반 사랑에 만히 다 니던지 혹 무당의 셔방이 되던지 혹 돈을 주던지 하면 무삼 벼살을 한다 하오 이것이 낫분 일이오

14. 대한 : 이것은 당신이 몰낫쇼 과거라 하난 것은 지금 업서졋고 과거볼 때 에난 방맹이라난 죠흔 물건이 잇셔셔 무식한 사람이라도 그 방맹이만 가지면 과거 보더니 개화된 후로난 몽치라 하난 것이 잇셔셔 면화송이 둘 하고 몽치 하나히면 못할 벼살 업고 또 일전에 어느 신문을 본즉 구날긔(構捏機)라 하난 신긔한 긔계가 잇서 부귀를 삽시간에 만드니 일노 보아도 우리나라의 취재하 난 법은 외국이 못 따르겟쇼

15. 외국:귀국에셔 외국 사람 위하기를 본국 사람보다 더 하오 어졔 밤에 남대문으로 들어오난대 나도 들어왓쇼 일본 인력거군도 들어왓쇼 청국 보졈쟝사도 들어왓쇼 대한 사람은 벼살 하난 사람도 못 들어왓쇼 졍동 다니던 외국 사람 다 관계치 안쇼 대한 사람은 표지 업스면 병명이 막쇼 기 외에 여려 규칙 잇쇼 묘약 잇쇼 대한 사람만 괴롭쇼 외국 사람의 죠흔 일 하오 이것이 무삼 예의오

16. 대한:대한이 예의를 승상하난 고로 손님 대졉을 후이 하고 또 아모죠록 외국 사람들이 와셔 젼국에 퍼져셔 인구를 느리랴고 본국 사람의게 해가 되여도 외국 사람을 위하난 것이오

17. 외국:매오 곰압쇼 소중화라 하난 말은 무엇이오

18. 대한:의관 문물과 젼쟝 법도가 찬연가관하야 적은 중원이라난 말이오

19. 외국:당신의 문자난 모르겟쇼마난 대한이 소중화라난 말은 올흔 말이오

위 글의 도입부에서 한국어는 '대한(大韓)말'로 칭해진다. '대한'은 대한제국(大韓帝國)의 선포 이후부터 쓰였다. 독자들이 스스로 판단할 새도 없이 작자는 독자에게 대한말이 겨우 통하는 외국 사람에 대한 선입견을 심어주고 그 다음에야 이상한 문답을 구성하는 우스운 말들이 이어진다.

1. 작자는 외국성이라는 차이를 설정함으로써 글을 시작한다. 첫 인사에서부터 외국 사람의 한국어 구사는 영어로 'you'에 해당하는 격의 없는 표현인 '자네'와 존대의 인사말인 '평안하시오니까?'가 뒤죽박죽되며 서투른 모습을 보인다.

2. 대한 사람은 또 다른 2인칭 대명사인 '당신'이라는 표현을 씀으로써 다시 한 번 언어구사의 차이를 부각시킨다. 그는 또한 외국 사람의 인사에 대해 화답을 하지 않고 곧장 말을 시작한다. 이는 꼭 이상하다

고는 할 수 없으나 정중한 대화에서는 드문 일이다. 그는 또 "당신을 오래 못 보앗쇼"라는 등 상대방보다 낮은 어체를 쓰고 있다.

3. '외국 사람'의 두 번째 말에서부터 '사람'은 생략된다. 개인으로서의 외국 사람은 사라지고 '외국'이라는 환유어로 대체된다. 이는 개인이 국가에 묻히고 국가는 다시 민족과 융합되었던 당시의 시대적 경향을 나타낸다. 두 번째 질문에서 외국 사람은 모든 동사형 어미를 생략하고 가장 저차원적인 어법을 구사한다. 문장 또한 불완전하다. "당신이라는 말 무삼 말?" 이와 같은 180도 전환은 외국 사람이 한국어의 깊고 미묘한 뉘앙스는 말할 것도 없고 가장 기본적인 문법조차 모르고 있음을 보여준다.

4. 여기서도 '사람'은 생략되었다. 동의어의 연발로 외국 사람을 어리둥절하게 만드는 동안 개인으로서의 한국 사람은 '대한'이라는 국가에 의해 지워진다.

5. 외국 사람의 첫마디는 '오'로 시작하는데 이는 한국어에 대한 어색함으로 인해 반사적으로 영어로 회귀해 놀라움 내지는 당혹감이 표현된 것으로 볼 수 있다. 여기서 마지막 질문은 다시 한 번 외국 사람이 한국어에 대한 기본적인 이해조차 없음을 보여준다. 그는 이 '우습고 이상한' 문답을 이어갈 만큼의 구절은 암기하고 있으나 한국어 '특유의' 복잡성은 어찌할 도리 없이 곤혹스럽다. '영감님'은 나이든 어른에만 사용되는 존칭이고, '자네'는 격의 없는 2인칭 대명사이다.

6. 여기서 한국인은 '외국인'을 가리키는 말을 "외국 사람"에서 "타국 (他國) 사람"으로 바꾸는데, 이로써 이전에는 그저 '외국성'이었던 것에 또 한 겹의 '타자성'이 겹쳐진다. 이 변화는 특히 주목할 필요가 있다. 외국 사람은 다음과 같이 물었다. "그러면 엇던 말이 그 중 좃소" 상황에 따라 각기 다른 표현이 쓰이는 한국어 2인칭 대명사의 다양성과 복잡성에 대한 이해가 짧은 그는 여전히 영어의 'you'에 해당하는 정확하고 자연스러운 표현을 찾고 있다. 돌아온 대답은 질문의 취지와는 다소

동떨어진다. 한국 사람은 답한다. "타국 사람이 말하기난 당신이라거나 공이라는 것이 그중 편하지오." 여기서 오늘날까지 이어지고 있는 한국어 교육과 용법의 이중적 체제가 시작된다. 이는 나라·국가·인종·언어가 인위적으로 융합되게 되는 이 시기에 유래된, 비한국인은 '진정한' 한국어를 배울 능력이 없다는 잘못된 믿음에 근거한 것이다. 이를 사실이라고 친다면, 외국 사람들의 제한된 언어능력을 고려해볼 때, 안전하게 가는 쪽을 택해 제한된 또는 단순화된, 즉 정확하다기보다는 다른 나라 사람들에게 편한 버전을 가르치는 것이 최선일 것이다. 위 대화에서는 편리함이 가장 중요해 보인다. 한국 사람은 '편하지오'라는 수사 의문문을 사용하고 있는데, 여기에는 이유가 있다. '편(便)하다'라는 동사는 편한, 쉬운, 편리한, 손쉬운, 편의성이 있는, 단순한 등을 비롯한 여러 의미를 지니고 있다. 이들 모두가 위 대화에서 뜻이 통한다. 그러나 수사 의문문은 주어진 답이 사실상 외국인의 질문에 대한 직접적인 답이 되지 못함을 은폐하는 효과를 야기한다. 무엇보다 한국 사람의 답은 새로운 '하위 언어' 즉 외국인을 위한 한국어의 발생을 의미한다.

'외국인을 위한 한국어'라는 표현이나 범주는 오늘날까지도 흔히 쓰인다. 실제로 이화여자대학교 언어교육원이 개발하여 현재 쓰고 있는 한국어 교과서는 『외국 사람을 위한 한국어』라는 제목으로 되어 있다. 이는 ESL이나 EFL과 같은 개념이나 용어와 미묘한, 그러나 중요한 차이를 보인다. 한 마디로 말하면 후자에는 여전히 한국인에게 민족과 동의어로 통하는, 학습자의 국적에 관한 언급이 없다. ESL이나 EFL에 있어서 관심사는 외국어 습득의 실질적인 문제이시, 학습자의 부자연스러운 영어 구사나 가공(架空)의 타고난 핸디캡을 극복하는 것이 아니다.

또한 이는 한국의 '고유한' 문화 상품이 상품화된 시발점이기도 하며, 그중 한국어와 한글은 가장 중요한 지위를 선점하게 된다. '한국어'라는 말은 거의 한국어를 외국인에게 가르치거나, 또는 외국인과 논하는 상황에 국한되어 쓰인다. 이는 여타의 수출 상품과 다르지 않다. 자동차를 예로 보더라도 수출용으로 만들어졌느냐 또는 내수용으로 만들어졌느냐에 따라 다른 이름과 옵션이 주어진다.

7. 외국 사람은 한국어를 가리키는 말로 다른 표현을 쓴다. 이를 통해 그는 자신의 불만을 표하는 동시에 1899년에 여전히 존재하고 있었던 다원성을 드러낸다. 이 대화의 상당 부분은 다원성을 제거, 즉 한국을 단일화하려는 시도의 한 과정으로 볼 수 있다. 신채호의 경우와 마찬가지로, 이러한 불평과 어려움은 모두 '한국어'라는 전체화된 범주의 생소함과 인위성을 드러낸다. 미국인 선교사와 『독립신문』의 운영자들(이들은 사실 동일인일 경우가 많았다)이 한글을 사용하고 권장한 것은 이러한 시도의 중요한 일환이었다. 또한 이 대화에서 한국 사람은 비록 일그러진 캐리커처(caricature)이기는 하지만 한국인을 '개혁'하려 시도할 때 '개화파'가 맞닥뜨린 저항을 증명한다.

"한가지 말이 여러 말이오." 문맥상 그가 의미하는 바가 한 가지 사물을 지칭하는 말이 여러 가지라는 것은 분명하다. 이 말 자체로도 드러나듯이 외국 사람은 이 '매우 어려운' 한국어에서 'you'에 해당하는 쉽고 단일한 표현을 찾으려 시도하지만 번번이 실패한다. 이를 표현한 방식의 비문법성에서 외국 사람의 우스운 한국어에 대해 작자가 본래 말하고자 했던 바가 드러난다. 그럼에도 불구하고 외국 사람은 계속해서 한국어가 단순화되어야 하고 한국이 단일화되어야 한다고 주장한다.

8. 외국 사람은 이미 알고 있는 네 개의 다른 명칭으로도 충분히 혼란스러우나, 한국인은 이마저도 한국어의 복잡성을 완전히 이해하지 못한 것임을 재빠르게 지적한다. 그는 작은 중국을 뜻하는 '소중화(小中華)'와 예의의 나라를 뜻하는 '예의지방(禮儀之邦)'이라는 또 다른 명칭을 제시한다. 1899년의 마지막 날, 이 한국 사람은 한국이 다양한 명칭을 가진 데 대해 다소 자랑스러워하는 듯하다. 그러나 한국을 단일화하고 통일하려는 외국 사람의 이러한 시도는 점차 뿌리를 내리게 될 것이었다. 1908년에 이르러 상황은 완전히 반전되어 한국 사람들은 한국이 통

일된 명칭을 가지지 못한 데 대해 신문 편집자들에 편지로 불만을 토로했다!59)

9. 외국인은 계속해서 한국어에 관해 호기심을 보인다. 그러나 여기서 그는 먼저 언급된 소중화를 제쳐두고 먼저 예의지방에 대해 묻는다.

10. 이 책에서 근본적으로 주장하는 바는 전근대 한국인(화자는 이에 대한 명백한 캐리커처이다)에게 이들 현자는 보편적 귀감이었지 조금도 외국적인 존재가 아니었다는 점이다. 웨이드 자일스(Wade-Giles) 로마자 표기법으로 이들은 각각 'Yao and Shun', 'Wu and T'ang', 'Wen and Wu', 'the Duke of Chou', 'Confucius', 'Mencius', 'Cheng-hsi', 'Chu-hsi'이다.

이들 이름을 열거한 뒤 한국 사람이 던지는 질문은 수사의문문으로 보인다. 그러나 한국의 불가해성과 한국에 의한 중국 고전 문화의 수용에 대한 이러한 주장은 19세기 이전에는 존재하지 않았다. 김충선과 같은 일본 태생의 한국인도, 박연과 같은 서양 태생의 한국인도 '한국' 문화의 '깊은 뜻'을 이해하는 데 어려움을 겪었던 것 같지는 않다. 한국의 허구적 산문에 기술된 한국인과 외지 사람과의 교류에 관해서도 이러한 언급은 찾아볼 수 없다. 이러한 상이성과 상호 이해불가성의 창조 및 부각은 19세기 말의 서사에서부터 시작된다.

그러나 여기서 가장 중요한 것은 이들 인식이 예전부터 한국에서 맹목적 애국주의(chauvinism)나 외국인 혐오(xenophobia)란 것이 존재해서 이로부터 저절로 발생한 것이 아니라는 점이다. 오히려 사실은 그 반대이다. 이들 인식은 위 논설에서도 나타나듯이 미국인 선교사들과 이들의 한국인 문하생에 의해 도입되고 전파되었나. 나시 밀해 한국의 근대 허구적 산문에 미국과 미국인이 등장했을 즈음에는 이미 이들이 한국어·한글·신문·'소설(novel)' 등 자신들의 소개 매체와 '문명개화'·사회진화론·기독교·민주주의 등 자신들을 대변하는 사고 체계를 형성(形成)

---

59) 앙드레 슈미트, 앞의 책, 171~172면 참조.

한 후였다. 역사화에 실패한 당시 역사와 문학에 대한 연구는 문학적 이식과 개신교적 민족주의가 발생하게 된 그 동일하고 격렬한 과정 또한 설명해주지 못한다. 그러한 연구는 한 역사적 과정의 정점을 대표하는 산물이나 현상(종종 격동적이고 다차원적이며, 논쟁의 대상인)으로 시작하지만, 그 과정을 무시한 채 그 역사적 과정의 종점을 연구의 시작점이자 분석의 범위로 한정해버리는 오만함을 범한다. 이처럼 고통스러운 탄생의 과정이 간과됨으로써 최종 산물의 혼성성 또한 묻혀지고 만다. 따라서 그 산물은, 민족이나 언어 또한 문화와 마찬가지로 순종(純種)이어야 한다. 여기서도 또한 한국에 강요된 특수한 형태의 '문명개화'의 기저에 있는 미국 개신교적 기반을 무시할 수 없다. 국가와 언어, 문화 그리고 문학의 탄생은 어찌하였건 순수 무결해야 한다. 문학과 종교에서 이는 상반되는, 그러나 본질적으로는 동일한 두 가지 양상으로 나타난다. 한 쪽은 외국 모델을 고수한다. 임화는 새로운 문학을 외국적인 것으로, 그러나 동시에 순종인 것으로 보았다. 새로운 문학은 순전히 이식된 것이고, 한국인들은 서양 문명의 '우월성과 보편성'으로 인해 이제 보편화된, 차용된 이상에 부응하기 위해 노력하고 있는 것이었다. 이는 한국 기독교의 기본적 모델이기도 하다. 그러나 이들 모두 민족주의자들에 의해 재빠르게 이용된다. 한국문학은 한국 역사와 마찬가지로 최소한 2천 년은 거슬러 올라가는 무구하고 순수한 혈통을 가진 것으로 그려진다. 외형상 외국적인 장식이 존재할지는 모르나, 이는 그 산물의 본질적인 한국성과 순수성에는 영향을 미치지 못한다. 기독교 또한 마찬가지이다. 이전부터 존재해온 한국의 일신교와 삼위일체에 대한 믿음이 그저 차용된 용어를 통해 표현되었을 뿐이다. 혹은 보다 급진적인 예로서, 많은 교회에서 한국인이 하나님에 의해 선택된 민족이며 그리스도가 한국 땅에 재림할 것이라고 가르친다. 보다 극단적인 그러나 결코 덜 유명하다고는 할 수 없는 예는 창설자가 스스로 하나님의 아들이자 진정한 메시아라 칭하고 있는 통일교라 할 수 있다. 그 누구도 순수성은 허구일 뿐이며 혼성성이야말로 한국 문화를 규정하는 특성일지도 모른다는 사실을 인정하려 하지 않는다. 결국 한국 사람의 질문은 어불성설이다. 외국성에 관한 한국 사람의 새로운 개념에 따르자면, 그가 풀어 놓는 현자와 가르침 모두가 순전히 중국의 것이기 때문이다. 그렇다면 한국인들도 서양인들과 마찬가지로 타고난 한계로 인해 그 '깊은 뜻'을 이해할 수 없어야 할 것이다.

11. 한국인 하인에 관한 이러한 종류의 부정적 인식은 당시 외국인 사회에서 드물지 않았고, 당시 외국인 사회에는 압도적으로 선교사가 많았다. 제임스 S. 게일(James S. Gale)은 '한국인 소년'에 대해서 썼는데, 한 서양인의 하인인 그 소년은 "15살인지 55살인지, 결혼을 했는지 안했는지, 심지어는 남자인지 여자인지도 분간이 안되었다"라고 했다. 또 『인디펜던트(Independent)』지는 "평양에 있는 외국인은 일본인을 제외하고 스무 명의 성인과 열한 명의 어린이가 있는데 둘만 빼고 모두 선교사"라고 썼다.[60]

아마도 그 자신 또한 외국인이었을 저자는 이 외국 사람의 입을 빌어 선교사들과 독립협회 내 이들 제자 다수의 목소리를 대변하고 있다. 1899년에는 여전히 '개화파'에 반대하는 보수 세력이 많았다. 한국에 대한 일부 외국인의 경멸적 시각을 보여주는 것은 보수 세력으로 하여금 수치심을 느끼도록 함으로써 변화를 촉구하고자 한 의도로 볼 수 있다. 비유와 판단 기준에 있어서도 완전한 반전이 이루어졌다는 점 또한 흥미롭다. "백셩들 사난 것은 개나 도야지 갓쇼." 최익현을 비롯한 유학자들은 '문명'을 따르지 않는 일본인과 서양인을 개·돼지·조류·김승 등으로 불렀다. 그러나 이제는 물질적 부와 군사적 힘이 문명의 척도가 되었다.

"신문도 업쇼." 많은 사람들이 신문을 계몽과 지각(知覺)의 도구이자

---

60) 게일(J. S. Gale), 『한국인 스케치 *Korean Sketches*』(New York : Fleming H. Revell Company, 1898), 143~156면; 『인디펜던트 *The Independent*』, 1899년 8월 31일자 참조.

지표로 보았다. 신문을 발간하는 측에서 이는 더할 나위 없이 맞는 말이었다.

"우리 외국 사람······." 여기서 다시 개인은 국가에 희생된다. 저자에 따르면 한국 사람이라면 모두 똑같이 지닌 단점에 대해 외국 사람 모두가 한 목소리를 내는 것이다. 이는 물론 사실이 아니었지만, 이 문장으로 인해 위 논설이 아펜젤러에 의해 쓰여졌다는 주장은 한층 설득력을 얻게 된다. 다른 서양인 선교사들도 이와 매우 유사한 취지의 글을 썼다. 어떤 종류의 성서 문학을 한국에 소개할지에 관한 논의에서, 제임스 S. 게일(J. S. Gale)은 "식자이든 노동자이든 동양인의 사고는 같은 틀로 빚어진 것이다. 이들 모두가 숫자·상징·그림으로 똑같이 생각한다. 이러한 이유에서 이들을 위해서는 특히 알레고리와 상징 문학이 적절하다고 본다"[61]고 주장했다. 언더우드와 아펜젤러의 신문 논설이 쓰이기 수 년 전에 쓰여진 이 글에 언더우드와 아펜젤러 모두 동조하고 또 그의 충고에 따른 듯하다.

12. 여기서 처음으로 한국어를 가리키는 말로 '우리나라말'이 등장한다. 비슷한 말이 『훈민정음』의 서문에 세종대왕에 의해 쓰여졌으나, 이것이 통용되게 된 것은 19세기 말에 가서였고, 이조차도 지식인층 상당수의 저항에 부딪혔다. 현재 이는 남한에서 한국어를 가리키는 말로 가장 널리 쓰인다. 사실 '한국어'와 '한국말'이 한국인 간의 대화나 한국인을 대상으로 한 글에서 쓰이는 경우는 거의 없다. '우리나라 말' 혹은 '우리말'이 대화에서 가장 흔히 쓰이며, 학문적 글에서도 허용된다. '국어'는 언어 교과서에서 가장 흔히 쓰인다. 거의 외국인을 대상으로 한 교재에서만 사용되는 '한국어'와 '한국말'은 극히 객관적인 언어분석의 경우에 국한되어 쓰인다.

"의식이 족하여야······." 여기서 한국 사람은 한국이 변할 필요가 없

---

61) 게일(J. S. Gale), 「문학에 대한 몇 가지 제언(A Few Words on Literature)」, 『The Korean Repository』, 1895년 9월, 424면; 조지 백, 앞의 책, 247면 인용.

다는 보수적 시각을 풍자하는 역할을 한다. 그러나 그에 의한 억지스런 합리화는 개혁파와 선교사에 비춰지는, 그럴듯한 보수파의 논리와 사회적 현실간의 깊은 괴리에 내재된 위선과 모순을 드러내기 위한 대담한 시도로 볼 수 있다. 그러나 위 논설의 저자도 미처 생각지 못했음이 분명한 위와 같은 접근 방식의 아이러니는 그것이 한국성이라는 통일된 범주의 가정에 배치되며, '동양인의 사고'의 일률성이라는 주장에도 반한다는 점이다.

13. 다른 여러 곳에서와 마찬가지로, 기차는 초기 근대 한국 서사에서 근대성의 상징이 된다. 여기서 기관차라는 뜻으로 쓰인 단어는 중국어 조어인 '화륜차(火輪車)'이다. 일본의 영향력이 커지면서 후에 이는 기차(汽車)로 불리게 되며, 이는 오늘날까지 남한에서 쓰이고 있다.

"우리 외국에난……." 여기서 저자는 다시 "우리 외국에난"이라고 하며 복수 개념의 외국을 단수의 전체화된 존재로 제시한다. 그러나 당시 한국인들은 여러 유럽 국가와 러시아 그리고 미국의 존재를 매우 잘 알고 있었다. 『독립신문』 또한 러시아의 내정 간섭에 대한 신랄한 비판과 '문명화된' 세상의 소식과 속담을 싣고는 했다. 이는 한국인의 관심을 특정한 외국으로, 즉 여기서는 미국으로 집중하려는 초기의 시도였을 수도 있다. 『독립신문』은 "조선인을 위한 조선"을 기치로 내세웠지만 선교 노력이나 미국의 이해(利害)로부터 결코 자유롭지 못했다. 1898년 11월 6일자 『인디펜던트(The Independent)』지에 실린 미국의 필리핀 지배에 대한 한 기사는 다음과 같은 말로 끝을 맺는다. "동양에서 미국은 평화, 교역, 기독교 신앙의 발전을 의미한다." 미국이 결국 필리핀을 대가로 한국을 일본에 '트레이드'한 것은 아이러니이다. 이후 1899년 6월 8일자 기사는 다음과 같이 쓰고 있다. "우리는 『인디펜던트(The Independent)』지를 도시의 선교 형제와 이 나라의 대화 통로로 삼음에 대해 기뻐해야 할 것이다."

"…… 무당의 셔방이 되던지 ……"라는 구절이 진정으로 뜻하는 바가 무엇인지는 분명치 않다. 한 가지 가능한 해석은 이를 공적으로는 위엄 있는 유학자의 역할을 수행하지만, 사적으로는 미신적이며 종종 무당을 후원한 고위 정부 관리의 위선에 대한 공격으로 보는 것이다. 이들 무당은 정부 관리에 상당한 영향력을 행사해서 손님이 무당의 호의를 얻으면 무당은 정부 관리에 부탁해 이 손님에 관직을 마련해줄 수도 있었다. 똑같지는 않으나 유사한 이야기가 『독립신문』의 영어판인 『인디펜던트 *The Independent*』에도 실렸다. 「판사직 매수(Buying a Magistracy)」라는 제목의 한 기사는 김영선이라는 자가 "판사직을 매수할 궁리를 한 끝에 신탁을 조작할 매개자를 퇴역한 무희(舞姬)에게서 찾았다"고 쓰고 있다. 그는 무희에게 3,346달러를 지불했고, 무희는 이를 고종의 계비인 순헌황귀비(純獻皇貴妃, 1854~1911)에 바칠 것이었다(『인디펜던트』, 1899.9.14). 마지막으로 가능한 해석은 이를 무당과의 부적절한 관계를 의미하는 것으로 보는 것이다. '서방'은 문자 그대로는 아니나 은유적으로 성적인 관계를 의미하는 것으로 종종 쓰인다. 결국 화자가 '대한 말을 겨우 통하는' 외국인이이라는 사실로 인해 이 구절에 대해서는 확실한 분석이 어렵다.

"이것이 낫분 일이오" 외국 사람은 예의 그 겸손하고 호기심 많은 태도에서 설교자의 어조로 변한다. 그의 질문은 언어적 문제에 국한되어 있는데(한국의 여러 단점을 지적하는 데 정확성을 기하고자 함이 분명하다), 이에 관해서 그는 완전히 자신하지 못한다. 그러나 그의 말에는 한국의 사정과 그 후진성에 대해 자신이 갖고 있는 지식에 관한 오만한 자신감이 드러나 있다.

14. 여기서도 보수적 인물은 개혁파와 선교사들에 의해 극도로 부패하고 부정적인 것으로 인식되는 조선 사회의 단면에 억지로 긍정적인 해석을 끼워 맞추는 모습으로 그려진다. 여기서 '방망(이)'로 시작해 말장난이 이어진다. 『독립신문』이 한문 사용을 지양하는 방침을 갖고 있었던 고로 '방망(이)'가 뜻하는 바는 모호하다. '방망이'는 유력한 후원

자의 추천을 통해 공직을 얻음을 뜻하는 방망(房望)에 주격 조사 '이'가 더해진 것이다. '방망이'는 또한 영어로 'club'이나 'cudgel'을 뜻하는 순 한국말이기도 하다. 그러나 방망이에는 시험에서 컨닝을 하기 위한 '컨닝 페이퍼'라는 2차적 의미가 있다. 문맥상 첫 번째와 세 번째 의미가 통한다. 그러나 두 번째 의미 또한 말장난을 이어가는 데 중요한 역할을 한다.

"개화된 후로난……." 이 보수적 인물에게 '개화'는 나라의 강제 개국(開國)을 의미했으므로, 여기서 개화는 계몽이 아닌 개국을 의미하는 것으로 보아야 한다.

"몽치." 여기서 근대 이전의 '방망이'는 개화 이후의 '몽치'와 대비적으로 쓰였다. 이 두 표현의 일차적 의미 모두 영어로 'cudgel'이나 'club'에 해당한다. 위에서도 말했듯이 방망이는 두 가지 다른 의미로 해석될 수 있으나 몽치는 그렇지 않다. 그러나 문맥상 작자는 개화로 인해 사물의 이름만 바뀌었을 뿐 그 실체는 그대로라는 점을 강조하는 것으로 보인다. 즉 사람들은 여전히 부정한 방법으로 공직을 얻고 있었다. 두 말의 표면적 의미는 또한 2차적 역할을 수행한다. 이 보수적 인물의 주장은 기본적으로 '개화 이전에는 곤봉을 들었으나 이제는 몽둥이를 들지요'하는 것과 같다. 이 둘 모두 정부의 억압과 폭력의 도구로 볼 수 있다. 끝으로, '면화 송이'라는 말은 뇌물로 쓰이는 면화 뭉치로 볼 수 있다. 따라서 이 구절은 '…… 면화 두 뭉치와 고위 관리의 추천 하나만 있으면 얻지 못할 자리가 없다'는 말로 해석될 수 있다. 조선 말기에는 3,185냥의 값으로 궁에 면화를 바치는 '면화계(綿花契)'라는 것이 있었다.[62] 이는 공직이 여전히 매수되고 있다는 외국 사람의 주장과 일맥상통한다. 이는 또한 말장난을 이어가는 역할을 한다. '송이'는 휘어지는 'cudgel'로 볼 수 있는 도리깨의 일종을 칭하는 말이다.[63]

---

62) 이 숫자는 김영선이 판사직을 얻기 위해 무회를 통해 순헌황귀비에 바치고자 했던 3,436달러와 유사하다.

"어느 신문을 본즉……" 이는 보수파에 대한 또 다른 공격이자 말장난으로 볼 수 있다. 이제 이 보수적 인물은 신문의 근대적 권위에 호소한다. 그러나 그가 말하는 기계는 실로 이상한 것이다. '구날'은 터무니없는 사실을 거짓으로 꾸민다는 뜻의 한자성어인 '구허날무(構虛捏無)'의 줄임말이다. 이에 '기(機)'라는 접미사가 붙어 크게 떠벌리지만 실제로는 아무 것도 만들어 내지 못하는 기계를 뜻하는 '구날기(構捏機)'가 된다. 한국 사람은 이 '기계'를 근대화의 지표로 들어 외국 사람을 기만하려 한다. 이 기계가 거짓임은 분명하나, 실제로 한국 사람이 신문에서 이를 읽었는지의 여부는 확실치 않다. 그가 실제로 읽은 것이라 생각하는 독자에게 『독립신문』의 편집자는 신문에 담긴 정보를 결함 있는 것이자 편향된 것으로 제시함으로써 자신과 신문의 권위를 실추시키는 것이다. 이는 물론 과거에도 그러했고 지금도 그러하다.

15. "정동." 교회를 설립하도록 허가된 아펜젤러와 같은 최초의 미국인 개신교 선교사들은 정동에다 교회를 지었다. 이는 이 외국 사람이 주창하는 '조선인을 위한 조선'의 이면에 있는 진의가 무엇인지를 보여 준다. 정부가 한국 사람을 정동에 출입하도록 허가하지 않는다면 이는 곧 한국인이 미국 개신교 교회의 예배에도 참여할 수 없음을 의미하는 것이다.

"됴약 잇쇼." 이는 1880년대에 조인된 불평등 조약으로 인해 많은 외국인에게 부여된 치외법권을 가리키는 것으로 봄이 가장 타당하다.

"대한 사람만 괴롭쇼." 다시 한 번 한국 사람들은 동시에 전체화되고 환원되고 묵살된다. '우리'가 단수 개념으로 환원되었듯이 복수 개념인 '한국 사람'은 이제 단수 명사인 동시에 한국 사람이 아닌 외국 사람에 의해 변호되는 존재이다!

16. 여기서도 한국 사람은 현재의 상황을 합리화한다. 독립협회는

---

63) 권태명, 『한국문화 상징사전 2』(동아출판사, 1995), 267~269면 참조.

'조선인을 위한 조선'을 부르짖었지만, 위 글은 적어도 『독립신문』을 발간한 자들의 시각으로는 한국 정부가 '외국인을 위한 한국'에 가까운 정책을 펼치고 있었음을 분명히 보여준다. 개혁파는 정부와 보수파가 위선적이라 보았다. 한편, 이들은 구 동아시아 세계 질서의 보수적 논리에 집착하지만 다른 한편으로는 너무 약해 서양인에 의해 나라가 점령되는 것도 막지 못했다. 위 대화에서 한국 사람은 이 두 모순된 상황을 끊임없이 합리화하려 들며, 솔직하지 못하고 위선적인 것으로 그려진다.

그러나 『독립신문』의 발간자들은 한국인나 미국인이나 모두 자신들이 발하는 위선은 보지 못했다. 이들이 한국 사람을 얼마나 '후진적'이라고 생각하든 간에 한국 사람은 애초 외국 사람에게 대답할 의무가 없다. 서양의 우월성이라는 인식이 아니고서야 외국 사람이 무슨 권리로 한국 사람에게 자국을 어떻게 다스릴지 감히 설교할 수가 있겠는가? 이들의 '조선인을 위한 조선'이 정말로 이타주의에서 비롯된 것이라면 아펜젤러와 여타 선교사들은 자신의 조국에서 '미국 원주민을 위한 미국'이라는 운동을 펼치고 있었는가? 그렇지 않다면(또 사실 그렇지 않았다) 한국을 '자유롭게 하고' 단일화하려는 노력에서 이들의 진의는 곧바로 의심스러워진다. 전통적 질서의 타파와, 신문, 자국어, 또 이와 같은 기사를 통한 한국인의 단일화는 선교 사업을 한층 수월하게 할 것이었고, 또 수월하게 한 것이 사실이다.

17. "소중화라 하난 말은 무엇이오?" 외국 사람은 논설의 절정부를 위해 의도적으로 이 질문을 남겨 놓았다.

18~19. 청일전쟁 이후 많은 한국인들이 중국을 완전한 실패작으로 보았다. 위 논설은 의도적으로 불행한 결말을 예고한다. 여기서 한국 사람은 중국의 몰락에도 불구하고 '구시대적인' 문명의 기준을 고수한다. 외국 사람은 한국인의 고상한 문자(文字)를 이해할 의사가 전혀 없다. 이들 문자야말로 위에서 외국 사람이 이미 폄하한 "쓸 대 업난 글"이기

때문이다. 그러나 외국 사람은 한국이 작은 중국이라는 말에는 재빨리 동의한다. 여기에는 그와 같은 보수파가 계속해서 나라를 다스린다면 한국 또한 같은 몰락의 길을 갈 것이라는 의미가 담겨져 있다. 후에 영어로 쓰여진 「퇴보(Retrogression)」라는 제목의 기사에서 신문은 "중국을 편견 없는 눈으로 본다면 이들은 한국에서 진행되고 있는 것들이 바로 중국의 몰락을 가져온 원인이며, 같은 방식을 고수한다면 한국의 운명은 머지않아 다 할 것임을 깨닫게 될 것이다."[64] 위에 언급된 "쓸 대 없난 글"은 무력을 숭상하는 시대에 문약(文弱)을 야기하는 것으로 생각되었다. 몇 개월 뒤 신문은 한국을 "나약한 형태의 정부와 문명"이라 부른다.[65]

주제의 재등장, 능동성의 재탈환

위 서사적 논설과 논설적 서사가 한국의 고대 및 근대 허구적 산문의 형식과 문체 사이의 중요한 교량 역할을 했다는 점은 이미 살펴보았다. 「외국 사람과 문답」은 더 나아가 한국의 고대 및 초기 근대 허구적 산문 속의 '외국성' 사이의 과도기적 역할을 했다는 점에서 내용과 주제 면에서도 중요한 교량이었다. 또한 이는 미국인 선교사들이 한국에 세우고자 했던 것이 학교와 병원 그 이상의 것이었음을 보여준다. 교육과 의료 활동이 이들 사업의 중요한 구성 요소였음은 분명하지만, 궁극적으로 이들은 동아시아에서의 선교 전략을 위한 대 설계를 염두에 둔 것이었다. 존 L. 네비우스(John L. Nevius) 박사는 촉구했다. "궁극적으로는 문

---

64) 『독립신문』, 1899년 6월 15일.
65) 위의 신문, 9월 14일.

학 사업에 착수하라. 이것이야말로 가장 '원숙하고 진한' 열매이니 말이다."66) 신문을 통해 이들은 한국인에게 비치는 외국인의 이미지, 그리고 한국인 자신의 이미지를 정립하기 위해 적극적인 노력을 기울였다. 한편으로는 문학과 기술적 측면에서의 이들 노력으로 인해, 또 한편으로는 역사적 상황으로 인해, 표면적으로는 복수 개념인 외국이라는 범주는 단 하나의 외국, 즉 미국과 결합하게 된다. 이러한 이유로 미국과 미국인의 이미지는 한국의 초기 근대 최초의 허구적 산문 작품에서부터 등장하고 있다. 그러나 미국과 미국인은 고대 허구적 산문에서 나타난 한국 바깥의 장소와 사람과는 사뭇 다른 방식으로 조명된다. 그와 같은 확연한 차이로 인해 이들은 고대 허구적 산문에 그려진 외국 및 외국인보다 훨씬 더 중요하고 외국적이다. 한편으로 한국은 실종되었고, 구원을 얻기 위해 미국에 의지해야 했다. 또 한편으로 한국인은, 종종 외국인에 의해, 자신들은 독특하며 외국인은 이상하다는 인식을 갖게 되었다. 고대에는 상당히 유동적이었던 한국인과 외국인이라는 두 범주는 이제 민족적으로 또 문화적으로 엄격히 규정되었다. 또한 허구적 산문의 작가들은 아마도 의식하지는 못했을지라도 처음으로 차별을 시도한다. 궁극적으로, 한국의 초기 근대 허구적 산문에서 미국의 이미지는 비록 외적인 영향력에 의해 좌우되기는 했지만 수동적인 수용의 결과가 아닌 협상의 결과로 보아야 한다. 19세기 막바지에 들어 한국에는 세계에 대한 방향의 재설정과 문명에 대한 재정의가 강요되었다. 20세기 초에 이르면 한국의 작가들도 스스로 정의를 시도할 준비를 갖추게 된다.

---

66) 존 L. 네비우스(John L. Nevius), 『선교 방법론 *Methods of Mission Work*』, 77면. 찰스 알렌 클라크, 앞의 책, 21면에서 인용.

제5장
한국의 근대 허구적 산문과 미국의 이미지

　태초에 말이 있었다. 말이 권력을 부여한다. 말이 창조를 완성한다. 창세기에서 이르는 말씀이 최초의 창조에 선행했고, 두 번째 이르는 말씀은 최초의 창조가 또 다른 말, 즉 이름에 의해 실현되고 나서야 있었다. 창조에서 이름은 후속 사항이 아닌 필수불가결한 부분이었다. 어떤 대상에 이름을 부여하고 정의하는 행위는 그 대상에 대한 궁극적인 지배력을 의미하며, 따라서 그러한 행위는 순전히 창조자의 몫이다. 선교사들은 이 모두를 직관적으로 알고 있었다. 이들이 '문학 사업'에 착수하고, 신문을 창간하고 운영하도록 요구된 데에는 이유가 있었던 것이다. 「외국 사람과 문답」을 비롯한 논설은 정의를 확립하기 위함이었다. 선교사들은 창조자로서 이러한 힘을 보유했다. 그러나 이들은 신이 아닌 인간이었고, 이들의 창조물인 '문학 작품'은 한국인들도 창조할 수 있는 것이었다. 한국인들은 또 그리하였다. 한국의 작가들은 분명 서양으로부터 전해진 새로운 문명과 지식, 또 자신들의 성장기를 보낸 동아시아의 고전적 전통이라는 양(兩) 모델로부터 많은 영향을 받았다. 그러나 이들 두 모델을 절충하고, 어떠한 정도의 자서전적 비판이나 역사화로도 발견할 수 없었을 독특한 요소를 가미함으로써 한국의 작가들은 이들 나름의 정의를 시도하고 능동성을 되찾기 시작했다. 이인직(李人稙, 1862~1916)은 최초로 이러한 시도를 한 작가 중 하나다. 이인직은 자신의 작품을 소설이라 일컬었고 다른 사람들은 이에 '신(新)'이라는 수식어를 덧붙였다.

신소설 대 신 소설

　서사적 논설은 그 간결성으로 인해 소화하기가 쉬웠다. 동시에 이로 인해 서사적 논설을 통한 사상과 인물에 대한 깊이 있는 조명에는 한계가 있었다. 비록 서사적 논설 자체는 사라지지 않았지만, 보다 긴 서사적 형식으로 발전하거나 혹은 이와 결합되었다. 이 장에서는 20세기 허구적 산문 최초의 소설 길이의 작품인 이인직의 『혈의 누(血의 淚)』(1906)에 대하여 살펴볼 것이다. 『혈의 누』는 신소설(新小說)의 효시로 일컬어진다. 현재 남북한에서 고유명사로 쓰이는 신소설은 영어로 보통 '새로운 소설(New Novel)'로 번역되는데, 저자는 종종 '신소설에서 무엇이 새로운 것인지' 질문을 받고는 한다. '신소설'이라는 용어 자체가 복합적이듯이, 이에 대한 답도 여러 부분으로 구성된다. 질문에 대한 답을 하기 전에 먼저 질문을 수정할 필요가 있다. 한자어 '新小說'은 최소한 3가지 방식으로 결합 및 해석되어 왔다. 첫 번째 해석은 위 질문에서처럼 '신소설'이다. 고유명사이며 장르적 범주로서의 신소설을 말한다. 그러나 면밀히 분석해보면 이는 타당하지 않다. 이인직을 비롯한 작가들은 자신의 작품을 신소설이라 칭한 적이 없다. 당시 비평가들 또한 이 용어를 쓴 적이 없다. 임화가 1930년대 말과 1940년대 초에 발표한 「개설 조선신문학사」에서 이 용어와 범주를 만들어내기 전까지, 신소설은 한국에서 고유명사나 장르적 범주로 쓰인 적이 없었다. 임화의 저서가 나오기 이전에 이는 사실 '신 소설'이었다. '신 소설'은 고유명사가 아니었으며 두 가지 다른 뜻이 있었다. 하나는 단순히 새로운 양식의 소설이라는 뜻이다. 이는 '신학(新學)', '신여성(新女性)'과 같은 말의 문학적 대응어였다. 한국이 이제는 수치로 여겨지는 과거로부터 자신을 멀리하기 위해 의식적인 노력을 기울이는 동안 이와 같은 용어가 우후죽순처럼 생겨났다. 이들 모두가 고유명사로 간주되어서는 안 된다. '신 소설'의 또 다른 의미는 20세기의 처음 10년간 가장 흔히 쓰였고, 또 21세기의 처음 10년간 학계에서 가장 많은 혼동을 불러일으키게 된다. 이러한 해석에 따른 '신 소설'은 단순히 새로이 발간된 허구적 산문 작품을 가리킨다. 1900년대의 신문과 문학잡지는 이러한 신 소설에 대한 광고로 가득했다. 그러나 이러한 범주는 상업적인 것이지 문학적인 것은 아니었다. 당연히 이들 대부분은 임화가 정의한 신소설로서의 엄격한 기준을 충족하지 못한다. 일부는 그저 일본 정치 소설의 번역본을 새롭게 발간한 것에 불과했다. 또 다른 일부는 사실 한국의 고대 허구적 산문을 다시 출판한 것에 불과했다! 이러한 사실에도 불구하고 많은 학자들이 이 인위적인 장르의 시조를 찾으려는 노력을 계속하고 있다. 그러나 최초의 '신소설'을 찾기 위한 탐구에서 이들이 찾을 수 있는 것은 '신소설'에 대한 초기의 광고 밖에 없다.[1]

---

1) 이 문제에 대해 좀더 자세한 사항은 김영민, 앞의 책, 123~165면을 참조할 것.

비평가로부터 소설 구하기

이 연구를 마무리하는 데 가장 중요한 것은 두 번째 의미, 즉 새로운 양식의 소설이다. 그러나 이러한 해석 또한 약간의 수정을 요한다. 앞서 살펴보았듯이 이 시기의 허구적 산문은 연속성과 이식성이라는 두 대립되는 입장의 공존으로 인한 혼성성에 의해 특징지워진다. 형식과 내용은 많은 부분에서 새롭고 서양으로부터 이식된 것이었지만, 외국과 외국인이 반영된 방식에 있어서는 고대 허구적 산문으로부터 이어진 주제가 고수되고 있었다. 그러나 기왕의 문학적 주제는 새로운 역사적 힘에 의해 격렬한 재구성이 이루어진 후에야 재등장하고, 그와 같은 과정은 계속 반복된다. 마지막으로 '신(新)'과 '구(舊)'라는 범주는 역사와 문학의 영역과 마찬가지로 더이상 자로 잰 듯 선을 긋기가 어려워진다. 각각 상대방에 작용·반작용한다. 허구적 산문 작품을 정의하려는 시도로 덧붙여진 '신' 혹은 '소설'과 같은 꼬리표는 종종 드러내는 것보다 가리는 것이 많다. 어떤 것이 새로운 것으로 이름 붙여지면 그것과 전통과의 연결고리는 무시되기 십상이다. 한 작품이 소설로 불리게 되면 그 작품의 독특한 특성은 졸지에 단점으로 치부될 가능성이 있다. 이 연구는 앞서 국가와 민족에 대한 차용된 개념에 의해 개개인이 말살된 과정을 조명해 보았다. 되돌아보면 문학 역시 같은 운명을 겪었다. 작가들은 언제나 기인(奇人)들이었고, 비평가 대부분은 작가를 갈망했으나 실패한 자들이었다. 한국의 허구적 산문을, 차용된 서양 문학 장르에 따라 서둘러 규정지으려 할 때 작가의 개별적 능동성과 그 작품의 개별적 내용이 전체화되고 또 간과된 것은 문학 비평가들에 의해서였다.

최근 몇 년간 학자들은 '국가로부터 역사를 구출'하기 위해 많은 노력을 기울여 왔다.[2] 명시하지는 않았으나 앞선 장에서는 개인과 문학에 대하여 같은 시도를 해 보았다. 이 장에서 저자는 간략하게나마 그러한 시도를 개별적인 작품과 그 작가들을 비평가(이 경우에서는 대개 문학자나 역사가이다)의 환원주의로부터 구출하기 위한 것으로 확대해 보고자 한다. 이 연구는 이인직의 『혈의 누』를 살펴보는 것으로 마무리될 것이다. 위에도 언급했듯이 문학자들은 이 작품을 '신 소설'의 효시이자 한국 허구적 산문의 근대화를 알리는 서막으로 본다. 그러나 '신', '근대', '소설'이라는 표현과 이들로 조합된 복합어는 전부 작가 및 비평가 개인에 따라 극히 주관적으로 사용되어 무용지물이나 다름없다. 심지어 그러한 용어는 무용지물을 넘어서 해악일 경우가 많다. '근대'와 '소설'이라는 배타적인 범주에 끼워 맞추기 위해 비평가들이 차용된 기준에 집착하는 동안 개별적인 작품의 내용은 간과되기 십상이다. 역사가들은 다른 각도에서 문학을 접근하지만 그 결과는 대동소이하다. 이들은 작품보다는 그 작가의 행적에 보다 큰 비중을 둔다. 이인직이 작품에 일본인을 반영하였다는 이유로 많은 역사가들은 선입견을 가지고 작품 읽기를 시도하며(굳이 작품을 읽어볼 수고를 한다면 말이다), 그러한 읽기를 통해 이들이 찾는 것은 오직 친일 매국의 증거뿐이다. 이는 놀랄 일이 아니다. 이것이야말로 이들이 찾는 전부이기 때문이다. 이는 환원주의의 또 다른 예시로 볼 수 있다. 문학 작품과 작가는 그 자체로서는 아무런 가치를 갖지 못하고, 가치를 갖기 위해서 작품과 작가는 국가라는 기계의 톱니가 되어야 하는 것이다.[3] 이 연구는 문학과 역사의 필연적인 상호작용이라는 바탕 위에서 이루어진다. 이 연구의 방법론은 문학 작품의 역사화가 갖는 중요성을 입증한다. 전기적 비평 또한 유용한 수단으로

---

2) 이 구절은 물론 프라센지트 두아라(Prasenjit Duara)의 『민족으로부터 역사 구출하기─근대 중국의 새로운 해석 *Rescuing History from the Nation—Questioning Narratives of Modern China*』(Chicago : Chicago University Press, 1995)의 제목에서 따온 것이다.

3) 이 연구의 범위를 벗어나기는 하나, 이러한 접근도 애국 및 항일 지사로 평가되는 작가와 작품에 해악이기는 마찬가지이다. 그들의 작품 또한 그 자체 내용으로서가 아니라 그들의 공적 삶의 투영으로서 읽혔다. 이러한 방식으로 양측 작가들은 모두 국가에 희생되었고 자신들의 문학적 상상과 사적인 삶을 박탈당하였다.

간주된다. 그러나 이 연구는 문학적 표현을 역사적 맥락의 하위에 두는 그 어떠한 위계체계도 전적으로 거부한다.

차용된 문학적 정의와 국내의 정치적 요구로부터 벗어남으로써 『혈의 누』를 개별적인 형식 및 내용의 측면에서 자유롭게 살펴볼 수 있을 것이다. '신 소설' 문제가 일단락되었으므로 이제는 '무엇이 새로운가?' 하는 질문으로 돌아갈 시점이다. 고대 허구적 산문이 후에 근대 비평가들에 의해 '소설'로 명명된 것과는 달리 이인직은 스스로 자신의 작품을 소설이라 칭했다. 그의 작품은 직접적인 대중의 소비를 목적으로 쓰여졌고 신문에 연재되었으며, 후일에 가서야 독립적인 작품으로 출판되었다. 또한 이는 한글로 쓰여졌다.4) 역사와 문학과 마찬가지로 형식과 내용은 종종 불가분의 관계에 있다. 이인직의 소설도 그에 선행했던 논설적 서사와 마찬가지로 신문에 게재되었다. 이인직의 소설은 본질적으로 논설적 서사의 연장선상에 있다. 두 형식간의 주요한 차이점은 그 내용이나 어조가 아닌 소설이 가진 연재성과 작가의 명시에 있었다.

선교사들도 그랬듯이 이인직은 말의 힘을 이해했다. 동시대인들이 법학과 의학을 배우기 위해 외국으로 떠났던 반면 이인직은 일본으로 건너가 신문사에서 견습생으로 일했다. 한국으로 돌아온 이인직은 『혈의 누』가 연재된 『만세보(萬歲報)』의 주필로 활동하다 1907년에 와서 『대한신문(大韓新聞)』을 창간하였다. 소설을 보급하는 데 신문의 힘을 인식한 이인직은 또한 사회적 개혁이라는 사상을 전파하는 데 소설이 갖는 효능도 이해했다. 이인직에게 가장 우선이었던 것은 사상과 구체적인 내용이었다. 소설이라는 장르는 효율성의 문제였다. 사실상 제1장에서 소설이라는 용어의 모호성에 대한 논의 전부가 20세기의 처음 20년간에 쓰여진 허구적 산문 대부분에 적용된다. 저자가 앞서 소설은 'novel'이 아니며, 20세기 초 허구적 산문의 작가들조차도 전통적인 서양

---

4) 연재물에는 사실 한글과 한자가 혼용되어 있었으나, 그 말과 문법은 '근대' 한국어였다. 이듬해에 출판된 책은 순 한글로 되어 있다.

의 관점에서의 장르라는 개념을 갖고 있지 않았다고 주장한 것은 주로 이와 같은 이유에서다. 외국으로의 진출이나 외국과 외국인의 표현 등 고대 허구적 산문에 나타난 주제와 함께 내용은 장르 자체보다도 더 의미 있는 범주이며, 여기서 다시 구요소(舊要素)와의 혼성성 문제를 상기하지 않을 수 없다.

'신'이라는 수식어로부터 벗어났다고 해서 구요소에 특권이 부여되거나, 이인직의 『혈의 누』가 지닌 혁신적 측면에 대한 논의가 배제되는 것은 아니다.[5] 오히려 인위적인 '연속성 대 이식성'이라는 이분법에서 해방되어 작품의 모든 면면에 대해 자유롭게 논의할 수가 있게 된다. 『혈의 누』는 신구(新舊) 공간과 상황 사이에서 자신만의 타협점을 찾기 위해 여러 시도를 하고 있다. 작품의 작가·제목·내용 간의 관계는 이러한 점을 잘 보여준다. 당시 사람들 대부분이 그랬듯 이인직이 받아들인 서양 사상과 문화는 미국에서 직접 건너왔다기보다는 메이지 시대의 일본을 경유한 것이었다. 이인직은 일본에서 살았고 공부했으나 미국에는 가본 적조차 없었다. 사실 이인직의 작품 제목과 외국 유학이라는 주제는 무라이 겐사이(村井弦齋, 1863~1927)의 일본어 소설 『치노 나미다』에서 따온 것이다. 이재선에 따르면 『치노 나미다』라는 제목은 또 야마다 비묘우(山田美妙, 1868~1910)에 의해 1903년에 일본어로 '치노 나미다'로 번역된, 필리핀 작가인 호세 리잘(Jose Rizal)의 『노리 메 탄게레 *Nori Me Tangere*』에서 따온 것이다.[6] 리잘의 주인공이 스페인에서 공부하고 무라이의 주인공이 러시아로 여정을 떠남으로써 미국 유학이라는 설정이 이인직의 몫으로 남게 되었다는 것은 주목해야 힐 껌이다.

『혈의 누』는 사실상 상당 부분이 미국을 배경으로 하고 있으나, 그

---

5) 이 책에 사용된 원문, 즉 이인직의 『혈의 누』(문학사상사, 1995)는 1995년에 문학사상사에서 출판된 것이나, 1906년 7월 22일부터 1906년 10월 10일까지의 연재분과 1907년 3월 17일 광학서포간 초판본의 그것을 충실히 검토, 반영한 것이다.
6) 이재선, 『한국 개화기소설 연구』(일조각, 1972), 131면 참조.

줄거리 및 인물은 한국에 깊은 뿌리를 두고 있다. 표면적으로『혈의
누』는 구체적인 역사적 사건을 배경으로 한 단순한 이야기이다. 작품은
평양을 폐허로 만든 청일전쟁(1894~1895)[7]의 포성으로 시작된다. 오직 약
한 것이 죄였던 한국은 열강의 한반도 지배를 위한 싸움에 또 한 번 희
생된다. 전쟁의 북새통 속에서 한 가족이 헤어진다. 부인과 딸이 죽었다
고 생각한 김관일은 부산에 사는 장인을 찾아 평양을 떠난다. 부산에서
그는 한국을 떠나 미국에서 공부하는 데 필요한 학비를 부탁하여 마련
한다. 아이러니하게도 남편을 찾아 헤매던 부인은 빈 집으로 돌아오고,
최악의 경우를 생각한 나머지 자살을 기도한다. 그러나 그녀는 뱃사공
에 의해 대동강의 물살로부터 구해지고 후에 자신의 남편이 살아 있으
며 미국에서 공부하고 있다는 사실을 알게 된다. 부산으로 내려가자는
아버지의 권유에도 불구하고 그녀는 평양에서 집을 지키며 김관일을
기다리기로 결심한다. 김관일과 그 부인 모두 죽은 줄로만 알았던 이들
의 일곱 살 난 딸 옥련은 폭탄의 파편에 맞아 부상당한다. 옥련은 일본
의 군의에 의해 구해지고 후에 입양되어 오사카에 있는 그의 부인과 함
께 살도록 보내진다. 여기서부터 이인직에 의해 중국이 가한 상처로부
터 일본에 의해 구출되는 가엾고 오갈 데 없는 여자 아이로 등장하는
옥련은 작품 전체에서 한국을 상징하는 은유로 쓰이기 시작한다.

일본에서의 옥련의 삶은 순조롭게 시작되고, 옥련은 모범적인 일본
의 딸로, 학생으로, 시민으로 성장한다. 그러나 양아버지가 죽자 옥련은
양어머니의 재혼을 방해하는 천덕꾸러기 신세가 된다.[8] 이를 확실히 알

---

7) '청일전쟁'이라는 명칭으로 인해 전쟁이 실제로 한국의 영토에서, 한국을 차지하기
위해 벌어진 싸움이었다는 중요한 사실이 간과되는 경향이 있다. 중국군은 표면상으
로는 동학농민운동을 진압하기 위한 명분으로 1894년 한국에 파병되었다. 일본은 이
를 빌미로 한국에 자국의 군대를 파병하였고, 이들 사이에 전쟁이 발발하였다. 양측은
모두 한국을 보호한다는 논리를 내세웠으나,『혈의 누』에서의 대화에서도 알 수 있듯
이 한국인들에게 양측의 의도는 불을 보듯 뻔한 것이었다.
8) 재미있게도 또한 당시 새로이 전파된 개인주의에 걸맞게도, 작품의 전지적 화자는
한국의 과부 살이를 "그러한 도덕상의 죄가 되는 악한 풍속은 문명한 나라에는 없는"

게 된 옥련은 실의에 빠져 죽기로 결심하고 집을 나간다. 기차에서 옥련은 신식 교육을 받으러 워싱턴으로 가는 길인 한국 학생 구완서를 만나게 된다. 옥련은 구완서와 함께 미국으로 가 공부하여 한국 여성을 교육하리라 다짐한다.9) 워싱턴에서 5년이 지나고 옥련은 고등 소학교에서 우등으로 졸업한다.10) 지난 10년간 워싱턴에서 공부중이던 김관일은 지역 신문에 옥련이 실린 것을 보게 되고, 결국 이들은 재회한다.11) 아버지의 허락을 받아 김옥련과 구완서는 약혼한다. 소설은 이들 세 명이 워싱턴에 머무는 가운데, 평양에 있는 옥련의 어머니가 지난 10년 동안 딸의 파란만장한 삶이 소상히 적힌 편지를 받는 것으로 끝이 난다.12)

이라며 평하는 반면, 당시 일본에서 행해진 재혼 풍습은 높이 사고 있다(85면 참조). 그러나 이인직과 작품의 주인공이 일본에 대해 동경하는 것 대부분이 그러하듯이, 이가 나타내는 것은 '문명'이나 '서양화 / 미국화'에 대한 열망이지, '일본화'에 대한 열망은 분명 아니었다.

9) 『혈의 누』에서, 또 이광수의 『무정』을 비롯한 이후의 작품에서, 남자 주인공은 비교적 자유로운 사상을 가지고 있으나, 성별에 따른 노동의 구별은 여전히 분명했다. 미국에서 아무리 똑똑하고 많이 배웠을지라도 여성은 돌아와서(또 분명히 돌아오게 된다) 다른 여성을 교육하는 일을 맡을 수 있을 뿐이라는 점이 여러 차례 언급된다. 또한 오늘날과 마찬가지로 당시에도 보다 '실용적인' 학문보다는 음악이나 예술을 전공하러 유학하는 여성이 더 많았다. 이 모두가 겉으로는 합쳐졌을 지라도 깊이 박힌 한국과 미국과의 차이뿐만 아니라, 연속성의 잔재, 그리고 미국은 한국의 필요에 부응하나 그 반대는 성립되지 않는 위계질서를 드러내 보여준다.

10) 옥련은 일본에서 총명한 학생이었고, 미국에서는 영어와 전반적인 학문에 있어서도 구완서를 훨씬 능가한다는 것이 강조되어 있다. 구완서도 말한다. "너는 미국 온 지 일년 만에 영어를 대강 알아듣고 학교에까지 들어가서 금년에 졸업을 하였는데, 나는 미국 온 지 두 해 만에 중학교에 들어가서 내년에 졸업이라. 네게는 백기를 들고 항복 아니 할 수가 없다"(100면 참조).

11) 여기서 연속성의 또 다른 예를 찾아볼 수 있다. '현대' 소설이라면 터무니없었을 이와 같은 비약은 여기서 고대 허구적 산문의 특성의 잔재로서 용인되고 있다. 이와 같은 현실성 및 구체성의 결여는 금전적 문제와 관련해서도 명확히 드러난다. 김관일은 10년동안 미국에 머무르지만 돈에 대한 언급은 어디에도 없으며, 무일푼인 옥련의 고민은 구완서의 "오냐, 학비는 염려 말아라" 한 마디로 해결된다(97면 참조).

12) 『혈의 누』는 단행본으로 출판되었지만 이인직에게는 아직 미완성의 것이었다. 실제로 마지막 구절은 "2권은 그 여학생이 고국에 돌아온 후를 기다리오"라 되어 있다. 이

이제 남은 것은 어떻게, 왜, 이들 세 명의 주인공이 미국으로 가며 또 이들의 이야기 태반이 미국에서 전개되느냐 하는 문제이다. 이들 물음에 답하기 위해서는 역사를 다시 상기하지 않을 수 없다. 옥련의 아버지인 김관일은 가장 먼저 미국으로 가서 가장 오래 미국에 머문다. 그는 조선왕조 말년의 격동의 시기를 겪었다. 그는 청일전쟁에서 자신의 부인과 자식 모두를 잃었다고 믿었다. 그렇다면 김관일의 경우, 단순한 패배주의와 당시 한국에 대한 불신은 도외시될 수 없다.

> 무죄히 죄를 받는 것도 우리 나라 사람이요 무죄히 목숨을 지키지 못하는 것도 우리나라 사람이라. 이것은 하늘이 지으신 일이런가. 사람이 지은 일이런가. 아마도 사람의 일은 사람이 짓는 것이다. 우리 나라 사람이 제 몸만 위하고 제 욕심만 채우려 하고, 남은 죽든지 살든지, 나라가 망하든지 흥하든지 제 벼슬만 잘하여 제 살만 찌우면 제일로 아는 사람들이라.13)

일부분 논설적 서사로부터 발생한 이러한 교훈적 독백은 이인직의 작품에서 심심찮게 등장한다. 사실 이인직의 '계몽 문학'의 명시적 목적은 민중을 가르치고 '개화'하는 데 있었다. 때로는 훈계조이기까지 한, 이인직에 의한 노골적인 작가의 개입은 독자가 예상할 수 있는 일이었다. 보다 주목할 만한 것은 김관일에 의해 표출되는 한국(이제 「외국 사람과 문답」에 등장했던 배타적 복수형의 '우리 나라'로 칭해진다)과 한국인에 대한 애증이다. 한국이 근본적으로 열등한 것으로 그려지지 않은 것은 분명하다. 김관일은 한국인에 대해서는 그다지 확신이 없어 보인다. 한국인들은 고통을 겪고 있으나 무고하다. 그러나 당시 사회적 진화론 논리에 의하면 자신을 방어할 능력의 부재는 그 자체로서 범죄, 즉 '우리 나라'에 대한 범죄에 해당했다. 그러나 "사람의 일은 사람이 짓는 것이다."

러한 결말이 의미하는 바는 아래에서 살펴볼 것이다.
13) 이인직, 앞의 책, 65~66면.

그럼에도 불구하고, 개인적 안락이 집단적·국가적 쇠망을 초래할 수 있다. 김관일은 개인을 나라로부터 해방시키지 못하며, 이들을 단일한 범주로 환원할 만한 단계에 이르지도 못했다. 혼동이 존재하고, 또 그와 함께 다원성이 잔존한다. 집합적으로 '우리 나라'를 거론하고, 한국 및 일본[14]의 수많은 개혁파에 의해 비판된 숙명론적 태도를 거부하며 김관일은 근대 계몽의 징후를 보이지만, 동시에 개인의 완전한 소실에 저항하는 전근대적 사고를 보여주기도 한다. 한국의 정치적·학문적 풍토에서는 자신의 정체성을 찾을 수 없었으나 한국의 병폐를 치유할 길이 있음을 여전히 확신한 김관일은 한국을 떠나기로 선택한다. 보다 중요한 것은 이인직의 작품에 대한 일반적인 인식과는 대조적으로 일본은 선택의 대상으로 고려조차 되지 않는다는 점이다. 김관일은 조국이 필요로 하는 바를 미국의 '문명 개화'로부터 얻을 것이었다.[15]

---

14) 후쿠자와 유키치(福澤諭吉, 1835~1901)는 자결(自決)의 주장으로서, 또 숙명론에 대한 우회적인 비판으로서 '하늘은 스스로 돕는 자를 돕는다'와 '하늘은 사람 위에 사람을 만들지 않았고, 사람 밑에 사람을 만들지 않았다'는 개념을 처음으로 번역하고 전파했다. 위에 언급되었듯이 후쿠자와는 19세기 후반의 수많은 '친일' 진보파/개혁파의 정신적 스승이었던 만큼, 이와 유사한 사고방식이 어떻게 한국으로 전파되었을 지를 짐작하기는 어렵지 않다. 비판 찬드라, 앞의 책, 39~47면 참조.

15) 한 연구자는 다음과 같이 썼다. "그의 소설에 나타난 일본상 내지 일본관을 요약하면, 일본은 문명개화의 이상상이요, 인도주의적 준거집단으로서 파악되고 있다. …… 李人稙의 소설에 등장하는 인물들은 그들의 열망을 일본 문명에 두고 있으며 일본을 배우려는 의욕에 가득차 있다." 신근재, 『한일 근대문학의 비교 연구』(일조각, 1995), 273~274면 참조

안타깝게도 『혈의 누』에서의 일련의 사건은 사실은 그 반대임을 증명한다. 세 명의 주인공 중 일본이나 일본에 대해 배우기 위해 유학하는 인물은 옥련이 유일하다. 그뿐만 아니라 이인직은 이야기의 서술을 통해 직접적으로, 후에는 옥련의 말을 빌어, 옥련과 일본과의 관계는 강제된 것이며 옥련은 일본에서 진정으로 받아들여진 적이 없음을 애써 확실히 밝히고 있다. 이 문제에 관해 선택권이 주어진 김관일과 구완서는 모두 미국으로 직행한다. 당시 지식인들의 사상을 반영하자면 이인직은 일본을 '이상상(理想像)'이 아니라 접근하기 쉽고 실행 가능한 문명개화의 모델로 보았다고 하는 것이 보다 타당할 것이다. 그러나 이인직에게 있어, 또한 『혈의 누』의 등장인물들에게 이러한 문명개화는 일본이 아닌 미국에서 달성될 것이었다. 일본은 소유하고 있지만 한국은 그렇지 못한 모든 유가치한 것들은 일본의 것이 아니라 서양의 것이었다. 일본은 한국에 앞서 있을지는 모르나 경쟁은 공평하다고 할 수 있었다. 게임은 미국의 것

당시 사회진화론의 논리에 따르면 '문명개화'는 힘과 밀접한 관계가 있으며, 한국의 병폐는 물리적·도덕적으로 약한 탓이었다. 마이클 로빈슨(Michael Robinson)은 당시 한국 지식인들의 열망에 대해 "그 상이한 전통으로부터 자기 사회를 강화할 수 있는 사상이나 제도를 모색하고자" 한 것이며, 또 "한국 사회가 원래부터 나약하거나 세계체계에 적응하는 데 부적합한 것이 아니며, 다만 진화의 본류에서 벗어났을 뿐……. 한국이 투쟁과 경쟁이 지배하는 세상에서 살아남기 위해서는, 정치적 사회적 기술적으로 발전하고자 더욱 노력해야 한다는 것이었다"고 썼다.[16] 힘은 다시 한 번 그 방정식의 중심에 있었다. 김관일은 직설적으로 말한다.

　　남의 나라 사람이 와서 싸움을 하니 지랄을 하니 그러한 서슬에 우리는 패가하고 사람 죽는 것이 다 우리 나라 강하지 못한 탓이라.
　　(…중략…)
　　범 같고 곰 같은[17] 타국 사람들이 우리 나라에 와서 감히 싸움할 생각도 아니하도록 한 후이라야 사람도 사람인 듯싶고 살아도 산 듯싶고, 재물 있어도 제 재물인 듯하리로다.[18]

후에 김관일의 장인인 최항래는 술에 취해 자신의 딸과 손녀를 잃었음을 한탄한다. "우리나라가 강하였더면 이 난리가 아니 났을 것이다." 그러나 개인·가족·국가 간의 관계에 대한 이전의 혼동을 해결한 후에 그는 머슴에게 "이후에는 자손 보존하고 싶은 생각 있거든 나라를

<hr />

이었으므로
16) 마이클 E. 로빈슨(Michael E. Robinson), 『1920~1925년 식민지 한국의 문화적 민족주의 Cultural Nationalism in Colonial Korea, 1920~1925』(Washington : Washington University Press, 1988), 31~32면 참조.
17) 송병준과 함께 일진회를 이끌었던 이용구는 외국을 늑대에 비유하며 이러한 감정을 반영한다. 힐러리 콘로이(Hilary Conroy), 『일본의 한국 침탈 : 1868~1910 The Japanese Seizure of Korea : 1868~1910』(Philadelphia : Pennsylvania University Press, 1960), 430면 참조.
18) 이인직, 앞의 책, 66면.

위하여라"라고 한다.[19]

여기서 중국인·일본인·서양인을 포괄한 외국인은 "타국 사람"으로 칭해진다. 이는 '우리 나라'라는 표현의 사용과 더불어 「외국 사람과 문답」에서 쓰인 표현에서 따온 것이다. 이들은 당시 정치적 화두였던 힘을 열망하는 외침을 반영하는 문학적 표현이었다.[20] 그 초점은 명확히 힘과 한국에 있었다. 선택의 여지가 있는 사람이라면 아무도 일본행(行)을 택하지 않는다. 또한 궁극적으로 한국을 떠나는 모든 이는 미국으로 향한다. 보다 최근의 한국 허구적 산문 작품에서 제시되는 이상향으로서의 미국이라는 사상은 눈에 띄게 결여되어 있다. 미국은 목표이며 꿈이기까지 하나, 결코 최종적인 목적지는 아니다. 김관일은 실상 미국으로 떠나 10년 동안이나 머물 것이었지만 이는 비교적 현실적인 기대와 잘 정립된 목표 아래 이루어질 것이었다. 개인과 국가에 대한 자신의 생각을 정리한 후 그는 떠날 준비를 한다.

> 그러하나 세상에 뜻이 있는 남자 되어 처자만 구구히 생각하면 나라의 큰일을 못하는지라. 나는 이 길로 천하 각국을 다니면서 남의 나라 구경도 하고 내 공부 잘한 후에 내 나라 사업을 하리라.[21]

이는 고대 허구적 산문으로부터의 큰 도약을 의미한다. 『홍길동

---

19) 위의 책, 74면. 이인직이 『혈의 누』를 쓴 것은 1905년 을사조약 이후, 그러나 아직 1910년 한일합방 이전이었으므로, 이인직은 국가의 의미로 '나라'라 썼다. 앙드레 슈미드(Andre Schmid)는 이와 유사한 민족과 가족의 융합을 제시한다. 그러니 이는 1910년 한국이 공식적으로 나라의 독립을 잃고 민족이 정치적인 국가와 점차로 분리될 필요성이 대두된 이후이다. 앙드레 슈미트, 앞의 책, 180~188면 참조.

20) 비판 찬드라(Vipan Chandra)는 또한 한국의 개혁파 다수에게 문명과 힘은 불가분의 관계에 있었다고 지적하고 있다. 예를 들면 개화당의 슬로건은 단순히 '문명개화'가 아니라 '문명개화 부국강병'이었다. 그러나 메이지 일본에서 유래(후코쿠 교헤이)되기도 한 '부국강병'은 글자 그대로 '잘사는 나라, 강한 군대'라는 의미이다. 비판 찬드라, 앞의 책, 40~42면 참조.

21) 이인직, 앞의 책, 66~67면.

전』에 그려진 상황은 정반대에 가깝다. "세상에 뜻이 있는 남자"가 된 다는 것은 이제 나라를 위해 가족을 희생함을 의미하게 된 것이다. 홍 길동에게 "대장부가 세상에 난" 것은 '외국인'인 공자와 맹자를 본받음 을 의미했으며, 이는 가족의 유대가 완벽한 질서를 유지하고 있을 때에 만 가능한 것이었다. 외국으로의 진출에도 근본적인 변화가 있었다. 홍 길동은 한국에 있는 동안 온 나라를 공포에 떨게 한다. 홍길동을 멈추 도록 설득한 것은 오로지 가족의 명예에 대한 개인적 호소와 유교 윤리 에 대한 초국가적 호소였다. 무법자로서의 생활을 청산한 후 그는 떠난 다. 한국을 떠난 홍길동은 성도라는 섬에 정착하고, 거기서 홍길동은 "각국에 왕래하여 물화를 통한다." 홍길동은 후에 제도(堤島)로 이동하 는데, 여기서 홍길동은 그곳 원주민인 세 여자와 동시에 '국제' 결혼한 다. 이후 홍길동은 세 번째 이동을 하게 되는데, 이번에는 자신이 후에 왕이 되는 율도였다. 홍길동은 나라를 하직하고 '외국인'이 된다. 김관 일은 '천하각국'을 다니며 '남의 나라'를 구경하겠다고 하나, 그가 곧장 향한 곳은 미국이며 또 미국이 유일하다. 이는 당시 외국이 미국과 동 일시되었음을 다시 한 번 보여준다. 김관일은 이미 귀향이 예정된 여정 을 시작하고, 작품의 결말도 그가 실제로 귀향할 것임을 분명히 하고 있다. 다른 나라로의 왕래나 교역은 존재하지 않으며, 김관일이나 그 어 떤 한국인도 국제결혼을 하지 않음은 물론이다. 마지막으로, 홍길동은 자신을 거부한 바로 그 사회를 외국에 건설하고자 하며, 다른 점이 있 다면 자신이 그 수장(首長)이라는 것이다. 이에 반해 김관일이 외국으로 떠난 것은 한국과 유사한 또 다른 나라를 건설하기 위해서가 아니라, 외국의 문물을 습득하고 돌아와 그 외국의 이미지로 한국을 근본적으 로 개조하기 위함이었다. 표면상으로는 외국으로의 진출이라는 공통적 주제를 가짐에도 불구하고 고대 및 초기 근대 허구적 산문의 심층적 구 조에 발생한 이와 같은 중대한 변화는 한국에 강요된 변화의 격동성과 전체성을 방증한다. 이는 또한 연속성만을 고집하는 이론으로는 이러한

초기 근대 허구적 산문의 진정으로 새로운 일면이 설명되지 못하는 부분이기도 하다.[22)

　미국에 도착한 이후로 김관일은 거의 등장하지 않는다. 따라서 미국에 대한 보다 직접적인 인상과 구체적인 묘사를 살펴보기 위해서는 구완서와 김옥련에게로 눈을 돌려야 할 것이다. 옥련과 구완서는 옥련이 자살을 기도하려 했던 일본에서 만나고, 구완서는 미국에서 공부하고자 하는 마음에 부모에게도 알리지 않고 한국을 떠나지만 벌써 의구심이 들기 시작한다. 그는 미국의, 또 심지어 일본의 외국성을 두려워한다. 이는 고대 허구적 산문으로부터의 또 다른 중대한 발전을 의미한다. 한국을 떠나기 전 홍길동은 가족 모두에게, 심지어 자신을 암살하려 한 자들에게까지 공손히 작별을 고한다. 또한 외국을 돌아다니는 동안 홍길동은 일말의 두려움도 보이지 않는다. 언어적 및 문화적인 문제 또한 없었음은 물론이다. 구완서는 마침내 떠나기로 마음먹고 옥련에게 같이 가자고 설득한다. 학비의 약속으로도, 부모 소식을 듣게 되면 한국으로 보내주겠다는 약속으로도 옥련을 설득하기가 어려워지자 구완서는 마지막으로 주문한다.

　　우리들이 나라의 백성 되었다가 공부도 못하고 야만을 면치 못하면 살아서 쓸 데 있느냐. 너는 일청 전쟁을 너 혼자 당한 듯이 알고·있나 보다마는, 우리 나라 사람이 누가 당하지 아니한 일이냐. 제 곳에 아니 나고 제 눈에 못 보았다고 태평 성세로 아는 사람들은 밥벌레라. 사람사람이 밥벌레가 되어 세상을 모르고 지내면 몇 해 후에는 우리 나라에서 일청 전쟁 같은 난리를 또 당할 것이라. 하루바삐 공부하여 우리 나라의 부인 교육은 네가 맡아 문명 길을 열어 주어라.[23)

---

22) 연속성 이론에 관한 대표적 접근 방식은 조동일의 『한국문학통사 4』(지식산업사, 1989), 437~438면 참조.
23) 이인직, 앞의 책, 97면.

옥련의 아버지와 마찬가지로 구완서도 미국으로 가는 목적이 분명했고, 결정적으로 옥련의 마음을 움직인 것도 바로 그러한 목적이었다. 떠나기 전부터 이들의 사명은 분명한 것이다. 문명개화의 일면이라고 할 수 있는 '야만'의 근절이야말로 이들의 우선과제이다. 힘을 기르는 것 또한 마찬가지다. 청일전쟁의 폐허와 치욕이 불과 5년 전 일이었던 이들이 또 다시 있을지 모르는 전쟁에 대해 숙고하고 대비하며, 또한 그리함으로써 또 다른 전쟁을 피하는 데 몰두하고 있는 것은 당연할지 모른다. 전쟁은 주인공 모두의 가슴에 지울 수 없는 흔적을 아로새긴다. 이는 상처인 동시에 자극제로 작용한다. 『혈의 누』에서 '개화'된 한국인은 수십 년 전에 일본이 깨달았던 사실을 알고 있다. 즉 서양의 '문명'(일본 나름의 응용을 포함하여)은 무엇보다도 힘을 위한 것이었다. 이들은 또한 자신의 조국에 애석하게도 결여된 것이 힘뿐만 아니라 바깥 물정(物情)에 대한 이해라는 점도 인식하고 있었다. 따라서 미국에 한시바삐 당도하여 이러한 '문명길'을 여는 것이 시급했던 것이다. 여기서 주목할 만한 연속성 또는 아마도 혼성성의 일면은 『무정』에도 드러나 있는 엄격한 노동의 구별이다. 옥련에게 주어진 교육의 기회는 근대적인 것으로 볼 수 있겠으나, 본문에서도 여러 차례 분명히 언급되었듯이 옥련의 재기(才氣)가 구완서를 훨씬 능가함에도 불구하고 옥련의 기회는 "부인 교육"에만 국한될 것이라는 점이 분명히 제시되어 있다.

옥련은 결국 미국행을 결심한다. 평양에서, 오사카로, 워싱턴으로 이어진 옥련의 삶을 더듬어가며 이를 한국을 상징하는 은유로 해석하는 것은 『혈의 누』에서 미국이 지니는 의미에 접근하는 유용한 방법이라할 수 있다. 위에서 언급했듯이 옥련은 청일전쟁 당시에 군의에 의해 구해져 그의 부인과 함께 살도록 오사카로 보내진다. 옥련의 양어머니의 첫 주문은 "목욕이나 시키고 조선 복색을 벗기고 양복이나 입혀 보자"는 것이다.[24] 따라서 상징적으로 볼 때 일본에 도착하자마자 옥련은 '한국성'을 박탈(剝奪)당한다. 대신 옥련에게 주어지는 것은 일본이 아닌 서양의 것이다. 이는 앞으로 이인직에 의해 일본이 결코 그 자체로서 가치 있는 목표가 아닌, 한국과 미국간의 과도기적 공간으로 이용되게 됨을 암시하는 복선(伏線)이다. 비록 일시적이기는 하나 초기에 일본에서 거두는 옥련의 발전상을 그리면서 이인직은 자신은 물론 당시 많은 지식인에 의해 요술과도 같은 문명개화의 특질이 심각히 결여된 것으로 여겨졌던 한국의 체제에 대한 좌절감을 일부 분출한다.

옥련의 총명 재질은 조선 역사에는 그러한 여자가 있다고 전한 일은 없으니, 조선 여편네는 안방 구석에 가두고 아무것도 가르치지 아니하였은즉, 옥련이 같은 총명이 있더라도 세상에서 몰랐던지, 이렇든지 저렇든지 옥련이는 조선 여편네에게는 비할 곳 없더라.
옥련의 재질은 누가 듣든지 거짓말이라 하고 참말로는 듣지 아니한다. 일본 간 지 반 년도 못 되어 일본말을 어찌 그렇게 잘하던지, 정상 군의 집에 와서 보는 사람들이 옥련이를 일본 아이로 보고 조선 아이로는 보지를 아니한다.25)

따라서 옥련은 외적으로 식별되는 부분에서 한국인으로서의 정체성을 비교적 빨리 벗어 버리고 '모범적인 비주류(model minority)'가 아닌 주류의 일원이 된 것이다. 적어도 자신과 양어머니를 제외한 모든 이의 눈에 말이다. 비록 잠시나마 이인직은 독자에게 내선일체가 실현 가능한 정책일지 모른다는 인식을 심어주게 된다.26) 이는 이들의 하녀 설자

---

24) 위의 책, 82면.
25) 위의 책, 83면.
26) 물론 이 작품은 공식적인 한일합방이 있기 4년 전인 1906년에 쓰여진 것이다. 그러나 일진회가 한일합방을 위해 활동하는 동안에도 이인직은 심각한 의구심을 표했다. 정책으로서의 내선일체는 훨씬 뒤에 나왔으며 여기서는 동화의 의미로 쓰였다. 문자 그대로 '일본과 한국은 일체(一體)'라는 뜻의 내선일체는 표면상으로는 한국에 완연한 제국적 주체가 되는 의심스러운 명예가 주어짐을 의미했으나, 현실적으로는 한국이라는 나라의 정체성 말살을 의미했다. 내선일체 정책에 대한 종합적인 설명 및 그 영향에 관해서는 카터 J. 에커트(Carter J. Eckert)의 『한국적 자본주의의 일제시대 기원론 *The Kochlang Kims and the Colonial origins of Korean Capitalism, 1876~1945*』(Seattle : Washington University Press, 1991), 235~252면 참조.

(흔한 일본 이름인 유키코(紀子)의 한국식 발음)에 의해 한층 확실해진다. 설자는 신문을 가져와 옥련에게 말한다. "아씨, 이것 좀 보십시오. 요동 반도가 함락이 되었습니다. 아씨, 우리 일본은 싸움할 적마다 이기니 좋지 아니하옵니까. 에그, 우리 나라 군사가 이렇게 많이 죽었나."[27] 설자에게 옥련의 동화는 너무나 완벽한 것이어서 옥련은 '우리 일본'이라는 내집단(內集團)의 일원일 뿐만 아니라, '아씨'라는 존칭으로 불리며 극존대된다.

이와 같은 초기의 포용과 완벽에 가까운 옥련의 가정(家庭)적·학문적 성과에도 불구하고 이인직은 결국 동화(同化)의 허구성을 드러낸다. 이인직은 옥련이 진정한 일원이 되도록 내버려두지 않는다. 같은 신문은 옥련의 양아버지의 사망 소식 또한 전하고, 이와 함께 옥련은 일본과 자신의 연(緣)이 실상 얼마나 덧없는 것인지를 깨닫게 된다. 자신을 구해준 사람은 죽었고, 한 때 어머니 구실을 한 부인은 이제 재혼을 갈망하는 과부이다. 옥련은 재혼의 장애물이자 삶 전반에서 달갑지 않은 짐으로 전락하고, 옥련은 매정한 방식으로 이를 깨닫게 된다. 처음에 옥련은 우연히 이와 같은 내용의 양어머니와 설자의 대화를 엿듣게 되나, 나중에 가서 이들은 옥련에게 대놓고 얘기한다. 소학교를 졸업한 옥련은 졸업장을 들고 집으로 돌아오지만 한 때 그렇게 자상했던 부인은 옥련에게 다음과 같이 말할 뿐이다.

> 공부를 네가 한 듯하냐? 내가 시키지 아니하였으면 공부가 다 무엇이냐. 네가 조선서 자랐으면 곧 공부하는 구경도 못하였을 것이다. 네 운수 좋으려고 일청 전쟁이 난 것이다.[28]

이 일본 부인의 목적에 부합했을 당시 일순간 박탈된 옥련의 한국인

---

27) 이인직, 『혈의 누』, 84면.
28) 위의 책, 87면.

으로서의 정체성은 다시 일순간 옥련에게 내던져진다.29) 또한 옥련으로부터 부모와 조국을 앗아간 그 사건에 대해 "운수"가 좋았다고 말하는 것은 극도의 매정함과 이기심을 보여준다. 또한 이는 작가가 느끼는 애증(愛憎)과 한국과 일본 간의 복잡한 역학 관계에 대한 인식을 드러내는 것이기도 하다. 이인직에 의해 그려지는 한 때 시혜자(施惠者)로 자처한 일본인의 이 의지할 데 없는 한국인 소녀에 대한 배신과 한국이라는 나라가 겪는 고통에 대한 무관심은, 이인직의 작품을 단지 일본의 목적을 주창하는 것으로 간단히 치부해버리기에는 무리가 있음을 보여준다. 이 작품의 선전성(宣傳性)에 대한 전통적 평가 또한 문제시된다. 전쟁의 역사적 영향과 이의 문학적 표현에 비추어 볼 때, 이인직이 이러한 구절이 낳을 반감을 인식하지 못했을 리 없다.

결국 일본은 옥련이 머물 만한 곳이 아니었다. 이를 깨달은 옥련은 두 사건을 계기로 두 차례 심각하게 자살을 고민한다. 두 번째로 자살을 고민한 후 옥련은 어머니 꿈을 꾸게 되고 어쩌면 부모님이 아직 살아 있을지도 모른다는 희망에서 삶을 계속하기로 마음먹는다. 기차에서 옥련은 구완서를 만나게 되고 미국에 함께 가기로 결심한다.30) 그러나

---

29) 여기서도 이인직은 식민지 후기에 한층 현저해지는 현상에 대한 선견지명을 보이는데, 이는 바로 동화라는 허울 좋은 주장과 일본인들이 가진 우월감 간의 불가피한 모순이다. 결과적으로 진정한 평등이란 불가능한 것이었다. 이인직에 대한 세평(世評)을 고려할 때 그가 이러한 긴장 관계를 일찍이부터 인식했으며 또 그에 대해 기꺼이 의견을 표했다는 점은 흥미롭다.

30) 자살, 기차, 물이 삼각구도는 초기 근대 허구적 산문에서 두드러지게 나타난다. 이들 세 요소는 여러 방식으로 결합되어 등장한다. 『혈의 누』에서, 옥련의 이미니는 대동강에 몸을 던져 자살을 기도(企圖)하고, 기차에서 옥련이 구완서와 만나게 되는 것도 옥련이 오사카항에서 심각하게 자살을 고민한 직후였다. 흥미로운 것은 오사카 항구에서 옥련이 자신의 몸이 일본에서 한국으로 떠내려가 대동강을 역류해 올라가서 평양 북문을 볼 수 있게 해달라고 기도하는 부분인데 이는 알려지지 않은 이인직의 민족주의가 드러나는 대목이기도 하다. 이광수의 『무정』에서 영채의 절친한 친구인 월화는 대동강에서 스스로 목숨을 끊고, 영채 또한 대동강에 빠져 죽으러 평양으로 향하는 기차 안에서 병욱을 만나 살아나가기로 결심한다. 이광수의 소설 『흙』에서 정선은 결국 실패하지만 톨스토이의 안나 카레니나처럼 기차에 몸을 던진다.

어디까지나 그녀의 최종 목적지는 한국이 될 것이며 미국은 주로 과도기적 공간으로서 기능하게 된다. 미국에서 옥련은 많은 성공을 경험하고 아버지와 재회하며 구완서와 약혼하게 된다. 그러나 구완서에게도 인정하듯이 옥련은 일본도 미국도 가고 싶지 않았다. 두 사건 모두 운명적이며 옥련이 어찌할 수 없는 일이었다. 미국은 일본보다 훨씬 나은 곳으로 제시되지만 여전히 한국과 한국인의 측면에서 정의된다. 미국이 적합한 목적지라는 암시는 그 어디에도 없다. 오히려 끊임없이 미국은 완수되어야 할 과정이자 활용해야 할 자원으로 그려진다. 이는 변화를 원치 않는 한국에 미국과 일본에 의해 신(新) 문명이 강요되었으며, 신 문명의 사절로서 독보적 지위를 차지하게 된 미국 선교사들의 영향으로 신 문명이 단순한 물질적 부·기술·힘과 동일시되게 되었다는 사실을 반영한다.

이는 옥련의 꿈을 통해 무의식의 차원에서 한층 더 강화된다. 첫 번째 꿈을 꿀 당시 옥련은 아직 일본에 있었으며 심각하게 자살에 대해 고민하고 있었다. 꿈속에서 어머니는 옥련을 불러 옥련에게 자신이 아직 살아 있음을 알리고 꼭 살아야 한다고 당부한다. 꿈에서 깬 옥련은 한국으로 돌아가 자신의 부모님을 다시 뵈어야겠다고 굳게 결심한다. 따라서 옥련의 미국행은 애초부터 독립적이며 끝이 있는 여정이 아니라 일본과 마찬가지로 한국으로 돌아가기 위해 거쳐야 할 하나의 관문이었던 것이다.

첫 번째 꿈이 옥련의 삶을 재정의했다면, 두 번째이자 마지막 꿈은 미국을 정의한다. 옥련은 악몽을 꾸게 되고 꿈속에서 옥련은 미국에서 돌아오나 부모님이 이미 돌아가신 것을 알게 된다. 부모님 무덤 앞에서 옥련은 허리춤에서 큰 사과 두 개를 꺼내어 미국에서 가져온 것이라며 사과가 얼마나 큰지에 대해 언급하고 부모님 앞에 바친다. 그러자 두 시신은 흙에서 일어나 앉아 사과를 먹기 시작하고 먹자마자 이가 모조리 빠져 버린다. 옥련의 부모님은 쓰러져 다시 시신이 된다.[31] 비록 이유는 다르나, 일시적으로 필요하며 유용하지만 궁극적으로 한국과 한국인을 지탱할 수 없다는 점에서 미국은 결국 일본과 닮았다. 한국의 서구화와 미국화는 강요된 것이었다. 아이러니하게도 미국 선교사에 의해 조장된 외국성은 이들의 의식과 꿈속에서 크게 다가온다. 홍길동에게는 끝없는 평화와 풍요를 가져다주는 외국 땅이 옥련에게는 필요악(必要惡)이다. 해악을 입지 않기 위해서 미국은 일시적으로 또 능숙하게 통과되어야만 한다.

『혈의 누』의 미국에 대해 마지막으로 살펴볼 핵심은 바로 미국인의 부재이다. 옥련과 구완서가 샌프란시스코에서 하선(下船)할 당시에 묘사된 몇 안 되는 미국인들은 희한하게도 얼굴도, 이름도, 또 심지어 말도 없다. 그러나 무엇보다도 미국과 미국인들은 참으로 외국적이다.

> …… 별천지라. 산도 설고 물도 설고 사람도 처음 보는 인물이라. 키 크고 코 높고 노랑머리 흰 살빛에, 그 사람들이 도덕심이 배가 툭 처지도록 들었더라도 옥련의 눈에는 무섭게만 보인다.[32]

미국과 미국인의 신체적 특징은 동시에 이질화(異質化)되고 또 무서운 것으로 그려진다. 유일하게 언급된 개인의 모습은 옥련의 키의 두 배에 달하는 한 여성의 키인데, 이러한 상이성으로 인해 한국인과 미국인의 간극은 다시 한 번 부각된다. 이 여성의 옷차림 또한 매우 이상한 것으로 제시된다. 얼굴에 '새 그물 같은 것'을 쓰고 있다는 것이 이 여성의 복장에 관해 독자에게 제공되는 정보의 전부다. 헨드릭 하멜이 한국의 양반들이 백인인 자신의 모습을 상당히 잘생긴 것으로 생각했다고 언급했던 반면, 여기서 '코 높고 노랑머리 흰 살빛'은 전부 '옥련의 눈에는 무섭게만' 보이는 효과를 창출한다. 이전에도 한국인들은 외국성에

---

31) 이인직, 앞의 책, 103면.
32) 위의 책, 97면.

대한 새로운 정의를 접해왔으나, 이는 그러한 정의를 소개하는 자들의 계획을 위해 필요한 범위에 국한된 것이었다. 여기서 이인직은 능동성을 탈환한다. 이제 그가 발언권을 가지고, 그가 정의를 내리고 있는 것이다.

마지막으로, 이상하고 무서운 이 사람들의 말은 "바바······ 하는 소리 같고 말하는 소리 같지 아니"하다.[33] 여기서 줄임표는 알아들을 수도 분간할 수도 없는 웅웅거림의 연속을 나타낸다. 이인직이 의도한 바인지는 알 길이 없으나 이 같은 미국인의 소리는 전형적인 야만인의 "바−바−바"와 같은데, 이는 흥미로운 반전으로 볼 수 있다.

그나마 어느 정도 구체적으로 그려진 유일한 미국인조차도 이름과 얼굴이 없기는 마찬가지다. 옥련에게 또 독자에게 그저 '보이'로 알려지는 그는 완전히 1차원적이다. 그의 성격 묘사는 균형성이 결여되어 있으며 따라서 신뢰성이 없다. 미국의 '장점'으로 생각되는 모든 것을 이 한 인물에 집약하려 한 나머지 그의 성격은 과하게 긍정적으로 그려진다. 그는 사실 옥련과 아버지의 재회에 결정적으로 기여하는 인물이지만 끝내 답례의 제안을 거절한다. 옥련이 머무는 호텔의 '보이'로서 재정적으로 그다지 풍족할 리가 없음에도 불구하고 그는 옥련이 기뻐함을 보는 것만으로도 충분한 답례라고 단호히 말한다.[34]

이는 두 가지 역할을 한다. 즉 이는 개별적인 한국인과 미국인 간의 극히 사소한 연(緣)이나 신세조차 거부하는 동시에 미국을 이상화(理想化)한다. 덕분에 이인직은 전적으로 미국을 한국과의 인연이 지속되는 현실적 존재가 아닌 이상향(理想鄉)으로서의 추상적인 개념으로서 다룰 수 있게 된다. 그러므로 옥련의 행복, 자아실현은 비록 미국에 의해 매개되기는 하나 궁극적으로는 자신의 과거와 아버지 그리고 한국과의 재회를 통해 달성된다. 이는 다시 별개이지만 상호 연관된 두 원인에서

---

33) 위의 책, 98면.
34) 위의 책, 105~106면.

비롯된 것으로 볼 수 있다. 미국측에서 보면, 한국에 있는 미국 선교사들은 주로 미국을 통해 얻을 수 있는 물질적 혜택이라는 측면에서 미국을 소개하고 이를 고착화했다. 한국 측에서 보면, 지식인들은 새로운 세계 질서의 수용과 미국에 대한 의존이 강제적 성격을 띠고 있음을 어느 정도 인식하고 있었고 따라서 미국과 거리를 둠으로써 능동성을 되찾고자 했다.

다시 옥련을 조국의 은유로 본다면, 옥련은 한국·(일본)35)·미국·다시 한국으로 이루어진 하나의 주기를 완성하기 직전에 있음을 알 수 있다. 일본은 일시적으로 유용한 곳이었다. 옥련은 일본에서 성장하고, 비록 종종 고통스러운 것이기는 하나 조국에서라면 불가능했을 많은 교훈을 얻었다. 미국은 더 나은 곳이었다. 일본의 어두운 일면이었던 편견과 거부를 미국에서는 전혀 겪지 않아도 되었다. 옥련이 뛰어난 학업 성적을 거두고, 약혼을 하며, 아버지와 재회한 것도 모두 미국에서 이루어진 일이다. 그러나 옥련이 과도기를 살았던 만큼(또 이인직이 과도기에 작품을 쓴 만큼) 미국 또한 자연히 과도기적 공간으로 전락한다. 일본은 근대성의 전래자, 미국은 그 원천을 상징한다. 한국인에게 미국은 필요한 수단을 획득하기 위해 갔다가 다시 떠나올 장소이다. 또한 이인직도 분명히 하고 있듯이 이러한 수단은 고향으로 돌아와 조국을 위해 쓰일 때에만 그 가치를 발할 수 있는 것이다. 조동일도 명확히 쓰고 있다. "그런 남녀가 귀국을 하면 어떻게 될 것인가를 분명하게 하지 않고 마무리를 했으므로 속편이 필요했다."36) 그리하여 이인직의 작품과 독자의 머릿속에 미국의 지위와 역할이 명료하게 축약된다.37) 어떠한 우정

---

35) 일본을 괄호 안에 넣은 것은 앞서 살펴보았듯이 옥련만이 일본에 갔기 때문이다. 다른 주인공들은 미국에서만 공부했는데 이는 아마도 이인직이 한국의 근대화 과정에서 일본을 필수 사항이 아닌 선택 사항으로 보았기 때문일 수도 있다.
36) 조동일, 앞의 책, 1989, 353면.
37) 이인직은 실제로 『제국신문』에 『혈의 누』의 제2편을 연재하기 시작했으나, 얼마 지나지 않아 아무런 해명 없이 중단된다. 후에 그는 『모란봉』(처음 옥련이 실종되었던

도, 유대도, 결연도 맺어진 바가 없다. 실상 『혈의 누』의 미국에는 미국인이 없다고 해도 과언이 아니다. 아마도 이는 미국의 의미가 애초부터 선교사에 의해, 또 이인직 자신에 의해 주로 한국을 위한 물질적 혜택의 측면에서 정의되었기 때문일 것이다.

평양의 산 이름)이라는 제목의 속편을 쓰고, 이는 1913년 2월 5일부터 『매일신보』에 연재된다. 『매일신보』는 4년 후에 이광수의 『무정』을 연재하게 된다. 그러나 옥련에 청혼하는 또 다른 인물인 서일순의 등장과 그로 인한 복잡한 삼각관계로 인해 작품은 독자의, 또 더 중요하게는 일본 제국 당국의 눈 밖에 나게 된다. 마지막 편은 1913년 6월 3일자 『매일신보』에 게재되었고, 『모란봉』은 책으로는 출판되지 않았다.

제6장
결론

　서구와의 조우(遭遇)로 인해 한국에는 아(我)와 비아(非我)에 대한 전통적 개념의 급진적 변화가 강요되었다. 공격에 처하자 이전에는 유동적이고 다원적이었던, 한국의 지리적 경계 밖의 사람들에 대한 사고는 경직되기 시작했다. 호전성을 더해가는 바깥세상으로부터 자문화를 수호하기 위해 한국은 자구책을 취했고, 이에 일본과 서양은 한국에 완고한 은자(隱者)라는 꼬리표를 달았다. 어느 쪽도 물러설 의사가 없었고 결국 무력에서 밀리는 한국이 굴복할 수밖에 없었다. 무력 조치가 더 이상 무의미해지자 한국은 자신 및 자신과 바깥세상과의 관계를 재정의하기 위해 고군분투하기 시작했다. 논쟁의 대부분은 신문 논실상에서 이루어졌다. 이러한 논설 중 일부는 서사적 성격을 띠기 시작했고 후에 논설적 허구 작품으로 발전했다. 『혈의 누』는 당시 지식인층의 사조(思潮)에 대한 충실한 문학적 표출이었다. 또한 이는 처음부터 한국에 강요되었고 또 한국을 대신해 정의되었던 세계로부터 능동성을 탈환하기 위한 작가 이인직의 성공적인 시도이기도 했다. 고대 허구적 산문과 일부 공통점이 있기는 하나 『혈의 누』가 이로부터의 중대한 도약인 것만은 분명하다.

다음 이정표를 어디에 둘지에 대해서는 문학사가들 사이에 의견이 분분하다. 그러나 누구도 이광수(李光洙, 1892~?)[1]의 『무정(無情)』(1917)[2]을 무시할 수는 없을 것이다. 일부 문학사가는 이를 최초의 근대 소설로 보고, 또 다른 일부는 이를 최후의 신소설로 본다. 앞서 언급했듯이 저자는 양측의 타당한 주장은 수용하되 이러한 두 범주를 모두 거부한다. 물론 『무정』은 『혈의 누』와 공통점을 갖고 있는 것이 사실이다. 이광수 또한 소설을 계몽의 도구로 보았다. 그는 자신을 사회개량가(社會改良家)로 칭하며 허구적 산문 작가로서의 자신의 역할을 축소했다. 그렇다면 왜 소설을 쓰느냐는 질문을 받았을 때 이인직은 소설이 사회 개혁 사상을 전파하기 위한 최선의 도구이기 때문이라고 답했다.[3] 이인직 또한 자신의 사상을 전파하기 위해 신문을 활용했으며, 초점을 미국에 두었다. 그러나 이와 같은 공통점에도 불구하고 『혈의 누』와 『무정』은 같은 범주로 분류되어서는 안 된다. 이는 『무정』이 '근대'라는 수식어가 수여되는 다소 모호한 영예를 얻었기 때문이 아니라, 두 작품의 출판 사이에 발생한 역사적 대격변 때문이다.

이 연구를 통해 외국 및 외국인에 대한 문학적 표현이 역사적 사건에 의해 좌우되어 왔음을 살펴보았다. 이인직이 『혈의 누』를 쓴 것은 청일전쟁의 상처와 을사조약의 치욕이 아직 생생했던 1906년이었다. 그러나 아직 한국은 독립을 유지하고 있었다. 을사조약으로 나라의 독립이 풍

---

1) 이광수는 6·25가 발발한 지 3주가 채 되지 않은 1950년 7월 12일에 납북되었다. 그가 언제 사망했는지는 확실치 않다. 그의 사망을 둘러싼 여러 설(說)에 관한 자세한 논의는 앤 리(Ann Lee), 「이광수와 한국문학, 소설 무정(1917)(Yi Kwangsu and Korean Literature, The Novel Mujŏng(1917))」, 『한국연구저널 Journal of Korean Studies』 8, 1992, 각주 1 참조.
2) 이 연구에 사용된 이광수의 『무정』의 본문은 김윤식 편, 『한국 소설문학 대계 2』(동아출판사, 1995)에 따랐다.
3) 이광수, 「여의 작가적 태도」, 『이광수 전집』 제16권(삼중당, 1963), 191~197면 참조 (이 에세이는 원래 『동광(東光)』지의 1931년 4월호에 게재된 것이다).

전등화의 처지에 놓이게 되었음은 부인할 수 없으나 바로 그와 같은 현실로 인해 독립은 한층 애틋해졌고 이인직의 사명(使命)에는 긴박성이 더해졌다. 문학 속에서 창조된 정의(定義)가 역사를 움직일 여지는 남아 있었다. 현실은 반대를 말했을지 모르나 하이데거도 말했듯이 가능성은 현실보다 높은 것이었다. 그러나 1910년 한일합방은 가능성마저 무참히 짓밟고 만다. 1916년에 세상을 떠난 이인직은 『무정』을 읽지 못했다. 1년 후 이광수가 『무정』을 썼을 때 『혈의 누』의 한국은 사라진 지 오래였다. 제임스 S. 게일(James S. Gale)이 한국을 "박탈되고 정죄 받고 몰락"했으며, 한국인을 "짓밟힌 민족, 간절한 마음"으로 선언한 지 7년 만이었다. 한국은 이제 그 어느 때보다도 미국이라는 사상에 몰두하고 있었으나, 동시에 의미 있는 수준으로 미국을 포용할 자주성이 결여되어 있었다. 『혈의 누』에서 일본은 주인공 중 두 명이 한국 바깥에서의 여정을 시작하는 출발지이지만, 한국을 구하기 위한 수단을 제공하는 데 참담히 실패한다. 결국 네 명의 주인공 중 세 명(옥련의 어머니는 한국을 떠나지 않는다)은 다시 돌아와 한국을 재건하겠다는 뚜렷한 계획 하에 미국행을 택한다. 이들에게는 『무정』의 주인공에게는 허락되지 않은 두 가지 사치가 있다. 즉 이들에게는 일본과 자신과의 관계를 청산할 선택권이 있었으며 또 재건할 나라가 있었다. 『무정』의 주인공들은 변함없이 한국인이었으나, 한국은 더 이상 나라가 아니었다. 따라서 비록 이들은 한민족(韓民族)의 구성원으로서 존재하기는 하나 일본 제국의 피지배자인 것이다. 독립적이지만 밀접하게 관련된 두 역사적 현상은 『혈의 누』와 『무정』의 비교에서 직접적인 상관관계가 있다. 정치적 국가를 상실한 한국인들은 점차로 민족의 중요성에 집착하게 되었다. 한편, 수 년 전만 해도 '미국에 가서 개화된 지식을 얻어 조국을 빛내리라'며 미국으로 향했던 한국인들은, 돌아올 나라가 없어지자 이제 미국에서 영구적으로 정착하는 쪽을 택했다.4) 한 때 사명감을 가진 한국인들의 시험대였던 미국은 이제 미국행을 위한 재력(財力)을 가진 자들의 피신처가 되었다.

『무정』에서, 주인공 이형식에게 일본 유학은 고려 대상조차 되지 못한다. 작품은 후에 자신의 아내가 되는 김장로의 딸 선형에게 영어를 가르치기 위해 김장로의 집으로 가는 길인 이형식으로부터 시작된다. 『무정』의 두 번째 문장에서부터 독자에게 이미 이러한 영어 수업의 목적이 제시된다. 선형은 이듬해에 미국으로 유학을 갈 예정이었다. 경성학교 영어교사라는 형식의 조건은 선형의 남편이자 미국행·유학에서의 동반자가 될 지적·사회적 기반을 형식에게 제공한다. 형식에게 너무나 부족한 재정적 기반은 선형의 아버지에 의해 기꺼이 제공된다. 부유함이 분명해 보이는 김장로는 독실한 기독교 신자이자 미국에서 유학한 최초의 한국인 중 하나이다.

『무정』은 미국에 관한 구절로 시작해 미국에 관한 구절로 끝을 맺는다. 또 나름대로『무정』은 미국과 밀접한 관련이 있었다. 마지막 장의 첫 문장은 "형식과 선형은 지금 미국 시카고대학 사년생"이라 쓰고 있으며, 그 다음에는 이들은 내내 몸이 건강했고 성적이 우수했으며 곧 한국으로 돌아올 예정이라고 되어 있다. 작품 속에서 이들은 돌아올지 모르나, 역사적으로 많은 한국인은 돌아오지 않았다. 이광수가 스승으로 여겼던 안창호도 귀국하지 않은 인물 중 하나이다. 이광수는 1914년에 샌프란시스코에서 안창호와 합류할 예정이었으나 제1차 세계 대전의 발발로 여행은 좌절되고, 마지못해 이광수는 귀국했다. 이인직과 달리 이광수는 협상을 할 처지가 아니었다.

『혈의 누』는 과거로부터의 연속성과 미래를 위한 본보기를 확립했다는 점에서 중요한 의미를 지닌다. 외국으로의 진출이나 외국 및 외국인과의 상호작용이라는 주제를 계승함으로써『혈의 누』는『홍길동전』과 같은 작품의 연장선상에 선다. 또한『혈의 누』는 그러한 여정과 만남에 한국이 경험했던 격변을 반영하는 동시에, 20세기 한국의 허구적 산문

---

4) 앙드레 슈미트, 앞의 책, 240~252면 참조.

을 특징짓게 되는 다양한 미국의 이미지와 미국의 부재를 해석하기 위한 모델을 제시한다.

문학 전반과, 한국의 허구적 산문에 미국이 반영되는 방식은 계속해서 역사의 무게를 벗어나지 못했다. 이광수에게 미국은 먼 피난처로서 존재했다. 한국에서 어떠한 움직임이 있으리라는 희망은 없었다. 1919년에 가서 상황은 변한다. 미국에서는 우드로 윌슨(Woodrow Wilson) 대통령이 한국인들에게 자결(自決)에 대한 권리를 요구할 용기와, 그러한 투쟁에서 미국이 도움을 제공할 것이라는 확신을 심어주는 데 큰 역할을 한다. 한국에서는, 미국 선교사들 또한 한국의 독립이라는 계획을 지지하는 듯 보였다. 한국인들은 잠시나마 다시 한 번 가능성을 보았고, 독립을 위해 궐기했다. 이에 일본은 압도적인 폭력으로 답하지만 미국 정부도, 선교사들도 한국인의 편에 서기를 거부한다. 한국인의 희망과, 생명은 무자비하게 짓밟히고 만다. 1920년대 허구적 산문에서 미국의 부재는 두드러진다. 저자는 미국에 대한 한국인의 환멸과, 실패로 돌아간 3·1운동에 따른 일본의 식민지 정책의 기민한 변화가 미국에 대한, 또 한국과 미국의 관계에 대한 재평가를 야기했다고 본다.

미국이 한국의 허구적 산문에 의미 있게 재등장한 것은 1930년대에 가서였다. 그러나 이제 작가들은 미국을 지친 새로운 시선으로 보았다. 이는 1919년의 배신을 비롯한 역사적 요소와, 한 세대 전체가 식민지하에서 성장하며 점차 확대된 식민지 소속감이 결합한 결과였을 것이다. 주요섭(朱耀燮, 1902~1972)의 『구름을 잡으려고』(1936)와 같은 소설은 1930년대를 대표하는 작품이다. 이 작품의 주인공 또한 미국행을 택하지만 그는 1900년대나 1910년대의 특권층, 유학생이 아니다. 그는 한국의 하류층 출신으로서 부자가 되겠다는 꿈(제목의 구름은 이를 뜻한다)을 좇아 미국으로 가지만 연한계약(年限契約) 노동과 참담한 현실에 직면하게 될 뿐이다. 또 하나의 흥미로운 반전이 있다면, 이인직과 이광수가 한 번도 가보지 않은 미국에 대해 썼던 반면, 주요섭은 귀국해 이 작품을 쓰기

전 스탠포드 대학교에서 영문학 석사과정을 수료했다는 점이다. 역사는 다시 한 번 미국의 이미지에 작용한 듯 보인다. 주요섭은 한국의 소외 계층이 캘리포니아 농장에서 노동을 하며 살아가는 실상을 직접 목도 (目睹)했다. 한편 1936년, 당시 전쟁을 준비하던 일본은 한국에 대한 통제를 강화하고 있었다. 이러한 두 요인이 이와 같은 소설의 출판이 식민지의 양측에 환영 받는 데 기여했을 수도 있다. 여하튼『구름을 잡으려고』는 미국을 부정적으로 조명한 최초의 한국 근대 허구적 산문이다. 또한 그럼으로써 이는 역사적 사건과 문학적 표출의 상관성과, 한국인의 아(我)와 비아(非我)에 대한 인식의 유동성을 강화한다.

『고려사』

『역주 고려사』 총11권, 서울 : 동아대 고전연구실, 1987.

『조선왕조실록』

각 훈, 『해동고승전』, 서울 : 을유문화사, 1975.

강경구 외, 『조선대백과사전』, 30권, 평양 : 백과사전출판사, 1995.

강재언, 『조선의 서학사』, 서울 : 민음사, 1990.

구인환 외, 『우리시대의 한국문학―고전시가 1』. 36권, 서울 : 계몽사, 1996.

권보드래, 『한국 근대소설의 기원』, 서울 : 소명출판, 2000.

권영필, 『실크로드 미술―중앙아시아에서 한국까지』, 서울 : 열화당, 1997.

권태명, 『한국문화 상징사전 2』, 서울 : 동아출판사, 1995.

김기혁 외, 『청일전쟁의 재조명』, 춘천 : 한림대 아시아문화연구소, 1996.

김동욱 · 이재선 편, 『한국소설사』, 서울 : 현대문학사, 1990.

김만중, 이가원 역, 『구운몽』, 서울 : 연세대 출판부, 1970.

김병모, 『김수로 왕비 허황옥―쌍어의 비밀』, 서울 : 조선일보사, 1994.

김부식, 이강래 역, 『삼국사기』, 2권, 서울 : 한길사, 1998

김시습, 심경호 역, 『금오신화』, 서울 : 홍익출판사, 2000.

김영민, 「근대계몽기 단형서사문학 자료 연구」, 『현대소설연구』, 제17호, 2002년 12월.

_____, 「한국 근대소설의 발생 과정 연구 ―조선 후기 야담과 개화기문학 양식의
연관성을 중심으로」, 『국어국문학』 제127호, 서울, 2000년 12월.

_____, 『한국 근대소설사』, 솔, 1997.

김우종, 『한국 현대소설사』, 서울 : 성문각, 1989, (초판, 1982).

김윤식, 『한국 현대문학 명작사전』, 서울 : 일지사, 1979.

_____, 『이광수와 그의 시대』, 3권, 서울 : 한길사, 1976.

김태준, 『증보 조선소설사』, 서울 : 학예사, 1939.

_____, 『조선소설사』, 서울 : 청진시뀐, 1933.

김흥규, 『한국문학의 이해』, 서울 : 민음사, 1986.

노계현, 『고려외교사』, 서울 : 갑인출판사, 1994.

동덕모 저, 『조선조의 국제 관계』, 서울 : 박영사, 1990.

로은욱 편, 『홍길동전, 장화홍련전, 양반전』, 평양 : 문예출판사, 1981.

류수, 김주철 역, 『조선고전문학선집 57―김시습 작품집』, 평양 : 문예출판사, 1990.

류탁일 편, 『한국고소설비평자료집성』, 서울 : 아세아문화사, 1994.

민경배, 『알렌의 선교와 근대 한미 외교』, 서울 : 연세대 출판부, 1991.

민병수 외, 『국어국문학사전』, 서울 : 신구문화사, 1989.

민병수·조동일·이재선, 『개화기의 우국문학』, 서울 : 신구문화사, 1974년.

박옥걸, 『고려시대의 귀화인 연구』, 서울 : 국학자료원, 1996.

백 철, 『신문학사조사』, 서울 : 신구문화사, 1989, (초판, 1980).

_____, 『국문학전사』, 서울 : 신구문화사, 1972.

서병국, 「이지란연구」, 『백산학보』, 서울 : 1971년 10월.

서종문·정병헌 편, 『신재효 연구』, 서울 : 태학사, 1997.

설성경, 『실존인물 홍길동』, 서울 : 중앙 M&B, 1998.

소재영, 「금오신화와 허균의 소설」, 『한국소설사』(김동욱·이재선 편), 서울 : 현대문
　　　학사, 1990.

손보기 편, 『장보고와 청해진』, 서울 : 혜안, 1996.

신근재, 『한일 근대문학의 비교연구』, 서울 : 일조각, 1995.

신동욱 편, 『허균의 문학과 혁신사상』, 서울 : 새문사, 1981.

신범식, 『국난 극복의 역사』, 서울 : 태성문화사, 1963.

신용하, 『한국 근대의 선구자와 민족운동』, 서울 : 집문당, 1994.

양문규, 「애국계몽기의 서사문학」, 『민족문학사강좌 下』(민족문학사연구소 편), 서울
　　　: 창작과비평사, 1995.

유동준, 『유길준전』, 서울 : 일조각, 1987.

유영익, 『동학농민봉기와 갑오경장-청일전쟁기(1894~1895) 조선인 지도자의 사상
　　　과 운동』, 서울 : 일조각, 1998.

유영익 외, 『한국인의 대미인식』, 서울 : 민음사, 1994.

유홍렬, 『한국 천주교회사』, 서울 : 가톨릭출판사, 1962.

윤치호, 『윤치호 일기』 11권, 서울 : 국사편찬위원회, 1971.

이광수, 「무정」, 김윤식 편, 『한국 소설문학 대계 2』, 서울 : 동아출판사, 1995.

_____, 『이광수 전집 1~20』, 서울 : 삼중당, 1963

이상택 외, 『한국문학총서 2-고전소설』, 서울 : 해냄, 1997.

이영필, 『조선 신문 백년사』, 정진석 편, 서울 : 나남, 1993.

이윤석, 『홍길동전 연구』, 대구 : 계명대 출판부, 1997.

이인직, 『혈의 누』, 서울 : 문학사상사, 1995.

이재선, 『한국 개화기소설 연구』, 서울 : 일조각, 1972.

이재운, 『최치원 연구』, 서울 : 백산자료원, 1999.

이춘식, 『사대주의』, 서울 : 고려대 출판부, 1997.

이해랑 편, 『한국문학사전』, 서울 : 대한민국예술원, 1985.

이현재 외, 『한국민족문화대백과사전』 제28권, 서울 : 한국정신문화연구원, 1991.

임종찬, 『개화기시가론』, 서울 : 국학자료원, 1993.

임 화, 『신문학사』(임규찬 및 한진일 편), 서울 : 한길사, 1993.

장덕순, 『한국문학사』, 서울 : 동화문화사, 1992.(초판, 1975).

장주옥, 「수호전과 홍길동전의 비교」, 석사논문, 성신여대, 1975.

장휘옥, 『해동고승전연구』, 서울 : 민족사, 1991.

전광용, 「이인직(李人稙) 연구」, 서울 : 서울대 논문집, 제6권, 1957.

정진석, 『한국언론사』, 서울 : 나남, 1990.

_____, 『대한매일신보와 배설 − 한국문제에 대한 영일외교와 민족언론의 항일』, 서울 : 나남, 1987.

조남현, 『소설원론』, 고려원, 1982.

조동일, 『한국문학과 세계문학』, 서울 : 지식산업사, 1991.

_____, 『한국문학통사』(제2판), 서울 : 지식산업사, 1989.

주요한, 『안도산 전서』, 서울 : 범양사, 1990.

청해이씨 종친회, 『청해백 이지란』, 청해이씨 종친회, 1975.

최경환, 「영미단기 텍스트의 생성과정 연구」, 서강대 박사논문, 1998.

최봉근 편, 『계몽기 소설집』, 평양 : 조선문학예술총동맹출판사, 1964.

한영우, 『왕조의 설계자 정도전』, 서울 : 지식산업사, 1999.

허경진 역, 『시대앞에 서서』, 서울 : 책세상, 1988.

허 균, 「홍길동전」, 『한국문학총서 2 − 고전소설』(이상택 편), 서울 : 해냄, 1997.

황정현, 『신소설 연구』, 서울 : 집문당, 1997.

Anderson, Benedict, R., *Imagined Communities: Reflections on the Origin and Spread of Nationalism*. London : Verso, 1983.

Baker, Donald L. *Confucians Confront Catholicism in Eighteenth-Century Korea*. Ph. D. dissertation, University of Washington, 1983.

_____, "A Confucian Confronts Catholicism," *Korean Studies Forum*. No.6, Winter-Spring, 1979-1980.

Baldwin, Frank Prentiss, *The March First Movement: Korean Challenge and Japanese Response*. Ph.D. dissertation, Columbia University, 1969.

Bantly, Francisca Cho, *Embracing Illusion: Truth and Fiction in The Dream of the Nine Clouds*. Albany : State University of New York Press, 1996.

Blair, William Newton, *Gold in Korea*. New York : Central Distributing Department of the Presbyterian Church of the U.S.A., 1946.

Bloom, Harold, *The Anxiety of Influence : A Theory of Poetry*. New York : Oxford University Press, 1973.

Braesel, Sylvia, "Early Period German-Korean Relations," *RAS Lectures*. Royal Asiatic Society −Korea Branch. Goethe Institute, September 25, 2002.

Burnett, Scott S., ed., *Korean-American Relations Documents Pertaining to the Far Eastern*

Diplomacy of the United States Volume III : The Period of Diminishing Influence, 1896-1905. Honolulu : University of Hawaii Press, 1989.

Cary, Otis, ed., Eyewitness to History : The First Americans in Postwar Asia. Tokyo, New York, London : Kodansha International, 1995.

Chandra, Vipan. Imperialism, Resistance, and Reform in Late Nineteenth-Century Korea : Enlightenment and the Independence Club. Berkeley : Institute of East Asian Studies, University of California, 1988.

_____, "The Korean Enlightenment : A Re-examination," Korea Journal, Vol.9, No.7, July 1969.

Ch'oe Sang-su, "Relations Between Korea and Arabia," Korea Journal, Vol.9, No.7, July 1969.

_____, "Korea-Indonesian Relations : Visit of a Java Envoy in the 15th Century," Korea Journal, Vol.23, No.4, April 1983.

Ch'oe, Yŏngho, Lee, Peter H., and de Bary, Wm., Theodore., eds. Sources of Korean Tradition Volume II : From the Sixteenth to the Twentieth Centuries. New York : Columbia University Press, 2001.

Chay, Jongsuk, Diplomacy of Asymmetry : Korean-American Relations to 1910. Honolulu : University of Hawaii Press, 1990.

Cho Hungguk, "Early Contacts between Korea and Thailand," Korea Journal, Vol.35, No.1, Spring 1995.

Cho Jae-gon (Cho Chaegon), "The Connection of the Sino-Japanese War and the Peasant War of 1894," Korea Journal, Vol.34, No.4, Winter 1994.

Cho Tongil, Korean Literature in Cultural Context and Comparative Perspective. Seoul : Chimmundang, 1997.

Chung, Chai-sik, A Korean Confucian Encounter with the Modern World : Yi Hang-no and the West. Berkeley : University of California Institute of East Asian Studies, 1995.

Clark, Charles Allen, The Korean Church and the Nevius Methods. New York : Fleming H. Revell Company, 1930.

Clark, Donald, "Yun Ch'i-ho (1864-1945) : Portrait of a Korean Intellectual in an Era of Transition," Occasional Papers on Korea 4. September 1975.

Conroy, Hilary, The Japanese Seizure of Korea : 1868-1910. Philadelphia : University of Pennsylvania Press, 1960.

Cook, Harold F., Korea's 1884 Incident : Its Background and Kim Ok-kyun's Elusive Dream. Seoul : Taewon Publishing Company, 1972.

de Bary, Wm., Theodore and Haboush, JaHyun Kim, eds. The Rise of Neo-Confucianism in Korea. New York : Columbia University Press, 1995.

De Ceuster, Koen, *From Modernization to Collaboration : the Dilemma of Korean Cultural Nationalism : the Case of Yun Ch'i-ho (1865-1945)*. Ph. D. dissertation : Leiden, 1994.

Deuchler, Martina, *The Confucian Transformation of Korea : A Study of Society and Ideology*. Cambridge : Harvard University Press, 1992.

_____, *Confucian Gentlemen and Barbarian Envoys : The Opening of Korea, 1875-1885*. Seattle : University of Washington Press, 1977.

Drake, H. B., *Korea of the Japanese*. London : John Lane and the Bodley Head Limited, 1930.

Duara, Prasenjit, *Rescuing History from the Nation : Questioning Narratives of Modern China*. Chicago : University of Chicago Press, 1995.

Duncan, John, *The Origins of the Chosŏn Dynasty*. Seattle : University of Washington Press, 1999.

Duus, Peter, *The Abacus and the Sword : The Japanese Penetration of Korea, 1895-1910*. Berkeley : University of California Press, 1995.

Eckert, Carter J., *Offspring of Empire : The Kochang Kims and the Colonial origins of Korean Capitalism, 1876-1945*. Seattle : University of Washington Press, 1991.

_____, et al., *Korea Old and New : A History*. Seoul : Ilchogak [for the Korea Institute, Harvard University], 1990.

Ennin, *Ennin's Diary : A Record of a Pilgrimage to China in Search of the Law* (Nittō guhō jun-rei gyōki). Trans. Edwin O. Reischauer. New York : The Ronald Press Company, 1955.

Finch, Michael, *Min Yŏng-hwan : A Political Biography*. Honolulu : University of Hawaii Press, 2002.

Forster, E. M., *Aspects of the Novel*. New York : Harcourt, Brace and Company, 1927.

Fukuzawa Yukichi, *Bummeiron no gairyaku*[1875](An outline of a Theory of Civilization). Trans. David A. Dilworth and G. Cameron Hurst. Tokyo : Sophia University, 1973.

Gale, James S., *Korean Sketches*. New York : Fleming H. Revell Company, 1898.

Grayson, James, "Foundation Myths, Sacred Sites and Ritual : The Case of the Myth of the Three Clan Ancestors of Chejudo Island," *Korea Journal*, Vol.38, No.4, 1998.

Griffis, William Elliot, *Corea : The Hermit Nation*. New York : Charles Scribner's Sons, 1882.

_____, *Corea, Without and Within*. Philadelphia : Presbyterian Board of Publication, 1885.

Haboush, Jahyun Kim and Deuchler, Martina, eds., *Culture and State in Late Chosŏn Korea*. Cambridge, MA : Harvard University Asia Center, 1999.

Hanson, Eric, O. *Catholic Politics in China and Korea*. Maryknoll : Orbis Books, 1980.

Harrington, Fred H. *God, Mammon, and the Japanese : Dr. Horace N. Allen and Korean-*

American Relations, 1884-1905. Madison, WI : The University of Wisconsin Press, 1944.

Henthorn, William E., *Korea : The Mongol Invasions*. Leiden : E. J. Brill, 1963.

Hŏ Kyun, *Hong Kiltong-chŏn* (The tale of Hong Kiltong). Trans. Marshall R. Pihl. Peter H. Lee, ed. *Anthology of Korean Literature : From Early Times to the Nineteenth Century*. Honolulu : University of Hawaii Press, 1981.

Hwang, Kyung Moon, "From the Dirt to Heaven : Northern Koreans in the Chosŏn and Early Modern Eras," *Harvard Journal of Asiatic Studies*, Vol. 62, No. 1. Cambridge : Harvard-Yenching Institute, June 2002.

_____, *Bureaucracy in the Transition to Korean Modernity : Secondary Status Groups and the Transformation of Government and Society, 1880-1930*. Ph. D. dissertation, Harvard University, 1997.

Hye Ch'o, *The Hye Ch'o Diary : Memoir of a Pilgrimage to the Five Regions of India* (Wangoch'ŏnchukguk-chŏn). Trans. Han-Sung Yang, Yün-Hua Jan, Shotaro Iida, and Laurence W. Preston. Berkeley : Asian Humanities Press, 1984.

Iryŏn, *Samguk yusa* (Memorabilia of the three kingdoms). Trans. Tae-Hung Ha and Grafton K. Mintz. Seoul : Yonsei University Press, 1972.

Jaeger, Sheila Miyoshi, "Woman and the Promise of Modernity : Signs of Love for the Nation in Korea," *New Literary History*, Volume 29, Winter 1998, Number 1.

Jaisohn, Philip, (Sŏ Chaep'il). *My Days in Korea and Other Essays*. Ed. Sun-pyo Hong. Seoul : Yonsei University Press, 1999.

Kamigaito Kenichi, *Nihon ryūgakusei to kakumei undō* (Foreign students in Japan and the enlightenment movement), 7. Tokyo : Tokyo Daigaku Shuppankai, 1982.

Karatani Kōjin, *Origins of Modern Japanese Literature*. Translated by Brett de Bary. Durham, NC : Duke University Press, 1993.

Kim Manjung, A Nine Cloud Dream (Kuunmong). Trans. Richard Rutt. Hong Kong : Heinemann Asia, 1980.

Kim, Eugene C. I. and Kim, Han-Kyo, *Korea and the Politics of Imperialism, 1876-1910*. Berkeley and Los Angeles : University of California Press, 1967.

Kim, Key-Hiuk (Kim Kihyŏk), *The Last Phase of the East Asian World Order : Korea, Japan, and the Chinese Empire, 1860-1882*. Berkeley and Los Angeles : University of California Press, 1980.

Kim, Man-Choong, *The Cloud Dream of the Nine* (Kuunmong). Trans. James Scarth Gale. London : Daniel O'Connor, 1922.

Kim, Sun Joo, *Marginalized Elites, Regional Discrimination, and the Tradition of Prophetic Belief in the Hong Kyŏngnae Rebellion*. Ph. D. dissertation, University of Washington,

2000.

Kobata, Atsushi and Matsuda, Mitsugu, *Ryukyuan Relations with Korea and South Sea Countries*. Kyoto : Published by Atsushi Kobata, 1969.

Kodansha, *The Kodansha Encyclopedia of Japan*, 9 Vols. Tokyo : Kodansha Ltd., 1983.

Koh Byong-ik (Ko Pyŏngik), et al., *Reflections on a Century of United States-Korean Relations*. Washington D.C. : The Wilson Center, 1983.

Koo, Youngnok and Suh, Dae-Sook, eds., *Korea and the United States : A Century of Cooperation*. Honolulu : University of Hawaii Press, 1984.

Ledyard, Gari, *The Dutch Come to Korea*. Seoul : Royal Asiatic Society, 1971.

Lee Hee-Soo (Yi Hŭisu), "Early Korea-Arabic Maritime Relations Based on Muslim Sources," *Korea Journal*, Vol.31, No.2, Summer 1991.

Lee, Ann, "Yi Kwangsu and Korean Literature, The Novel Mujŏng (1917)," *Journal of Korean Studies* 8, 1992.

_____, *Yi Kwangsu and Early Modern Korean Literature*. Ph. D. dissertation, Columbia University, 1991.

Lee, Ki-baik (Yi Kibaek), *New History of Korea* (Han'guksa sillon). Trans. Edward W. Wagner and Edward J. Shultz. Seoul : Ilchogak, 1984.

Lee, Peter H., ed., *Sourcebook of Korean Civilization Volume 2 : From the Seventeenth Century to the Modern Period*. New York : Columbia University Press, 1996.

_____, *Sourcebook of Korean Civilization Volume 1 From Early Times to the Sixteenth Century*. New York : Columbia University Press, 1993.

_____, *Sources of Korean Tradition Volume II*. New York : Columbia University Press, 2000.

_____, *A Storyteller's Miscellany : The P'aegwan chapki of Ŏ Sukkwŏn*. Princeton : Princeton University Press, 1989.

_____, ed., *Anthology of Korean Literature : From Early Times to the Nineteenth Century*. Honolulu : University of Hawaii Press, 1981.

_____, *Lives of Eminent Korean Monks : The Haedong Kosŭng Chŏn*. Cambridge : Harvard University Press, 1969.

Lee, Yur-Bok, "Establishment of a Korean Legation in the United States, 1887-1890 : A Study of Conflict between Confucian World Order and Modern International Relations," *Illinois Papers in Asian Studies*, Volume III. Urbana, IL : University of Illinois Center for Asian Studies, 1983.

Lee, Yur-Bok and Patterson, Wayne, *One Hundred Years of Korean-American Relations, 1882-1982*. University, AL : The University of Alabama Press, 1986.

Lew, Young-Ick, "The Conservative Character of the 1894 Tonghak Peasant Uprising : A

Reappraisal with Emphasis on Chon Pong-Jun's Background and Motivation," *Journal of Korean Studies*, Volume 7, 1990.

_____, "An Analysis of the Reform Documents of the Kabo Reform Movement, 1894," *Journal of Social Sciences and Humanities*. No.40, December 1970.

Lu Hsun, *A Brief History of Chinese Fiction*. Peking : Foreign Language Press, 1959.

Lukács, Georg, *The Theory of the Novel*. Cambridge : The MIT Press, 1971.

McCann, David R., *Early Korean Literature : Selections and Introductions*. New York : Columbia University Press, 2000.

_____, *Form and Freedom in Korean Poetry*. Leiden : E. J. Brill, 1988.

McCune, George M. and Harrison, John A., *Korean-American Relations Documents Pertaining to the Far Eastern Diplomacy of the United States Volume I : The Initial Period, 1883-1986*. Berkeley and Los Angeles : University of California Press, 1951.

Mishima, Yukio, *Spring Snow*. Trans. Michael Gallagher. New York : Knopf, 1972.

Miyoshi, Masao, *Off Center : Power and Culture Relations between Japan and the United States*. Cambridge : Harvard University Press, 1991.

_____, *Accomplices of Silence : The Japanese Modern Novel*. Berkeley : University of California Press, 1974.

Nakamura Hidetaka, *Chosen tsushinshi* (Korean diplomatic missions). Trans. Kim Yongsŏn. Seoul : Tongho sŏgwan, 1982.

Nienhauser, William H., editor and compiler, *The Indiana Companion to Traditional Chinese Literature*. Bloomington : Indiana University Press, 1986.

Pai, Hyung-Il, *Constructing "Korean" Origins : A Critical Review of Archaeology, Historiography, and Racial Myth in Korean State-Formation Theories*. Cambridge : Harvard University Press, 2000.

Paik, L. George, *The History of Protestant Missions in Korea, 1832-1910*. Seoul : Yonsei University Press, 1971.

Palais, James B., *Politics and Policy in Traditional Korea*. Cambridge, MA and London : Harvard University Press, 1975.

_____, "Stability in Yi Dynasty Korea : Equilibrium Systems and Marginal Adjustment," *Occasional Papers on Korea* 3. June, 1975.

Palmer, Spencer J., *Korean-American Relations Documents Pertaining to the Far Eastern Diplomacy of the United States Volume II : The Period of Growing Influence, 1887-1995*. Berkeley and Los Angeles : University of California Press, 1963.

Park, Chung-shin, "Protestantism in Late Confucian Korea : Its Growth and Historical Meaning," *The Journal of Korean Studies*, Volume 8, 1992.

Park, Eugene, *Military Officials in Chosŏn Korea, 1392-1863*. Ph. D. dissertation, Harvard

University, 1999.

Pihl, Marshall R., *The Korean Singer of Tales*. Cambridge, MA : Council on East Asian Studies, distributed by Harvard University Press, 1994.

Pratt, Keith and Rutt, Richard, *Korea, a Historical and Cultural Dictionary*. Surrey : Curzon Press, 1999.

Reischauer, Edwin O., *Ennin's Travels in T'ang China*. New York : The Ronald Press Company, 1955.

Rhee, Syngman (Yi Sŭngman), *The Spirit of Independence : A Primer of Korean Modernization and Reform*. Trans. Han-Kyo Kim. Honolulu : University of Hawaii Press, 2001.

Ricci, Matteo, *China in the Sixteenth Century : The Journals of Matthew Ricci : 1583-1610*. Trans. Louis J. Gallagher, S.J. New York : Random House, 1953.

_____, *T'ien-chu Shih-I* (The True Meaning of the Lord of Heaven). Trans. Douglas Lancashire and Peter Hu Kuo-chen. Taipei, Paris, Hong Kong : S. J. Ricci Institute, 1985.

Robinson, Michael, *Cultural Nationalism in Colonial Korea, 1920-1925*, Washington : University of Washington Press, 1988

_____, "National Identity and the Thought of Sin Ch'aeho : Sadaejuŭi and Chuch'e in History and Politics," *Journal of Korean Studies* 5, 1984, pp.121-142.

Ruiz de Medina, Juan, Trans. John Bridges S. J., *The Catholic Church in Korea : its Origins 1566-1784*. Rome : Instituto Storico S. I., 1991.

Said, Edward, *Orientalism*. New York : Vintage Books, 1979.

Schmid, Andre, *Korea Between Empires, 1895-1919*. New York : Columbia University Press, 2002.

Shin Yong-ha (Sin Yongha), "Establishment of Tonghak and Ch'oe Che-u," *Seoul Journal of Korean Studies*, Vol.3, 1990.

Shin, Susan S., "The Tonghak Movement : From Enlightenment to Revolution," *Korean Studies Forum* 5. Winter-Spring, 1978-1979.

Shultz, Edward J., *Generals and Scholars : Military Rule in Medieval Korea*. Honolulu : University of Hawaii Press, 2000.

Son Pogi (Sohn Pow-key), "The Opening of Korea : A Conflict of Traditions," *Transactions of the Korea Branch of the Royal Asiatic Society*, Volume 36. Seoul : Royal Asiatic Society, 1960.

Sorensen, Henrik H., "Lamaism in Korea during the Late Koryŏ Dynasty," *Korea Journal*, Vol.33, No.3, Autumn 1993.

Suh Ton-Kak and Lee Tae-Young, "Some Reflections on the Life of the Indian Buddhist Monk Chigong," *Korean Journal*, Vol.29, No.6, June 1989.

Tanaka, Yuki, *Hidden Horrors : Japanese War Crimes in World War II*. Boulder, CO : Westview Press, 1996.

Tewksbury, Donald G., ed., *Source Materials on Korean Politics and Ideologies*. New York : Institute of Pacific Relations, 1950.

Thomas, Keith, "History and Literature," *Published Lecture*. Swansea : University College of Swansea, 1988.

Toby, Ronald P., "Carnival of the Aliens : Korean Embassies in Edo-Period Art and Popular Culture," *Monumenta Nipponica*, Vol.41, No.4, Winter 1986.

_____, *State and Diplomacy in Early Modern Japan : Asia in the Development of the Tokugawa Bakufu*. Princeton : Princeton University Press, 1984.

Wagner, Edward W., *The Literati Purges : Political Conflict in Early Yi Korea*. Cambridge, MA : East Asian Research Center Harvard University, 1974.

_____, Edward W. Wagner, "Social Stratification in Seventeenth-Century Korea : Some Observations from a 1663 Seoul Census Register," *Occasional Papers on Korea*, Volume 1. April, 1974.

Watson, Burton, *The Complete Works of Chuang Tzu*. New York : Columbia University Press, 1968.

Watt, Ian, *The Rise of the Novel*. Berkeley : University of California Press, 1957.

Weiner, Michael, *The Origins of the Korean Community in Japan, 1910-1923*. Atlantic Highlands, NJ : Humanities Press International, Inc, 1989.

Wells, Kenneth M., ed., *South Korea's Minjung Movement : The Culture and Politics of Dissidence*. Honolulu : University of Hawaii Press, 1995.

_____, *New God, New Nation : Protestants and Self-Reconstruction Nationalism in Korea, 1896-1937*. Honolulu : University of Hawaii Press, 1990.

White, Hayden, *Metahistory : The Historical Imagination in Nineteenth-Century Europe*. Baltimore : The Johns Hopkins University Press, 1973.

White, Trumbull, *The War in the East : Japan, China, and Corea*. Philadelphia and Chicago : Imperial Publishing Company, 1895.

Yi Chunghwan, *T'aengniji* (The Korean classic for choosing settlements). Trans. Inshil Choe Yoon. Sydney : Wild Peony, 1998.